PREDESTINADA

M. STEVENSON

TRADUÇÃO CARLOS SZLAK

PREDESTINADA

COPYRIGHT © FARO EDITORIAL, 2025
COPYRIGHT © 2025 BY MARINA STEVENSON
TÍTULO ORIGINAL: BEHOOVED

Todos os direitos reservados.
Nenhuma parte deste livro pode ser reproduzida sob quaisquer meios existentes sem autorização por escrito do editor.

Diretor editorial **PEDRO ALMEIDA**
Coordenação editorial **RENATA ALVES**
Editora-assistente **LETÍCIA CANEVER**
Tradução **CARLOS SZLAK**
Preparação **DANIELA TOLEDO**
Revisão **CARLA SACRATO**
Adaptação de capa e diagramação **VANESSA S. MARINE**
Arte e design de capa original **KELLY CHONG e CHRISTINE FOLTZER**

Dados Internacionais de Catalogação na Publicação (CIP)
Jéssica de Oliveira Molinari CRB-8/9852

Stevenson, M.
　Predestinada / M. Stevenson ; tradução de Carlos Szlak. — São Paulo : Faro Editorial, 2025.
　320 p.

ISBN 978-65-5957-824-5
Título original: Behooved

1. Ficção norte-americana 2. Fantasia I. Título II. Szlak, Carlos

24-4721   CDD 813

Índices para catálogo sistemático:
1. Ficção norte-americana

1ª edição brasileira: 2025
Direitos de edição em língua portuguesa, para o Brasil, adquiridos por
FARO EDITORIAL
Avenida Andrômeda, 885 - Sala 310
Alphaville — Barueri — SP — Brasil
CEP: 06473-000
www.faroeditorial.com.br

Para meu marido, a quem ainda não transformei num cavalo

1

Parei diante da porta dos aposentos dos meus pais, contemplando o brasão metálico que adornava a madeira escura e me esforçando para acalmar o meu estômago. A insígnia esmaltada, feita pela mão de um mestre dos Adeptos, retratava uma profusão de lírios com vinhas espinhosas entrelaçadas. Uma demão de tinta dourada cobria as pétalas que se enfileiravam nas paredes, refletindo a luz pálida das lanternas criadas magicamente.

Ergui a mão na direção do brasão, mas me detive antes de o meu toque acioná-lo, com a determinação vacilante. Como a maioria das coisas no palácio, a insígnia tinha uma dupla função — como fechadura e como símbolo —, destacando tanto a posição da minha família quanto os recursos mágicos a seu alcance. Até o seu desenho era sutil como um cavalo usando traje de gala. Lírios cheios de espinhos para representar o poder da Casa Liliana: a minha família, uma das nove Casas nobres que governavam Damaria.

A família que se decepcionou com a minha própria existência, de acordo com os meus pais.

Deixei a mão cair de volta a meu lado. Queria crer que o enjoo era apenas um agravamento do meu estado de saúde, e nada a ver com nervosismo. Mas eu já sabia. Nunca gostei das discussões com os meus pais. E desta vez a convocação foi inesperada. Só podia imaginar o que eu tinha feito agora para desapontá-los.

Quem sabe eles só quisessem discutir os planos para a minha próxima festa de aniversário? Ainda faltavam quase dois meses, mas os meus pais queriam estar bem preparados após o desastre da festa mais recente de Tatiana. A última invenção mágica não autorizada da minha irmã, algo que ela chamou com entusiasmo de uma tempestade em xícara de chá, havia escapado do seu pires e rodopiado pelo salão de baile por quase meia hora — escandalizando a todos, exceto a própria Tatiana, que quase morreu de tanto rir. Os meus pais ainda não a perdoaram, não pelo custo de ter que pagar a Guilda dos Adeptos para ignorar mais uma transgressão, e sim pela vergonha.

Seria difícil fazer pior que isso. Será?

No cômodo ao lado, um dos relógios fabricados por um Adepto começou a badalar. Adiar ainda mais só pioraria as coisas. Ajeitei uma mecha solta de cabelo atrás da orelha, endireitei os ombros e corrigi a minha expressão para ocultar a náusea que revirava meu estômago. Naquela manhã, a minha doença tinha piorado, mas eu havia tomado uma dose dupla de tônico revitalizante antes de atender à convocação dos meus pais. Para essa conversa, eu precisava pelo menos parecer forte.

Fique alerta, Nita sempre me disse nos campos de treinamento. *Não dê nenhuma abertura a eles. É assim que você vence.*

Claro que discutir os detalhes de uma festa de aniversário não poderia ser pior do que uma luta de esgrima, embora eu preferisse a última. Respirei fundo e pressionei a palma da mão no brasão. Uma luz pálida brilhou entre os meus dedos, e os parafusos se retraíram com uma série de estalos. Abri a porta com as mãos firmes, controladas pela força de vontade.

Os meus pais estavam sentados à mesinha que usavam nas raras ocasiões em que jantavam em privado — essa visão fez o meu estômago já nauseado antecipar uma repreensão. Eles estavam curvados, bem próximos um do outro, sobre uma pilha de pergaminhos, conversando baixinho. Ambos levantaram os olhos quando entrei: a minha mãe impassível e o meu pai, tenso, me observando com um olhar atento. Os seus trajes luxuosos combinavam com as pinturas a óleo que adornavam as paredes: representações das Virtudes que fundamentaram o núcleo do treinamento em magia dos Adeptos, detalhadas em cores reluzentes. Silêncio, serenidade, força. Lembranças óbvias das expectativas que nunca consegui cumprir.

Nenhum criado estava presente naquela noite. O assunto em questão era particular demais para que houvesse o risco de algum boato vazar. Meu estômago revirou de novo.

— Que bom que chegou, Bianca — minha mãe disse em um tom de voz que não revelava nada.

Eu tinha aprendido a arte de esconder as minhas emoções sob a sua orientação. Com um gesto de cabeça, minha mãe indicou a cadeira à esquerda dela, ou seja, o lugar que eu costumava ocupar.

Eu me afundei na cadeira, aliviada por não ter que despender energia durante esta conversa. Seria impossível manter a aparência de força valorizada pelos meus pais se ficasse encostada na parede em busca de apoio.

Minha mãe se virou para mim.

— Você tem acompanhado a situação em Gildenheim?

Pisquei, incerta a respeito do rumo da conversa.

— Claro.

Seria difícil não ter acompanhado. Uma semana atrás, a rainha de Gildenheim, o país vizinho ao norte, tinha morrido de repente, deixando um único herdeiro, um homem mais ou menos da minha idade sobre o qual eu pouco sabia, exceto que ele era conhecido por ser recluso.

— Ótimo. — A minha mãe apertou os lábios. — Gildenheim está ameaçando declarar uma guerra.

Isso abalou a minha tentativa de manter a calma. Com os olhos arregalados, me inclinei para frente.

— Como? Desde quando?

Há muito tempo, Gildenheim vem ameaçando a nossa fronteira norte, mas nenhum conflito verdadeiro tinha irrompido entre os nossos países em muitos séculos. Ambos os lados sabiam que Damaria possuía os recursos para repelir uma invasão — a um preço alto para todos os envolvidos. Será que o nosso vizinho tinha enlouquecido?

O meu pai esfregou o lugar em sua testa onde algumas rugas finas começavam a aparecer, como a superfície de um tecido esticado demais.

— O novo rei está sedento por poder. Na semana passada, o Conselho dos Nove recebeu uma carta com exigências a respeito de um novo tratado com termos bastante diferentes. Um aumento do comércio entre os nossos países. A ampliação do mercado para o ferro e a madeira gildeniano. O desenvolvimento significativo dos setores de silvicultura e mineração. — Meu pai foi enumerando cada item com um dedo adornado com joias após o outro. — E um acesso exclusivo à tecnologia mais avançada dos Adeptos.

Com isso, não consegui deixar de erguer as sobrancelhas. A Guilda dos Adeptos, que treinava todos os damarianos com potencial mágico, guardava os seus avanços tecnológicos com tanto cuidado quanto os seus segredos. Os dispositivos mágicos fabricados por Adeptos — armas de fogo, engrenagens, explosivos — eram superados apenas pelo comércio marítimo de Damaria, o que consolidava nosso país como potência mundial. Não era difícil entender por que Gildenheim os desejavam; a magia sem controle do país era só um exemplo do seu atraso. Gildenheim ainda tinha uma *monarquia*. Porém, o Conselho dos Nove iria preferir afundar Damaria nos mares a aceitar esse termos.

— Nós reagimos, é claro — a minha mãe disse. — O nosso embaixador persuadiu o rei a concordar com o tratado sem essa exigência específica, desde que forneçamos... garantias.

Ela empurrou a pilha de papéis na minha direção. Um lacre no topo — feito de cera verde-escura com um carimbo prateado de um cavalo alado usando uma coroa, representando o emblema real de Gildenheim — identificava a origem da missiva sem sombra de dúvida.

Passei os olhos pelo documento, lendo os termos — escritos uma vez em damariano e outra em gildeniano. Os termos do tratado eram exatamente como o meu pai havia descrito. Até que cheguei ao final, onde uma caligrafia de letras finas e inclinadas — pelo visto, a escrita do herdeiro gildeniano, já que não a reconheci — havia riscado a parte referente aos dispositivos dos Adeptos e a substituído por...

Li a seção mais duas vezes.

Pedia uma mão nobre em casamento.

De jeito nenhum.

Com as sobrancelhas erguidas, olhei para os meus pais. A minha voz saiu firme, sem deixar transparecer o choque e a apreensão que se apossaram de mim.

— Vocês querem que eu me case com o novo rei de Gildenheim?

Minha mãe entrelaçou as mãos e se recostou na cadeira.

— Melhor do que desperdiçar os recursos em uma guerra sem sentido. Você é solteira e tem a mesma idade que ele. Ter uma das nossas filhas no trono gildeniano daria à Casa Liliana uma vantagem significativa.

Minha boca ficou seca. Assim como a minha irmã mais velha, talentosa e a herdeira mais provável, eu sempre havia esperado um casamento arranjado. Mas não como *garantia* em oposição a uma guerra. Não apresentada a mim sem nenhum aviso, sem meses de negociação.

— Mas quem todo mundo adora é a Tatiana — protestei. — Ela consegue conquistar qualquer pessoa.

— E as preferências dela no leito são incompatíveis com essa união. — Minha mãe ignorou a minha objeção com impaciência. Era um obstáculo óbvio, grande o suficiente, eu não deveria ter tropeçado nele. Eu era flexível quanto ao gênero dos meus parceiros. A minha irmã não. — O tratado é uma questão delicada. Qualquer fonte de atrito pode prejudicá-lo.

E Tatiana não era uma pessoa delicada. Apesar de nos parecermos muito, às vezes era difícil acreditar que éramos irmãs. Tatiana não se importava com a opinião de ninguém, a não ser a dela mesma. Eu nunca consegui fazer o mesmo.

Eu me esforcei para controlar a agitação mental tanto no rosto quanto na voz. Para recuperar o meu equilíbrio.

— Mas, mesmo assim, Tatiana é quem tem a aptidão mágica. Não é isso o que o novo rei quer?

Meus pais podiam até ficar incomodados de ter que pagar a Guilda dos Adeptos para fazer vista grossa, mas os talentos de Tatiana eram motivo de orgulho para eles — e mais uma área na qual eu estava em desvantagem.

— Justamente por isso seria tolice enviá-la. — Meu pai começou a ler uma pilha separada de papéis.

Eu estava cansando os meus pais, demorando muito para entender a situação.

Minha mãe deu uma batidinha com uma unha bem aparada na mesa. Os seus olhos encontraram os meus olhos, e apesar do tom caloroso de castanho, estavam tão gélidos quanto uma rara tempestade de inverno. — Você está recusando o casamento, Bianca?

Fiquei sem reação. O meu estômago revirou, me deixando nauseada. Engoli em seco contra a ameaça de vomitar.

— Não, eu... claro que não. — As palavras saíram às pressas, como se pudessem fechar a ruptura de longa data entre nós. Eu poderia decepcionar os meus pais de outras maneiras, mas jamais ao cumprir o meu dever. — Mas... e quanto a minha condição?

Os meus pais trocaram um olhar significativo.

Claro, o meu estado de saúde não era um obstáculo. Era o motivo pelo qual me ofereceram para esse casamento.

Um gosto amargo fez minha garganta arder, misturando-se com a náusea causada pela própria condição em questão. Eu sabia que os meus pais achavam que eu não era forte o suficiente para representar a Casa Liliana. Era por isso que Tatiana estava destinada a sucedê-los, ainda que a lei damariana permitisse que qualquer descendente vivo assumisse a sucessão. Entre nós duas, eu era a confiável.

Mas só quando eu não estava doente.

Mantenha a sua máscara no lugar. Não deixe ninguém perceber a sua fraqueza. Os meus pais incutiram essas palavras desde que a minha doença começou a me incomodar. Agora, elas estavam gravadas na minha mente como cicatrizes: não são mais dolorosas, mas são impossíveis de ignorar. Eu deveria esconder a minha enfermidade a todo custo. Outras filhas, as filhas de origem plebeia, poderiam ficar fracas e se render, mas a Casa Liliana exigia força inabalável dos seus descendentes. Se a minha fraqueza se mostrasse, permitindo que os nossos rivais nobres se dessem conta de que o poder da nossa linhagem era vulnerável, eu estaria decepcionando a minha família.

Porém, era impossível esconder uma doença que poderia se agravar a qualquer momento e durar para sempre. Eu tomava os meus tônicos sem reclamar e cerrava os dentes nos bailes e jantares, procurando conseguir uma aparência saudável sempre que a política exigia. Mas apesar de todo o meu esforço, apesar das tentativas dos meus pais de abafar até o sussurro mais discreto, eu tinha deixado de comparecer a diversos eventos públicos e me retirado repentinamente de muitas negociações. Os boatos começaram a se infiltrar através dos muros do palácio como uma corrente de ar frio. Era só uma questão de tempo até que as outras Casas nobres da corte juntassem as peças e as transformassem em uma arma contra a Casa Liliana.

— Você vai esconder a sua condição, pelo menos até depois do casamento — minha mãe disse com firmeza. — Você já conseguiu antes. E vai levar a sua boticária com você. Se o seu marido perguntar sobre os tônicos, diga que são para o seu ciclo menstrual.

A decisão era lógica. Pragmática. De um ponto de vista objetivo, era óbvio que eu era a alternativa mais adequada. O meu valor na corte de Damaria era limitado, sobretudo porque um casamento ali acabaria revelando a minha enfermidade; em Gildenheim, a minha doença não ameaçaria a Casa Liliana mesmo que fosse descoberta. Essa era uma solução que consolidava o poder dos meus pais de diversos modos, me afastando do escrutínio dos rivais mais próximos, ao mesmo tempo em que estabelecia um vínculo com o trono gildeniano.

E não que eu quisesse que Tatiana fosse em meu lugar. Casar-se com um rei que ela não conhecia... ela odiaria, tal como sempre havia odiado as muitas imposições dos nossos pais. Apesar de eu sempre ter me agarrado ao dever como uma tábua de salvação, fazendo exatamente o que os meus pais queriam, ainda havia uma parte de mim que esperava que isso me fizesse conquistar o amor deles, muito depois de as evidências mostrarem o contrário. Mesmo agora, eu não conseguia enterrar completamente essa esperança.

— Você vai aceitar o que a sua Casa exige? — meu pai perguntou.

Olhei para os meus pais, forçando-me a parecer forte. A *ser* forte. Fossem quais fossem os meus sentimentos sobre o assunto, alguém precisava se casar com aquele homem, e poderia muito bem ser eu. Melhor um casamento do que uma guerra — ou um futuro à margem, em bailes em que as náuseas me impediam de frequentar, ouvindo os sussurros da corte a respeito da filha doente da Casa Liliana.

Se meus pais consideravam o casamento a minha única utilidade, talvez eu pudesse transformar essa aliança em uma oportunidade. A esperança se apoderou de mim com a ideia. Eu ainda teria responsabilidades — provavelmente mais do que nunca. Mas, em vez de me obrigar a participar de jantares e discursos por ordem dos meus pais, em vez de forçar um sorriso para aliados em potencial, sentindo o meu estômago arder como um carvão em brasa e quase vomitar toda a comida... como rainha, eu teria a liberdade de escolher meus próprios compromissos. Permanecer nos meus aposentos, ou na minha cama, quando eu estava fraca demais para ficar de pé, em vez de me prejudicar ainda mais me forçando a seguir em frente, e fazer isso sem temer a repressão que eu sabia que viria no primeiro momento de privacidade. Eu ainda teria que enfrentar as minhas crises, mas em Gildenheim, poderia ser capaz de decidir que rumo eu queria dar a minha vida, ao invés de continuar seguindo os caminhos profundamente marcados pela tradição.

E mais do que isso: era a chance de mostrar o meu valor. Uma chance de cumprir o meu dever como duquesa Liliana. Finalmente conquistar a *consideração* dos meus pais, em vez de ser vista apenas como algo *descartável*.

Ergui o queixo, encarando meus pais.

— Eu sou filha de Damaria — disse. — É minha responsabilidade proteger o nosso povo. Claro que aceito.

A minha mãe endireitou a pilha de papéis do tratado.

— Você vai partir em sete dias.

O que significava que eles já tinham começado a elaborar a aliança antes mesmo de falarem comigo. Mantive-me impassível, sem revelar nenhum dos meus sentimentos.

— Me passe a caneta — eu disse, com a voz firme. — Vou assinar os papéis agora.

Mergulhei a caneta na tinta azul-escura, que representava a cor de Damaria. Ao erguer a pena da caneta acima do tratado, uma única gota de tinta caiu, manchando o pergaminho ao lado do nome do meu recém-noivo: Aric de Gildenheim.

Tatiana teria dito que era um mau presságio. Porém, a minha irmã enxergava um futuro possível em cada onda do mar, e eu sabia que havia apenas um que contava: o caminho resoluto traçado pelo dever. A responsabilidade me chamava, à espreita na fronteira norte, e eu atenderia ao chamado.

Removi a mancha e assinei o meu nome. Pronto. Uma linha de tinta, e agora estava noiva.

— Bianca. — A minha mãe tocou o meu cotovelo, enquanto eu me levantava para sair. Ao me virar para ela, vi um sinal de preocupação em seus olhos pela primeira vez desde que entrei nos aposentos. — Você vai ter que fingir que é forte para que isso dê certo. Não mostre a ninguém as suas fragilidades. Não deixe que vejam as suas deficiências. Se descobrirem a sua fraqueza, vão usá-la contra você, e então vão destruí-la.

Olhei nos olhos de minha mãe, querendo que ela visse uma força que não estava ali.

— Eu não vou deixar isso acontecer.

Esse era o meu dever. E quanto a isso, eu nunca tinha falhado.

Eu não ia começar agora.

2

De volta a meu quarto, fui direto para a penteadeira e pressionei o polegar sobre o fecho metálico da caixa criada por um Adepto até que ele brilhasse. A caixinha se abriu, revelando uma fileira de frascos de vidro com tônico. Depois de pegar um, me acomodei na cadeira, tirei a rolha com as mãos trêmulas e bebi todo o frasco. Minha boca se encheu com o gosto amargo familiar, que nem uma generosa porção de mel conseguia neutralizar. Fechei os olhos e engoli tudo. Os tônicos não eram a cura para a minha doença — nada era —, mas aliviavam os sintomas, e eram mais palatáveis do que os incontáveis tratamentos que diversos boticários haviam me imposto antes de ficar claro que a minha doença era intermitente, mas permanente.

— Você não deveria estar tomando tanto num dia. Não é seguro.

Engasguei, quase inalando o tônico, e me virei na cadeira. Julieta tinha entrado sem que eu percebesse, com passos quase silenciosos no tapete. Após anos de serviço da minha boticária, eu não deveria me assustar com os seus movimentos discretos, mas ainda assim, me sobressaltava toda vez que ela surgia sem aviso das sombras.

Fiz uma careta ao me ver no espelho de prata polido.

— Eu sei. Vou tomar menos se eu continuar piorando amanhã.

— É melhor. Muitas doses de uma vez vão fazer você se sentir mal. — Julieta tirou o frasco vazio das minhas mãos e o substituiu por um copo de vidro de cobalto cheio de água.

— Como? Me dando dor de barriga? — Beberiquei a água, removendo o gosto amargo do tônico no céu da boca.

— Muito engraçado, Vossa Graça. — Julieta se moveu para ficar atrás da minha cadeira. Eu a observei pelo espelho, enquanto ela tirava os grampos do meu cabelo e os deixava na madeira polida, um por um, ordenados como uma fileira de soldados. Tudo nela era preciso: a touca do cabelo, o caimento do uniforme, a economia de palavras. — Estou falando sério. É meu trabalho manter você segura, incluindo impedir que se envenene.

— Eu sei. Obrigada. — Deixei o copo de água de lado, arrependida. Como sempre, o encontro com os meus pais havia me deixado de mau humor, mas eu não precisava descontar na minha equipe. Julieta era uma amiga, além de criada. Às vezes, ainda que ela fosse apenas quinze anos mais velha do que eu, Julieta parecia mais uma mãe para mim do que a minha própria mãe. Com certeza, ela era mais afetuosa.

— Julieta — eu disse. — Como você se sentiria em me acompanhar até Gildenheim?

Por um momento brevíssimo, ela parou de mexer as mãos. Observei o seu rosto no espelho, mas a única mudança em sua expressão foi um leve aperto nos cantos dos olhos.

— Imagino que milady vai se casar com o novo rei.

— Como você soube? — perguntei, erguendo as sobrancelhas. — Meus pais só me informaram sobre o tratado hoje à tarde.

Por um piscar de olhos, Julieta hesitou.

— As fofocas do palácio, Vossa Graça, e eu tenho bons ouvidos. — Ela retirou os últimos grampos e soltou o meu longo cabelo escuro, que caiu ao redor dos meus ombros.

Claro que o palácio fofocava. Eu já deveria saber disso melhor do que ninguém, depois do erro que cometi dez anos atrás. Fiz uma careta.

— Você não precisa decidir agora — eu disse. — Eu não pediria para você abrir mão da sua vida aqui se não quiser.

— Claro que vou acompanhá-la — Julieta disse, baixinho. — Vossa Graça sabe que eu faria qualquer coisa pela minha senhora.

Senti um nó na garganta, que ameaçou me sufocar. Esforcei-me para manter a expressão impassível. A emoção não era uma das nove Virtudes. Revelar os meus sentimentos, como a minha mãe havia insistido diversas vezes, era uma vulnerabilidade que qualquer um poderia aproveitar.

— Obrigada — eu disse, com a voz controlada.

Sem avisos, um punho bateu na porta dos meus aposentos, tão trovejante quanto os cascos de um cavalo de guerra. Eu e Julieta nos retraímos. Logo em seguida, a porta se abriu com força e Tatiana entrou com ímpeto, num turbilhão de saias cor-de-rosa.

— Eu termino isso, Julieta — ela disse, puxando o pente da mão da minha boticária. — Você pode tirar o resto da noite para descansar.

Julieta me lançou um olhar. Concordei, resignada. No melhor dos casos, discutir com a minha irmã era uma perda de tempo.

Enquanto a minha criada saía pela porta dos fundos, Tatiana se colocou atrás de mim, brandindo o pente como uma arma. Eu já senti a dor antes mesmo de ela continuar penteando o meu cabelo.

Observei a minha irmã no espelho, já me preparando, enquanto ela atacava o meu cabelo com um empenho alarmante. Embora eu tivesse nascido quase um ano depois de Tatiana, costumavam achar que éramos gêmeas: compartilhávamos os mesmos traços suaves, a pele de tom oliva que bronzeava facilmente no verão, os cabelos escuros e ondulados e os olhos castanho-escuros — embora as íris dela, ao contrário das minhas, fossem salpicadas com pontos dourados, que identificavam quem possuía o dom de canalizar a magia. No momento, os olhos de Tatiana brilhavam de fúria, e seu queixo estava firme com uma determinação que eu conhecia bem até demais.

Fiz uma cara quando o pente se prendeu em um nó.

— Desde quando você tem interesse em pentear o meu cabelo?

— Desde quando você concorda em se casar com um rei estrangeiro sem nem falar comigo primeiro?

— Então, os nossos pais já contaram para você.

— Claro que sim. Por que *você* não me contou primeiro?

— Ai! — Eu me afastei dela. — Por causa da Virtude da Contenção, Tatiana. Você vai me deixar careca desse jeito.

— Quem sabe o seu noivo não goste.

Eu me virei para encará-la, quase levando um pente no olho.

— Por que você está tão brava? Não é como se *você* quisesse se casar com ele.

Tatiana largou o pente com força na penteadeira.

— Pode ser que eu esteja brava porque não quero que a minha irmã se case com um homem que ela não quer.

Fiquei rígida.

— A escolha é minha, Tatiana. Gildenheim está ameaçando declarar guerra. É o meu dever...

— É. O seu precioso *dever* — minha irmã interveio, em tom de zombaria. — Não precisa ficar sempre fazendo o que esperam de você, sabia? Pode escolher as coisas por conta própria, não só porque os nossos pais decidem que isso beneficia a nossa Casa.

Uma irritação tomou conta de mim, despertando velhos ressentimentos. Para Tatiana, era fácil distorcer a minha decisão, fazendo parecer que eu tinha cometido um erro, enquanto os nossos pais se alegravam em ignorar os aspectos *dela* que não lhes interessavam, em favor dos que lhes eram vantajosos. Como se ela não soubesse perfeitamente que, na ausência de magia ou saúde, o dever era tudo o que eu tinha a oferecer.

— O dever não é uma escolha. — Minha voz saiu controlada, ainda que soubesse que a minha irmã perceberia a tensão por trás do que eu dizia. — Mas se fosse, eu escolheria assim mesmo.

— Claro que escolheria, abelhinha. E você acha que os nossos pais não sabem disso? Que eles não tiram proveito do seu senso de dever?

Agora, não me dei ao trabalho de esconder o mau humor. Tatiana sabia que eu odiava esse apelido. Uma boa abelhinha, como ela gostava de me chamar, uma operária exemplar na colmeia. Ela usava essa provocação desde que eu tinha quinze anos e senti o meu coração partido pela primeira e única vez.

— Isso não é o mesmo que aconteceu com Catalina — retruquei. — E, afinal, por que você liga? Não foi a *você* que pediram em casamento.

De repente, a raiva de Tatiana desapareceu como uma vela apagada. Ela se apoiou na penteadeira, espalhando a organização impecável dos grampos de Julieta.

— Eu sei — ela disse. — E sei que você não está sendo forçada a isso sob ameaça de faca. Mas os nossos pais ainda estão impondo esse casamento a você, Bianca. E eles teriam me enviado no seu lugar sem hesitar se achassem que eu seria mais adequada para o papel. Eles não dão a mínima para nós como filhas. Não passamos de peças a serem movidas no tabuleiro.

Eu não a contradisse.

— Então você acha que eu deveria me opor ao casamento e deixar o tratado degringolar?

Mexendo em um dos meus grampos, Tatiana estava com a expressão carregada como uma tempestade de verão.

— Não — ela respondeu com firmeza. — É por isso que estou com raiva. Porque isso não está certo, mas não há como recusar.

Peguei o grampo da mão de Tatiana antes que ela o deixasse imprestável.

— Está tudo bem, Tatiana. Eu vou ser uma *rainha*. E o novo rei tem só vinte e oito anos. Já vi os retratos dele. Ele é até bonitinho.

Não que isso significasse que eu sentiria alguma atração por ele pessoalmente. Os retratistas eram pagos para criar mentiras lisonjeiras, e as imagens revelavam pouco do que estava além da aparência. Era perfeitamente possível que, na realidade, Aric fosse horrível e cruel. Porém, dividir esses pensamentos com Tatiana não ajudaria a aliviar os medos dela, e só estavam servindo para piorar os meus.

— Está tudo bem — repeti, para o bem de nós duas. — Afinal, vou me casar com ele para negociar um tratado de paz. E vou ter a meu lado uma guarda pessoal e Julieta.

E não Tatiana. De repente, a ideia fez meu estômago revirar, como o início de uma das minhas crises. É verdade que eu e minha irmã brigávamos ferozmente e com frequência. Porém, tínhamos passado quase todos os dias da nossa vida juntas, e não havia ninguém que me conhecesse melhor — ninguém com quem eu pudesse falar abertamente sobre os meus pensamentos. Esse casamento significava que, pela primeira vez na vida, eu ficaria separada dela. Não apenas por algumas semanas, enquanto ela acompanhava um dos nossos pais em alguma missão diplomática, ou o único mês que ela havia ficado no treinamento de Adeptos até todas as partes concordarem discretamente em dispensá-la dos nove anos obrigatórios de formação em troca do apoio generoso da Casa Liliana à Guilda. Com exceção de visitas ocasionais, essa separação seria para sempre.

Tatiana me encarava como se eu fosse de outro planeta. Dei um sorriso forçado para amenizar os nossos receios.

— A mudança de cenário fará bem para mim. Ninguém em Gildenheim tem conhecimento da minha doença, e quero que continue assim. Considere isso como um recomeço. — Arqueei as sobrancelhas com um toque de ironia. — E ninguém diz que um casamento não pode ter benefícios.

Pelos mares, como eu gostaria de um parceiro com quem pudesse dormir mais de uma vez. Eu estava cansada de escolher os meus raros companheiros de cama não só pela ausência de envolvimento, mas também pela discrição deles.

— Hum, pelo menos será mais difícil para os nossos pais te importunarem do outro lado das montanhas. — A minha irmã suspirou, com as suas dúvidas ainda evidentes. — Eu não vou conseguir fazer você mudar de ideia, vou?

— Não.

Tatiana deu um sorriso malicioso

— Então, ainda bem que já preparei o seu presente de aniversário.

Minha irmã enfiou a mão no bolso. Confusa, franzi a testa.

— Ainda não estou indo embora. E o meu aniversário é só daqui a dois meses. — Até lá, eu já estaria casada. Apenas uma hora atrás, eu ainda não estava comprometida. A ideia era atordoante.

— Eu sei, mas você precisa disso mais do que nunca. De nada.

Do seu bolso, Tatiana tirou um saquinho feito de seda zhei importada, fruto do comércio marítimo que, junto com a magia dos Adeptos, havia elevado Damaria à condição de potência. Ela o virou para deixar o conteúdo cair na palma da mão: um pingente de prata em uma corrente delicada. Mesmo a distância, emanava uma sutil vibração de energia.

Tentei pegar o pingente, mas ela tirou do meu alcance.

— Não tão rápido. Você não deve ativá-lo sem querer.

Desconfiada, semicerrei os olhos.

— Como assim?

Tatiana se posicionou atrás de mim para prender a corrente ao redor do meu pescoço. O pingente caiu abaixo dos ossos da clavícula, tão refrescante quanto a chuva do final da primavera. Percebi agora que era um medalhão; uma peça oval de prata, trabalhada com delicada filigrana. O desenho na frente incluía um único lírio, evocando o emblema da nossa Casa.

— É um amuleto de proteção — Tatiana explicou. — Bem... um tipo de proteção. É meio experimental. — No espelho, observei o olhar dela ficar evasivo. — Não abra o pingente, a menos que você esteja correndo um grande perigo.

Rocei os dedos na prata, que foi esquentando rápido.

— Isso não é ilegal, é?

Mesmo Tatiana não se envolvia com algo tão perigoso quanto trabalhar com seres vivos — uma prática que a Guilda dos Adeptos tinha proibido havia mais de um século —, mas as suas criações costumavam fugir das aplicações aprovadas de luz, calor e metal.

Tatiana deu de ombros, toda inocente.

— O que é considerado legal depende do ponto de vista.

— Tatiana.

Ela suspirou. Eu estava estragando o jogo dela.

— Não, não é estritamente legal, mas os melhores feitiços não são.

Tirei a mão do medalhão. Revirando os olhos, Tatiana recolocou a minha mão no lugar.

— Relaxe, abelhinha. Fiz questão de impor limites. É um dispositivo para te defender de um agressor.

— Vou para Gildenheim para manter a paz. Não há motivo para que eu seja agredida — eu disse. Mesmo assim, a possibilidade me fez sentir calafrios. A última rainha havia morrido de repente. Os espiões do Conselho relataram que alguns ramos mais distantes da família real tinham discutido a possibilidade de dar um golpe após a morte dela. E pensando bem, o marido da rainha não tinha morrido muito jovem, quando o meu noivo ainda era uma criança?

O meu *noivo*. Pelos mares, eu agora era uma mulher comprometida.

— Bem, não custa ser cuidadosa. Dizem que a família real gildeniana pode lançar feitiços usando sangue. Não vai machucar ter um pouquinho de magia própria. — Tatiana afastou o meu cabelo da corrente, para que caísse em ondas pelas minhas costas. — Mas, sério, não abra a menos que você precise. Só funciona uma vez.

Envolvi o medalhão com a mão, tomando cuidado para mantê-lo fechado.

— Obrigada — eu disse, com as palavras formando um nó na minha garganta. — Espero nunca precisar usá-lo.

Contra a minha vontade, fechei bem os olhos, cheios de lágrimas que eu não queria derramar. Eu não deveria me emocionar tanto. Não era como se eu estivesse perto da morte. Era só um casamento.

Tatiana me enlaçou por trás, apoiando o queixo na minha cabeça.

— Se você precisar de mim, conte comigo — ela afirmou. — E vou afogar os nossos pais no fundo do mar se tentarem me impedir. Mesmo que você precise só de alguém com quem discutir.

Entrelacei os dedos nos de Tatiana, enquanto o meu peito se expandia e se contraía no abraço dela. Ficamos ali em silêncio e deixamos as nossas respirações se sincronizarem lentamente. Brigávamos mais do que manifestávamos o nosso amor, mas nunca duvidei de que ele existisse.

— Não é uma despedida — eu disse finalmente. — Ainda não estou indo embora.

— Eu sei. — Tatiana revirou os olhos. — Então, não me venha com todo esse sentimentalismo.

Abafei uma risada. Porém, apesar da garantia que eu tinha acabado de dar a ela de que não era o fim, não consegui evitar o sentimento de que era.

3

Uma semana depois, eu estava junto à amurada do *Lírio Dourado*, com os dedos crispados na madeira polida. Os respingos salgados borrifavam no meu rosto, ardendo nos meus lábios rachados. O vento tentava soltar o meu cabelo dos grampos. Fechei os olhos para enfrentar o balanço nauseante do navio. Eu me sentia como se estivesse montando um garanhão selvagem e levando a pior. Cada onda trazia uma novo enjoo repentino, me dando nós nas tripas.

A embarcação mergulhou numa grande onda fazendo o meu estômago embrulhar. Eu me curvei sobre a amurada e tentei vomitar. Não saiu nada, exceto barulhos repulsivos. Eu já tinha vomitado no mar tantas vezes que os meus músculos abdominais doíam. Que começo promissor.

Colocando-se com cautela contra o vento em relação a mim, Julieta esfregou as minhas costas com movimentos circulares reconfortantes.

— Faltam apenas três dias até Arnhelm, milady. Pelo menos, a senhora não está tendo uma crise.

Deixei escapar um gemido eloquente.

Eu sabia o motivo pelo qual o Conselho dos Nove tinha decidido me enviar de navio: a imensa embarcação, um dos navios que compunham a frota de Damaria, era imponente. Cada centímetro do comprimento considerável do *Lírio Dourado* havia sido projetado para chamar a atenção: amuradas reluzentes; velas enfunadas que exibiam uma enorme versão da estrela azul de nove pontas de Damaria; os canhões fabricados pelos Adeptos dispostos ao longo do convés de armas. O navio era uma mensagem, e nada sutil. Gildenheim tinha ameaçado declarar guerra; Damaria respondeu com ofertas de paz, mas eram ofertas com garras afiadas. Um conflito armado custaria caro ao nosso vizinho.

Eu tinha gostado da ideia de uma viagem marítima. Ao contrário de Tatiana, eu nunca havia me aventurado tão longe de casa para justificar uma viagem como essa, mas as aventuras náuticas apareciam com frequência nas histórias românticas que eu e a minha irmã devorávamos quando crianças. Eram histórias de guerreiros defendendo vilarejos do ataque de monstros sanguinários com espadas destemidas, de feitiços desfeitos com um beijo de amor verdadeiro, de aventureiros corajosos com botas encantadas que venciam sete léguas com um único passo. Eu já havia passado tempo demais em carruagens para saber que odiava a maneira como elas revolviam as minhas entranhas — ainda mais quando eu estava no meio de uma crise —, e a viagem era longa demais para ser feita a cavalo, o meu meio de transporte preferido. Um navio tinha parecido uma alternativa atraente — pelo menos, na teoria.

Na prática, ao que tudo indicava, eu estava com um enjoo terrível. Graças à Virtude da Misericórdia, o meu futuro marido não estava a bordo. A visão da sua noiva vomitando durante horas por cima da amurada não era exatamente a demonstração de força desejada pelo Conselho ou pelos meus pais. Aliás, nem era assim que eu queria conhecer Aric. Eu duvidava que meu noivo se encantasse ao me ver vomitando.

O navio balançava. Voltei a me curvar sobre a amurada, sentindo ânsia de vômito.

Algo úmido e viscoso me acertou no rosto.

Pulei para trás com um gritinho, cambaleando ao sentir o convés se inclinar sob os meus pés. Julieta me agarrou com uma das mãos, enquanto uma adaga apareceu na outra para repelir um ataque. Ao recuperar o equilíbrio, olhei ao redor, perplexa. Não havia sinal de um agressor.

— Milady? — Julieta perguntou.

Toquei o rosto com a mão. Os dedos ficaram úmidos e salgados.

— Acho que o mar acabou de me dar um tapa na cara.

Julieta franziu a testa. Em seguida, embainhou a adaga, apontando para o convés.

— O seu agressor, Vossa Graça.

Olhei para baixo e soltei outro gritinho. Uma criatura iridescente, do tamanho da palma da minha mão, estava se debatendo sobre as tábuas molhadas. À primeira vista, parecia um peixe. Exceto que eu nunca tinha visto um peixe com asas emplumadas e um bico pontudo.

— O que é *isso*? — exigi saber.

— Acho que deve ser um peixe-pássaro, milady.

Fiquei boquiaberta.

— Eles ainda existem? Achei que estavam extintos.

Com a curiosidade superando a náusea, peguei um lenço e me agachei. O peixe-pássaro se contorcia no convés, com a cauda balançando sem força. Com cuidado, para não esmagar as suas asas, eu o peguei no lenço para examiná-lo.

O peixe-pássaro me encarou, com os olhos esbugalhados e o bico se abrindo e fechando sem ruído. As asas batiam contra o lenço. De perto, não eram emplumadas como eu havia pensado, mas cobertas por escamas iridescentes, parecidas com penas, e revestidas com uma substância viscosa.

Eu já tinha ouvido falar de criaturas sobrenaturais, como exemplos numa história educativa. Uma ilustração de por que o uso da magia deveria ser restrito ao metal e à pedra inanimados. O peixe-pássaro era estranhamente belo, mas uma certa apreensão me invadiu. As lendas populares voltaram a minha mente, repletas de bestas lendárias: dragões de fogo que cuspiam chamas verdes e biliosas; lobisomens que caçavam as almas de moribundos; árvores que caminham sobre as suas raízes na lua cheia, vagando em busca de carne humana. Se o peixe-pássaro era real, que outros seres perigosos poderiam existir num país com magia não regulamentada?

— Uma palavrinha, Vossa Graça?

Uma voz baixa feminina soou atrás de mim, tão próxima que me assustei. Não era Julieta. Concentrada em examinar o peixe-pássaro, eu não havia percebido a sua aproximação. Respirei fundo e me virei para encarar a recém-chegada, mantendo a mão na amurada para me apoiar.

Ao pôr os olhos na mulher, agarrei a amurada com força: ela era damariana, tinha quase a minha idade e possuía uma pele oliva bronzeada por horas de prática de artes marciais sob o sol constante da península. O vento brincava com os seus cachos escuros, parecendo apreciá-los como se fossem seus. Com as mãos cruzadas nas costas, em uma postura de pernas afastadas de soldado, ela me observava com uma cautela que eu mesma havia incutido nela.

A Virtude da Serenidade. De todas as pessoas com quem eu queria falar entre os surtos de vômito, Catalina Espada, a capitã da guarda pessoal designada para mim e minha ex-amiga mais próxima, estava em um dos últimos lugares da lista.

Dei um sorriso forçado mas cortês, ignorando a culpa que fazia o possível para entortar a boca na direção oposta.

— Se não for demorar — concedi. — Estou meio ocupada.

Catalina desviou o olhar do meu rosto para a minha mão, justo quando o peixe-pássaro fez um movimento brusco.

— Com o seu... peixe?

Fiquei vermelha de vergonha. Que um buraco me engula... eu tinha me esquecido de que estava segurando a criatura. Eu parecia uma idiota, falando com ela com um peixe alado na mão.

Passei o peixe-pássaro embrulhado no lenço para Julieta.

— Hum. Se você puder...

Ela o pegou com a mesma naturalidade com que eu teria lhe passado um copo de água.

— Vou colocá-lo de volta na amurada, milady.

Apesar do balanço do navio, Julieta se afastou com passos invejavelmente firmes. Então, olhei de volta para Catalina. Com o coração apertado e o estômago martirizado, me dei conta de que, sem querer, tinha concedido a ela uma audiência privada. Pelo poder das Virtudes, eu não estava preparada para isso. Não passei os últimos dez anos evitando encará-la para acabar tendo uma conversa íntima a caminho do meu casamento. Na verdade, eu achava que a estava deixando para trás para sempre. Nunca imaginei que ela se ofereceria para esta missão, quanto mais para comandar a escolta de guardas que me acompanharia na minha nova casa. Ela merecia algo melhor.

Pela manga, apalpei os contornos da adaga presa a meu pulso — era uma nova precaução, embora eu tenha aceitado de bom grado. Talvez Catalina quisesse só conversar sobre as nossas medidas de segurança. Havíamos discutido isso em detalhes antes de zarpar, e também em todas as noites desde então. Mas quando se tratava da minha segurança, Catalina estava claramente... empenhada.

Melhor resolver isso logo.

— E então? — disse, me esforçando para manter a voz sem inflexão. — Você tem a palavra.

Catalina olhou para Julieta, que já estava fora do alcance auditivo e não demonstrava intenção de me salvar dessa conversa. A capitã da minha guarda balançava nos calcanhares. Era um gesto nervoso que eu reconhecia das incontáveis horas treinando juntas. Nita, a nossa instrutora de esgrima, teria dado um tapa nela. Não que Nita tivesse treinado Catalina nos últimos anos. Agora ela treinava com os guardas palacianos, e eu ia sozinha para o meu treinamento com armas.

— Posso falar sem reservas, Vossa Graça? — Catalina perguntou.

— Se for necessário.

Ela voltou a mudar de posição.

— Eu queria conversar com a senhora sobre... — Seus olhos vasculharam o convés, como se ela esperasse encontrar as palavras certas gravadas nas tábuas.

— Sim? — eu a encorajei. Então, o navio voltou a balançar, e reprimi outro acesso de mal-estar.

— Sobre o seu casamento — Catalina completou, com um tom que sugeria que cada sílaba a feria como ácido.

O meu estômago se revirou. Por favor, que ela esteja falando das medidas de segurança.

— Já discutimos isso. Confio nas suas precauções. Vou me sentir segura com os planos que traçamos...

— Não estou me referindo aos planos. — Qualquer outro dos meus guardas teria ficado chocado por ela me interromper, mas Catalina não parou nem se desculpou. Ela seguiu em frente sem pausa, como se fosse puxada com força por alguns cavalos. — Nenhum planejamento garantirá a sua segurança se a ameaça for o homem com quem você vai se casar.

Contive a ânsia de vômito. Ela não era causada totalmente pelo balanço do navio.

— Não sei o que você quer dizer.

— Não sou indiferente aos boatos, Bianca. As pessoas andam dizendo que ele matou a própria mãe para ascender ao trono. Que ele é frio e arrogante. Todo mundo está abaixo dele. Ele mal conversa com alguém caso consiga evitar. Estou preocupada com você. Como a capitã da sua guarda. — Seus olhos finalmente encontraram os meus. Um lampejo da sua velha afeição aflorou sob o gelo que cobria a superfície. — E como... uma amiga.

Eu me mantive impassível. Os rumores não eram tranquilizadores, mas o meu noivo não era o único parceiro desse casamento que gerava fofocas; eu sabia como os boatos se espalham. E, embora Catalina pudesse ter razão, ela não levou em conta o ponto relevante.

— A minha felicidade conjugal não tem nada a ver com esse acordo. — Anos de prática em esconder os meus pensamentos mantiveram a minha expressão imperturbável e meu tom equilibrado. — O meu casamento com o rei Aric é um acordo político para aliviar as tensões entre Gildenheim e Damaria.

— É por isso que estou preocupada com você. — A expressão de Catalina ficou sombria. — Foi *você* que concordou com esse casamento? Ou foi a Casa Liliana?

Desviei do olhar dela, receosa do que ela poderia pensar ao interpretar a minha expressão. A luz do sol atravessava as nuvens dispersas e cintilava nas ondas, deixando uma imagem residual brilhante na minha visão.

— Eu não estou sendo forçada. Eu escolhi isso, Cata.

Um músculo de sua mandíbula tremeu ao ouvir o apelido de infância. Maldita seja a minha língua solta. Agora, mais do que nunca, eu precisava manter a distância que havia cuidadosamente estabelecido.

— Tem certeza? — Seu tom diminuiu, tão baixo que mal deu para ouvi-la. — Essa não seria a primeira vez que você foi forçada a fazer algo que chamou de escolha.

Contra a minha vontade, as memórias passaram como folhas levadas por uma forte brisa. Olhares demorados antes do treinamento com armas. O roçar de uma mão na minha ao nos cruzarmos no corredor. Um beijo sob os frutos maduros de uma árvore de damasco, a doçura na minha língua. Essas sensações tinham uma década, e foram as minhas primeiras vivências. Apesar de todo o meu esforço, eu não conseguia apagá-las da memória.

Porém, esses sentimentos foram apenas uma chama que brilhou por pouco tempo e se extinguiu anos atrás. Apesar do que Catalina acreditava, *tinha* sido minha escolha terminar o relacionamento entre nós. Foi o melhor. Eu havia enterrado aquelas brasas e fiz o possível para esquecer que um dia elas incandesceram. E Catalina havia feito o mesmo. A última vez que tinha ouvido falar dela, ela estava noiva de uma alfaiate da corte — uma boa mulher. Alguém que não a abandonaria quando a política exigisse.

Não que eu tenha ficado prestando atenção nos assuntos pessoais de Catalina, é claro.

— Você está enganada — eu disse, secamente.

— Sei que nós duas seguimos em frente. Não estou falando por ciúmes. — Catalina ergueu os olhos para mim, o seu olhar atraiu o meu. — Mas sei que o que você acredita e o que *diz* acreditar nem sempre estiveram em harmonia, Bianca. Se você está sendo forçada a esse casamento, se essa não for realmente a sua escolha...

Levantei a mão de maneira abrupta, interrompendo-a. Como bom soldado que era, Catalina se calou.

— Você está exagerando, capitã Espada. — Fiz o possível para suprimir toda a emoção da minha voz. Dessa vez, a minha mãe teria ficado orgulhosa. — Vou me casar com o homem, e não vou me juntar à equipe da cozinha dele.

Catalina segurou a empunhadura da sua rapieira.

— Caso não queira esse casamento... posso ajudar você. Eu me ofereci para esta viagem para proteger você; *você*, e não a Casa Liliana. Existem outros países. Outros continentes, até.

E em todos eles, os navios de Damaria atracaram. Além disso, havia o tratado a ser considerado. Será que Catalina não percebia o que aconteceria se uma guerra eclodisse? Embora a ideia de Damaria em guerra parecesse tão distante quanto o fundo do mar — algo que eu sabia que existia, mas não conseguia de fato imaginar —, eu tinha lido o suficiente de história para saber o custo. A guerra, mesmo uma que pudéssemos vencer, envolvia sacrifício, e os plebeus como Catalina — *soldados* como ela — seriam os primeiros a sucumbir.

Tratei de usar a minha voz com firmeza e autoridade, como o aço forjado por um Adepto, impedindo qualquer protesto adicional.

— Eu aceitei o casamento. A minha decisão é definitiva. Não vamos voltar a falar sobre isso.

Catalina apertou os lábios. Dava para ver sua discordância, sua hesitação. Porém, suas atuais preocupações eram provas de que eu tinha tido razão de cortar o relacionamento quando éramos mais jovens — eu sempre a machucaria. Pelo menos agora ela lidava com a preocupação pela minha segurança, e não como uma decepção amorosa.

— Por favor, vá embora — eu disse, com mais suavidade dessa vez.
— Nada do que você diga vai mudar a minha decisão. Discutir isso mais a fundo só vai piorar as coisas para nós duas.

Catalina se recompôs, recuperando a postura ereta de um soldado.

— Entendo, Vossa Graça. — Ela fez uma reverência respeitosa, com o espaço entre nós ficando muito maior. — Não tocarei mais nesse assunto. Posso fazer algo mais pela senhora?

Desviei os olhos da expressão de desaprovação em seu olhar.

— Mande Julieta voltar para cá, por favor.

Catalina voltou a fazer uma reverência e se afastou, com passos firmes. O modo de andar de um soldado, enfrentando o mar revolto com zelo.

Voltei a olhar para o mar aberto, para não ter que vê-la partir. E então vomitei de novo, expelindo a bile que eu tinha tentado manter sob controle durante a nossa conversa.

Aliviada, fiquei curvada sobre a amurada. O sol brilhava no mar, quase me cegando. Ao longe, um cardume de peixe-pássaros aparecia e desaparecia nas ondas. Cada salto era como se fosse um arco-íris em miniatura.

Porém, eu não estava em condições de apreciar a beleza do mar. O cansaço estava tomando conta de mim, como se a âncora do navio tivesse sido jogada sobre os meus ombros. Limpei a boca, com o gosto ácido do conteúdo do meu estômago azedando o meu paladar. Eu estava sendo vista por todos a bordo. Precisava parecer forte, mesmo que por dentro os meus ossos tivessem se transformado em cascas de ovo. Apoiando-me na amurada, forcei os ombros a se endireitarem, em vez de cederem ao cansaço, como queriam fazer.

Pelo menos o enjoo era compreensível — algo que eu não precisava esconder. Julieta tinha razão. Poderia ter sido pior. Mas não muito. Mesmo sem o balanço do navio, os meus próprios pensamentos me deixariam enjoada.

Os meus pais. A minha irmã. Agora Catalina, que pelo visto ainda podia me machucar mesmo através dos muros que eu havia construído entre nós. Cada um dizia que me apoiava, mas questionando todas as minhas decisões. Eu sabia que eles queriam o melhor para mim, mas eu gostaria que confiassem em mim para decidir o que isso significava para mim.

Eu tinha quase vinte e seis anos, uma mulher feita. Não era uma criança, me iludindo com o resplendor de uma coroa dourada, alheia à lâmina afiada sob o seu brilho.

Um marido ou uma guerra. A escolha foi simples.

Voltei a apalpar a adaga escondida, traçando os contornos de sua bainha.

Talvez Catalina tivesse razão quanto ao caráter do meu futuro marido. Eu sabia muito pouco sobre ele; ninguém havia esperado que ele ascendesse ao trono antes de completar trinta anos, ou seja, ele não tinha sido alvo de vigilância rigorosa e, em grande medida, havia se escondido dos olhos do público. O pai havia morrido jovem, e a mãe, a rainha viúva, gozava de saúde excelente até a sua morte repentina — ou ao menos, foi o que o nosso embaixador relatou. Uma monarquia que usava sangue para magia, se os boatos que Tatiana tinha me contado estavam corretos, deviam ser uma linhagem impiedosa. Talvez Aric tivesse *mesmo* assassinado a própria mãe para usurpar o trono.

A ideia me deixou arrepiada, mas eu a afastei. Não havia garantia de que os boatos fossem verdadeiros, ou que não fossem um exagero a respeito de algo muito mais inofensivo. Mesmo que, no final das contas, eu e Aric não formássemos um bom par, esse casamento ainda era uma oportunidade de libertar a minha vida da estrutura rígida que sempre teve. Já havia visto mais do mundo nos últimos dias do que em toda a minha vida — incluindo peixe-pássaros na cara. Talvez o meu futuro marido fosse igualmente surpreendente.

De qualquer forma, quem quer que o meu noivo fosse, eu descobriria logo, e eu o enfrentaria de igual para igual. Espada por espada. Movimento por movimento. Talvez até coração por coração. Ainda que soubesse que não podia contar com isso.

Não importava. Casamentos entre nobres eram baseados em necessidade, e não em amor. E essa era a escolha certa. A única.

Eu tinha que levar adiante.

4

Quando o *Lírio Dourado* chegou a Arnhelm, a capital de Gildenheim, navegamos rumo ao porto sob nuvens que prenunciavam uma chuva pesada.

Eu estava no tombadilho e observei a cidade se assomar ao navio. Enquanto as cidades damarianas se gabavam dos aglomerados de edifícios caiados com telhados de terracota, as casas ali eram de um cinza pálido de pedra calcária e antiga e se estendiam baixas ao longo do terreno. As ruas de Arnhelm eram estreitas e tortuosas, como se cada uma tivesse sido aberta com grande esforço de uma terra relutante em ser subjugada. Ao nos aproximarmos da entrada do porto, o cais se projetava em nossa direção como garras de um predador. Segui a extensão da cidade desde as docas, a partir de onde ela avançava rumo às montanhas antes de ser encoberta pela névoa. Eu sabia que o castelo estava lá, no ponto culminante, posicionado entre as montanhas e o mar. Porém, devido ao céu encoberto, eu não conseguia ver o meu futuro lar.

Lar. A palavra parecia tão estranha quanto a língua gildeniana. Outra coisa a qual eu teria que me acostumar.

Estremeci de frio e puxei meu xale bordado para mais perto dos ombros. Em Damaria, a primavera já tomava conta das colinas, com flores brotando em profusão como cortesãs em vestidos de baile coloridos. Mas não ficaria surpresa se a neve ainda cobrisse a terra de Gildenheim. Pedras cinzentas sob céu cinzento. Parecia que todo o país era desprovido de cor.

Julieta tocou meu ombro, com a mão mais quente do que o ar.

— Está voltando a piorar, Vossa Graça?

Fiz um gesto negativo com a cabeça, resistindo à vontade de me apoiar no conforto do seu toque. Eu me sentia meio zonza, mas suspeito que se devesse ao fato de ter vomitado a maior parte da viagem até Gildenheim, e não a minha doença.

— Não é nada. É só o vento.

O olhar desconfiado de Julieta deixou claro que ela não acreditou no que eu disse, mas não questionou. De qualquer forma, não havia nada que ela pudesse mudar nas circunstâncias. Estávamos quase atracando ao cais, bastante perto para calcular a quantidade de soldados que nos aguardavam, caso eu quisesse fazer isso. Naquela manhã, eu já tinha tomado uma dose preventiva do tônico, e não ia tomar outra na frente do meu noivo. Eu só tinha uma chance de causar uma boa impressão. Não podia desperdiçá-la num momento de fraqueza.

Respirei fundo. Não havia nada com o que me preocupar. Eu estava me sentindo muito bem. Estava ali por vontade própria, acompanhada pela bênção de todo o Conselho dos Nove, por meia dúzia de soldados bem treinados e pela minha botica pessoal. A diplomacia havia impedido o Conselho de também enviar um Adepto plenamente capacitado, mas isso não teria sido necessário. Eu estava o mais segura possível.

Com um baque de madeira desgastada, a prancha de desembarque se conectou ao píer. Observei o cais à procura do meu noivo. Uma bandeira de Gildenheim — um campo verde com um cavalo alado branco usando uma coroa — tremulava sobre duas fileiras paralelas de soldados que se estendiam ao longo do cais. Eles estavam usando sobretudos verde-floresta, longos ao estilo gildeniano, em vez das armaduras reluzentes e dos adornos azul-escuros aos quais eu estava acostumada. A ponta das suas alabardas reluzia como sincelo sob a luz pálida do sol. Os soldados inclinavam as armas para frente, dando a impressão de ser um túnel, e não uma guarda de honra. Em vez de uma pistola e um estojo de pólvora preso à cintura, eles portavam sabres longos. Eu sabia que armas de fogo eram raras em Gildenheim, já que as importações de Damaria eram a sua única fonte, mas não imaginava que nem mesmo a guarda do castelo as possuía. A evidência do atraso de Gildenheim deveria se reconfortante, mas, de alguma forma, a falta de pistolas só reforçava a imponência dos soldados.

Resisti à tentação de apalpar a minha adaga oculta. Era apenas uma guarda de honra, lembrei a mim mesma, enquanto o meu coração disparava. Os soldados estavam ali para me dar as boas-vindas a Gildenheim. Eu esperava ser recebida por um grupo de cortesãos, e não por uma demonstração de força militar, mas os costumes do nosso vizinho do norte eram diferentes. Aquilo não era uma ameaça. Afinal, tínhamos assinado o tratado. Não havia necessidade de hostilidades. Esse era o objetivo principal de eu estar ali.

— Vossa Graça? — Julieta chamou, com a voz modulada só para os meus ouvidos. — Todos estão a sua espera.

Claro. Como o membro mais importante da delegação, eu deveria desembarcar primeiro.

Orei em silêncio para a Virtude da Força, pedindo que as minhas pernas não vacilassem, e desci a escada do tombadilho, me dirigindo à amurada. De perto, a prancha de desembarque era assustadoramente estreita. A cada instante, o seu ângulo de inclinação mudava conforme o *Lírio Dourado* subia e descia com o balanço do mar. Um movimento curto, que não faria muita diferença para alguém com as pernas mais firmes.

Minha visão turvou e cerrei os dentes. As ondas do mar encharcam as saias pesadas que compunham o vestido formal que eu havia escolhido. Eu poderia ter usado uma calça, mas queria causar uma forte impressão inicial, e metros de seda importada e cara eram um meio para esse fim. Pelo menos, as saias esconderiam o tremor nos meus joelhos.

Respirei fundo e pisei na prancha de desembarque. Era mais íngreme do que eu esperava, mas havia ripas salientes de madeira para proporcionar aderência. Não seria tão difícil.

À frente, uma porta de carruagem foi fechada com força. Ergui os olhos quando um homem entrou caminhando entre os soldados. Alto, pálido, com cabelo da cor desbotada de trigo velho, preso para trás em um rabo de cavalo ao estilo do norte. Ele não se parecia com os retratos que eu havia visto, mas isso era de se esperar.

Deve ser ele. O meu noivo. Aric de Gildenheim.

Procurei sorrir, levantando a mão em saudação.

E acabei pisando na barra das saias, me desequilibrei e caí de cara no porto.

A queda foi rápida. Nem tive tempo de gritar antes de mergulhar na água gelada, com bolhas surgindo a meu redor como champanhe. As minhas saias — peças adornadas e volumosas — flutuaram a meu redor, muito mais pesadas do que qualquer tecido deveria ser. O choque térmico me atingiu com a força de um golpe físico. Reagi a ele e nadei em direção à superfície, com a água salgada fazendo os meus olhos arderem...

Algumas mãos agarraram os meus braços e me tiraram da água. Pisei nas tábuas inteiriças do cais, com os joelhos se dobrando com o impacto. Enxuguei os olhos, tossindo e engasgando. Quando consegui recuperar a visão, me vi ladeada por dois soldados vestidos de verde gildeniano, com as mangas dos uniformes manchadas pela água salgada. Os soldados de Aric estavam mais próximos de mim do que os meus próprios guardas.

Que o oceano me leve às profundezas. A primeira impressão já tinha ido por água abaixo: toda a corte gildeniana se lembraria desse episódio para sempre. Só a força do hábito me impediu de me retrair devido à humilhação.

— Milady!

Julieta passou pelos soldados. Tirando o próprio xale, ela o colocou sobre os meus ombros. O meu devia estar afundando em direção ao fundo do mar.

— O-obrigada — consegui balbuciar batendo os dentes, puxando o xale para mais junto de mim. Eu me virei para os soldados que me tiraram da água e gaguejei: — O-obrigada tam-bém pe-la vos-sa pron-ti-dão.

As duas mulheres se entreolharam, inexpressivas. Os soldados não deviam entender damariano. Eu deveria ter me dirigido a eles em gildeniano.

— Duquesa Liliana?

Levantei os olhos e o meu estômago se revirou de vergonha. O homem da carruagem estava a apenas alguns passos de distância, observando a água pingar das minhas saias e formar uma poça, que foi se espalhando devagar pelo piso do cais. A curva de sua boca oscilava entre diversão e zombaria.

Fiquei desalentada. De perto, ele correspondia ainda menos aos retratos. E era muito mais velho do que eu esperava. Ele pareceria mais próximo dos quarenta do que dos trinta, embora o tom cinza fúnebre que usava pudesse tê-lo envelhecido. Ainda assim, ele só podia ser o meu noivo.

— Vos-sa Majestade? — arrisquei.

Ele fez um gesto negativo com a cabeça.

— Não, Vossa Graça. Sou o lorde Varin de Gildenheim, simplesmente um humilde cortesão a seu dispor. Fui enviado para acompanhá-la até o castelo.

A raiva me dominou, ardente e feroz. Um *humilde cortesão*? Aric nem sequer enviou alguém importante para me receber?

Eu estava tremendo até os ossos. O fato de estar molhada, com frio e me sentindo humilhada só piorava o meu humor.

— Eu esperava que o rei Aric viesse me receber. — Meu tom saiu afiado como navalha.

A boca de lorde Varin se apertou um pouquinho. Desgosto, contrariedade, arrependimento? Eu não tinha certeza do que a sua expressão indicava, ou a quem estava dirigida.

— O herdeiro aparente está muito ocupado, milady. Mas ele não vê a hora de encontrá-la em um momento mutuamente conveniente. — Ele deu ênfase suficiente ao título de Aric para deixar claro o meu erro: o meu noivo ainda não tinha sido coroado.

Anos de prática me ensinaram a manter a impassibilidade, mesmo quando o descontentamento queimava em meu peito. Mordi a língua, me impedindo de descontar a minha indignação em Varin. Ele só estava ali seguindo ordens de Aric. Mas o próprio Aric... assim que eu o visse pessoalmente... ele deveria estar preparado para se ajoelhar e rastejar.

Ergui o queixo, com a ajuda da raiva.

— Nesse caso, lorde Varin, vamos ao castelo. Tenho certeza de que agradecerei ao herdeiro aparente por sua calorosa recepção.

Varin me ofereceu o braço, e eu o aceitei, tocando-o o mínimo possível. Seguimos entre as fileiras paralelas dos guardas, com as minhas saias deixando um rastro molhado pelo cais. Afora os dois soldados que me tiraram da água, os outros mantiveram a formação com disciplina impecável, embora alguns parecessem estar segurando as risadinhas.

Dei permissão para que um criado me ajudasse a entrar na carruagem, com Julieta e Varin logo atrás de mim. Depois que a porta se fechou e o cocheiro estalou as rédeas, a minha raiva se transformou numa resolução implacável. Eu não podia correr o risco de revelar as minhas emoções agora, permitir que Aric soubesse o quanto a sua desfeita havia me atingido. Mas isso não significava que eu deixaria essa provocação sem troco.

Eu não sabia que jogo o meu noivo estava tramando, mas eu não era o tipo de mulher que ele pudesse ofender e se safar. Eu era Vossa Graça, a duquesa Bianca Liliana, flor de Damaria e descendente da minha Casa. Não era uma peticionária a ser tratada conforme a sua disponibilidade, tendo a honra de receber a sua atenção apenas quando fosse *conveniente*. Eu era a representante do Conselho dos Nove. A sua futura esposa. A sua igual. E se Aric achava que poderia me insultar sem consequências, logo lhe mostraria o contrário.

Que ele espere até o nosso primeiro momento a sós. Eu o faria perder a sua soberba de uma forma que ele jamais a reconquistaria. Ele não via a hora de me encontrar? Eu também não. Sem dúvida, eu deixaria uma impressão *impactante* e duradoura em Aric. Uma que o meu noivo com certeza não esqueceria.

Coloque-os na defensiva. O lembrete de Nita ecoou na minha mente. *É assim que se vence.*

Cruzei as mãos no colo e semicerrei os olhos. Em breve, Aric de Gildenheim aprenderia exatamente quão mal ele havia me julgado.

5

Embora eu já meio que esperasse isso quando passamos pelos portões do castelo, a falta de uma recepção real também aumentou a minha raiva, me fazendo sentir um aperto no peito. Dei permissão para que o lorde Varin me ajudasse a descer da carruagem. Em seguida, atravessei as portas duplas da entrada do castelo com o máximo de graça possível. Um grupinho de cortesãos havia se reunido no hall de entrada. Era impossível não ouvir os sussurros que circulavam entre eles ao me verem — as minhas saias de seda estavam grudadas nas pernas e o meu cabelo era uma bagunça encharcada —, porém mantive a expressão impassível, sem deixar que o constrangimento fosse visível. Apenas acenei a cabeça, saudando-os com um sorriso forçado, como se fosse algo rotineiro ser tirada das águas de um porto.

Pensando bem, talvez tivesse sido benéfico para mim o fato de Aric não ter preparado uma recepção real completa. Assim, a corte gildeniana não testemunhou a minha chegada desastrosa — embora eu não duvidasse que todo o castelo saberia disso em menos de uma hora.

Se a minha recepção em Arnhelm não foi exatamente o que eu esperava, pelo menos os meus aposentos conseguiram compensar essa falta. Depois que Varin se despediu, um funcionário palaciano me conduziu a uma suíte real completa no segundo andar do castelo. A suíte tinha janelas altas que davam para um arboreto, quartos para os meus acompanhantes pessoais e tapeçarias de cores vivas para proteger contra o frio do norte. Uma grande penteadeira ocupava boa parte de uma das paredes. Para o meu grande alívio, o fogo crepitava na lareira — o trajeto do cais ao castelo pouco ajudou a secar as minhas roupas, e o frio do porto estava começando a tomar conta de mim. Comecei a me aproximar ansiosamente do fogo, mas o braço de Catalina apareceu diante de mim, bloqueando o meu caminho.

— Espere um pouco, por favor, Vossa Graça. — Qualquer sinal de intimidade que ela tinha demonstrado no *Lírio Dourado* havia desaparecido, dando lugar a uma mulher tão profissionalmente fria quanto uma fonte de mármore. — Precisamos verificar se os seus aposentos estão seguros.

Uma réplica estava na ponta da minha língua — eu estava congelando, e duvidava que Aric colocaria em risco o tratado ao fazer algo tão óbvio quanto colocar armadilhas nos meus aposentos. Porém, eu e Catalina já não tínhamos intimidade suficiente para que eu dissesse isso, e eu estava cansada demais para discutir. Esperei, me esforçando para não expor o tremor, enquanto Catalina e os meus guardas reviravam a suíte em busca de qualquer ameaça. Fiquei incomodada quando dois guardas cutucaram os travesseiros na cama com dossel e empurraram o colchão para o lado. Outro enfiou um atiçador de lareira na chaminé, lançando uma nuvem de fuligem sobre o tapete. Apreciei o cuidado deles com a minha segurança, mas será que era realmente necessário serem tão minuciosos? Os meus dedos já estavam quase azuis de frio.

Dirigi um olhar cheio de desejo para a lareira — e pisquei. As chamas tinham um tom esverdeado estranho — quase da cor das folhas na primavera. Quem sabe não fosse uma peculiaridade da madeira? Mas Gildenheim era conhecida por seus pinheiros e abetos. A mesma madeira com que construíamos as nossas embarcações e que queimávamos nas nossas lareiras. E eu nunca tinha visto queimar com essa cor.

— Tudo em ordem, Vossa Graça — Catalina disse, interrompendo os meus pensamentos.

Pela Virtude da Misericórdia, parecia que Tatiana tinha desencadeado a sua tempestade em xícara de chá na suíte. Eu não invejava os criados encarregados da limpeza dos aposentos — sobretudo porque Catalina, sem dúvida, mandaria revistar o pessoal do castelo com a mesma minúcia.

Voltei a olhar para o fogo. O tom esverdeado havia desaparecido. As chamas tinham readquirido uma cor normal. Devo ter imaginado coisas.

— Obrigada — respondi e me dirigi até a lareira. A bagunça podia esperar.

Para o meu grande alívio, a suíte contava com um banheiro privativo, com água quente à disposição. Após ter me aquecido o suficiente para recuperar o movimento das mãos e lavado o cabelo para tirar o fedor de mofo da maresia, Julieta me ajudou a vestir o meu vestido mais deslumbrante — azul, dourado e ornado, como a própria Damaria. Eu me sentei à penteadeira para que ela pudesse dar cor aos meus lábios ressecados pelo sal e transformar o meu cabelo úmido em algo apresentável. Varin tinha me informado que haveria um baile de boas-vindas naquela noite. Seria a minha primeira aparição oficial como noiva de Aric. Eu não pretendia desperdiçá-la.

Alguns livros em língua damariana estavam cuidadosamente empilhados na superfície polida da penteadeira. Franzi a testa ao ler dois títulos. *Uma história do conflito na península. Contos para crianças insones.* E, o mais desconcertante, o que parecia ser um livreto sobre a moda damariana, quase duas décadas desatualizado.

Sem dúvida, os livros tinham a intenção de transmitir uma mensagem, mas os conteúdos me deixaram confusa. Será que Aric queria me alertar sobre a história de guerra do meu próprio país? Sugerir que eu era pueril? Ironizar o meu senso de moda? Fosse qual fosse o significado dos livros, não era um bom presságio.

Presumi que em breve eu mesma poderia perguntar a ele. Com certeza, ela não pretendia se esconder até a nossa noite de núpcias.

No espelho, dei uma olhada involuntária para a parede do outro lado da suíte. Ali havia uma porta que levava direto aos aposentos do rei, conforme me informaram. Estava bem fechada. Por enquanto.

Desviei o olhar da porta à força. Não queria pensar no que havia do outro lado. Ainda não. Eu pensaria nos aposentos de Aric e tudo o que isso implicava depois de conhecê-lo de verdade.

Voltei a atenção para as tapeçarias. A lã das peças era tingida em tons de pedras preciosas, provavelmente pigmentos importados do Império Zhei por meio das rotas de comércio damarianas. Em casa, essas tapeçarias exibiriam representações de Virtudes. Ali, retratavam pessoas e animais em cenas da natureza, misturados com criaturas fantásticas cujas fusões de partes do corpo me recordavam o peixe-pássaro.

O meu olhar se deteve em uma tapeçaria que retratava uma mulher pálida com cabelo escuro e olhos dourados. Ela estava ao lado de um cavalo alado com uma coroa colocada entre as suas orelhas. Era a mesma criatura presente na bandeira de Gildenheim, ainda que ali estivesse apoiada em quatro patas, em vez de empinada sobre duas. A cor vibrante dos olhos da mulher, realçada com fios dourados, sugeria que ela poderia canalizar a magia com a força de um Adepto de alto nível. Confusa, franzi a testa. Claro que eu sabia que Gildenheim tinha praticantes de magia. Ao contrário de Damaria, onde todos com potencial mágico eram obrigados a completar nove anos de treinamento como Adeptos e ter as suas carreiras subsequentes controladas pela Guilda, os praticantes não treinados de magia selvagem não só eram tolerados, mas também incentivados. Mas fui ensinada que as "feiticeiras verdes", como Gildenheim chamava tais pessoas, eram fracas, na melhor das hipóteses, e perigosas, na pior. A tapeçaria devia ser um exagero.

Ouvi uma batida de leve na porta. Graças aos oceanos, não na porta dos aposentos de Aric. Foi na porta principal da minha suíte.

Eu me virei de forma brusca, fazendo com que Julieta murmurasse um palavrão, já que o seu trabalho cuidadoso estava indo para o beléu. Deslizei a mão até a empunhadura da adaga presa a meu antebraço. O medalhão de Tatiana estava quente na cavidade sob os ossos da minha clavícula.

Um dos guardas postados à porta me lançou um olhar interrogativo, com a mão pairando perto da empunhadura da sua rapieira. A mulher a seu lado apoiou a mão em sua própria arma.

Acenei com a cabeça, ordenando em silêncio que admitissem o visitante. A cautela dos guardas era justificável, mas se eu fosse viver em Gildenheim, não poderia esperar que toda visita fosse um ataque. Ainda assim, senti um calafrio percorrer a espinha, como a sensação de desconforto que tive na água gelada do porto.

A porta foi aberta, revelando um homem esquelético, com uma idade entre a minha e a dos meus pais. O cabelo escuro, a tez oliva e o traje ao estilo damariano — um gibão bordado com mangas com fendas e o cabelo curto — o identificavam como um cidadão do meu país.

— Embaixador Dapaz? — deduzi. Eu nunca tinha visto um retrato de Evito Dapaz, mas havia apenas alguns poucos cortesãos damarianos em Gildenheim. A chegada da minha comitiva tinha, no mínimo, dobrado o esse número.

O embaixador fez uma reverência perfeita, confirmando as minhas suspeitas. Ele tinha olhos castanhos aguçados e um nariz aquilino.

— Vossa Graça. Creio que ainda não tivemos o prazer de nos conhecer.

Ele tinha razão. Seus traços eram familiares — eu já devia ter conhecido alguns parentes de Dapaz em bailes ou jantares, mas era jovem demais para frequentar cerimônias da corte com regularidade quando ele assumiu a função de embaixador no exterior.

— É uma honra finalmente conhecê-lo, embaixador. Ouvi falar muito a seu respeito. — Um elogio ambíguo não faria mal algum. — Há quantos anos o senhor está em Gildenheim?

— Há 12 anos.

Julieta passou a ajustar o corpete do meu vestido. Contive uma careta quando ela puxou mais forte do que de costume.

— Damaria agradece pelos seus serviços prestados. Como posso ajudá-lo, embaixador?

— Na verdade, Vossa Graça, acredito que sou eu que posso ajudá-la. Vim ver como milady está acomodada em seus aposentos e se atendem as suas necessidades. E também vim para acompanhá-la ao baile de boas-vindas. — Ele forçou um sorriso sutil. — Creio que a senhora ainda não tenha tido tempo suficiente para se familiarizar com o castelo.

Seria mais uma tentativa de Aric de me humilhar? Será que ele queria que eu vagasse sozinha pelo castelo e me perdesse, fazendo ainda mais papel de tola? Com a raiva renovada pelo meu noivo, firmei o maxilar. Graças aos oceanos pela perspicácia de Dapaz. Pelo menos alguém naquele país desgraçado estava do meu lado.

— Até agora, os meus aposentos estão atendendo as minhas expectativas — disse a Evito. Ainda que Catalina e os meus guardas os tivessem deixado ainda mais adequados. Estremeci por dentro ao ver o olhar do embaixador acompanhar o meu, percorrendo a bagunça, mas ele era um cortesão treinado, pois sua expressão não mudou.

— Claro, milady. — Evito fez uma leve reverência com a cabeça.

— Mas eu tenho uma pergunta. — Apontei para a tapeçaria que tinha chamado a minha atenção, procurando manter o tronco imóvel em consideração a Julieta. — O que essa imagem representa?

Um lampejo de surpresa cruzou o rosto de Evito. Se isso se devia a minha falta de conhecimento ou a meu tópico de interesse, não consegui descobrir.

— Trata-se de uma das lendas locais, Vossa Graça. A história da Dama das Terras Selvagens. O povo gildeniano diz que ela foi a primeira rainha daqui. Ela fez um pacto com divindades locais, que lhe deram a coroa em troca de uma promessa de proteger as regiões selvagens. Tal superstição explica o fato de Gildenheim proibir a abertura de mais minas de ferro ou a extração de mais árvores das florestas, apesar do imenso potencial de lucro.

Interessante, sobretudo porque essas duas atividades estavam especificamente descritas no tratado. Eu teria que perguntar a Aric sobre isso. Quando ele desse as caras.

— Ela era uma pessoa de verdade? A Dama?

— Segundo a opinião geral, Vossa Graça, a mulher era de verdade. As lendas... bem. — Evito deu um sorriso condescendente. — Tenho certeza de que Vossa Graça pode tirar as próprias conclusões.

Observei a imagem da primeira rainha gildeniana, ficando mais intrigada do que antes. Em vez de satisfazer a minha curiosidade, a resposta de Evito a tinha instigado ainda mais.

— Se Vossa Graça já estiver pronta... — Evito sugeriu.

— É claro. — Eu não deveria me atrasar para um baile realizado em minha homenagem. — Julieta?

A minha criada deu um último puxão nos laços do meu corpete.

— Pronto, milady — ela disse, secamente.

Ao olhar no espelho, vi que os lábios dela estavam pressionados com tanta força que ficaram pálidos. Talvez Julieta tivesse se arrependido de ter me acompanhado a Gildenheim. Eu teria que conversar com ela assim que tivesse um tempo livre. Se ela quisesse voltar para casa, eu não a obrigaria a ficar.

Peguei a mão dela e a apertei em silenciosa gratidão, torcendo para que o gesto transmitisse os meus pensamentos. Em seguida, fiquei de pé.

— Eu ficaria grata se o senhor pudesse me conduzir até o salão de baile, embaixador.

Eu o segui, com dois dos meus guardas apenas alguns passos atrás. Estava sentindo uma leve dor de cabeça, mas pelo menos eu não estava tendo uma crise. A água e a fruta que Julieta me forçou a consumir antes de desembarcarmos do navio estavam me ajudando a me recuperar da viagem. Graças aos oceanos. Naquela noite, eu precisava de toda a minha força.

Logo após deixar a suíte, agradeci a orientação de Dapaz. Eu nunca havia me perdido em nenhum salão cerimonial de Damaria, já que os mosaicos coloridos, os painéis de vitrais e as representações individualizadas das Virtudes serviam como pontos de referência, tornando cada recinto único. No entanto, o castelo de Arnhelm era um labirinto de corredores de calcário cinzento. As janelas estreitas deixavam ver vislumbres de um pôr do sol da cor de ameixas rosadas e maduras, embaçado pela chuva, que tinha começado a cair sem que eu percebesse, mas esses sinais do mundo exterior não me ajudavam a me situar nos meandros do castelo. Era um lugar construído com foco na defesa, e não na beleza. Os meus pais teriam gostado.

Dapaz indicou o caminho até um par de portas duplas altas, reforçadas com faixas de ferro pontiagudas. Ali até mesmo as salas de audiência estavam prontas para a guerra. Pelo menos as maçanetas tinham um detalhe artístico: cada uma era concebida na forma de um predador de boca arreganhada. Não muito acolhedor, mas ao menos era mais sutil. Um pouquinho.

Evito acenou com a cabeça para dois soldados postados ao lado das portas. Eram militares gildenianos, usando os mesmos uniformes verde-floresta, com faixas prateadas cruzando os peitos. Eles portavam alabardas cerimoniais, adornadas com a bandeira de Gildenheim: o campo verde e o cavalo alado branco. A mesma imagem da tapeçaria do meu aposento. Uma inquietação se apoderou de mim. Será que os guardas estavam ali só para exibição? Para me enviar uma mensagem? Ou estavam realmente como defesa, mas contra o quê? Voltei a pensar nos rumores acerca dos parentes reais que almejavam o trono. Sem dúvida, não se atreveriam a agir tão abertamente.

À medida que fomos nos aproximando, os guardas abriram as portas, revelando um grande salão de baile com piso de mármore polido e tetos arqueados. Uma dúzia de lustres cintilantes iluminava um grupo de cortesãos muito bem— vestidos. No fundo, dois tronos ocupavam uma plataforma elevada. Ambos estavam vazios. Será que Aric ia mesmo se recusar a me encontrar outra vez?

Os dois soldados bateram a base das suas alabardas no chão. Consegui não me assustar com o estrondo.

— Anunciando Vossa Graça — Evito disse em voz alta. — A duquesa Bianca Liliana, flor de Damaria, noiva de Aric de Gildenheim.

Os olhares se voltaram para mim, acompanhados de sussurros. Uma série de aplausos educados veio dos convidados. Como na corte de casa, os convidados ali constituíam um grupo variado: misturados com o povo de Gildenheim, com a sua pele clara e os trajes discretos, avistei pessoas dos países membros da Aliança Mobolana, com os seus variados tons de pele morena e os seus tecidos de estampas vibrantes; os representantes do Império Zhei, com cabelos pretos e lisos e as suas sedas reluzentes; os conterrâneos de Damaria, com os seus gibões ricamente bordados, as suas saias volumosas e os semblantes de tons oliva, ainda que não reconhecesse nenhum deles, exceto Evito. Todos com os olhares fixados em mim.

Forcei um sorriso, disfarçando o nervosismo por trás dele. Ao menos a isso eu estava acostumada. Conseguia me mover numa dança de corte com a mesma facilidade com que respiro.

Uma agitação tomou conta dos convidados, abrindo espaços como se fosse uma foice cortando um campo de trigo. Através da abertura, um homem entrou com um traje cinza fúnebre ao estilo gildeniano e uma coroa sobre o cabelo dourado. Ele se deteve a uma distância de uma espada de mim, mas não fez reverência.

Os nossos olhares se encontraram. Ele tinha os olhos azuis gélidos de um céu invernal. O ar ficou carregado entre nós, como a sensação que precede a queda de um raio.

Não precisei de apresentação. Eu o reconheceria mesmo que não tivesse examinando o seu retrato durante horas na viagem a bordo do *Lírio Dourado*, buscando significado em cada pincelada. Aric de Gildenheim, o herdeiro aparente do trono.

Enfim. O meu noivo.

6

Com os nervos à flor da pele, fiz uma reverência exagerada para Aric.

— Finalmente nos conhecemos — eu disse em gildeniano. — Marido.

Aric semicerrou os olhos. Ele fez uma reverência em resposta, apenas o suficiente para ser educado, e estendeu a mão com rigidez. Por um instante, fiquei olhando para ele, antes de me dar conta de que ele esperava que eu a pegasse.

Então, era assim que ele queria jogar o jogo. Fazendo de conta de que já não tinha me desprezado duas vezes.

— É costume que os noivos compartilhem a primeira dança. — Ele me respondeu na mesma língua. A sua voz era mais suave do que eu esperava, melodiosa, como as notas de uma viola. Eu tinha imaginado um comandante ríspido, combinado com frieza e insultos.

Ainda assim, nem sequer a falsidade de um discurso de boas-vindas. Nenhuma pergunta sobre o que eu tinha achado dos meus aposentos ou sobre a viagem, nem uma palavra a respeito do fato de ele não ter me cumprimentado. Evidentemente, eu estava noiva de um homem de poucas palavras e de poucas boas maneiras.

Sorri para ele, um sorriso largo o suficiente para mostrar os dentes, e apoiei a minha mão na dele. Um arrepio nos percorreu quando nos tocamos, e ambos nos sobressaltamos. Porém, nenhum de nós recuou. Aric entrelaçou os dedos nos meus com a relutância de quem segura um lenço usado. Ele me conduziu até o centro da pista de dança.

A música começou a tocar. Uma melodia lenta com ritmo de três tempos. Aric colocou a mão livre em minha cintura, com a palma mal roçando o meu corpete, como se ele não conseguisse suportar me tocar. Em resposta, pendurei o braço esquerdo sobre o seu ombro com mais força do que o necessário. O seu braço estava rígido sob o meu, tão pouco acolhedor quanto o próprio castelo. Não combinávamos bem.

A nossa tensão tornaria a dança desconfortável. Isso era um mau presságio para o quarto.

— Você sabe dançar valsa? — Aric perguntou.

Voltei a sorrir para ele, com a mandíbula começando a doer de tanto apertar os dentes.

— Claro, não nos faltam boas maneiras em Damaria. — Acrescentei uma leve ênfase no nome do meu país.

Mais uma vez me desdenhando, Aric não respondeu. Em vez disso, com o maxilar rígido, ele me conduziu pelos primeiros passos da dança. Um-dois-três. Um-dois-três. Lembrei-me dos treinos de esgrima. Se eu pudesse acertar um golpe em Aric com uma rapieira, teria sido mais conveniente do que essa farsa de cortesia.

Pelo menos Aric revelou-se um bom dançarino, mas não gracioso. Ele executou os passos com precisão e rigidez, como um relógio fabricado por um Adepto. Senti os seus músculos tensos sob o meu braço e a mão rígida na minha cintura. Ele não disse nada, dançando em um silêncio teimoso.

Bem, dois podem jogar esse jogo.

Eu observava Aric, esperando ele falar. O retrato de Aric não havia lhe feito justiça. As tintas do artista capturaram a sua beleza, mas a suavizaram, transformando-a em algo tão comum quanto um campo de trigo dourado. Ele não era belo dessa forma. Sua beleza era como uma adaga: afiada, estreita, melhor apreciada a distância. O cinza escuro do seu paletó lembrava as olheiras sob os seus olhos. Agora que ele estava mais perto, eram mais cor de aço do que de céu.

Aqueles olhos estavam fixos em mim. Percebi que ele também me observava, e enrubesci com o pensamento de que ele poderia, equivocadamente, acreditar que eu estava fazendo algo tão fútil quanto admirá-lo.

— Me diga uma coisa — Aric disse abruptamente. — Você sempre esconde uma adaga na manga?

Quase errei um passo da valsa. O caimento solto do meu vestido escondia a arma de vista, mas Aric deve ter sentido o contorno onde o meu antebraço repousava em seu ombro. Eu a pressionei contra ele, tamanha a minha irritação.

A minha mente ficou a mil, tentando pensar numa desculpa. Armas escondidas não eram um bom começo para um relacionamento.

Mas então, o mesmo valia em relação ao fato de ele desdenhar de sua futura esposa diante de toda a corte.

Dei um sorriso doce e venenoso. Se ele não se desculpasse, eu também não me desculparia.

— De jeito nenhum. Acho que alguns vestidos combinam melhor com uma rapieira. Mas isso atrapalharia a dança, não acha?

Uma expressão de surpresa surgiu em seu rosto, mas rápida como um raio. Por um momento, Aric pareceu perturbado. A satisfação se acomodou em meu peito, ronronando como um gato.

— Entendo. Ouvi falar de sua habilidade com armas — ele disse, com a voz tão cuidadosamente vazia quanto um pergaminho raspado, e voltando a trancar a sua surpresa. E com ela, aquele pequeno vislumbre de sua humanidade. — Espero que você não esteja planejando usar essa adaga no quarto.

Olhei para ele com ar inocente.

— Achei que o quarto fosse exatamente o lugar para... como se diz isso? *Espadas?*

Duas manchas avermelhadas flamejaram na bochecha de Aric. A palavra que usei, um termo pouco cortês, tinha outros significados além do sentido de armamento. O meu uso da língua gildeniana não era perfeito, mas como qualquer jovem aprendendo um idioma estrangeiro, procurei aprender o maior número possível de expressões lascivas logo no início.

Sorri, fingindo não perceber o constrangimento dele.

— Não pude deixar de notar que você não me recebeu no cais quando cheguei. Espero que isso não indique falta de atenção com os seus outros... deveres... — Mudei a postura e me assegurei de que o contorno do meu decote estivesse bem visível para ele. Os acordos comerciais não eram os únicos trunfos que eu trazia para esse arranjo.

Seus olhos foram para o meu peito, mas ele foi logo desviando o olhar, ficando ainda mais vermelho. Então, ele gostava *mesmo* de mulheres; o tratado não especificava o contrário, mas a hostilidade me fez começar a desconfiar.

— Eu estava ocupado com outros assuntos — Aric afirmou, com a voz agora um pouco rouca. — Um rei recém-coroado tem muitos compromissos.

O meu triunfo voltou a se transformar em irritação. Eu lhe dei a oportunidade perfeita; ele estava mesmo tão determinado a não se desculpar? Contive o impulso de dar um pisão em seu pé. Foi por muito pouco.

— Como o humilde cortesão que você enviou para me receber apontou, você ainda não foi coroado.

Um músculo saltou em sua mandíbula.

— Não. Nem esperava ser por muitos anos. A morte da minha mãe foi... prematura.

Ah. A minha irritação deu lugar à empatia. A rainha tinha morrido pouco mais de um mês atrás. O cinza sombrio do paletó de Aric era um lembrete. Talvez eu devesse conceder a ele um pouco mais de clemência. Por mais rude que ele tivesse sido até agora, as pessoas nunca ficam em seu melhor momento durante o luto.

Supondo que ele estivesse *mesmo* de luto, e não tivesse assassinado a rainha para assumir o trono, como os boatos sugeriam. Afinal, ele não perdeu tempo em ameaçar declarar guerra contra os vizinhos. A minha irritação voltou, reforçada pela indignação.

— Quando *será* a coroação? — perguntei. Dessa vez, foi uma pergunta sincera. Os acontecimentos estavam em curso durante as semanas em que me preparei e viajei, e as notícias eram escassas num navio. É claro que o casamento precisava esperar a minha chegada, mas só quando atracamos soube que ele ainda não havia assumido o trono.

Aric semicerrou os olhos, como um céu ficando escuro antes de uma tempestade. Fisicamente, ele não era intimidador, com os ombros estreitos e não muito mais alto do que eu. Porém, a sua expressão me fez querer recuar. Apenas o enlace tenso do seu braço em torno da minha cintura me impediu de errar um passo na valsa. De repente, fiquei grata pelas precauções exageradas de Catalina: esse homem tinha um olhar assassino.

— Você parece ansiosa para assumir a coroa de Gildenheim. — Sua voz saiu baixa, com a ressonância de um garrote.

Eu me forcei a manter os olhos fixos nos dele. Foi *ele* que havia exigido uma esposa para se sentar a seu lado; Aric não poderia me recriminar por aceitar a tarefa.

Deixando de lado o meu jogo de flerte, tratei de deixar a minha voz tão fria quanto a dele.

— Assumir a coroa faz parte dos deveres que decidi cumprir aqui. A menos que você tenha mudado de ideia sobre o nosso casamento.

Ele apertou a minha mão, no limite da dor. Eu o encarei e me mantive firme, sem me deixar abalar.

— Eu não mudei de ideia — Aric disse friamente. — O nosso casamento será amanhã à noite, e a coroação no equinócio da primavera. Ou seja, daqui a uma semana. Você pode dizer para o seu Conselho que eu cumpro as minhas promessas, *esposa*.

Amanhã? O choque desacelerou os meus passos, quase me fazendo tropeçar. Eu achava que teria pelo menos um pouco mais de tempo para me adaptar antes de nos unirmos em matrimônio.

Aric tinha parado de se mexer. Levei um instante para perceber que a música havia acabado. Nós demos um passo para trás ao mesmo tempo.

Aric fez uma reverência, com um movimento seco como um corte.

— Vou deixá-la dançar com quem quer que você deseje bajular pelo restante da noite. Bem-vinda a Gildenheim, duquesa Liliana.

Ele girou sobre os calcanhares e se afastou com passos pesados. Os outros convidados abriram caminho para a sua passagem. Fiquei olhando para ele, com a raiva fervilhando dentro de mim.

Contudo, por baixo da raiva se ocultava um frio tão cortante quanto uma noite de inverno no norte. Eu não tinha nem passado um dia inteiro em Gildenheim. Havia só trocado algumas palavras com Aric durante uma dança. Mesmo assim, já tinha certeza de um fato terrível.

O meu futuro marido me odiava.

7

Senti uma mão tocar o meu cotovelo, me assustando. Eu me virei e me peguei olhando para o alto, para o lorde Varin, o cortesão que tinha testemunhado a minha humilhação no cais.

— Posso ter a honra da próxima dança, Vossa Graça? — Um sorriso surgiu em seus lábios. — Ou talvez eu deva dizer Vossa Majestade?

— Claro. — Eu me esforcei para organizar os pensamentos, confusos pela recepção gelada de Aric e pelo choque de saber que o meu casamento seria realizado em menos de 24 horas. — Quer dizer, claro que o senhor pode ter essa dança. Apenas Bianca é suficiente.

— Bianca — o lorde Varin disse, pronunciando o meu nome sílaba por sílaba, como se fosse um gosto estranho. — Que encantadoramente informal.

Será que cometi outro erro? Eu havia estudado o máximo que pude sobre os costumes de Gildenheim, mas essa era a minha primeira experiência direta com a corte. Não tirei os olhos de Varin, usando um sorriso educado como uma armadura.

— Nós não nos preocupamos tanto com as diferenças de status em Damaria, milorde.

A música seguinte começou a tocar — uma valsa mais lenta que a primeira —, e Varin se aproximou, com a mão pegando a minha cintura. Dessa vez, virei o pulso para que a adaga não fizesse pressão contra o seu ombro. Não havia necessidade de que toda a corte soubesse que eu tinha usado uma adaga escondida para o meu próprio baile de boas-vindas.

Agora a pista de dança estava cheia, mas os olhares ainda se voltavam para nós de todos os cantos, arrepiando a minha pele como grama recém-cortada. Ao dançar com Aric, eu mal havia percebido algo fora da intensidade da sua atenção. Mas agora era impossível ignorar que eu ocupava o centro da atenção da corte, assim como o centro do salão. Alguns sussurros chegaram a meus ouvidos, enquanto Varin nos conduzia por um grupo de cortesãos — *tão inadequada, coitada dela, se as posições deles fossem invertidas, é uma pena que...*

— Ouvi dizer que a herança e o status funcionam de maneira diferente em seu país — Varin disse, antes que eu conseguisse juntar as peças do que os cortesãos estavam sussurrando. — A península não tem um monarca há bastante tempo, não é?

— Não, milorde. — Contive o impulso de dizer que Damaria já tinha superado essas relíquias do passado. Eu não precisava começar insultando cada pessoa que conhecia. Eu seria melhor do que o meu noivo.

Na verdade, se Aric já estava empenhado em me desprezar, eu devia conseguir os meus próprios aliados — e podia começar agora. Analisei Varin com mais interesse. Tendo visto Aric em pessoa, era evidente por que eu pensava que o meu atual parceiro de dança poderia ser o meu noivo. A semelhança entre eles era inconfundível, ainda que Varin fosse mais velho e tivesse ombros mais largos e traços mais definidos.

— Desculpe a minha ignorância, mas você tem alguma relação com o herdeiro aparente? — perguntei, escondendo a franqueza por trás do meu sorriso mais inocente.

Foi breve, mas evidente: com um clarão como o de um canhão em ação, uma raiva lívida brilhou nos olhos de Varin. Então, logo se foi, suprimida pela ação rápida da prática.

— Eu me esqueço que você ainda não foi apresentada aos boatos da nossa corte — Varin disse. — Eu sou um bastardo, Vossa Graça. Concebido fora do casamento, com um ninguém como pai, antes da falecida rainha se casar.

Ah. Eu havia esquecido que esses detalhes tinham importância ali. Eu podia recitar toda a linhagem de Aric por dez gerações, junto com as datas de cada mudança política entre Damaria e Gildenheim. Mas, ao que tudo indica, eu havia memorizado os fatos errados.

— Peço desculpas — eu disse. — Não era a minha intenção tocar num assunto delicado.

— Não é nada — Varin respondeu. — O fato é de conhecimento geral.

Conhecimento geral, talvez, mas, ainda assim, evidentemente sensível. Em Damaria, Varin teria sido considerado um candidato viável à sucessão — provavelmente o *mais* viável dos dois, considerando a sua maior idade e experiência. Eu não tinha dúvida de que um cortesão como ele sabia perfeitamente disso.

Embora o meu estado de saúde fosse um segredo muito bem guardado, eu conseguia me identificar. Eu conhecia a dor de ser considerado indigno por algo fora do seu controle. Duvidava que o meu noivo tivesse alguma vez passado por essa experiência.

Involuntariamente, desviei o olhar para Aric. Não dava para ignorá-lo. Ele estava encostado em um dos tronos na plataforma elevada. E, entre tantas coisas, ele estava *lendo*. Um livro grosso, encadernado em couro, obscurecia parcialmente o seu rosto, ainda que não ocultasse a inclinação irritada de suas sobrancelhas. Quase soltei uma risada ruidosa de incredulidade. Ele estava tão empenhado em me desprezar que havia decidido desdenhar de toda a corte. *Esse* era o homem com quem eu me casaria amanhã?

Ao lado de Aric, havia uma mulher baixinha, com cabelo cor de breu, olhos puxados e escuros, que denotavam a ascendência zhei, músculos que um urso invejaria e uma expressão tão amarga quanto vinho azedo. O seu olhar estava fixo em mim, sem o menor esforço para disfarçar.

Pega de surpresa pelo ódio visível da desconhecida, perdi um passo da dança. Com elegância, Varin compensou o meu erro, me segurando pela cintura e me conduzindo para uma pirueta.

Resisti à vontade de voltar a olhar para a plataforma.

— Quem é aquela mulher ao lado de Aric?

Varin olhou na direção dela, e seu rosto tornou-se sombrio.

— A capitã Marya Dai. A comandante da guarda pessoal do herdeiro aparente.

Dei uma olhada furtiva por sobre o ombro. A mulher — Marya — continuava me fuzilando com o olhar, me vigiando como uma caçadora observando a presa. Notei o jeito prático de prender o cabelo, as linhas impecáveis do seu uniforme — verde-floresta, como o dos outros soldados, mas bordado com detalhes prateados — e o sabre preso à cintura. Ao contrário das alabardas à porta, aquela arma definitivamente não era para fins cerimoniais.

— Será que os bailes não a agradam?

Varin se inclinou para ficar mais próximo de mim, de modo que o seu hálito aqueceu a minha orelha.

— Cuidado com o diz, Vossa Graça. A corte tem maneiras de escutar as conversas particulares. Mas é bom que você saiba que Marya e Aric são... bastante próximos, se é que você me entende. Ela não reagiu bem a sua chegada.

Senti um gosto amargo na boca. Entendi muito bem o que Varin quis dizer. O meu noivo tinha uma amante. Não era de se estranhar que ele tivesse sido tão frio comigo.

— Entendo — disse, conseguindo manter o meu tom equilibrado. — Obrigada pelo aviso.

A música terminou. Lorde Varin fez uma reverência, e eu correspondi.

— Gostaria de dançar novamente, milady? — ele perguntou, ainda segurando a minha mão.

Eu me afastei, fazendo um gesto negativo com a cabeça, mas com um sorriso polido. Eu não tinha como dançar duas vezes com ele, não sem saber que sinal isso poderia transmitir.

— Agradeço por sua generosidade, mas ainda não tive a oportunidade de conhecer o restante da corte.

— Entendo. — Varin voltou a fazer uma reverência. — Tenho certeza de que Vossa Graça não ficará sem parceiros.

Os cortesãos já se acercavam como pombos ávidos por migalhas. Dava para sentir os seus olhos ardilosos sobre mim, brilhando de curiosidade.

Eu teria que tomar cuidado ali. Cada dança era importante. Cada música era uma aliança. E eu estava praticamente sozinha numa corte estrangeira. Não podia me dar ao luxo de fazer inimigos.

Olhei para a plataforma. Aric continuava lendo, carrancudo como se o livro o tivesse ofendido pessoalmente. E sua capitã me observava, com o semblante tormentoso.

Não importava. Eu não podia me dar ao luxo de fazer *mais* inimigos. Eu já tinha dois, e tudo o que eu tinha feito foi chegar a Gildenheim.

* * *

De volta aos meus aposentos, depois de horas que se arrastaram como uma eternidade, dispensei Julieta assim que ela terminou de me ajudar a me despir. Normalmente, eu teria pedido para ela ficar, para conversarmos sobre o desastre de todo aquele dia. Mas já era muito tarde, e eu estava cansada demais para fazer qualquer coisa. Observei a porta se fechar assim que ela saiu, percorri o quarto com o olhar para confirmar que estava sozinha e apoiei a cabeça nas mãos com um gemido.

Sentia os meus cotovelos doerem na madeira polida da penteadeira. Fechei os olhos, com uma dor de cabeça nascente latejando nas têmporas. Lá fora, a chuva havia ficado mais forte; as gotas batiam contra as janelas, obscurecendo a floresta escura mais além.

Passei três horas dançando com cortesãos cujos nomes e rostos se embaralhavam. Mantive a expressão controlada do início ao fim, proferi trivialidades educadas até as palavras ameaçarem descambar em puro absurdo, tomei o cuidado de não dançar com nenhum homem duas vezes. Para um baile, havia sido um sucesso. Foi mais fácil conversar com a maioria dos cortesãos do que com Aric. Grande parte deles foi bastante cordial, alguns até abertamente acolhedores. Uma senhora externou satisfação pelo fato de Damaria e Gildenheim finalmente acertarem uma aliança formal; outro lorde expressou a esperança de que a corte tivesse mais contato comigo e com meu noivo após o casamento, o que me fez questionar novamente como Aric havia passado grande parte da noite ignorando a corte. Talvez eu não fosse a única pessoa que ele havia desprezado dessa maneira no passado. Em resumo, eu tinha me saído bem e preparado o terreno para garantir alianças.

E, no entanto, a primeira dança, a que mais importava, essa, de alguma forma, eu tinha falhado.

É evidente que Aric me desprezava. Ele também tinha me irritado, era verdade, mas isso aconteceu porque ele havia me insultado abertamente. Eu tinha motivos de sobra para guardar rancor; a frieza absoluta dele era uma forma diferente de aversão. Não fazia sentido para mim. Foi *ele* quem exigiu um tratado com Damaria. Foi *ele* o motivo de esse casamento ter sido arranjado. E, no entanto, agora que eu havia chegado, ele agia como se eu fosse um estorvo. Como se eu o tivesse ofendido, quando a ofensa era responsabilidade exclusiva dele. Eu só cumpri o meu dever.

E também escondi uma adaga na manga. Porém, a autodefesa em uma terra estranha era compreensível. Com certeza Aric teria feito o mesmo se as nossas situações fossem invertidas. Embora as mangas justas ao estilo gildeniano tornasse isso mais difícil...

Parei de pensar nisso. O meu devaneio estava servindo para ocultar os meus receios; ou seja, que as preocupações de minha irmã e de Catalina faziam todo o sentido. Que Aric era um rei cruel e se revelaria um marido cruel. Que eu nunca deveria ter concordado com esse casamento.

Levantei a cabeça para me olhar no espelho. Solto dos grampos, o cabelo emoldurava o meu rosto em ondulações escuras. Eu parecia tensa, cansada, mas não era um monstro de um conto infantil. Não era conhecida por minha beleza — como se isso realmente importasse —, mas não via nada em meus traços que pudesse ofender Aric.

Sem dúvida, não tinham ofendido Catalina.

Por um momento, eu me permiti pensar nas mãos calejadas de Catalina e em sua pele cálida, evocando antigas lembranças. Embora quase dez anos tivessem se passado, embora eu tivesse tentado esquecer, lembrava-me vividamente do jeito que as nossas bocas se encaixavam. A ideia do prazer físico, de simplesmente se sentir *desejada*, era sedutora, sobretudo após a frieza de Aric.

Se Aric tinha uma amante, por que eu não poderia ter? A ideia veio como um lampejo amargo de fúria; rápido e violento como um raio. Por um instante, a sede de vingança se apoderou de mim.

Porém, quase no mesmo instante em que a ideia se cristalizou, a razão interveio. Mesmo que tentar refazer o que eu havia destruído não fosse nada além do mais tolo e egoísta dos impulsos, eu não podia me deitar com outra pessoa para punir Aric. Não, eu seria melhor do que o meu noivo. Cumpriria a minha parte do acordo, independentemente do que Aric decidisse fazer. Se ele escolhesse a desonra, que a escolhesse sozinho.

Além disso, Catalina estava noiva e mais feliz sem mim — eu tinha certeza disso. Não havia volta, e seria cruel tentar.

Suspirei. O medalhão de Tatiana reluziu no espelho. Então, passei um dedo sobre sua superfície filigranada.

Apenas duas semanas atrás, quando assinei o meu nome no tratado, tive plena certeza de que era a decisão correta. Eu não esperava ter um marido que me odiasse à primeira vista. Pior ainda, um marido que já tinha uma amante.

Mas então por que Aric queria uma esposa se já tinha uma amante na corte? Por que apressar o casamento com alguém que ele sequer conhecia antes de ser coroado? E *foi* uma decisão precipitada; ele não podia ao menos esperar alguns dias para que nos conhecêssemos?

Deve ser uma demonstração de poder. Essa era a única explicação em que eu conseguia pensar. Afinal, o nosso noivado havia sido parte das negociações do tratado. Aric tinha apresentado a sua exigência por uma esposa de Damaria no mesmo documento em que pedia a expansão do comércio de madeira. Ele não tinha a intenção de me amar, ou mesmo de me dar uma chance. Ele só queria ampliar o seu poder. Isso explicava por que tudo havia sido tão apressado, por que ele nem sequer quis me conhecer antes da assinatura do tratado e não se importava nem em fingir um galanteio agora.

Talvez nem importasse quem eu fosse, porque ele nunca teve a intenção de seguir com o casamento.

Pelo primeira vez, eu me perguntei se esse tinha sido o plano de Aric. Desde o início, talvez a intenção dele fosse provocar uma guerra e se apoderar do máximo de bens de Damaria que conseguisse conquistar. Isso explicaria a aversão dele por mim: ele jamais teve a intenção de se casar comigo, mas eu apareci mesmo assim. Agora eu era um obstáculo.

Senti um nó na garganta por causa do medo, tão familiar quanto a bile. Eu não havia previsto essa complicação. E se os meus pais tivessem razão, e eu não fosse forte o suficiente para levar isso adiante?

Respirei fundo e fechei a mão ao redor do medalhão de Tatiana. Eu conseguiria enfrentar isso. Eu tinha que enfrentar. Se eu estivesse certa a respeito da razão da hostilidade de Aric, então era ainda mais importante concretizar o casamento. Eu não podia recuar e lhe dar um pretexto para declarar guerra. Não podia deixá-lo vencer.

Eu precisava me casar com ele. A qualquer custo.

8

Acordei tarde no dia do meu casamento com a chuva persistente e a pior crise que tive em meses. A cerimônia em si aconteceria ao anoitecer, e eu pretendia aproveitar ao máximo o dia até lá. Tinha planos de me encontrar com Evito pela manhã para revisar o tratado e iniciar as discussões a respeito de como implantar as suas cláusulas, além de ser informada sobre outros assuntos urgentes da corte gildeniana. Porém, a náusea me acometeu de tal forma que não consegui ficar em pé, mesmo depois de ter tomado uma dose do tônico. Mal consegui fazer a minha higiene pessoal antes de cair de volta na cama, encolhida, com um punho cerrado pressionando a barriga.

Junto com a náusea, a vergonha tomou conta de mim. A experiência dolorosa havia me ensinado que, se eu me forçasse a enfrentar a crise, só a tornaria pior, mas isso estava muito distante de como eu queria que a minha nova vida começasse. A única misericórdia era o fato de os meus pais não estarem à porta, exigindo saber por que eu não estava de pé e cumprindo os meus deveres.

— Aqui está, milady — Julieta disse, aparecendo a meu lado e me oferecendo uma caneca de cerâmica fumegante. — Beba isso.

Eu me forcei a sentar e aceitar a bebida. O primeiro gole trouxe o sabor picante do gengibre importado e o gosto refrescante da menta, junto com a generosa doçura do mel. Aliviada, fechei os olhos.

— Não sei o que faria sem você, Julieta.

— Você ficaria muito bem, milady. É mais forte do que pensa. — Ela sorriu, mas estava com um olhar distante, não muito feliz.

Isso me lembrou da minha resolução anterior de perguntar a Julieta sobre sua vontade de permanecer ali. Abaixei a caneca, olhando para ela através do vapor.

— Se você preferir voltar para Damaria... eu não impediria, Julieta. Quero o melhor para você.

Por um momento, Julieta ficou em silêncio, com a expressão inescrutável.

— Eu espero que não seja ousado demais, milady, mas eu sempre te vi para além de uma empregadora — ela disse finalmente. — Eu me preocupo com a senhora como uma filha, Vossa Graça, e farei tudo o que for necessário para garantir sua segurança e bem-estar.

Senti um quentinho no coração, aliviando um pouco a náusea. Julieta raramente falava sobre a família que tinha perdido antes de vir trabalhar comigo. Eu nunca havia imaginado substituí-los, embora, muitas vezes, em segredo e de forma traiçoeira, desejasse que ela pudesse substituir certos membros da minha família.

Estendi a mão e segurei a dela.

— Eu sinto o mesmo. Por isso, pergunto mais uma vez se você se sentiria melhor em casa.

Julieta fez um gesto negativo e firme com a cabeça.

— A minha casa é onde a senhora está. Eu vou ficar. — Ela apertou a minha mão e ficou de pé, com o queixo firme, sem dar margem para contestações adicionais. — Agora, beba o restante do chá. Até a última gota. Vou pegar a sua correspondência.

Logo ficou claro que a minha correspondência não era algo trivial. Pelo visto, metade da corte gildeniana havia escrito para mim nas poucas horas desde o baile de boas-vindas, todos ansiosos para se posicionar a meu favor. Examinei a pilha de cartas seladas, tentando decidir qual abrir primeiro. Um lacre verde-escuro, com um carimbo prateado de um cavalo alado usando uma coroa, chamou a minha atenção. O mesmo lacre que eu havia visto no tratado. O de Aric.

Rompi a cera do lacre sem delicadeza, ao mesmo tempo ansiosa e apreensiva para descobrir o que o homem com quem eu me casaria em poucas horas achava importante o suficiente para me enviar no dia do nosso casamento. Um pedido de desculpa, talvez? Uma volta atrás no seu pedido de casamento?

O pergaminho tinha poucas linhas, escritas numa caligrafia arredondada, irritantemente impecável.

O herdeiro aparente deseja saber se Vossa Graça se dignará a comparecer ao café da manhã.

Levantei as sobrancelhas. Agora ele estava me dando ordens com insultos velados, tentando impor as regras da minha vida ali. Como se eu já não tivesse me mudado para outro *país* por causa deste casamento.

Peguei uma caneta antes que pudesse pensar demais e fui logo escrevendo uma resposta.

Se o herdeiro aparente deseja a presença de Vossa Graça, Vossa Graça sugere que ele se digne a fazer o pedido pessoalmente.

Enviei a minha resposta com um mensageiro e voltei para o restante das minhas cartas. Mas só fiquei parcialmente concentrada na tarefa. A carta de Aric repousava na cama a meu lado, impossível ignorar essa provocação, como se fosse uma pedrinha no sapato. Será que ele responderia? Apareceria à porta exigindo que eu descesse para o café da manhã?

Oh, mares, eu deveria ter pensando melhor na minha resposta. Era só o que me faltava Aric irromper no meu quarto e perceber que eu não estava bem. Olhei para a porta que separava as nossas suítes, me perguntando se Aric estava do outro lado. Provavelmente não, já que estava sentindo a minha falta no café da manhã. Mas era muito fácil imaginá-lo irrompendo e... o quê? Esfregando um doce na minha cara?

Eu estava sendo ridícula.

A resposta dele demorou tanto que eu já havia quase perdido a esperança de recebê-la. Dessa vez, não era apenas uma carta, mas também algo embrulhado em seda. Abri o embrulho primeiro e fiquei confusa quando afastei o tecido. Era um diadema de prata.

Primeiro ele me insulta, e depois me envia um presente?

Abri a carta anexa. Como a primeira, era breve.

O herdeiro aparente espera que Vossa Graça se digne a usar isto na cabeça na cerimônia da noite.

Abaixo, como se fosse algo secundário:

É o costume.

Agora eu queria de verdade que Aric tivesse aparecido pessoalmente, só para que eu pudesse lhe dirigir um olhar contundente. Girei o diadema nas mãos. Então, isso foi tudo. Nenhuma desculpa. Nenhuma mudança. Mal um reconhecimento de que íamos nos casar em poucas horas. Ele simplesmente quis entregar um objeto cerimonial.

Deixei o diadema e a carta de lado com uma sensação vaga e indefinível de decepção. Talvez fosse apenas a náusea. Acho que a situação não iria melhorar se Aric me entregasse o diadema pessoalmente. Na verdade, a grosseria dele talvez fosse positiva: quanto menos eu o visse, melhor. Isso me impedia de dizer algo que eu talvez me arrependesse.

* * *

Passei o resto do dia na cama, bebendo chás e tônicos, respondendo cartas e me esforçando para não pensar naquela noite. Porém, à medida que o arboreto escurecia com a chegada da noite, do lado de fora da minha janela, não consegui mais adiar nem o evento em si nem o pensamento sobre ele.

O meu casamento estava batendo à porta.

Julieta me ajudou a colocar o vestido pouco antes do anoitecer. Respirei com dificuldade, enfrentando surtos de náusea, enquanto ela abotoava os botões de pérola nos punhos das minhas mangas. A seda estava tão fria quanto a recepção de Aric, tanto em temperatura como em tom. Em Damaria, os casamentos eram tão jubilosos e coloridos quanto a primavera. Mas eu me curvei às tradições gildenianas: o meu vestido era branco-inverno. Uma cor sem vida. Os únicos brilhos eram os lírios dourados bordados na saia e no corpete, uma concessão a minha Casa e a minha família.

Uma família que nem sequer presenciaria o meu casamento. Eu me senti quase grata pelo fato de os meus pais não poderem abandonar os seus deveres com o Conselho, de modo que eu não teria que suportar o fardo do julgamento deles. Mas eu gostaria que tivessem permitido que Tatiana viesse. Eu teria dado qualquer coisa para ter a minha irmã me provocando agora, me distraindo do meu medo, incitando a minha ira.

Segurei com força o medalhão no meu pescoço. Tatiana tinha feito um amuleto de proteção para mim. Um feitiço para um casamento feliz, ou pelo menos cordial, teria vindo a calhar.

— Não precisa ter medo, milady — Julieta disse. Arrancada do meu devaneio sombrio, olhei para o reflexo dela no espelho. Ela estava atrás de mim, dando os toques finais no meu cabelo. Fiquei imóvel enquanto ela ajustava o diadema na minha cabeça.

— Eu não estou com medo. — Minha negação foi por puro reflexo. Mas me ocorreu, agora que ela sugeriu, que talvez eu estivesse. Que a sensação de embrulho no estômago não fosse apenas a minha doença se manifestando, mas também os meus nervos em ação.

Eu não podia me dar ao luxo de sentir medo. Eu havia concordado com esse casamento, e o levaria adiante. Esse casamento precisava acontecer — tanto em prol da paz entre as nossas nações, quanto pelas milhares de vidas que não se perderiam sob os disparos dos canhões ou fios das espadas. Elas não se perderiam, porque eu não permitiria. Esse era o meu dever: em primeiro lugar, para com o meu povo. E não para com o meu coração.

Toquei o medalhão mais uma vez, ergui o queixo para frente e me dirigi para a porta.

O cortejo até a sala do trono me deu a impressão de que eu estava sonhando acordada. De forma vaga, eu sabia que estava ladeada pela minha própria guarda pessoal. Que tanto os cortesãos quanto os plebeus estavam posicionados ao longo do caminho, observando com olhares tão penetrantes quanto agulhas. Que o grande salão da noite anterior havia sido redecorado: filas de assentos dispostos para os espectadores, estandartes pendurados nas paredes, lanternas distribuídas a cada poucos passos para iluminar o ambiente com esplendor. Porém, tudo parecia indistinto, tão desbotado quanto os detalhes de um pesadelo ao amanhecer. Passei pelo espaço ao redor, me sentindo tão lenta e flutuante como se estivesse no fundo do mar, mal absorvendo o cenário em volta. Talvez fosse a dor que me assolava em ondas, dificultando a concentração em qualquer coisa além de me manter de pé. Talvez fosse um feitiço, uma ilusão de luz ou atmosfera.

No entanto, ao alcançar a plataforma, o ambiente ao redor se tornou nítido de repente. Aric estava na beirada da plataforma, vestido de branco como eu e com o rosto recém-barbeado. Um diadema adornava a sua cabeça. O mesmo adorno que ele tinha usado na noite anterior, dourado para contrastar com o meu prateado. Ele estendeu a mão para mim, em um gesto tão cortante quanto vidro quebrado.

Peguei a mão dele e subi à plataforma. Nós nos viramos um para o outro, e nossos olhares se encontraram. Naquele dia, os olhos de Aric estavam azul-escuros como o mar agitado do inverno. Por apenas um momento, seu olhar se fixou no meu, mas logo se desviou.

Segui o seu olhar. À entrada da sala do trono, uma mulher mais velha, com cachos de cabelo de aço, apareceu entre as portas abertas. Todos os olhares a seguiram quando ela começou a percorrer o corredor. Mantas prateadas pendiam dos seus ombros, bordadas com tentáculos verdes que serpenteavam como vinhas vivas. Em uma das mãos, ela segurava uma cálice que transbordava um líquido vermelho. Na outra, uma faca.

O salão pareceu girar a meu redor. Eu não estava preparada para um banho de sangue.

Aric flexionou os dedos, e percebi que eu ainda estava segurando a sua mão com força. Afrouxei os dedos, esperando que ele os soltasse, mas ele não fez isso. Devia ser outra parte da cerimônia, pois, a julgar pela tensão da sua mão, ele certamente não estava segurando a minha mão para o seu próprio bem-estar.

A mulher chegou à beirada da plataforma e parou.

— Nós nos reunimos esta noite pela graça da Senhora para testemunhar a união desses dois corações em casamento — ela disse, com as palavras proferidas em gildeniano ecoando por todo o recinto. Talvez fosse o efeito de um feitiço, ainda que os olhos castanhos dela não tivessem os pontos dourados de uma praticante de magia. — Aric de Gildenheim. Bianca Liliana de Damaria. Ambos concordam com esta união, por livre e espontânea vontade, e sem nenhum vínculo anterior?

— Sim — respondi, com a voz firme e com o queixo erguido.

Nós duas olhamos para Aric. Por um instante, o olhar dele hesitou.

— Sim — ele disse, com a voz quase inaudível.

— Então, com a bênção da Senhora, podem declarar os seus votos.

De súbito, a minha língua ficou dormente. Ofegante, olhei para Aric, em pânico. Eu não sabia de cor como era a cerimônia de casamento gildeniana. Apenas que envolvia o cálice em uma das mãos da dignitária e, ao que tudo indicava, uma faca na outra.

Dessa vez, Aric sustentou meu olhar, mas com frieza.

— Eu, Aric de Gildenheim, comprometo-me a ter você como minha esposa. Juro protegê-la, honrá-la e ficar a seu lado. Colocá-la em primeiro lugar e cuidar de você enquanto esta união durar.

Seu olhar não se desviou do meu. Em silêncio, o salão inteiro estava à espera dos meus votos. Engoli em seco.

— Eu, Bianca Liliana de Damaria, comprometo-me a ter você como o meu marido — eu disse, cada palavra proferida com uma aflição intensa. — Juro protegê-lo, honrá-lo e ficar a seu lado. Colocá-lo em primeiro lugar e cuidar de você enquanto esta união durar.

Aric apertou a minha mão, com os seus dedos parecendo garras. Em seguida, ele me soltou.

— Eu consagro esses votos com o meu sangue — ele disse.

Senti o coração aos pulos, eu deveria fugir, como Catalina tinha me aconselhado no navio. Pegar a faca e lutar para escapar dessa armadilha antes que fosse tarde.

Mas eu não podia.

A dignitária entregou a faca para Aric. Será que ele pretendia me esfaquear? O conflito armado fazia parte das cerimônias de casamento gildenianas? Que os mares tenham misericórdia de mim, eu deveria ter trazido a minha adaga presa ao pulso.

Aric pegou a faca com a mão direita e estendeu a esquerda. Ele se preparou, sem conseguir esconder uma careta, e em seguida, pressionou a faca na ponta do seu quarto dedo. Um filete de sangue surgiu, intensamente vermelho.

A dignitária ofereceu o cálice. Aric deixou uma gota de sangue cair no líquido contido nele, que emitiu um breve brilho branco.

Meu coração disparou de medo — e de lampejos de raiva. Essa cerimônia não envolvia apenas simbolismo, mas também *magia*.

Dizem que a família real pode lançar feitiços usando sangue. Os boatos mencionados por Tatiana eram verdadeiros. Contive o impulso de agarrar meu medalhão. Que feitiço Aric estava lançando? Em que ele havia me metido?

Aric entregou a faca para mim. Eu a peguei com as mãos trêmulas. Eu deveria pôr um fim nisso agora. Acabar com essa loucura, apesar do custo.

— Eu consagro esses votos com o meu sangue. — Minha voz soou firme, os anos de prática estavam me ajudando. O meu coração batia tão forte quanto os cascos de um cavalo de guerra, mas apenas eu conseguia ouvi-lo.

Pressionei a faca na ponta do dedo. Ela estava afiada e o corte foi quase indolor. O sangue surgiu de imediato. Deixei cair uma gota no cálice à espera, cujo líquido voltou a emitir um breve brilho branco.

A dignitária me passou o cálice. Olhei para Aric por cima da pesada taça, sem saber o que fazer com ela. Fiquei tentada a jogar o seu conteúdo no rosto dele.

Aric fez um gesto, indicando que eu deveria oferecê-lo a ele. Procurando manter o que restava da minha compostura, segurei o cálice perto da boca de Aric para que ele pudesse beber. Aric fechou os olhos ao engolir o líquido.

Aric pegou o cálice das minhas mãos. Ele o ergueu em direção à minha boca, me observando por cima da borda com um olhar desafiador, como se ele me provocasse a recusar a beber.

Eu lhe lancei o meu próprio olhar desafiador. Que as Virtudes me guiem, eu não recuaria agora.

Aric levou o cálice a meus lábios, fazendo-o tremer de leve, como se ele quisesse que o líquido transbordasse. Agarrei o seu pulso e o segurei firme. O sabor intenso do vinho tomou conta da minha boca, doce demais, com um toque de ferro.

Senti uma onda de choque percorrer as minhas veias, anulando a náusea da minha doença. Os pelos nos meus braços se arrepiaram.

Qualquer que fosse esse feitiço, ele foi lançado sobre nós. Sobre *mim*.

Quase deixei o cálice cair. Os meus olhos encontraram os de Aric por cima da taça.

— Pela graça da Senhora — a dignitária proclamou. — Vocês agora estão unidos em matrimônio.

Os aplausos retumbantes dos convidados se ergueram como um trovão distante, fazendo o salão tremer. Estava feito. Um corte, um gole, um feitiço e, agora, para o bem ou para o mal, eu e Aric estávamos casados.

O rugido se transformou em um zumbido nos meus ouvidos. As minhas pernas ficaram bambas, e vi a plataforma vir na minha direção.

9

Eu não caí. Senti um braço me enlaçar na altura da cintura, me mantendo ereta.

— Respire fundo — Aric disse junto ao meu ouvido. — Vai passar.

O seu abraço ficou mais apertado, me firmando a seu lado. Para o público, parecíamos recém-casados compartilhando um momento íntimo. Só eu podia sentir a tensão no corpo todo de Aric, como se ele fosse um arco pronto para disparar uma flecha. Por que ele estava me ajudando? Me ver cair deveria lhe causar uma satisfação sem fim.

Respirei fundo. O zumbido em meus ouvidos diminuiu.

— Isso foi magia de sangue — eu disse, com a voz soando fraca, como se eu tivesse falado de longe.

— Foi — Aric afirmou, secamente. — Achei que você já soubesse.

Respirei mais fundo. A minha condição ainda preocupava, minha barriga doía, mas pelo menos os efeitos imediatos do feitiço estavam desaparecendo. No lugar deles, surgiu a raiva. Mais uma vez, esse homem — agora o meu marido, por uma magia cujos efeitos eu só podia imaginar — tinha completamente desconsiderado as boas maneiras, carecendo até mesmo da cortesia de me informar com o que eu estava concordando.

A fúria tornou a minha voz mais cortante, anulando a minha contenção.

— Se você tivesse se dignado a me encontrar pessoalmente, eu teria sido avisada.

— Se você tivesse se dignado a aparecer no café da manhã, eu teria garantido isso. — O seu braço duro como aço estava ao redor das minhas costelas. Sem me esmagar, nem perto disso, mas eu podia perceber o que ele queria.

Abri a boca, com uma resposta mordaz na ponta da língua.

— Sente-se — Aric disse, antes que eu pudesse despejar toda a força da minha raiva sobre ele. — Ainda não acabou.

Ele começou a me conduzir até os tronos. Ao me lembrar dos nossos convidados, contive as minhas palavras ríspidas. O choque e os efeitos da magia me pegaram de surpresa, mas eu não podia me dar ao luxo de perder o controle agora. Não com toda a corte gildeniana como testemunha. Forcei os meus pés a se moverem para evitar que ambos tropeçássemos.

— Por favor, não me diga que há mais sangue — murmurei. — Eu teria trazido a minha própria adaga.

Aric soltou um assobio surpreso. Ao olhar para ele, vi, por uma fração de segundo, um sorriso. Porém, esse contentamento logo desapareceu, me fazendo matutar se eu o tinha imaginado. Ele olhou para o par de tronos com uma expressão fechada, seus braços me apertaram mais uma vez — firmes e involuntários. Os assentos ornamentados pareciam idênticos para mim, mas, evidentemente, não para Aric. Ele tomou uma decisão e me acomodou no trono da esquerda, com uma gentileza inesperada.

Antes que eu pudesse perguntar o que viria a seguir, ele já tinha se afastado, sentando-se no segundo trono. Os dois estavam tão próximos que poderíamos ter preenchido o espaço entre eles com as nossas mãos. Pertos demais. Depois da maneira que ele não só me insultou, mas também me enganou com um vínculo mágico, eu gostaria de poder empurrar o trono de Aric para o outro lado do salão. Ou, ainda melhor, direto para o mar.

Pelo menos a dor por causa do corte no dedo havia desaparecido. Virei a mão com a palma para cima, e fiquei espantada novamente. O ferimento estava completamente fechado, em seu lugar, havia apenas uma fina marca dourada, como uma linha de bordado. Ao passar o polegar sobre ela, a superfície estava lisa ao toque, indistinguível do resto da minha pele.

Arregalei os olhos. Pelos mares, o que Aric havia feito?

Dei uma espiada nele, com apreensão e fúria renovadas se acumulando no meu peito, mas Aric estava decididamente olhando para qualquer lugar, menos para mim. Ele tamborilava os dedos no apoio de braço, inspecionando o grande salão e as pessoas presentes. Pessoas que agora se aproximavam de nós como uma torrente.

Ah, então era isso o que viria a seguir. Com relutância, deixei de lado as minhas perguntas e a minha raiva. Endireitei os ombros e me preparei para enfrentar o que pareciam ser todos os cidadãos de Gildenheim.

Os embaixadores foram os primeiros a se aproximar, representando cada um dos vizinhos e aliados de Gildenheim. Todos murmuraram felicitações, junto com algumas palavras, mencionando o compromisso dos seus países com uma paz permanente. Enquanto falavam, ocorreu-me que Damaria talvez não fosse a única nação sobre a qual Gildenheim tinha ameaçado declarar guerra, embora os meus pais não tivessem falado de outras tensões crescentes. Evito era um dos embaixadores, fazendo uma reverência perfeita primeiro para mim, e depois para Aric.

— Vossa Graça — ele disse com naturalidade. — Vossa Majestade. Falo em nome de todo o Conselho ao dizer que Damaria antecipa com grande expectativa um futuro mais promissor para ambos os nossos países, guiado pelas rédeas de um progresso muito necessário.

Aric não disse nada, mas os seus dedos se cerraram com força no apoio de braço do seu trono. Agradeci a Evito sem olhar para Aric, com plena consciência da tensão que vinha do meu novo marido.

Em seguida, vieram os membros do mais alto escalão da corte gildeniana, começando com uma senhora com uma rede de joias adornando o seu cabelo loiro. O vestido escuro brilhava com fios prateados enquanto ela fazia uma reverência elegante. Lembrei-me de tê-la conhecido na noite anterior. Ela tinha expressado a expectativa de que haveria mais bailes num futuro próximo.

— Majestades — ela disse. — Parabéns pelo vosso casamento. É uma satisfação ver um verdadeiro governante no trono mais uma vez.

Desta vez, dirigi o olhar para Aric, confusa com a afirmação. Será que ela quis dizer que o trono estava vago desde a morte da última rainha? Mas não podia ser verdade, a julgar pela maneira como as mãos de Aric voltaram a se tensionar e o seu queixo a ficar rígido. Havia algo nas palavras dela que estava além da minha compreensão. Fiquei me perguntando se ela seria uma das parentes que os espiões do Conselho haviam mencionado como tendo intenções ocultas sobre o trono.

— As suas opiniões foram registradas, condessa Signa — Aric disse com um tom tenso. — Como sempre.

Olhei de volta para a condessa e sorri, procurando ocultar a minha confusão e náusea. A nobre voltou a fazer uma reverência, com um sorriso sagaz e malicioso. Então, ela se retirou para dar lugar ao próximo convidado.

Fiz o possível para identificar o status de cada pessoa que se aproximava, para responder adequadamente a cada cumprimento. Porém, entre a tontura, o cansaço e o grande número de desconhecidos, logo mal consegui acenar e sorrir. O tempo se turvou conforme eles vinham nos cumprimentar, era uma torrente de cortesãos e plebeus implacável e erosiva como um rio. As suas palavras passavam por mim, cada uma arrancando um pouco mais da minha força. A minha barriga doía e a minha cabeça estava quase explodindo. O diadema começou a apertar as minhas têmporas. Achei que fosse vomitar.

Que as Virtudes me ajudem, essa noite horrível se recusava a terminar. Devia ser mais de meia-noite, mas o rio de pessoas se estendia sem fim rumo ao mar.

— Você deveria comer alguma coisa.

Entorpecida pela dor, levei um momento para perceber que Aric estava falando comigo. Olhei para ele, sem me preocupar em disfarçar a surpresa. Ele estava me observando, com os olhos azuis semicerrados; sem dúvida, em desaprovação. As olheiras haviam retornado, ou talvez nunca tivessem desaparecido.

Comes e bebes haviam aparecido sobre uma mesinha entre os dois tronos. Eu não tinha percebido a chegada dos aperitivos. A julgar pela aparência, Aric ainda não havia tocado neles. Essa era outra armadilha?

Consegui sorrir, um sorriso fino como o fio de uma faca.

— Não estou com fome. Estou muito bem.

— Você não parece bem — Aric disse em voz baixa, dirigida apenas a meus ouvidos. Se eu não soubesse que ele me odiava, poderia até ter soado íntimo. — Pelo menos tome um pouco de água.

Eu o observei, desconfiada. Desde quando ele se importava com as minhas necessidades?

— Não quero que você desmaie na frente de toda a corte — Aric disse, com a irritação delineando cada sílaba agora. Ele empurrou a sua própria taça em minha direção, com a água quase transbordando pelas laterais de prata. — Beba.

Acompanhei o gesto com o olhar, atraída pelo movimento preciso das suas mãos. Naquele momento, arrisquei dar mais uma olhada no seu rosto. A antipatia era evidente em sua expressão. Porém, se havia alguma astúcia ali, não consegui encontrá-la.

Eu não sabia o que os votos de casamento significavam para ele. Mas Aric havia feito um juramento de me proteger, vinculado a sua promessa pela mesma magia com a qual tinha me enganado. Talvez ele não tivesse a intenção de me fazer mal. Pelo menos não agora.

Claro que não. Eu não estava raciocinando direito. Se ele quisesse uma desculpa para invadir Damaria, envenenar a sua nova esposa à vista de todas as figuras importantes de Gildenheim, sem contar todos os dignitários estrangeiros que estavam testemunhando a ocasião, seria uma decisão muito ruim.

Com cautela, com os olhos fixos nele, tomei a água. A taça era mais pesada do que eu esperava. Ou talvez a minha crise fosse pior do que eu imaginava.

A água me fez bem. Isso fez os meus sentimentos se embaralharem em relação a Aric: irritação por ele ter razão e gratidão por suas ações terem me ajudado.

Devolvi a taça para ele, que agarrou a minha mão, interrompendo o movimento do copo. Os seus dedos estavam quentes ao se entrelaçarem aos meus.

Ambos ficamos paralisados. Então, Aric soltou a minha mão, rápido como um corte. Ele não teve a intenção de me tocar.

— Pode ficar — ele disse. — Você precisa mais do que eu.

Aric se virou de maneira deliberada, me deixando mais confusa do que nunca. A noite era uma provação, mas eu conseguiria suportá-la. Porém, se o homem com quem eu havia me casado nem sequer conseguia tocar a minha mão em público, não tinha certeza se conseguiria enfrentar o que viria quando estivéssemos a sós.

Eu conseguiria. Eu tinha que conseguir. Em prol do meu povo.

Segurei o medalhão de Tatiana com força e rezei para não precisar dele.

* * *

De alguma forma, horas depois, a cerimônia interminável havia chegado ao fim. Eu não me lembrava de ter retornado a meus aposentos, mas lá estava eu, sentada à penteadeira, me preparando para a maior provação da noite.

Do lado de fora, o céu tinha passado de um azul-escuro para um cinza sombrio. Em qualquer outro dia, eu estaria acordando a essa hora, e não me preparando para ir para a cama de um homem que me desprezava. Tudo parecia ao contrário, como se eu estivesse presa numa versão invertida da realidade, como o reflexo no fundo de uma colher. O clima contribuía para criar a sensação de distorção: a aproximação da aurora e o véu da chuva que caía borravam o arboreto em uma massa cinzenta e indistinta.

Do lado de dentro, porém, tudo estava claro e nítido como cristal quebrado. A maneira como a camisola fina se ajustava a meu corpo. O peso do roupão de seda lírio-rosa que eu usava por cima. O movimento do pente, enquanto Julieta soltava o meu cabelo da touca, com cada grampo dourado tinindo ao cair sobre a penteadeira. Finalmente, a minha crise tinha passado, e com ela, a dor de cabeça que tinha afetado os meus sentidos durante a maior parte da noite. Mas eu quase queria que a dor voltasse. Ou, melhor ainda, eu queria ficar entorpecida. Isso deixaria mais fácil o que viria a seguir.

— Acho que está na hora, milady — Julieta disse, arrumando a gola do meu roupão.

Cumprindo o meu dever, fiquei de pé. Senti as pernas firmes, ainda que fosse mais honesto que elas voltassem a ficar bambas. Passei o polegar pela marca dourada da cerimônia ao me virar em direção à porta dos aposentos de Aric.

Ela parecia tão comum. Apenas uma porta de madeira simples, talvez precisando de uma nova camada de verniz. Não devia suportar muito peso.

Eu sabia que isso fazia parte daquilo com que havia concordado desde o início. E não era como se o homem com quem me casei fosse uma visão insuportável — muito pelo contrário, apesar dos seus modos abomináveis. Mas agora que a realidade do leito nupcial estava separada apenas pela espessura de uma porta, de repente ficou difícil manter a respiração sob controle.

Fiquei com os dedos trêmulos ao tocar a madeira envernizada.

Com o coração disparado, respirei fundo. Eu não estava com medo. Claro que eu não estava com medo. Eu sabia o que o ato envolvia; não seria a minha primeira vez. Talvez, se eu tivesse sorte, Aric possuía alguma habilidade. Se não, pelo menos seria rápido, e eu poderia me retirar para os meus aposentos e dormir sob as bênçãos das Virtudes, sabendo que garanti a segurança do meu país.

Voltei a tocar o medalhão da minha irmã, soltei um suspiro profundo e girei a maçaneta.

A porta se abriu para o quarto de dormir, maior do que meu. Lanternas fabricadas por Adeptos — uma importação do meu país — estavam dispostas em suportes de ferro forjado, iluminando o cômodo com um brilho suave que me lembrava da luz atravessando águas rasas.

Aric estava do outro lado da cama. Ele tinha tirado o paletó e o diadema. O cabelo caía em ondas douradas ao redor do seu rosto pálido. Se eu o considerasse uma pintura em vez de um homem, quase poderia ser agradável. Afinal, é possível admirar algo belo sem necessariamente amá-lo.

Aric ficou me observando, com um olhar cortante como garras. Eu fiquei arrepiada. Ele não tinha nenhuma admiração por mim — o ódio evidente em sua expressão queimavam como ácido.

Isso não seria nada agradável.

Sem desviar o olhar dele, fechei a porta.

— Vamos acabar logo com isso — Aric disse em gildeniano, secamente. As sílabas ásperas da língua faziam-na soar como um maldição.

Aric tirou a camisa pela cabeça com um gesto tão fluido e frio como um rio na primavera. A roupa caiu no chão, e em seguida, buscou o cós da calça.

Aquilo era demais. Como um vento gelado, o seu desprezo frio soprou sobre a brasa incandescente em meu peito, fazendo a minha raiva se inflamar. Dessa vez, não a abafei; deixei-a queimar. Eu podia ser cortês em resposta a seus insultos em público, mas aquele era o nosso leito nupcial. Eu merecia mais do que *acabar logo com isso*.

— Chega! — retruquei, respondendo em minha própria língua. Os meus punhos estavam tão cerrados que as minhas unhas penetravam nas palmas. — Não vou tolerar ser insultada dessa forma.

Aric parou de mexer no cós da calça. Pela primeira vez desde que entrei no quarto, ele me olhou nos olhos. Para minha surpresa, os seus olhos brilhavam com uma raiva tão intensa quanto a minha.

— O que mais você quer? — Sua voz estava entrecortada de animosidade. — Você quer que eu fique de joelhos, *esposa*? Além de todas as suas exigências, agora você exige a minha humilhação?

— Minhas *exigências*? — falei mais alto, mas não tentei me conter. — O que você está sugerindo? *Você é* quem fez todas as exigências. Eu só fiz o que você pediu. E em troca, você me insultou em público, foi insuportavelmente rude, e agora está tratando o ato de me deitar como você como um suplício, como se isso não fosse o que *você* queria desde o início!

O rosto de Aric ficou lívido.

— Você continua a zombar de mim. Como se você não soubesse muito bem que isso jamais poderia ser o que eu queria.

A sua crueldade foi como uma punhalada no peito, mas eu não seria derrotada tão facilmente. *Ele* estava errado nesse caso — e não eu. Eu havia vindo para Gildenheim com boas intenções. Tinha tentado fazer tudo certo. Agora, Aric agia como se eu devesse saber desde o início que ele não me queria, quando, na verdade, nunca me deu nem uma chance.

— Eu não sou boa o suficiente para você? — eu bradei. — Bem, *marido*, lamento pela sua decepção, mas não vou pedir desculpas por ser inadequada. Se havia algo específico que você desejava numa esposa, deveria ter tido o discernimento de dizer isso antes de fazer as suas ameaças de guerra!

Aric arregalou os olhos — agora ele se atrevia a fingir surpresa. A sua grosseria realmente não tinha limites.

— Do que você está falando?

— Não banque o inocente. Você sabe muito bem por que eu vim aqui e a pedido de quem. — Dei um passo na direção dele, com os dentes cerrados. — Então me diga, Majestade, o que você queria *exatamente*? Um rosto mais bonito? Uma silhueta mais curvilínea? — As minhas palavras não faziam sentido. Ele tinha me odiado antes mesmo de me ver. Mas eu o tinha colocado na defensiva, e havia sido treinada muito bem para não ceder em uma luta que poderia ganhar.

— O quê? Eu...

— Você não pareceu se importar com a minha figura quando dançamos. É por eu não ter magia?

— Duquesa Liliana...

— Então é isso. Você queria um Adepto de estimação para manter na coleira enquanto travava uma guerra contra...

— *Bianca!*

A urgência em sua fala me interrompeu. Aric não estava mais me observando. Ele estava olhando por cima do meu ombro.

Para a porta que se abriu sem emitir som e para a figura vestida de preto que vinha em nossa direção, com uma lâmina brilhando na mão como as presas de um predador.

10

Eu me virei com rapidez, levando a mão até a cintura em busca da minha rapieira. Mas eu estava usando apenas uma camisola e um roupão. As minhas armas estavam fora de alcance — em meus aposentos, bem atrás do intruso armado. Tive só um instante para ver as roupas escuras do agressor e o aço brilhando...

Então, ele passou por mim, se aproximando do seu alvo, que não era eu. Era Aric.

Eu já tinha dado passos apressados para trás antes de perceber o alvo do assassino. Agora, ele estava a meio caminho da cama, com a faca pronta para atacar. Em pânico, Aric arregalou os olhos. Ele levantou os braços para proteger o rosto, como se isso fosse suficiente para deter a faca.

Não havia tempo para pensar. Só para agir. Agarrei um travesseiro e rolei pela cama, me colocando entre Aric e o assassino. O aço brilhou. Ergui o travesseiro para bloquear a lâmina que descia. A seda rasgou e as penas voaram. Dei uma joelhada no abdome do agressor. Ele se curvou com um gemido.

— As lanternas! — gritei para Aric, que estava paralisado, apenas olhando. — Me passe uma lanterna!

Ofegante, o assassino segurou a barriga. Peguei uma lanterna das mãos desajeitadas de Aric e a quebrei sobre a cabeça do agressor. O vidro se estilhaçou. Um líquido branco, viscoso e frio se espalhou por toda parte, inclusive no meu roupão.

Empurrei o agressor para longe. Ele se chocou com força contra a parede. O resto do líquido da lanterna escorreu pelos meus dedos, misturando-se com um líquido mais escuro: sangue. Senti a mão arder e um formigamento se espalhar pelo braço. Eu tinha me cortado no vidro.

Não tive tempo de cuidar dos ferimentos. O assassino já estava de pé, cambaleando, com a faca na mão. Ao tentar firmá-la, ela reluziu. Ele estava com o rosto coberto, mas consegui perceber que os seus olhos escuros estavam focados em Aric, buscando um caminho para me evitar. Os meus esforços o tinham frustrado por um curto período, e agora eu não tinha defesas.

Não tinha armas. Nem escudos. Mesmo o vidro da lanterna havia se quebrado em estilhaços pequenos demais para serem usados como lâminas.

Isso vai defendê-la de um agressor.

Agarrei o medalhão que pendia da corrente em volta do meu pescoço, tingindo a prata com o meu sangue.

O assassino avançou rápido. Aric me empurrou para o lado, postando-se diante de mim.

— Não... — ele começou a falar.

Abri o medalhão.

Com um estrondo semelhante a um terremoto, o compartimento explodiu, emitindo uma luz branca ofuscante.

A força do feitiço me arremessou para trás e caí sobre a cama. Senti o quarto girar vertiginosamente. Algumas faíscas negras dançavam nos limites do meu campo visual.

Levante-se. Eu precisava ficar de pé. O assassino poderia estar em qualquer lugar. Poderia estar se aproximando de Aric novamente naquele exato momento, ou querendo vir atrás de mim. Eu não poderia ficar deitada ali, atordoada, mesmo que a minha visão estivesse embaçada. Rangi os dentes e me levantei com o apoio dos cotovelos.

E congelei no lugar.

Eu me vi cara a cara com um... cavalo, grande e branco.

Pisquei, achando que devia estar alucinando. Porém, conforme a minha visão se recuperava, o cavalo permanecia lá. O animal revirou os grandes olhos castanhos, mostrando as partes brancas com uma expressão que reconheci como pânico. Ele relinchou, deixando escapar um cheiro de feno na minha cara e se afastou, com os cascos batendo no chão.

Eu não tinha tempo de lidar com garanhões invocados magicamente. Consegui ficar de pé, quase me chocando com o cavalo. O chão tremeu sob os meus pés descalços e fui logo agarrando o suporte da cama para me equilibrar. Justo agora, eu não podia me dar ao luxo de demonstrar fraqueza.

O assassino estava encostado na parede, com a cabeça tombada para o lado. A força do feitiço de Tatiana deve tê-lo lançado para o outro lado do quarto. Eu só tinha alguns momentos antes que ele se recuperasse. Precisava encontrar Aric e procurar ajuda antes que o assassino pudesse voltar a atacar. Onde *estava* aquele homem maldito?

— Aric? — chamei com a voz rouca de medo.
Não houve resposta. Aric devia estar se escondendo atrás do cavalo. Ou embaixo da cama. Ou talvez tivesse fugido. Não era exatamente algo digno de elogios, mas eu poderia relevar, considerando as circunstâncias. Ou talvez o feitiço também o tivesse atordoado?
O cavalo relinchou e empinou, bloqueando a minha visão. Empurrei a sua anca com irritação, xingando-o quando ele se recusou a se mover.
O aparecimento súbito do cavalo no quarto só podia ser obra de Tatiana, mas esse era um tipo muito estranho de proteção. O que teria *passado* pela cabeça da minha irmã? Eu deveria montá-lo e fugir do perigo? O animal nem tinha sela, e um cavalo seria inútil contra um assassino. Na verdade, ele estava tornando as coisas decididamente mais difíceis.
Ouvi um gemido e lancei o olhar para a origem do som.
O assassino estava se mexendo. Enquanto eu observava, consternada, ele se apoiou nas mãos e ficou de joelhos, tateando o chão em busca de sua arma.
— Aric! — gritei, abandonando toda a sutileza. — Cadê você?
O cavalo me empurrou com o focinho, quase me jogando de volta na cama. Voltei a afastá-lo com um xingamento. Pela Virtude da Serenidade, agora eu estava sendo atacada por um cavalo e também por um assassino.
— *Monte em mim.*
Fiquei boquiaberta. A voz tinha soado *dentro* da minha cabeça. Clara. Estranhamente familiar. E, embora eu não soubesse dizer como, tinha inconfundivelmente vindo do cavalo.
O choque estava me fazendo imaginar coisas, porque cavalos simplesmente *não falam.* Sobretudo não dentro da minha cabeça.
O cavalo bateu um casco contra o chão com um barulho retumbante. *Monte em mim. Agora. Antes que nós dois acabemos mortos.*
A praticidade voltou com força. Por mais inquietante que fosse ser abordada telepaticamente por um cavalo de guerra materializado de maneira mágica, a criatura tinha razão: eu tinha que cair fora dali antes que o assassino se recuperasse. Tentar encontrar Aric só daria tempo para o nosso agressor nos matar.
Dei um passo desajeitado na direção do cavalo, agarrei a sua crina e montei atrapalhada no seu lombo.

Um arrepio de medo percorreu os flancos do cavalo. Caramba, era típico de a minha sorte invocar um cavalo incapaz de transportar um cavaleiro, sobretudo sem rédeas nem sela. Tatiana poderia ter considerado isso no feitiço. Agarrei a crina com mais força.

— Vai! — incitei. — Tire a gente daqui!

O cavalo voltou a se arrepiar de medo. E então, ele empinou, quase me arremessando para longe das suas costas. Eu gritei e me agarrei desesperadamente a seu pescoço, com as pernas escorregando por seus flancos. Ao ser quebrado por um dos cascos do cavalo, o vidro da janela mais próxima tilintou e refletiu a primeira luz da manhã. O meu cavalo firmou bem as quatro patas no chão e contraiu os músculos. Eu mal tive tempo de gritar antes de ele saltar direto pela janela quebrada do segundo andar.

O vidro quebrado ficou preso ao meu roupão, rasgando a minha manga, que se desfez de imediato. Por um instante assustador, eu estava no ar. E então, os cascos do cavalo atingiram o chão, com uma força de partir os ossos. Em seguida, ele saiu galopando rumo ao amanhecer, deixando o castelo para trás.

Avançamos pelas árvores do arboreto que tinha visto da minha janela. Um vento frio e úmido açoitou o meu rosto, emaranhando o meu cabelo e fazendo lágrimas rolarem dos meus olhos. Num piscar de olhos, uma chuva gelada encharcou o meu roupão. Fiquei agarrada ao pescoço do cavalo, com as pernas apertadas contra os seus flancos. O mundo se dissolveu num borrão de neve e sombras. Galhos se projetaram a meu redor, cobertos de sincelos. Um deles prendeu o meu cabelo, e não consegui sufocar um grito de dor quando alguns fios foram arrancados do meu couro cabeludo.

Finalmente, o cavalo foi diminuindo a velocidade até se deter, com os flancos arfando. Eu me arrisquei a erguer a cabeça e olhar ao redor. Estávamos sozinhos no meio de uma floresta densa e escura. Uma luz acinzentada deixava as nuvens mais pálidas acima das árvores. Resquícios de neve manchavam o chão, ao lado de alguns brotos verdes e destemidos. A terra reluzia com o reflexo frio e úmido da lama.

Comecei a tremer de frio. Estava usando apenas um roupão e uma camisola, e a primavera gildeniana era tão fria quanto o auge do inverno damariano. Eu tinha quase morrido e ainda não estava fora de perigo.

Estava sozinha, desarmada, com apenas um cavalo como companhia — um grande cavalo, infelizmente branco, que reluzia contra as árvores encobertas pela chuva como uma lanterna, revelando a nossa localização para qualquer pessoa que estivesse nos perseguindo.

E o assassino? Quem o tinha enviado? Ele teria saído pela janela para vir atrás de nós? Ao me dar conta, um frio terrível atingiu meu coração: ele tinha entrado pelos meus aposentos. A minha guarda pessoal não o teria deixado passar sem enfrentá-lo, mas eu não tinha ouvido um único sinal de alerta. Será que Julieta e Catalina teriam sido drogadas? Estavam mortas? E Aric? O que havia acontecido com ele?

Virtudes, por favor, permitam que ele esteja vivo. Eu podia desprezá-lo, mas não queria vê-lo morto. Sobretudo não quando a paz entre os nossos países dependia da nossa união.

— Aric — murmurei, falando comigo mesma. — Pelos mares, cadê você?

O cavalo se agitou, obrigando-me a agarrar a sua crina às pressas. E então, aquela voz voltou a soar na minha cabeça. Suave, melodiosa e claramente irritada.

— *Bem aqui. Agora desmonte de mim.*

Fiquei de queixo caído. Devo ter batido a cabeça durante a luta, pois agora o cavalo não só estava falando, mas também fazia isso com a voz do homem com quem eu tinha acabado de me casar.

— *Você não me ouviu? Desmonte das minhas costas.* O cavalo bateu o casco no chão. A terra respingou e ele se sacudiu, quase me derrubando de novo.

— *Que nojo. Detesto lama.*

Fechei a boca com um estalo audível.

— A-Aric? Você é... um *cavalo*?

O cavalo virou a cabeça para me observar por cima do seu ombro. O ombro *dele*. A expressão desfez a minha dúvida, mas não o meu espanto. Aquela irritação gélida era definitivamente de Aric, por mais bizarra que fosse vê-la num rosto equino.

— *O que você acha que eu sou? Uma galinha?* — o cavalo perguntou. *Agora, pela última vez, desmonte das minhas costas antes que eu jogue você nessa lama podre.*

— Pela Virtude da Paciência, você poderia pelo menos me dar um momento para assimilar as circunstâncias.

Desmontei das costas do cavalo — de *Aric* —, fazendo uma careta quando os meus pés descalços tocaram o chão gelado. A lama fria escorreu entre os dedos. As minhas pernas quase cederam e, por instinto, me apoiei na lateral do cavalo. Um arrepio percorreu os seus flancos, e eu afastei a mão às pressas.

Com os olhos semicerrados, virei-me para olhá-lo.

— Você é mesmo o meu marido?

— *Infelizmente. A menos que você tenha conseguido obter o divórcio nas última horas sem o meu conhecimento.*

Sim, sem dúvida, esse era Aric. E transformá-lo no emblema do seu próprio país parecia exatamente o tipo de coisa que Tatiana acharia divertida. Levei as mãos à cabeça, com os dedos se emaranhando no meu cabelo encharcado.

— Impossível. — Uma risada histérica saiu de mim e se espalhou pelo ar da manhã. — Eu me casei com um cavalo.

O cavalo — Aric — bateu um casco (*um casco!*) bastante perto dos meus pés descalços. A lama respingou na seda do meu roupão já rasgado. — *Controle-se, esposa. Não tem graça. Esta situação seria grave mesmo que não estivéssemos fugindo de um assassino.*

Certo. O assassino. O pensamento foi com um balde de água fria, apagando as chamas da minha risada.

— Quem é ele? Por que tentou te matar?

Aric me deu um olhar que mostrou as partes brancas dos seus olhos.

— *Acho que você sabe melhor do que eu.*

Levei um momento para entender a implicação.

— Espere. Você acha que *eu* enviei o assassino? Quase morri para proteger você!

— *Muito conveniente, não é?*

Eu mal consegui falar de tanta raiva.

— Não foi nada conveniente! Eu me cortei, me machuquei, estou encharcada e quase perdi a vida. E além disso, eu me casei de boa-fé. Não sou o tipo de pessoa que mandaria matar o marido na noite de núpcias!

— *Você tinha uma adaga escondida no seu próprio baile de boas-vindas.*

— Para defesa pessoal! O que era mais do que justificado! Como posso saber que o assassino não era enviado por você?

Aric bufou, indignado.

Eu nunca mataria a minha esposa no meu quarto. Mesmo uma que me forçou a me casar com ela. Isso estragaria os lençóis.

— Isso estragaria... — gaguejei. — Espere, o que você quer dizer com forçou você a se casar...

Uma cacofonia de sinos soou a distância, interrompendo o meu protesto. Um alarme. Alguém tinha descoberto a tentativa de assassinato.

Ambos viramos a cabeça às pressas na direção do barulho. Vimos luzes balançando entre as árvores: o alaranjado pálido e tremeluzente das tochas lutando contra a chuva, misturado com a luminosidade mais suave das lanternas criadas pelos Adeptos. Um grupo de busca. Apostaria que o assassino tinha se infiltrado entre os buscadores, fazendo-se passar por integrante do pessoal do castelo.

Aric virou a cabeça para me encarar, mas as orelhas continuaram voltadas para os sinos de alarme.

— *Não temos tempo para essa discussão agora. Desfaça o seu feitiço antes que o assassino nos encontre.*

Fiz uma careta.

— Eu... eu não sei como fazer isso.

As narinas de Aric se dilataram. Eram narinas bem grandes mesmo.

— *O que você quer dizer com não sabe como fazer isso? O feitiço era seu!*

— Na verdade, o feitiço não era meu. — Levei a mão ao pescoço. Milagrosamente, o medalhão havia sobrevivido à jornada vertiginosa pela floresta. Ele pendia da sua corrente, ainda aberto. — A minha irmã preparou para mim. Era para ser um amuleto de proteção. Não sei direito como funciona. Eu não tenho aptidões mágicas, lembra?

Aric podia ter virado um cavalo, mas pelo visto ele ainda conseguia me lançar um olhar completamente devastador.

— Tudo bem. Vou fazer o possível para... reverter o feitiço — disse, me atrapalhando com o medalhão que estava escorregadio por causa da chuva. Se o abrir ativou o feitiço, talvez fechá-lo revertesse o encantamento. Apesar dos dedos adormecidos devido ao frio, consegui dar um apertão no pingente entre eles.

— *Espere...* — Aric começou a falar.

Semicerrei os olhos e fechei o medalhão.

Nenhuma rajada de ar. Nenhuma explosão luminosa.

Com cautela, abri os olhos e me vi ainda cara a cara com um grande, contrariado e totalmente não transformado garanhão branco.

— Um momento. Vou tentar de novo. — Com uma urgência crescente, abri e fechei o medalhão algumas vezes.

Aric batia os cascos com impaciência na terra enlameada. *Não temos tempo para isso. Monte nas minhas costas.*

— Um instante atrás, você queria que eu desmontasse...

— *Detalhes e mais detalhes,* esposa. *Pare de discutir e faça o que eu digo. Você quer mesmo explicar para os meus guardas por que eu sou um cavalo e você tem sangue na sua camisola? Supondo que sejam os meus guardas que nos encontrem primeiro, e não o assassino.*

Eu não tinha como retrucar. Fiquei em silêncio. Aric se abaixou até os joelhos, sempre resmungando a respeito da lama. Passei uma perna sobre as suas costas. Montá-lo agora parecia bem diferente, sabendo que ele não era um cavalo comum. As minhas coxas nuas tocaram os seus flancos. Eu não estava usando nada por baixo da camisola.

Fiquei vermelha. Graças aos mares ele não podia ver o meu rosto. Ou podia? Os seus olhos estavam situados nas laterais da cabeça. Como seria a visão de um cavalo?

Pela Virtude da Misericórdia, eu estava casada com um cavalo.

Quase soltei uma risada histérica de novo. Apertei os lábios para contê-la. Aric tinha razão: não tinha graça. Era só o cansaço e o choque me fazendo reagir de maneira descontrolada.

Aric se impulsionou para ficar de pé. Agarrei a sua crina. Em seguida, saímos galopando, adentrando mais a fundo na floresta.

— Para onde estamos indo?

— *Você vai ver. Para um lugar seguro.* — — Ele fez uma pausa.

— *Espero.*

11

Aric não disse mais nada, e eu não insisti. Atrás de nós, a floresta ecoava com os gritos e o incessante toque dos sinos de alarme. Um cão começou a latir, e senti um aperto no peito. O céu estava clareando agora que o sol já tinha se erguido no horizonte, dando mais urgência a nossa fuga. A luz do dia nos desfavorecia, dificultando a busca por um esconderijo.

Eu sabia que o arboreto estava contido dentro das muralhas do castelo, mas, enquanto Aric avançava, ele dava a impressão de não ter fim, parecendo um cenário em espiral de árvores, chuva e sombras. Sem dúvida, já tínhamos visto aqueles mesmos grupos de abetos e pinheiros diversas vezes.

— Você sabe para onde estamos indo? — sibilei para Aric com os dentes batendo.

— *Fique quieta. Você vai chamar atenção.*

— Isso não é uma resposta.

Atrás de nós, ouvimos um rangido de madeira. Eu me virei para olhar por sobre o ombro e contive um suspiro. Entre as árvores — não, *das* árvores em si —, surgiram rostos com calosidades no lugar dos narizes e sobrancelhas de casca eriçada.

— Aric — sussurrei. — As árvores... estão nos observando?

— *Eu disse que você ia chamar atenção.*

Inquieta, agarrei a crina com mais força. Cavalos não deveriam falar. Árvores não deveriam observar. O que será que a magia deste país andava usando?

Finalmente, Aric se deteve ao lado de um par de abetos imensos, que pareciam mais antigos do que o próprio castelo. Dessa vez, desmontei do lombo dele sem ser ordenada. Os meus pés estavam tão frios que ao tocar o chão foi um choque doloroso. Perdi o equilíbrio, quase caí, mas consegui me agarrar à crina de Aric.

Os flancos de Aric se contorceram de irritação. Ele se sacudiu para me afastar.

— *Lá dentro. Entre esses dois abetos.*

Confusa, fiquei encarando as árvores. Elas não pareciam diferentes de quaisquer outras da floresta. Então, pisquei e voltei a olhar. O que à primeira vista parecia simplesmente uma área mais escura de sombra, a uma observação mais atenta, era uma construção estreita e em ruínas. Metade do telhado de madeira tinha caído, revelando o esqueleto da construção. Como abrigo, não era nada promissor.

Com ceticismo, olhei para Aric.

— Não vai ser um esconderijo meio óbvio?

Ele fez um gesto de impaciência com a cabeça e abanou a cauda.

— *Para encontrar este lugar, é preciso já ter estado aqui antes.*

Mais magia irregular. Era só o que me faltava.

— E estamos supondo que o assassino nunca tenha passado por esta encantadora morada antes?

— *Apenas três pessoas vivas estiveram aqui, incluindo eu e você. E a terceira jamais tentaria me matar.*

Ignorei a insinuação. Eu *não tinha* planejado o assassinato, quer ele acreditasse em mim ou não. Eu só tinha a palavra dele de que essa terceira pessoa desconhecida também era inocente. Mas eu não estava com vontade de discutir isso. Uma leve brisa surgiu, lançando a chuva contra o meu rosto. Eu estava tremendo de frio e não gostava da ideia de ser observada por árvores hostis. A cabana não seria confortável, mas pelo menos protegia da chuva.

Comecei a andar. Por um momento, senti como se estivesse caminhando contra um vento forte. Então, com um estalo, como se uma pressão se liberasse dos meus ouvidos, toda a construção de repente entrou em foco. Ofeguei. De fato, uma magia inquietante.

A única porta de madeira da construção pendia torta das dobradiças. Eu a empurrei com as duas mãos e entrei com cautela. O cheiro de palha úmida e mofo invadiu as minhas narinas. A chuva caía sem parar onde o telhado havia desabado, enquanto que, em outros pontos, um coro de goteiras entoava um hino lúgubre. Senti uma gota gelada atingir a minha nuca e, ao deslizar pela minha espinha, me arrancou um arrepio.

Percorri com os olhos as fileiras de paredes finas com as suas portas meio destroçadas, quase todas podres.

— Isto é... um celeiro?

— Era uma estrebaria para os melhores cavalos do reino, antes do arboreto ter crescido. Agora é o último refúgio para a família real se o castelo ruir. Saia da frente antes que eu pise em você.

Dei passagem quando Aric abriu a porta à força, voltando a resmungar a respeito da chuva e da lama. O vão era estreito e, assim, os seus flancos arrancaram as lascas de líquen que adornavam o batente. No interior, Aric se sacudiu com um tremor mal-humorado, espalhando pedaços de matéria vegetal e lama. Protegi os olhos dos respingos.

— Dê uma olhada nas baias — ele disse secamente. Ainda hostil, mas pelo menos não estávamos brigando abertamente. — Há suprimentos. Cobertores e coisas do tipo.

— Provavelmente molhados e roídos por ratos — murmurei, mas obedeci.

O lugar pode ter abrigado os melhores cavalos do reino no passado, mas agora seria mais adequado para um bando de sapos. A luz fraca da manhã revelou que a queda do telhado havia deixado todas as baias ao relento, exceto duas. Grande parte da construção estava úmida e fedia a bolor e decomposição. As duas baias sobreviventes estavam num estado um pouco melhor. Uma estava repleta de caixas de madeira empilhadas, enquanto a outra continha um amontoado de palha mofada. Pelo menos, estavam protegidos da chuva.

Com os dedos entorpecidos, retirei a tampa da caixa mais próxima com esforço. Quase chorei de alívio com o que encontrei dentro: um tecido pesado de lã, que se desdobrou quando puxei. Um cobertor.

Havia dois: grossos, ásperos e — graças aos mares — *quentes*. Enrolei em torno de mim como um xale.

— Me passe um desses.

Joguei o segundo cobertor para Aric, esperando que acertasse o seu rosto. Enquanto ele não pedisse desculpas, eu faria de tudo para que ele desejasse ter se desculpado.

— Já que você pediu com tanta educação, boa sorte tentando colocar isso sem usar as mãos.

Aric bufou, irritado. Ignorando-o, segui na direção da outra baia coberta, louca para me deitar em algum lugar seco.

Mas Aric bloqueou o meu caminho.

— Saia da frente — retruquei, sem paciência para fingir cortesia. — Preciso me sentar.

Ele dilatou as narinas e mexeu as orelhas.

— *Encontre outro lugar. Eu vou ficar nesta baia.*

Cerrei os dentes.

— Você é um cavalo. Cavalos ficam na chuva o tempo todo. Você não precisa disso.

— *Eu mereço, pois, como você observou com perspicácia, sou de fato um cavalo. Uma condição cuja culpa é toda sua. Encontre a sua própria baia.*

Os meus dentes estavam doendo de tanto que os cerrei.

— Só há uma baia que é adequada.

— *Outra observação perspicaz.*

Acabe com esse homem — esse cavalo — ou o que quer que fosse. Apertei o cobertor com mais força em torno dos meus ombros quando uma rajada de vento tentou arrancá-lo.

— Que tal um acordo? — eu disse, exasperada. — Vamos dividir a baia, e eu coloco o outro cobertor sobre você. Já que, como *nós dois* observamos com perspicácia, você é um cavalo.

Aric refletiu, abanando a cauda com irritação.

— *Tudo bem. Mas é melhor você colocar isso direito, ou eu vou colocar você para fora.* — Ele bufou. — *Detalhes e mais detalhes. Será que você não podia ter me transformado em algo que conseguisse segurar as coisas?*

Nós nos espremamos na baia estreita, o mais longe possível um do outro, humanamente — ou equinamente — falando. Ajeitei o segundo cobertor sobre os flancos de Aric, de forma muito mais generosa do que eu me sentia de verdade. Em seguida, no canto oposto, me deitei encolhida e me enfiei debaixo do meu cobertor. Ao poucos, os meus tremores foram diminuindo. Tudo doía, e a palha sobre a qual eu estava exalava um forte cheiro de mofo, mas pelo menos eu não morreria de frio.

Na verdade, nem *tudo* doía. Não tanto quanto deveria. Eu estava com o corpo dolorido com os hematomas que iam surgindo e ainda sentia ardor nas pernas devido aos cortes da janela. Porém, as minhas mãos, onde me cortei com a lanterna quebrada, doíam apenas pelo frio.

Coloquei uma das mãos para fora do cobertor e a estendi em direção à luminosidade que entrava pelo telhado desabado. Mesmo na penumbra de uma manhã chuvosa, a minha pele estava intacta. Os meus ferimentos tinham sumido. Porém, linhas cruzavam a palma da mão como cicatrizes douradas, ecoando a marca da cerimônia de casamento.

Senti um arrepio percorrer o meu corpo que não tinha nada a ver com o frio.

— *Você está machucada? O assassino te feriu?* — Aric perguntou, parecendo esperançoso.

— Desculpe te decepcionar, mas vou sobreviver. — Voltei a enfiar a mão sob o cobertor. Será que eu deveria contar a ele sobre as marcas? Perguntar o que significavam? Tanto quanto eu sabia, podiam ser um sinal de que ele tinha lançado uma maldição contra *mim*.

— *Por mais incrível que possa parecer para você, prefiro que você permaneça entre os vivos.*

— Por mais incrível que possa parecer para você, prefiro que você faça o mesmo.

— *Claro. Por isso você mandou um assassino para o meu quarto e me transformou num cavalo.*

A irritação se intensificou.

— Já disse: eu não enviei o assassino. E o feitiço não era para você. Eu estava tentando *salvar* a nós dois. Não era isso o que eu esperava que fosse a nossa noite de núpcias.

— *Ainda não entendi como você esperava que fosse. Depois do assassino e da maldição, qual seria a próxima etapa do seu plano?*

Se ao menos o feitiço de Tatiana tivesse incluído uma cláusula de silêncio. Cerrei os dentes.

— Como também disse, eu não tinha um plano. A minha única intenção era cumprir os termos do tratado. E se eu soubesse quão insuportavelmente rude você se mostraria, teria insistido para que o Conselho renegociasse esses termos.

— *Então você continua a negar que orquestrou esse casamento desde o início?*

Foi a terceira vez que ele disse algo nesse sentido, e dessa vez eu estava em uma condição melhor para prestar atenção. Eu me endireitei e franzi a testa, para me concentrar totalmente nele.

— Eu não tive nada a ver com o arranjo deste casamento. Fui escolhida pelo Conselho dos Nove como a candidata mais adequada para conter as suas ameaças mal disfarçadas de guerra.

— As minhas ameaças? Eu nunca ameacei Damaria. Foi o seu Conselho que fez todas as exigências.

Isso não fazia sentido. Eu mesma tinha visto o rascunho completo do tratado, com o lacre de Aric.

— Quais exigências, exatamente, você acha que o Conselho fez?

Eu quase podia imaginá-lo contando-as com os dedos, se ele ainda tivesse dedos.

— *Ampliar o acordo de comércio. Comprometer-se com uma cota anual de compras de tecnologia dos Adeptos. Aumentar as nossas exportações de madeira e ferro. Concordar em se casar com uma parceira escolhida pelo Conselho antes da coroação, sem nem mesmo conhecer você primeiro...*

— Espere — interrompi. Se minha cabeça fervilhasse ainda mais, iria acabar soltando fumaça. — O Conselho não exigiu nada disso. *Eu* não exigi nada disso. A insistência no casamento foi toda *sua*!

As narinas de Aric se dilataram.

— *Por que, em nome da Grande Senhora, eu insistiria no casamento?*

Incrédula, ergui as sobrancelhas.

— Para fazer uma declaração de intenções como novo rei? Para testar o seu poder ao reivindicar um tributo de Damaria?

— *Você é uma mulher, e não um tributo.* — Aric bufou. — *E se eu quisesse um tributo, por que exigiria me casar com você?*

Eu tinha acabado de ser insultada novamente, mas Aric não me deu espaço para retaliar.

—*Ainda nem fui coroado. Por que o meu primeiro passo seria irritar o meu vizinho mais próximo com uma lista de exigências que poderiam facilmente provocar uma guerra?*

Abri a boca, mas logo a fechei. Eu podia pensar em contra-argumentos, mas todos eram muito fracos.

Aric tinha razão. Agora que eu havia ouvido a perspectiva dele, forçar o tratado não era um passo nem um pouco lógico. Eu ainda mal o conhecia, mas pelo que tinha observado nele, além de sua animosidade pessoal contra mim, ele não parecia o tipo de homem ansioso para começar uma briga. Aric literalmente tinha se escondido atrás de um livro no baile de boas-vindas. Não era a atitude esperada de um rei disposto a declarar uma guerra.

Mesmo assim, se ele estava falando a verdade, isso deixava um problema ainda mais evidente do que a nova forma de Aric.

— Mas se nenhum de nós exigiu esse casamento... quem exigiu?

12

Nem Aric nem eu tínhamos respostas, e ambos estávamos exaustos demais para continuar a conversa com algum proveito. Eu estava com frio, molhada e dolorida; mal havíamos sobrevivido a uma tentativa de assassinato; e alguém queria Aric, eu, ou os dois mortos. Temia pela segurança da minha guarda pessoal, mas sabia muito bem que não poderia fazer nada por eles agora. Aparecer com uma camisola ensanguentada e um marido transformado em cavalo só pioraria as coisas.

Então, em vez disso, já que não havia nada mais proveitoso a ser feito no momento, eu me encolhi no canto da baia e tentei me aquecer. Logo isso se revelou um gesto inútil, apesar do cobertor. Embora a construção fosse um pouco mais quente do que a temperatura lá fora, o chão e as minhas roupas molhadas drenavam o calor direto dos meus ossos. Eu sentia calafrios intermitentes, fazendo os meus músculos se contraírem. Entre a minha crise anterior, o frio e o fato de que tinha ficado acordada a noite toda, eu não seria capaz de agir mesmo se descobrisse o que, pelos oceanos, eu deveria fazer a respeito de tudo isso.

— *Bianca.*

A voz de Aric fez o meu coração disparar outra vez. Fechei os olhos, cansada demais para outra discussão.

— *Temos que compartilhar o calor um do outro.*

Surpresa, arregalei os olhos. Meu rosto ficou quente. Sim, éramos casados — se o assassino não tivesse aparecido, já estaríamos intimamente familiarizados com o corpo um do outro. Porém, a ideia de compartilhar o calor dele parecia estranhamente... íntima.

Além disso, ele era um cavalo.

Aric suspirou, no que pareceu uma mistura de irritação e constrangimento.

— *Você não será de grande valia se ficar doente por causa do frio. E... você não é a única que está sentindo frio.*

Analisei a sugestão de Aric, ponderando a minha relutância com cuidado. Não havia nenhuma razão específica para recusar, exceto pela estranheza da situação. Se ele tinha a intenção de me machucar, não faltaram oportunidades. Eu estava tremendo de frio, ele era um animal grande e quente, e não podíamos arriscar fazer uma fogueira, mesmo que tivéssemos os materiais para isso.

Eu era bastante prática e estava com frio demais para ser teimosa quanto a isso. Ele havia me convidado. Não perdia nada em aceitar, nem mesmo a minha dignidade — já era tarde demais para resgatá-la.

— Tudo bem — disse sem rodeios. — Se você rolar por cima de mim, vai se arrepender amargamente.

Aric bufou.

— *Já estou me arrependendo amargamente.*

Mesmo assim, ele se pôs de joelhos. Eu me aproximei e me encostei nele. Quando o meu ombro roçou o flanco dele, fiz uma pausa e franzi a testa.

— Você está tremendo.

— *Como eu disse, estou morrendo de frio.*

Mas eu já tinha visto o suficiente de cavalos para saber que não se tratava só do frio. Agora que eu estava prestando atenção, notei as partes brancas dos seus olhos aparecendo, a tensão em cada músculo do seu corpo. A temperatura por si só não provocava essa reação.

— Aric — disse em voz baixa. — Está tudo bem?

— *Tudo bem?* — Sua voz estava carregada de desdém. — *Claro que não estou bem. Eu sou um cavalo.*

— Você está lidando com isso surpreendentemente bem.

— *Não estou não.* — Sua voz ficou mais ríspida. — *Eu quase não estou conseguindo conter o pânico. Não faço ideia se este feitiço é reversível, já que, pelo jeito, você não entende como ele funciona. Não consigo fazer algo tão simples como abrir uma porta ou pegar um cobertor. Estou coberto de lama. Passar a noite no frio é uma indignidade. E, além disso, acabei de descobrir que há uma trama para nos forçar a casar e outra trama, ou talvez a mesma, para me matar. Só estou me mantendo firme porque, se não fizesse isso, nós dois estaríamos mortos.*

Mordi o lábio. Era verdade, sem o raciocínio rápido de Aric e a sua pronta resposta, ainda estaríamos no quarto com o assassino.

Acreditei na aparente calma dele, mas agora que ela havia desaparecido, ficou fácil demais ver o que estava por trás disso. Por experiência própria, sabia que era possível uma pessoa aparentar autocontrole, ao mesmo tempo em que se despedaçava por dentro.

Eu me apoiei no corpo de Aric, aproveitando o seu calor. Ele contraiu toda a musculatura, mas, em seguida, obviamente se forçando, relaxou um pouco.

— Desculpe pelo feitiço — eu disse, esperando que ele percebesse a minha sinceridade. — Não era a minha intenção que isso acontecesse.

Aric deixou escapar um suspiro profundo.

— *Está sendo difícil para mim aceitar isso como verdade.*

Burro teimoso. Não, cavalo teimoso.

— Juro por qualquer uma da Virtudes que você preferir.

— *Não... não foi o que eu quis dizer.* — Percebi que ele estava refletindo. Relutante em dizer o que pensava. — *É que.... Se você está dizendo a verdade, então acho que te julguei muito mal.*

— Sim. Sim, julgou mesmo. E também tem sido muito rude a esse respeito.

— *Admito que a minha conduta deixou... um tanto a desejar.*

Eu o observei com desconfiança. Por que Aric estava concordando comigo de repente? Só pode ser outra armadilha.

— Se você está tentando encontrar um motivo para continuar agindo de maneira execrável, eu me recuso a ajudar em seus esforços.

— *Na verdade, Bianca, estou tentando propor uma trégua.*

Pisquei, desorientada. Achei que estivéssemos trocando os golpes iniciais de mais uma luta, mas, em vez disso... ele estava estendendo uma mão... ou melhor, um casco.

— Uma trégua?

— *Sim.* — Quase deu para notar Aric revirando os olhos. — *É um acordo benéfico para nós dois, em que concordamos em parar de brigar, pelo menos até que as nossas vidas não estejam em perigo imediato.*

— Eu *sei* o que é uma trégua — retruquei, num tom claramente beligerante. Então me contive, reconsiderando a oferta.

Ainda desconfiava de Aric — e guardava rancor. Mesmo que a sua sugestão não viesse carregada de segundas intenções, depois do jeito que ele havia me tratado, eu relutava em permitir que ele deixasse a sua grosseria para trás com tanta facilidade.

Mas, pensando bem, eu o *tinha* transformado sem querer num cavalo. Talvez fosse punição suficiente. Por enquanto. Afinal, uma trégua era algo temporário. E seria mais fácil resolver o restante desse desastre e descobrir quem estava por trás da tentativa de assassinato se eu e Aric não ficássemos brigando o tempo todo.

— Muito bem — disse, finalmente. — Nesse caso, vou tentar concordar com a sua trégua sempre que você conseguir oferecer uma de verdade. Desde que você não considere a minha aceitação como permissão para retomar a sua falta de modos.

Aric bufou.

— *Ofereço uma trégua,* esposa. *Vamos trabalhar juntos até desfazermos a maldição e descobrirmos quem quer a nossa morte.*

— Aceito a sua trégua, *marido*. — Ainda estava desconfiada, mas estava cansada demais para continuar brigando. E, apesar de seu comportamento grosseiro, começava a ficar claro que Aric não era o inimigo que eu tinha imaginado. Cruzei os braços. — Eu ia sugerir que selássemos o acordo com um aperto de mãos, mas os seus cascos estão imundos.

— Não *é culpa minha.*

— Não interessa de quem é a culpa. Estamos de acordo?

— *Tudo bem. De acordo.*

Um raio de sol matinal atravessou as nuvens, iluminando o chão da estrebaria. Finalmente, a chuva estava diminuindo. O ar começava a ficar mais quente; não, *eu* estava ficando mais quente, graças ao calor de Aric. A minha tremedeira havia se aquietado e, entre o corpo quente dele e o cobertor, eu quase conseguia me convencer de que estava aconchegada.

Eu precisava elaborar um plano. Descobrir como reverter o feitiço de Tatiana, voltar em segurança para o castelo, identificar quem havia mandado o assassino, saber como ele tinha passado despercebido por Julieta e pelos meus guardas pessoais, e ver se todos estavam bem. Por favor, *por favor,* que eles estejam bem.

Mas o calor era reconfortante, e o meu cansaço, extremo. Eu permiti me apoiar em Aric e fechar os olhos. Só por um momento.

* * *

— Ei, acorde.

Uma bota cutucava a minha perna, com bastante insistência. Em protesto, resmunguei e me enrolei mais no cobertor. Sem dúvida ainda não era hora de Julieta me despertar. Eu mal tinha dormido.

Ouvi um som de aço raspando o chão. Isso me despertou de imediato. Eu me sentei sem hesitar, arregalando os olhos.

O sol do meio-dia penetrava na estrebaria. Um raio difuso iluminava uma figura humana de pé sobre mim, com um sabre desembainhado na mão.

O assassino. Ele nos encontrou.

Já fui me movendo antes mesmo que os pensamentos acompanhassem as minhas ações. Rolei para longe de Aric, deixando o cobertor para trás como uma lufada de frio. Vasculhei a palha apodrecida à procura de um punhado de terra, que atirei nos olhos do meu agressor.

O meu oponente tropeçou para trás, xingando em um dos dialetos zhei. O meu aprendizado de línguas estrangeiras não havia incluído a terminologia usada em brigas em tabernas fora de Damaria, mas a julgar pela maneira veemente com que a pessoa xingava, parte da terra tinha atingido os seus olhos.

Eu me afastei da área de risco, examinando ao redor em busca de uma arma. Talvez uma pedra. Ou se eu conseguisse ficar atrás do assassino e enlaçar o cobertor em torno do pescoço dele...

— Pare — Aric disse, levantando-se rápido. Um casco bateu com força a poucos centímetros do meu pé descalço. — *Não lute contra ela. É a Marya.*

— Marya? — Precisei de um momento para associar o nome: a mulher que o lorde Varin havia apontado no baile de boas-vindas. A capitã da guarda de Aric. A sua amante.

— Para você, é capitã Dai — a mulher esbravejou comigo em gildeniano, esfregando os olhos com força. Lágrimas rolavam por seu rosto. Ela não embainhou seu sabre. — Cadê o Aric? Ninguém mais poderia ter mostrado este lugar a você.

— *Marya.* — O cavalo deu um passo cauteloso na direção dela. Mais cauteloso do que quando se movia perto de mim. — *Sou eu. Sei que é loucura, mas...*

— Responda — Marya exigiu, interrompendo-o. — Ou juro que acabo com você, duquesa ou não.

Ela parecia plenamente capaz de cumprir as suas ameaças. E eu não tinha uma espada à mão.

— Aric está bem aqui — respondi em gildeniano, mantendo a voz calma e controlada, como se fosse uma audiência comum em um tribunal. — Você não ouviu o que ele disse?

Marya semicerrou os olhos escuros. Estavam avermelhados por causa da terra.

— Não me faça perder a paciência. A única razão para eu ainda não ter cravado a espada em você é porque Aric é o único que poderia ter trazido você até aqui. É melhor me dizer cadê ele se quiser manter as suas entranhas no lugar.

Eu me dirigi a Aric sem olhar para ele, atenta ao sabre na mão de Marya.

— Diga para ela, *marido*.

— *Marya, estou aqui, diante de você* — Aric recomeçou a falar. — *Eu sou o cavalo.*

— Aí está a resposta. Da boca do cavalo — eu disse a Marya.

Ela ergueu o sabre, apontando para a minha garganta.

— Chega de palhaçada. Não com Aric desaparecido. *Cadê ele?*

— *Acho que ela não está me ouvindo, Bianca* — Aric disse.

Eu não me atrevi a olhar para ele, não com um sabre tão perto da minha jugular.

— Também estava chegando à mesma conclusão.

— Que conclusão? — Marya exigiu. — Me diga o que você fez com Aric, ou eu vou...

— ... Você vai acabar comigo. É, já deu para entender. — Não me passou despercebido que ela tratava Aric pelo primeiro nome. Sem usar o título dele. Se eu precisasse de uma prova das insinuações do lorde Varin no salão de baile, agora eu tinha uma.

Analisei a expressão de Marya, procurando decidir qual caminho seguir. Ela parecia tão flexível e persuasível quanto um bloco de granito.

Maneirismos da corte não me levariam a lugar nenhum, exceto ao lado afiado do seu sabre. O que, como ela já havia me informado, não via a hora de usar.

— Aric é o cavalo — eu disse, optando pela franqueza. — Ele tem tentado dizer isso para você, mas, pelo visto, você não consegue ouvi-lo.

Os olhos de Marya se semicerraram como o fio de uma lâmina.

— Você espera que eu acredite que esse cavalo é o rei de Gildenheim.

— Bem, ele ainda não é oficialmente o rei. Mas ele *é* o meu marido, desde ontem à noite. Quando é mesmo a coroação? Daqui a uma semana?

— *Seis dias* — Aric corrigiu. — *No equinócio. Mantenha os fatos em ordem, esposa.*

Marya abaixou um pouco o sabre. Ela me encarou como se não soubesse se eu estava confusa, sendo desonesta, ou as duas as coisas.

— Juro que é verdade — eu disse. — Pelos... pelos detalhes e mais detalhes, ou seja lá pelo que você jura por aqui.

Marya arregalou os olhos.

— Essa é uma expressão do Aric. — Ela deu uma olhada no cavalo e depois voltou a olhar para mim. — Mas... se *esse* é mesmo Aric, então por que ele virou um *cavalo*?

— Na verdade, a culpa foi do assassino — respondi. — Ele invadiu o quarto e tentou nos matar. Um feitiço deu errado. E aqui estamos nós.

— *Você está deixando de fora uma quantidade imensa de detalhes* — Aric me repreendeu.

— Fique quieto. Ela está apontando uma espada para a minha garganta. Estou meio distraída.

— E eu devo acreditar que você está falando com ele agora — Marya disse, incrédula.

— Acredite no que quiser — retruquei. — Mas com certeza não estava falando com *você*. Na verdade, prefiro não fazer isso. Sinta-se à vontade para ir embora.

— *Não a ofenda* — Aric pediu. — *Ela está aqui para nos ajudar.*

— Para ajudar *você*, talvez. Não a mim. A menos que a ideia dela de me ajudar seja cortar fora a minha cabeça. O que, para deixar claro, eu não consideraria como *ajuda*.

Finalmente, Marya abaixou o seu sabre. Ela levou a mão livre à testa e a esfregou, como se estivesse procurando aliviar uma dor de cabeça.

— Estou ficando zonza tentando entender toda essa história. Tudo bem, digamos que eu acredite em você, e que Aric tenha sido transformado nesse cavalo. — Ela fez um gesto hesitante na direção de Aric. — Então prove. Faça ele dizer para você algo que ninguém mais saberia. Ninguém, exceto eu e eu.

Suspirei. Não estava particularmente interessada em saber quais segredos o homem com quem tinha me casado compartilhava com a sua amante.

— E então? — perguntei a Aric.

— *A história favorita dela é a da Coroa de Wildwood. Diga para a Marya que costumávamos lê-la juntos atrás das cortinas empoeiradas da biblioteca. Ela apertava o nariz para não espirrar e não sermos descobertos.*

Pelo menos não era uma anedota sobre as preferências dela na cama. Quando a repeti para Marya, a tensão finalmente desapareceu do braço que empunhava o sabre. Com os olhos arregalados, ela contemplou Aric, como se estivesse vendo o imenso cavalo pela primeira vez. Teria sido a oportunidade perfeita para atacá-la se eu tivesse uma arma à mão.

Marya voltou a esfregar a testa e depois se virou para mim tão bruscamente que me sobressaltei.

— Traga Aric de volta. Custe o que custar.

— Não consigo — respondi, exasperada. — Já falamos sobre isso.

— Então, diga para ele... Espere, ele pode me entender?

— *Sim* — Aric e eu respondemos ao mesmo tempo. Embora, é claro, Marya só conseguisse ouvir um de nós.

Ela se virou para Aric.

— O castelo está precisando de você agora. Está um caos. Metade da corte está convencida de que você foi assassinado, e a outra metade de que você foi sequestrado. Levei tanto tempo para sair de lá só para conseguir partir sem chamar a atenção. — Ela fez uma pausa, apertando o nariz bem como descrito por Aric. — Pela Senhora, não consigo acreditar que estou falando com um cavalo. É melhor que não seja uma piada as minhas custas.

— Assassinado? — interrompi. — Então encontraram o assassino?

— Não exatamente. — Marya fez uma careta. — Pelo que descobri, houve um alvoroço, e alguém alertou a vigília noturna. Quando conseguiram entrar nos aposentos de Aric, encontraram uma janela quebrada, uma faca de fabricação damariana e sangue manchando a cama e o chão. Bastante sangue.

Franzi a testa, procurando avaliar os acontecimentos no quarto de Aric.

— Bem, quebramos a janela quando fugimos, e acho que o assassino deve ter deixado a faca cair. Mas o sangue... não faz sentido. Eu cortei a mão, mas foram só alguns arranhões...

— *É uma armação* — Aric interveio. — *Alguém quer fazer aparecer que a tentativa de assassinato teve sucesso.*

Eu me virei para ele.

— Está dizendo que alguém quer fazer parecer que você está morto.

— *Isso mesmo.*

— Então, devem ter um motivo. — Eu me agarrei à política da situação como algo que pudesse compreender. — Talvez reivindicar o trono, ou colocar a culpa em alguém...

— Você — Marya interrompeu. Ao que tudo indicava, ela conseguiu acompanhar os rumos da conversa, apesar de não conseguir ouvir Aric.

Eu me virei de para ela.

— O que tem eu?

— Você fez isso — ela repetiu. — É a conclusão geral. A maioria das pessoas do castelo acha que você assassinou Aric.

Perdi o chão. Eu não queria acreditar em Marya, mas fazia todo o sentido. Pelo que todos sabiam, eu fui a última pessoa a ter visto Aric vivo. Uma noite de núpcias era a oportunidade perfeita para uma assassina em potencial — ou uma esposa regicida — ficar a sós com ele e desarmado. Sobretudo se a corte gildeniana acreditasse, como Aric acreditava, que o Conselho dos Nove havia exigido o nosso casamento e uma série de outras concessões além disso... As evidências começaram a se acumular em proporções gigantescas. A ironia: para os meus pais, eu era uma filha fraca e sem valor, mas para a corte gildeniana, eu tinha me tornado uma rainha implacável o suficiente para assassinar o meu próprio marido.

Eu não tinha matado Aric. Ele nem estava morto. Mas ninguém sabia disso. Ninguém, além de mim, Aric e agora Marya. E talvez o assassino, se tivesse visto a transformação de Aric. Mas eu duvidava que ele fosse se manifestar e dizer isso publicamente.

Eu me esforcei para pôr as ideias em ordem.

— Então, estou sendo incriminada por um assassinato que não aconteceu. Onde acham que eu estou?

— A teoria mais difundida é que você fugiu de volta para Damaria — Marya respondeu. — Ninguém sabe ao certo. Além de mim, é claro. A sua guarda pessoal foi levada para interrogatório.

Catalina. Julieta. Senti um nó na garganta ao pensar nelas jogadas numa cela de prisão, talvez até submetidas à tortura para revelar informações. Ainda mais depois da frieza com que tratei Catalina da última vez que nos falamos.

— Precisamos tirá-los de lá. Vamos voltar ao castelo, explicar o que aconteceu, dizer que Aric não está morto, que ele é simplesmente... um cavalo...

Parei de falar. Já tinha sido difícil convencer Marya — a própria amante de Aric — a respeito da identidade dele. Se eu aparecesse com um roupão manchado de sangue, alegando que havia transformado o meu marido num cavalo, a corte me consideraria insana, na melhor das hipóteses. Na pior, eu confirmaria as suspeitas de que realmente matei o rei deles. Seria uma invasora tentando reivindicar o trono gildeniano após matar o seu legítimo herdeiro na minha própria noite de núpcias.

— *Não vai funcionar* — Aric disse, ecoando os meus pensamentos. — *Não vão acreditar que estou vivo, a menos que você consiga me transformar mais uma vez em homem. Também vão prender você. Ou pior.*

— Então temos que devolver você à forma original agora mesmo. — Ergui o queixo.

— *Fique à vontade* — Aric ironizou. — *Quando você quiser.*

— Não há nada que você possa fazer? — Marya perguntou. Ela estava brincando com a empunhadura do sabre novamente, de uma maneira que me dava uma vontade irresistível de tirá-lo de suas mãos. Não que eu fosse tola a ponto de tentar. — Algo que você não tenha tentado?

Eu ainda não tinha tentado muitas coisas — tantas quanto estrelas no céu. Dar cambalhotas, por exemplo. Bater em panelas e frigideiras, cantando hinos para as Virtudes. Vestir Aric com trajes humanos, colocar uma coroa em sua cabeça e fingir que tudo estava normal até, talvez, que estivesse. Todas essas coisas pareciam tão prováveis de dar certo quanto eu continuar tentando usar magia, pois, afinal, eu sabia como essa maldição funcionava tanto quanto um peixe-pássaro sabia dançar uma valsa.

Porém, eu conhecia alguém que entendia disso. Alguém que tinha criado o feitiço.

Fechei a mão em torno do medalhão.

— Tive uma ideia, Marya, mas preciso da sua ajuda. Tenho que enviar uma mensagem para a minha irmã.

13

Ao seguir Marya pelos corredores do castelo, encolhi os ombros e mantive a cabeça baixa. Deveria me sentir grata por estar distante de Aric — nós o deixamos na estrebaria abandonada do arboreto cerca de meia hora atrás —, mas o alívio foi atenuado pela presença mal-humorada de Marya e o risco de ser pega. Eu tinha trocado o meu roupão manchado de sangue por uma blusa, jaqueta e calça que Marya havia desenterrado de outra caixa na estrebaria. Assim, pelo menos a minha roupa não chamava atenção. Porém, o meu rosto estava exposto demais para qualquer um ver. E toda a corte tinha obtido uma boa visão do meu rosto durante o casamento do dia anterior.

Difícil de acreditar que tivesse sido só um dia antes. Felizmente, os alarmes haviam cessado, assim como a chuva, e os sinos vespertinos das três horas estavam badalando agora. Menos de 24 horas desde que me casei com Aric, mas parecia uma eternidade.

Marya parou, tão de repente que quase me choquei com ela, e estendeu a mão em um gesto de advertência. Espiei por sobre o ombro dela a tempo de ver uma dupla de guardas do castelo passando, com as alabardas cruzadas sobre o peito. Sem dúvida, a minha procura, a futura rainha má de Gildenheim. Eu me abaixei às pressas atrás de Marya, desejando que ela fosse mais alta.

Os guardas passaram sem olhar na nossa direção. Deixei escapar um suspiro de alívio quando o eco dos passos deles desapareceu.

— Absurdo — Marya resmungou. — Estou me escondendo dos meus próprios soldados, como se fosse uma criminosa.

Ela deu uma olhada no corredor e fez um sinal para que eu avançasse. Eu me desloquei atrás dela, me agarrando às sombras com tanta firmeza quanto uma aranha a sua teia.

Passamos por mais três patrulhas no caminho até o nosso destino. Eu estava grata a Marya, ainda que o sentimento evidentemente não fosse mútuo: sem as suas reações rápidas, sem dúvida teríamos sido pegas. Eu não sabia como me orientar pelos corredores do castelo e poderia facilmente ter caído nas mãos dos guardas.

As suítes dos embaixadores ficavam em uma ala separada, numa parte do castelo que eu ainda não conhecia. Os corredores ali eram decorados para homenagear outras nações, adornados com bandeiras cerimoniais e obras artísticas nos estilos ousados e coloridos da Aliança Mobolana, as linhas fluidas dos diversos estados-membros do Império Zhei, e os tons de joias do meu próprio país. Andei mais devagar ao passarmos por uma imagem representando a Virtude da Força; nessa versão, era uma mulher com a mão pousada sobre o peito e um sorriso sábio nos lábios.

Levei a mão ao peito, onde o medalhão repousava sobre o meu coração. Fiz uma oração rápida à Virtude para ela me abençoar com essa mesma qualidade. Com certeza eu precisava disso agora.

— Aperte o passo — Marya sibilou. — Antes que eu mude de ideia sobre tudo isso.

Eu esperava que Marya me levasse direto para a suíte do embaixador Dapaz. Em vez disso, ela entrou de repente em um nicho, se escondeu atrás de uma bandeira damariana pendurada na parede e desapareceu.

Eu a segui e encontrei uma passagem oculta atrás da bandeira. Marya se encostou na parede para que eu pudesse passar por ela, depois fechou um painel deslizante, escondendo a entrada. O túnel estreito tinha a largura mínima suficiente para eu percorrê-lo sem que os meus ombros roçassem as paredes. Estava limpo de poeira e teias de aranha, indicando um uso frequente.

A descoberta de que o castelo gildeniano tinha passagens secretas que levavam aos aposentos dos embaixadores fez a intriga e a raiva disputarem a supremacia. Será que Aric teria algum dia me informado a respeito da existência delas se o assassino não tivesse forçado a situação?

Marya pediu silêncio por meio de um gesto rápido e passou por mim. Os seus passos eram tão imperceptíveis quanto uma noite tranquila. É claro que ela já tinha usado essa passagem secreta antes.

Alguns murmúrios de conversa vinham de ambos os lados enquanto avançávamos pela passagem, às vezes acompanhados por pontinhos de luz provenientes dos buracos de observação. Captei algumas palavras em uma das línguas mobolonas e um trechinho em língua zhei no registro formal. Não era só o embaixador damariano que a corte vinha espionando. Todos os diplomatas estavam sendo espionados. Talvez eu devesse me sentir melhor com isso, mas não tinha certeza se era o caso. Ainda que talvez a minha indignação fosse hipócrita: embora eu nunca tivesse me envolvido em espionagem, as Casas nobres de Damaria eram notórias por suas redes privadas de serviços de inteligência. Conhecimento era poder, a minha mãe gostava de dizer, e chantagem era controle.

Eu me perguntei o que ela teria achado da tentativa de assassinato. Conhecendo os meus pais, eles já saberiam quem estava por trás disso, se estivessem no meu lugar.

Finalmente, Marya parou e encostou o ouvido na parede. Por um bom tempo, ela ouviu em silêncio absoluto. Então, espiou por um dos buracos de observação, com um olho semicerrado contra a luminosidade do cômodo à frente. Um fino feixe de luz iluminou a sua íris, fazendo-a brilhar como âmbar escuro.

Aparentemente satisfeita, ela acionou uma pequena alavanca na parede. Um painel deslizou para o lado, deixando um raio de luz penetrar na passagem secreta. Marya passou pela abertura, e eu a segui.

Saí numa sala de estar entulhada de uma variedade eclética de enfeites, vasos e estatuetas, muitos deles tingidos com o azul-escuro de Damaria. No meio da bagunça, o embaixador Evito Dapaz estava sentado à escrivaninha abarrotada de papéis, segurando uma pena. Ele se levantou para nos cumprimentar, parecendo bem menos surpreso do que eu esperava diante da visão de duas mulheres saindo da parede dos seus aposentos privados.

— Vossa Graça — ele me saudou em damariano, fazendo uma reverência. — Graças aos oceanos, milady está segura. Vossa Graça está bem?

Os meus pensamentos logo se voltaram a minha condição, mas, pela primeira vez, não era essa a minha principal queixa. As lacerações provocadas pelo vidro da janela nas minhas canelas estavam doendo. Uma dúzia de hematomas estavam se fazendo sentir, alguns em lugares inconvenientes. Cerrei os punhos, lembrando-me das estranhas marcas douradas deixadas pela lanterna quebrada.

— Sim, tudo bem — desconversei.

Evito relaxou os ombros um pouco.

— Pela misericórdia das Virtudes. Receio não ter um lanche adequado para lhe oferecer, mas que tal um pouco de vinho ou uma laranja cultivada em estufa?

Marya lançou um olhar furioso para Evito antes que eu pudesse responder.

— O senhor sabia da existência dessa passagem.

— Sim, suspeitava da existência dela. — Se Marya era uma tempestade em formação, Evito era um dia de verão lânguido. — Algumas pessoas do seu povo são menos discretas do que outras, e eu sempre sei muito bem onde deixei as minhas coisas. Querem se sentar?

— Não podemos demorar — falei antes que Marya se oferecesse para empalar Evito. — Preciso da sua ajuda para enviar uma mensagem para a minha irmã, embaixador.

Evito ergueu um pouco as sobrancelhas, convidando-me a prosseguir.

— Acho que o senhor deve saber o que aconteceu hoje de manhã.

Evito apertou os lábios. E lançou um olhar furtivo para Marya.

— Ouvi alguns boatos, mas os guardas estão postados à porta destes aposentos. Eles me dissuadiram de investigar o assunto com a profundidade que eu desejava.

Eu e Marya lançamos um rápido olhar para a porta.

— Serei breve — eu disse. — Houve uma tentativa de assassinato nos aposentos reais ao amanhecer. Enfrentei o agressor, mas ele conseguiu escapar. Eu e o herdeiro aparente escapamos pela janela e encontramos um lugar seguro para nos esconder, mas ele agora... está em uma condição infeliz.

Evito fixou o olhar em mim, tão atento quanto um erudito lendo um texto raro.

— O herdeiro aparente? A vida dele corre perigo?

Hesitei, considerando o quanto contar para Evito. Apesar do cargo de embaixador, e da minha dependência da sua ajuda, eu não queria explicar toda a situação. Se a notícia do que eu havia feito se espalhasse — mesmo que se tornasse de conhecimento público apenas depois que o feitiço fosse revertido, que as Virtudes me ajudem, algo que Tatiana podia fazer bem rápido —, isso seria capaz de causar danos consideráveis. Eu sabia como os boatos se alastravam; sussurros de fogo que pareciam inofensivos como velas, mas que viravam uma chama avassaladora. E se a notícia alcançasse ouvidos errados, sobretudo enquanto o assassino ainda estivesse à solta e quem o havia enviado poderia facilmente mandar outro...

Não. Eu não contaria ao embaixador, nem a ninguém que não fosse absolutamente necessário, que eu sem querer havia transformado o meu marido num cavalo.

— Ele não está correndo mais perigo do que eu — eu disse. — Nós dois vamos ficar escondidos por alguns dias, até o assassino ser capturado e descobrirmos para quem ele trabalha. Enquanto isso, preciso enviar uma mensagem para a minha irmã. Que não seja interceptada pelo serviço de inteligência gildeniano. Acredito que o senhor pode me ajudar com isso, embaixador.

— Claro — Evito respondeu de imediato. Ele enviava mensagens confidenciais ao Conselho havia anos, incluindo os termos do tratado que me trouxe ali; em comparação, o meu pedido era simples. Ele direcionou outro olhar para Marya. — Gostaria que eu criptografasse a mensagem?

Embora Marya não fosse quem eu temia, a oferta era tentadora — uma garantia adicional de que a minha mensagem não seria lida por pessoas erradas. Mas isso significaria deixar Evito ler a mensagem na íntegra, pois eu não conhecia os códigos o suficiente para escrever uma mensagem criptografada sozinha, e levaria tempo demais. Já estamos demorando muito.

— Não será necessário — respondi. — Vou usar o meu lacre pessoal. Confio que o senhor cuidará dele da melhor forma possível.

Havia uma advertências nas minha palavras. Se Evito percebeu, não afetou a sua compostura. Ele deu um passo para trás e apontou para a sua escrivaninha.

— Tudo o que eu tenho a oferecer está a sua disposição.

Escolhi um pedaço de pergaminho, gasto de tanto ser raspado, e escrevi uma mensagem curta para Tatiana, resumindo que o seu feitiço de defesa tinha dado errado e que eu precisava da ajuda dela para revertê-lo. Eu a encontraria na fronteira e contaria o restante pessoalmente. Havia uma estalagem geralmente usada por mensageiros, que transportavam correspondência internacional a poucos quilômetros da fronteira; ela saberia qual era.

Fiz uma pausa antes de assinar a mensagem, me perguntando se deveria ser mais detalhada. Se eu dissesse que eu estava levando Aric sob a forma de cavalo, Tatiana talvez estivesse melhor preparada para me ajudar.

Uma gota de tinta caiu e se espalhou sobre o pergaminho. Deixei a pena de lado e sequei a minha mensagem. Já tinha perdido tempo demais. O feitiço era de Tatiana. A minha irmã era tão inteligente quanto fora do comum; ela encontraria um jeito. Ela tinha que encontrar.

Dobrei a mensagem, derramei cera azul sobre ela a partir do bastão que Evito tinha preparado, e o lacrei com o medalhão de Tatiana. A impressão reluziu para mim na cera que esfriava: um lírio em flor; uma versão simplificada do brasão da minha Casa. Algo que a minha irmã reconheceria.

Entreguei a mensagem para Evito.

— Vou ficar longe do castelo por alguns dias para garantir a minha segurança. Posso contar com o senhor para me manter atualizada sobre o que acontecer por aqui?

— Como sempre, Vossa Graça, estou à disposição da Casa Liliana.

— A correspondência do castelo está sob vigilância — Marya interrompeu, fechando a cara. — Vão controlar todos os mensageiros que partem daqui, e os gaviões podem capturar os pombos-correios. Como o senhor pretende enviar a mensagem?

Evito fulminou a capitã com o olhar.

— Eu já lidava com mensagens confidenciais antes de você conseguir falar, minha querida.

Marya deu um olhar furioso. Pela sua expressão, ela teria ficado feliz em empalar o embaixador ali mesmo.

— Não sou eu que vai controlar as mensagens de saída, seu bufão arrogante. A vida do meu rei está em jogo aqui. Eu tenho que saber o que o senhor está planejando...

— Os segredos e a magia de Damaria são confidenciais — Evito afirmou, com a compostura imaculada. — Cuide da sua própria jurisdição, capitã.

— Tenho certeza de que o embaixador Dapaz é digno de confiança para lidar com a correspondência — eu disse às pressas, procurando amenizar a situação antes que Marya se descontrolasse. — Você pode até entregar as mensagens a ele pessoalmente, capitã Dai.

Um olhar trocado entre Evito e Marya me disse, sem que uma única palavra fosse pronunciada, que ela preferiria arrancar os próprios polegares a fazer isso.

— Cuidaremos disso — Evito afirmou. — O herdeiro aparente vai estar a acompanhando, Vossa Graça?

Hesitei. Como embaixador, Evito deveria ser o meu aliado mais próximo no castelo. Mas ele também estava profundamente envolvido na corte gildeniana, o que significava que tinha os seus próprios interesses e alianças. Confiava nele para enviar uma mensagem discreta, mas não tinha certeza de quanto confiava nele para manter a boca fechada. As relações entre Gildenheim e Damaria não tinham sido nada tranquilas nos últimos tempos, e uma única palavra errada poderia causar mais danos do que um projétil de canhão.

— Não — respondi. — Ele vai ficar escondido nos arredores do castelo.

— Precisamos ir — Marya disse. — Antes que alguém apareça para revistar esses aposentos.

— Já fizeram isso — Evito afirmou, torcendo o lábio.

Se os aposentos dele já tinham sido revistados, tínhamos um pouco mais de margem de manobra do que eu imaginava. Porém, Marya tinha razão: o tempo não era um luxo que pudéssemos desperdiçar.

— Obrigada, embaixador. Por tudo. Preciso ir.

Marya já estava se encaminhando para a entrada da passagem secreta. Evito pegou a minha mão e fez uma reverência.

— Cuide-se, Vossa Graça. — Seu olhar transmitia um alerta. — Não relaxe a vigilância.

Marya deixou escapar um suspiro de impaciência. Soltei a mão da de Evito.

— Nunca faço isso — disse, e segui a capitã da guarda rumo à escuridão.

14

Os sinos estavam badalando às cinco da tarde quando eu e Marya finalmente deixamos a ala diplomática, após diversos momentos tensos nos escondendo nos cantos, enquanto os guardas do castelo passavam marchando.

— Você fica no arboreto, enquanto eu vou atrás de suprimentos — ela disse bruscamente, espiando ao redor do canto do nicho onde estávamos escondidas. — Você pode se esconder entre os arbustos ou algo assim até eu voltar para te pegar.

Senti o estômago revirar — um lembrete que eu não tinha me alimentado o dia inteiro e também que o meu estado de saúde poderia piorar a qualquer momento.

— Preciso passar pelos meus aposentos primeiro.

Marya olhou para mim como se fosse eu quem tivesse cascos.

— Você perdeu a cabeça? As suítes reais estão repletas de guardas.

— É importante — insisti. — Não posso ir embora sem uma coisa de lá — Sem falar que voltar a meus aposentos poderia me dar a oportunidade de descobrir o que havia acontecido com a minha guarda pessoal durante o ataque e, possivelmente, reunir mais pistas sobre quem tinha enviado o assassino.

— Você vai ter que sair do castelo sem isso. Eu preferiria beijar as botas daquele embaixador presunçoso a entrar lá para você pegar as suas roupas íntimas. Está querendo que eu também seja presa?

— Então, eu vou sozinha. E eu não correria esse risco por causa das minhas *roupas íntimas*.

Marya bufou.

— Sozinha, uma ova.

Cruzei os braços.

— Não vou conseguir seguir em frente sem isso.

Por um bom tempo, Marya ficou me olhando desconfiada. Então, bufou, irritada. — Tá bem. Eu vou lá pegar. Que item essencial é esse, afinal?

— É algo pessoal. Eu tenho que ir com você — insisti, mesmo não gostando mais disso do que ela. — Está numa caixinha com uma fechadura criada por um Adepto que só se abre ao meu toque — continuei. E o de Julieta, mas Marya não precisava saber disso.

A capitã da guarda passou o polegar pela empunhadura do seu sabre com uma expressão inquietante de especulação.

— Bem, talvez se eu tirasse só uma parte de você...

Estava fora de questão a remoção de partes do corpo, mas... flexionei as mãos, lembrando-me das marcas douradas e recém-formada. Se eu tinha aprendido algo desde a minha chegada a Gildenheim, era que a magia nem sempre funcionava do jeito que eu esperava.

— Um dedo do pé, quem sabe? — Marya divagou. — Ou que tal uma orelha?

— Você tem um lenço? — indaguei.

Marya ergueu as sobrancelhas.

— Não esperava que você concordasse com isso.

— Eu não concordo. Me dê um lenço. Tenho uma ideia melhor.

— Os antecedentes sugerem o contrário — Marya resmungou, mas me entregou um lenço. Eu me agachei e enrolei uma perna da calça.

Os cortes da minha mão tinham sarado no mesmo instante, deixando aquelas cicatrizes estranhas, mas as lacerações provocadas pelo vidro da janela nas minhas canelas tinham coagulado como uma ferida normal. Arranquei uma das crostas maiores, me contraindo um pouco ao fazer isso, e pressionei o lenço de Marya contra ela até que ficasse escuro.

Marya torceu o nariz quando estendi o lenço ensanguentado na direção dela.

— Acho que eu teria preferido um dedo do pé.

Eu o enfiei no rosto dela.

— Você quer ajudar o Aric ou não?

Foi a coisa certa a dizer. Marya me olhou, contrariada, mas guardou o lenço no bolso.

— Tudo bem — ela resmungou. — Mas se isso não funcionar, faço questão de um dedo do pé. E não mudei de ideia sobre você se esconder entre os arbustos.

* * *

No final das contas, não me escondi entre os arbustos, mas passei mais de uma hora nada digna num armário de vassouras, tentando não espirrar, até Marya voltar de sua missão. Para o meu desalento, ela conseguiu pegar só três frascos com tônico, quase insuficiente para enfrentar uma única crise, quanto mais várias. Mas era melhor do que nada, e ela tinha corrido um risco considerável para obtê-los. Então, não manifestei a minha decepção.

Avançamos com cuidado pelo arboreto, retornando à estrebaria abandonada com dois alforjes repletos de provisões, uma espada e uma sela, com Marya levando a maior parte, para o meu alívio. Nos confins do mundo, o céu apresentava o tom intenso e flamejante das laranjas oferecidas por Evito. O sol estava quase se pondo. Marya havia explicado que, ao anoitecer, haveria uma troca de guarda, deixando um curto intervalo de tempo para fugirmos dos domínios do castelo. Precisávamos nos apressar.

Ao chegarmos à estrebaria, Marya deixou a sela cair sobre a terra úmida, do lado de fora da porta escancarada. O suor na testa dela brilhava, apesar do frio. A chuva tinha dado lugar a nuvens dispersas e uma brisa cortante, prometendo uma cavalgada gelada.

— Vou confirmar se o portão lateral não está sendo vigiado, mas você vai precisar se mover depressa. Os guardas estarão em alerta máximo. — Ela deu uma olhada no interior da construção, onde Aric era uma mancha branca em relação à escuridão. Quando voltou a me encarar, a sua carranca havia retornado. — Aric é um bom homem — Marya disse baixinho, para que só eu ouvisse. — Ou cavalo. O que quer que ele seja agora. Com duas pernas ou quatro patas, ele vale mais do que você pensa.

— Não sei ao certo o que você acha que eu penso sobre ele — respondi com frieza. — Só que ele é o meu marido. O que ele é, para o bem ou para o mal.

Marya semicerrou os olhos.

Suspirei, controlando a minha irritação. Não era culpa dela que eu tivesse casado com o seu amante. Marya era apenas alguém que se importava com Aric e estava tentando mantê-lo seguro. Ela devia achar que eu o havia forçado a se casar comigo, assim como Aric tinha acreditado até aquela manhã. A hostilidade dela era compreensível.

— Eu jurei protegê-lo, capitã Dai — eu disse. — Cumpro com a minha palavra.

Marya me observou com um olhar cético e, logo, fez um aceno breve com a cabeça.

— É melhor você cuidar dele. Se algo acontecer com o Aric...

— É — respondi secamente. — Você vai acabar comigo. Já sei.

Ela me olhou com cautela, suspeitando que eu estivesse zombando dela. Eu a encarei, impassível.

Então, inesperadamente, Marya deu um sorriso, rápido e destemido como um relâmpago.

— Que bom. Não se esqueça disso. — Ela direcionou outro olhar para a estrebaria. — Aric?

Ele surgiu com cautela, testando cada passo como se esperasse que a lama o engolisse inteiro. Ao ser atingido pela luminosidade, ele brilhou como um farol. Claro que ele tinha que ser um cavalo *branco*.

Marya hesitou, claramente indecisa sobre o que dizer. Ela mexia na empunhadura do seu sabre.

— É melhor você voltar em segurança, seu imbecil. — Sua voz soou mais rouca do que o normal. — Queria muito poder te acompanhar.

Aric virou a cabeça em minha direção.

— *Diga para ela se cuidar. E...* — Ele abanou a cauda, com a sua hesitação se agitando através da nossa ligação mental. — *Não importa. Diga apenas isso para ela.*

Transmiti a mensagem, aliviada por nenhum dos dois ter dito mais nada. Por mais que Marya desejasse vir conosco — e por mais que as suas habilidades fossem úteis —, não me agradava a ideia de ficar intermediando a conversa entre o meu marido e a sua amante durante todo o caminho até a fronteira damariana.

— Você me conhece — Marya disse, dando de ombros.

— *É por isso mesmo eu estou preocupado* — Aric murmurou. Ele não me pediu para transmitir isso para Marya, e eu não me ofereci.

— Tenho que ir — Marya disse, relutante. — Posso atrasar a troca da guarda para dar a vocês um pouco mais de tempo. Esperem alguns minutos e depois sigam até o portão. — De repente, ela deu uma risada curta. — Pela Senhora, parte de mim ainda acha que você está me enganando e que tudo isso é uma grande brincadeira.

Antes que eu pudesse responder, ela virou as costas após lançar mais um olhar para Aric e se foi, iluminada pela luz suave do entardecer. Eu a observei desaparecer entre as árvores. Se tivéssemos nos conhecido sob outras circunstâncias, suspeitei que poderia ter gostado bastante dela.

— *Vejo que você conseguiu uma arma* — Aric disse, encarando a rapieira na minha cintura com desconfiança.

— E suprimentos. — Fiz um gesto na direção das provisões obtidas por Marya. Eu também tinha uma nova adaga presa dentro da manga, um pouco mais pesada do que a que havia trazido de casa. Mas, considerando a irritação anterior de Aric, resultante da minha adaga oculta, eu não tinha intenção de revelar a sua existência para ele, mesmo com a trégua recém-estabelecida entre nós.

Aric avistou a sela. Ele recuou um passo, com as narinas se dilatando.

— *Eu não vou me sujeitar a esse objeto.*

— Eu não consigo andar sem sela — retruquei. — Não se quisermos avançar. — Só a força do medo me permitiu me agarrar a ele durante a nossa fuga do castelo, e os meus músculos ainda sentiam as sequelas daquele esforço. Se eu tentasse montar sem sela até a fronteira damariana, passaria mais tempo caindo do que realmente cavalgando.

— *Não me lembro de ter consentido que você me montasse. Por que seria necessário? Você não é capaz de andar?*

Cruzei os braços. Não, às vezes eu *não* me sentia bem o suficiente para caminhar, mas não ia revelar essa vulnerabilidade para Aric.

— Precisamos chegar à fronteira o mais rápido possível. O que significa montar. Agora. Antes que desperdicemos a nossa chance e eu seja presa por assassinar você.

Sem falar na urgência de resolver a situação antes que eu ficasse sem o tônico, ou que o Conselho e os meus pais tomassem conhecimento do que estava acontecendo e decidissem se envolver, o que só precipitaria a ameaça de guerra. A rapidez era desejável em todos os aspectos.

Aric bateu o casco na terra úmida, mas recuou quando a água lamacenta espirrou. Eu conseguia *sentir* a sua relutância, como uma pontada na cabeça. Era uma sensação estranha.

— Além disso, a coroação deve acontecer em seis dias — acrescentei. — A menos que você esteja disposto a adiá-la...
— Cinco dias agora, pois este já está quase no fim. E a coroação não pode ser adiada. — Ele bufou, irritado. — Tudo bem. Pode montar. Mas não aceito de jeito nenhum que você use uma rédea.

Demorou além da conta aprontar os nossos apetrechos e pôr a sela em Aric. Eu me atrapalhei por causa do cansaço e do nervosismo, e ele se sobressaltava a cada erro meu. Cerrei os dentes e me forcei a não perder a paciência com ele. Afinal, não fazia nem um dia que Aric era um cavalo. Eu não podia esperar que ele se sentisse à vontade com a sela. Após diversas tentativas frustradas, o arreio estava finalmente no lugar, e os alforjes estavam pendurados. Subi às pressas no dorso de Aric, me acomodei na sela e partimos.

Era estranho cavalgar sem o uso das rédeas. Eu não sabia o que fazer com as mãos, e não ajudava o fato de estar relutante em tocar em Aric mais do que o estritamente necessário. Optei por segurar o arção da sela com ambas as mãos, como se fosse uma criança começando a aprender a montar.

Aric se moveu num ritmo constante, avançando muito mais rápido do que eu conseguiria a pé, ainda que ele se contorcesse e se encolhesse sempre que um galho roçava em seus flancos. Em um tempo surpreendentemente curto, a muralha do castelo ficou visível entre os abetos do arboreto, banhada por um vermelho carmesim na luminosidade desvanecente.

Eu me agarrei ao arção com mais força. Estava com as mãos suadas, apesar do vento frio e penetrante. Se fôssemos parados agora, reconhecidos agora, tudo estaria perdido. O meu encontro com Tatiana. A minha chance de reverter o feitiço. A minha guarda pessoal, e a minha chance de garantir a liberdade deles.

Senti um aperto no peito. Eu estava deixando Julieta e os meus guardas pessoais para trás, na prisão. Sabia que não tinha alternativa. Mesmo com a ajuda de Marya, eu não tinha a menor chance de libertá-los. A melhor maneira de obter a liberdade deles era voltar com Aric na forma humana.

E mesmo assim, parecia que eu estava abandonando as pessoas que mais importavam para mim. As pessoas que dependiam de mim. As pessoas que tinham abdicado de suas próprias vidas para proteger a minha. Mais uma vez, como os meus pais haviam previsto, eu estava falhando.

    Tentei deixar a culpa de lado. Eu não podia me dar ao luxo de pensar em Catalina ou Julieta agora. Eu estava tomando a decisão certa. A única decisão. Sempre houve apenas uma. Elas entenderiam.

    Aric se deteve onde as árvores acabavam, avaliando o caminho à frente. Ele abanou a cauda, e a extremidade dela roçou as minhas canelas. Eu me encolhi como se eu mesma fosse um cavalo assustado ao contato. Pelo menos agora eu estava usando uma calça. Agradeci aos oceanos por essa barreira, ainda que fina, entre nós.

    Eu me inclinei para frente, espiando o pátio vazio adiante. O chão forrado de agulhas de abetos dava lugar ao solo nu de um campo de treinamento. O castelo se erguia a nossa esquerda, com as suas muralhas defensivas à direita. Uma escada estreita levava até a parede externa em direção às ameias, onde duas silhuetas humanas, tornadas anônimas pela distância, patrulhavam as fortificações.

    Guardas, mas eles estavam se afastando de nós, olhando além das muralhas do castelo, e não para dentro, em nossa direção. Por ora, a nossa única preocupação era o portão.

    Engoli o medo.

    — Vamos — sussurrei para Aric. — Antes que mais alguém apareça.

    Mais uma vez, ele examinou o pátio e as suas narinas se dilataram. Então, Aric se moveu, tão de repente que eu me agarrei ao arção. Estávamos expostos antes mesmo de eu recuperar plenamente o equilíbrio. A distância entre nós e a muralha foi rapidamente diminuindo. Olhares ameaçadores — *imaginados, por favor, que sejam apenas imaginados* — me provocaram calafrios. E então alcançamos a muralha. O portão estava desguarnecido, como Marya havia prometido.

    Eu meio deslizei, meio caí do dorso de Aric. As minhas mãos tremiam, atrapalhadas pela pressa, enquanto eu tentava puxar o ferrolho, que estava coberto de ferrugem. Esse portão não devia ser usado com frequência. O ferrolho rangia, resistindo. Por um momento aterrador, ele emperrou.

    E então deslizou, com um gemido de metal que foi sem dúvida tão ruidoso quanto uma avalanche. Abri o portão com um empurrão, Aric avançou depressa, e eu o segui. Estávamos sob a luminosidade avermelhada de um dia prestes a se despedir. Tínhamos conseguido sair do castelo.

Aric estava esperando, com a cauda balançando, incomodada por um mosca ousada voando ao redor de sua traseira. Fechei o portão às pressas, consegui enfiar o pé no estribo e me ergui atrapalhada sobre o dorso de Aric. Graças aos oceanos, ninguém estava vendo. Eu me acomodei na sela, corada e desgrenhada pelo esforço. Pelo menos não estava usando roupas de dormir dessa vez.

Por instinto, apoiei as pernas nos flancos de Aric, como se ele fosse um cavalo comum e não o homem com quem me casei.

— Avante — eu disse, sem contestação da parte dele.

Aric começou a trotar, depois a galopar, e logo estava a toda velocidade pela estrada, deixando para trás a cidade de Arnhelm imersa no crepúsculo.

Rumo a Damaria. Rumo a meu lar. Rumo, que as Virtudes me guiem, a uma maneira de dar um jeito em tudo isso.

15

Enquanto avançávamos rapidamente pela estrada, os cascos de Aric golpeavam o solo em cadência musical. O caminho era íngreme e sinuoso, afastando-se do litoral em direção às montanhas do sul. As árvores se adensavam a nosso redor, dando a sensação de que já estávamos num mundo bem diferente. Alguns picos nevados despontavam acima das copas, escarpados, frios e deslumbrantes, resplandecendo a luminosidade avermelhada que precedia o crepúsculo. As cores do pôr do sol davam à paisagem um toque mágico, preenchendo o mundo com cores, como um pintor retocando um esboço. A minha primeira impressão de Gildenheim foi a de que era um lugar cinzento e sombrio, mas agora percebia que eu havia visto apenas um retrato inacabado. A paleta daquela terra não era feia, só diferente. Era um lugar de contrastes e contornos nítidos, uma terra reduzida ao essencial. Após toda uma vida de bela mas ilusória aparência, achei isso tão impactante e revigorante quanto o ar do início da primavera.

Agora, a abóboda acima tinha uma cor azul mais escura, com o horizonte a oeste vermelho-alaranjado como fogo. Olhei por sobre o ombro a tempo de ver um último raio de sol, ouro derretido e abrasador, desaparecer abaixo do horizonte.

De repente, eu estava caindo.

O impulso me levou para frente. O treinamento me impediu de sofrer ferimentos graves. Caí no chão e rolei, com a cabeça e os membros recolhidos junto ao corpo. A dor irrompeu, intensa como brasas dispersas, pelo meu ombro ao atingir a terra batida da estrada. Dei uma cambalhota e parei pouco antes da valeta.

Senti falta de ar. Fiquei deitada, meio atordoada, procurando recuperar a respiração. O ombro que havia batido no chão estava dolorido, prenunciando futuros hematomas. Nada parecia quebrado, mas os cortes superficiais nas minhas pernas, causados pelo vidro estilhaçado da janela, tornaram a se abrir...

O vidro. O assassino. *Aric*.

Eu me virei e me forcei a ficar de pé, fazendo uma careta de dor enquanto a areia se cravava nas palmas das minhas mãos.

O que eu vi não fez nenhum sentido. A sela, agora ajustada ao redor de um espaço vazio, em vez das costelas de um cavalo, estava virada, com os alforjes desalinhados. Aric estava a poucos metros de mim. Não mais na forma de um cavalo, mas de um homem, fazendo careta enquanto se arrastava até ficar de joelhos. Um homem completamente *nu*.

— O que, pelos nomes das Virtudes... — comecei a falar.

Ao ouvir a minha voz, Aric estremeceu e se retraiu. Virou-se, me deixando diante da crista pontiaguda da sua espinha.

Com tantas coisas para me preocupar... Pela Virtude da Paciência, éramos *casados*. Puxei a almofada da sela caída na estrada para perto de mim. Manquei até Aric e a joguei sobre os seus ombros.

Surpreso, Aric ficou tenso. Porém, logo os seus ombros relaxaram um pouco. Ele virou a cabeça para me olhar. Os seus olhos estavam arregalados, com o azul deles combinando com o céu que escurecia.

— Você está machucada? — ele perguntou em damariano.

A voz dele soou áspera de exaustão e confusão, mais grave do que eu me lembrava, mas humana. Com certeza humana. E, graças aos oceanos, Aric estava realmente ali, e não só na minha cabeça.

— Machucada, mas bem. E *você*? O que houve? A maldição foi desfeita?

— Que os oceanos tenham misericórdia de mim, que ela tenha sido desfeita. Eu não sentia exatamente saudade de Aric, mas ser casada com um cavalo era, no mínimo, algo constrangedor. Se ele voltasse a ser humano, poderíamos retornar ao castelo. Limpar o meu nome. Encontrar o assassino e, portanto, quem o havia enviado. A nossa jornada teria acabado antes mesmo de ter começado. Tudo isso não passaria de uma história para rir em alguma noite futura, quando estivéssemos completamente bêbados.

— Não tenho certeza — Aric disse, em tom cauteloso. Eu não sabia a qual das minhas perguntas ele estava respondendo. Eu tinha feito perguntas demais de uma vez.

Tentei novamente.

— Você está bem?

Aric hesitou.

— Não estou machucado.

Ainda não era uma resposta apropriada, mas pelo menos era mais precisa.

Aric ergueu a mão, girando-a para verificar. Engoli em seco quando a almofada da sela se moveu, revelando uma área da sua coxa esbelta e musculosa. A almofada da sela era grande, mas não em relação a um homem adulto; na realidade, ela chamava mais atenção para o que *não* cobria.

Aric pegou a almofada da sela, recolocando-a no lugar. Desviei o olhar às pressas para o seu rosto. Eu esperava que ele ficasse exultante com a transformação, mas a sua testa estava franzida.

— Você não parece lá muito satisfeito de ser humano de novo — notei. — Ou convencido.

Aric abaixou a mão e voltou a olhar para mim.

— Está parecendo fácil demais. Algumas horas e, de repente, se desfez... Não é assim que uma magia como essa funciona.

Ergui a sobrancelha.

— Não? O que *você* sabe sobre magia? — Eu tinha observado os olhos dele com mais atenção do que gostaria de admitir; não teria deixado de notar se tivessem alguns pontos dourados.

— Bastante, na verdade — Aric respondeu, com o tom ficando mais irritado. — Não sou um feiticeiro verde ou um Adepto, mas me dediquei ao estudo teórico da magia. É muito importante para a coroa de Gildenheim.

Levantei as mãos, com as palmas abertas. Eu não precisava discutir com Aric sobre isso também — não enquanto ele estava sentado nu no meio do caminho. Eu não sentia prazer em ter uma vantagem injusta.

— Tá bom. Então me diga como funciona.

Aric me observou com desconfiança, como se esperasse que eu tentasse amaldiçoá-lo novamente.

— Talvez seja melhor sair da estrada primeiro — ele sugeriu após um momento. — Eu não iria querer explicar a nossa situação a alguém que passasse por aqui.

Ele tinha razão. O herdeiro nu do trono gildeniano, a esposa estrangeira procurada pelo assassinato dele, e uma sela sem cavalo: sem dúvida, a visão de nós dois suscitaria várias perguntas.

Sem pensar duas vezes, estendi a mão para ajudar Aric a se levantar. Com desconfiança, ele semicerrou os olhos. Eu ruborizei, misturando contrariedade e constrangimento.

— Pela Virtude da Paciência, eu não estou querendo te matar. Nós somos *casados*.

— Isso não te impediu de usar uma adaga no nosso primeiro baile.

— Pelos oceanos, será que dá para deixar isso pra lá? Eu tive bons motivos. E firmamos uma trégua, lembra? Mas se você preferir que eu não ajude você a se levantar, vá em frente e faça isso sozinho.

Comecei a recolher a minha mão. Inesperadamente, Aric estendeu a dele e segurou a minha. Os nossos antebraços ficaram encostados. Ele estava com a pele quente e os músculos mais definidos do que eu esperava. Aric me olhou nos olhos, erguendo uma sobrancelha em desafio. Senti o estômago embrulhar — não por uma piora do meu estado de saúde, mas por um calor inesperado e desconcertante.

Puxei a mão dele. Aric se impulsionou para cima com muita força, talvez afetado pela transformação de cavalo em homem. Levantou-se num ímpeto, mais rápido do que esperávamos, quase se chocando em mim. Ambos ficamos paralisados, frente a frente. Estávamos perto o suficiente para nos beijarmos — ou, como Aric parecia pensar, para eu matá-lo. O meu coração ficou aos pulos. De repente, fiquei bem ciente da nossa proximidade e do seu corpo quase nu. Não tinha percebido o seu cheiro antes: tinta e papel, com um toque de algo mais intenso que eu não conseguia identificar.

Bruscamente, ele soltou a minha mão, lembrando-me de que ele me achava repulsiva.

Era um lembrança bem-vinda, apesar do seu gosto amargo, me trazendo de volta para a realidade. Eu estava no meio de uma estrada com o homem que eu supostamente havia matado — o homem *seminu* —, pensando no cheiro de Aric como uma completa idiota. Pigarreei e dei um passo para trás.

— Deveríamos nos esconder nas árvores.

— Foi exatamente o que eu sugeri — Aric disse, passando por mim com passos firmes.

Eu me abaixei para pegar a sela.

Do outro lado da valeta, a área arborizada ascendia, pontuada com pedras enormes, que se projetavam para fora da terra como punhos. Apesar do aclive íngreme, quando já não podíamos mais ver a estrada, Aric passou a tremer. Eu estava usando sapatos robustos e uma jaqueta de lã própria para o inverno gildeniano — pelo visto, roupas quentes eram uma coisa que esse país sabia fazer direito. Porém, Aric só estava usando a almofada da sela, que era insuficiente. Ele estava de pé, segurando-a ao redor da cintura, encolhido, parecendo estar num estado deplorável.

Revirei um dos alforjes caídos, aproveitando a pouca luminosidade ainda existente. Os meus três frascos de tônico estavam intactos, protegidos por um conjunto extra de roupas. Deixei escapar um suspiro de alívio. Naquele momento, a minha condição não estava piorando, mas era só uma questão de tempo até os sintomas reaparecerem. Em casa, se eu tivesse sorte, poderia passar mais de uma semana com sintomas leves, mas com tantos acontecimentos desastrosos se desenrolando desde a minha chegada a Gildenheim, eu não podia contar com a sorte.

Coloquei os frascos cuidadosamente de lado e peguei as roupas nos quais estavam embalados. Uma calça, uma roupa íntima de linho, um camisão verde de lã ao estilo gildeniano, e um par de meias grossas. Nenhum sapato, mas não havia nada que eu pudesse fazer a respeito disso agora. Dobrei as roupas num pacote e as entreguei para Aric.

— Pegue. Se você vai ser humano, é melhor se vestir.

— Acho que isso não vai durar — ele disse, mas pegou as roupas e deu as costas para mim.

Desviei o olhar para lhe dar alguma privacidade e fiquei observando as árvores. Felizmente, essas não pareciam dispostas a me encarar.

— Então, você insinuou isso. Você ia explicar o motivo. — Eu não tinha certeza se ele realmente pretendia fazer isso, mas eu merecia alguma resposta.

Ouvi um leve baque de tecido contra o chão, seguido pelo farfalhar de um tecido mais fino. Aric tinha deixado cair a almofada da sela. Involuntariamente, corei, imaginando o que estava por baixo. Eu já tinha visto o suficiente no quarto para saber que o rosto dele não era a única parte agradável de se olhar, apesar da habitual expressão de desdém.

— Em termos simples, a magia é uma troca — Aric disse, com a voz saindo um pouco abafada, já que ele estava vestindo o camisão pela cabeça. — Poder por algo em troca: mudança, luz, crescimento. Quanto mais forte o feitiço, mais difícil de revertê-lo. Uma transformação como esta não deveria sumir depois de poucas horas. Deveria exigir um ato igual de poder para desfazê-la.

— Mas você voltou a ser humano.
— Sim. Por enquanto. Você pode se virar.
Eu me virei para encará-lo. Aric estava todo vestido. As roupas ficaram melhor nele do que em mim, embora a calça estivesse um pouco curta. O verde lhe caía muito melhor do que o cinza fúnebre, realçando o tom do seu rosto e a cor do seu cabelo, minimizando as olheiras sob os seus olhos.

Pare com isso, Bianca. Ele estava de luto. Ele me odiava. Ele também era um cavalo. Ou tinha sido, até alguns minutos atrás.

Dominei a minha dispersão à força.

— Você acha que vai voltar ao estado anterior?

Aric fez uma careta.

— Ou coisa pior.

— O que poderia ser pior do que se transformar num cavalo?

Aric me lançou um olhar demorado. Consegui manter o controle, mas voltei a corar. Havia mil coisas piores do que ser transformado num cavalo.

— Tá bom. Então, quanto tempo você acha que temos?

— Eu voltei a ser humano ao anoitecer — Aric responder. — É possível que o feitiço seja cíclico. Cavalo de dia, homem de noite, ou algo do tipo.

Observei o horizonte, que estava roxo escuro e escurecendo depressa. Algumas estrelas insolentes começaram a aparecer.

— A magia não funciona assim.

— Talvez não em Damaria — Aric disse. — Embora eu acredite que isso seja mais resultado de como o seu país escolheu usá-la do que algo inerente à própria magia.

— Como assim?

Aric passou a mão pelo cabelo. O movimento atraiu o meu olhar para o seu rosto, cansado, mas ainda assim belo.

— Os seus Adeptos gostam de canalizar a magia em limites físicos: lanternas, engrenagens e coisas assim. Mas a magia tende a ser um pouco mais selvagem aqui no norte. E os nossos feitiços são mais poderosos quando ligados aos ciclos naturais do mundo. — Ele estava se animando com o assunto, apesar do cansaço, e isso era inesperadamente fascinante. A paixão trouxe cor e vida ao rosto de Aric. — A coroação, por exemplo. É por isso que ela deve acontecer no equinócio de primavera. O equilíbrio entre o dia e a noite. O equilíbrio de poder. Caso contrário, a magia fica... difícil.

Aric fez um gesto com as mãos espalmadas, como se fosse uma balança, o que mostrou uma dispersão de marcas douradas na ponta do dedos.

— Espere — eu disse, como a cabeça a mil. — A coroação é um *feitiço*? — Ou seja, a insistência dele de que precisávamos voltar até o equinócio não era uma questão de burocracia, mas sim de magia.

— Claro. Assim como a cerimônia de casamento. Também não é assim para vocês?

— Talvez já tenha sido assim um dia. — Refleti sobre a questão, considerando as implicações. Será que o Conselho dos Nove sabia disso? E a Guilda dos Adeptos? — Mas, em Damaria, não temos monarcas desde que as Casas nobres se uniram e formaram o Conselho. Portanto, não há coroações. — Agora as transferências de poder do Conselho eram feitas por nomeação, sem grandes cerimônias. Se a magia tivesse algum papel no legado do meu país, era a primeira vez que eu ouvia falar sobre isso.

Eu me fixei em outra coisa que ele havia dito.

— Espere. O que você quer dizer com a magia fica *difícil*?

— As florestas que andam. Novas criaturas que se formam. Feitiços que saem do controle — Aric respondeu. — Isso não acontece há séculos. Então, não tenho certeza do que é exagero e do que é mito. Mas a Coroa de Wildwood, a coroa de Gildenheim, é mais do que uma fábula. Também é uma precaução. A coroação garante a estabilidade do reino.

Que maravilha. Então, não só estamos correndo o risco de que os nossos países se destruam numa guerra — talvez uma guerra civil, no caso de Gildenheim; eu nem sabia ao certo quem seria o herdeiro no caso da morte de Aric — se não retornarmos até o equinócio, mas também poderíamos ter que lidar com uma catástrofe mágica se não resolvermos isso a tempo. Florestas que andam... Pelas Virtudes, as lendas sobre Gildenheim continham mais verdade do que eu imaginava.

Voltei a concentrar os pensamentos no ponto crucial.

— Nesse caso, devemos voltar para o castelo enquanto você ainda for reconhecível como um homem. Se não sairmos de Arnhelm, não vamos perder a coroação. — E eu teria a chance de conseguir mais do meu tônico antes que se tornasse um problema sério.

Em desconforto, Aric mudou o peso de um pé para o outro. O chão estava gelado. Com certa culpa, percebi que devia estar queimando os pés dele, mesmo através das meias.

— Por mais que eu queira sair da lama e do frio, não acho que essa seja a melhor ideia.

— Por que não? Devemos aproveitar a chance de garantir ao castelo que você está vivo e limpar o meu nome enquanto podemos. Não quero que toda a corte de Gildenheim pense que matei o meu marido.

— Na verdade, essa crença pode funcionar a nosso favor — Aric disse.

Fiquei olhando para ele, sem tentar ocultar a minha incredulidade.

— Você perdeu a cabeça?

— Alguém enviou o assassino. Se não foi nenhum de nós...

— Bem, com certeza não fui *eu*...

— ... Então outra pessoa deve ser a responsável. E o que acontecer a seguir vai revelar quem é.

Contive os meus protestos ainda em formação. Embora eu quisesse ficar livre da acusação, isso... na verdade, não era uma má ideia. Alguém queria tanto a morte de Aric que tentou assassiná-lo uma vez; caso essa pessoa retornasse, nada a impediria de tentar outra vez, e talvez me matar junto com ele. Deixar os nossos inimigos se revelarem ajudaria nós dois.

— Se esperarmos, Marya pode encontrar provas de quem está por trás disso — Aric continuou. Confio nela para descobrir a origem disso. Se ficarmos longe do castelo, ela ficará livre para trabalhar sem o assassino ter outra oportunidade de atacar.

Eu não conhecia a capitã da guarda o suficiente para compartilhar a confiança de Aric, mas não tinha vontade de voltar a me expor à lâmina de um assassino. E eu não estava desprovida dos meus próprios recursos.

— O embaixador Dapaz pode nos manter atualizados sobre as descobertas de Marya.

Aric concordou com um gesto breve de cabeça.

— Exato.

— Quem *você* acha que mandou o assassino? — perguntei. Aric devia conhecer a sua corte muito melhor do que eu. Tínhamos firmado uma trégua, então eu poderia aproveitar a visão dele.

Seu olhar ficou sombrio.

— Não sei. Damaria teria sido o meu primeiro palpite.

Eu precisava admitir — ao menos para mim mesma — que, em outras circunstâncias, teria sido uma suposição justa. As tensões entre os nossos países eram antigas, e com a morte de Aric...

— Se tivessem conseguido te matar, o trono teria ficado comigo?

Tenso, Aric concordou.

— E se eu também tivesse sido morta?

Uma sombra passou por seus olhos.

— O trono seria disputado — ele respondeu secamente. — Há pelo menos meia dúzia de parentes que acredita ter direito ao trono. Mas existe uma lei antiga que diz que, na ausência de um sucessor legítimo, a coroa pode passar para um bastardo com a aprovação da corte.

Lorde Varin. Eu me lembro da raiva que cruzou seu rosto quando dancei com ele — havia sido breve, mas eu tinha certeza de que não havia imaginado isso. Será que o ressentimento dele era tão grande para querer a morte de Aric?

— O seu meio-irmão teria a aprovação necessária?

Aric se abraçou, num gesto que não parecia ser inteiramente devido ao frio.

— É provável. — Sua voz ardeu como brasa. — Em geral, Varin tem sido considerado o melhor de nós dois, exceto pelo sangue.

Se as posições deles fossem invertidas. Será que os cortesãos estariam cochichando não sobre mim, mas sobre Aric e Varin?

— Então, precisamos voltar. — Olhei na direção do castelo, embora, é claro, a distância e a escuridão tornassem Arnhelm longínqua e invisível. — Podemos confrontá-lo enquanto você ainda é um homem, forçá-lo a confessar que...

— Não — Aric disse, com mais firmeza do que eu o tinha ouvido até então. Ergui as sobrancelhas e me virei para ele. Ele se abraçou com mais força e fez um gesto negativo com a cabeça. — Não. Eu... eu não acredito que Varin esteja por trás disso. Nunca fomos próximos, mas não acredito que ele tentaria me matar. Além disso, ele não ousaria fazer nada que colocasse a reputação dele em risco. Ele precisaria ter o apoio da corte para ter alguma chance de herdar. Qualquer pessoa que julgasse ter direito sólido ao trono poderia ser a responsável. Por exemplo, a condessa Signa.

A nobre de cabelo loiro que havia nos cumprimentado no casamento tinha sido calculista, mas isso não significava que estivesse tramando um assassinato. Os espiões do Conselho haviam relatado discussões entre parentes mais distantes de Aric sobre a possibilidade de tomar o trono, mas, que eu soubesse, sem planos concretos.

— Varin é quem mais se beneficiaria com a sua morte.

— Menos do que Damaria — Aric contestou. — E só se a corte concluir que ele possui o direito mais sólido.

— Damaria não ganha nada se eu for culpada pelo seu assassinato. — A raiva tomava conta de mim. Quantas vezes mais eu teria que convencê-lo de que não tive nada a ver com o ataque?

— Sem provas, estamos simplesmente trocando acusações um contra o outro — Aric assinalou, interrompendo as minhas dúvidas. — Isso não nos leva a nenhum lugar.

Inquieta, deixei escapar um suspiro e controlei a minha irritação a contragosto. Por mais que me detestasse admitir, Aric tinha razão. Varin, outros nobres de sangue azul, talvez até um dos outros vizinhos de Gildenheim que se beneficiariam com o caos no país... Havia possibilidades demais para identificar o culpado com base em nossas suspeitas pessoais, sem provas suficientes. Eu queria respostas simples, mas isso era o cansaço falando, e não a lógica.

— Tá bem — admiti. — Vamos aguardar as notícias de Marya e do embaixador Dapaz. Mas o que você espera que a gente faça enquanto isso? Não podemos ficar nos escondendo na floresta esperando por mensagens.

— Acho que deveríamos seguir até Damaria e encontrar a sua irmã.

Ergui as sobrancelhas. Ele havia se oposto a esse plano até eu visitar Evito, tanto que achei que jamais conseguiria fazê-lo sair do castelo.

— Mesmo que você não seja mais um cavalo?

— Pensei nisso enquanto você estava com a Marya — Aric disse. — O caos já está imperando na corte. Não vai fazer muita diferença se, por mais alguns dias, eu deixar que acreditem que estou morto. Se quisermos respostas, não posso aparecer pessoalmente. Ou quem enviou o assassino só vai voltar a se esconder e esperar pela próxima chance. São dois dias de viagem até a fronteira pela estrada principal. A coroação será ao amanhecer do quinto dia a partir de agora. Temos tempo de ir até lá e voltar. — Ele deu de ombros. — E além disso… se eu voltar a virar um cavalo, faz sentido estar mais perto da pessoa que tem a maior probabilidade de reverter o feitiço de forma definitiva.

Analisei os argumentos dele e não conseguir encontrar uma boa razão para refutá-los. O prazo era curto, mas poderíamos alugar uma carruagem e viajar durante a noite, se necessário. Além disso, uma parte traiçoeira de mim *queria* continuar até Damaria, apesar dos perigos da viagem. Sentia saudade de Tatiana. Eu queria muito conversar com alguém em quem pudesse confiar plenamente, mesmo que ela fosse me zombar sem dó nem piedade pela transformação do meu marido num cavalo. E Damaria ainda era o meu lar.

Era perigoso, mas isso poderia ser vantajoso para nós dois. Desde que sobrevivêssemos à jornada.

— Para Damaria — concordei. — Mas, se vamos até a fronteira, o primeiro passo é arranjar um par de sapatos para você.

16

— Não posso crer que estou roubando os meus próprios cidadãos — Aric murmurou. Ele estava inclinado sobre o seu recém-obtido par de botas, apertando os cadarços.

— Você pode pagar quando voltarmos à corte — eu disse com firmeza. — O que não será possível sem levar as botas primeiro.

Com a expressão sombria, Aric contemplou o calçado. Apesar do meu tom confiante, eu sentia a mesma culpa que ele. Os plebeus já estavam enfrentando dificuldades. Apossar-se do pouco que possuíam podia ser seu direito como rei, mas ainda assim pesava sobre a minha consciência.

Sob outras circunstâncias, eu teria simplesmente comprado os sapatos — afinal, tínhamos dinheiro. Um dos alforjes de Marya incluía uma bolsa com moedas gildenianas. Porém, se Gildenheim fosse algo parecida com o meu país, os boatos se espalhavam mais rápido do que o pólen ao vento, e estávamos a apenas alguns quilômetros do castelo. O rosto de Aric era conhecido, e a minha descrição também já teria se espalhado. Se aparecêssemos no meio da noite trocando moedas reais por um par de sapatos masculino, a corte tomaria conhecimento da nossa fuga em menos de uma hora. O roubo era a única opção viável.

E, devo admitir, eu tinha me saído bem nisso. Os sapatos que subtraí na primeira propriedade pela qual passamos eram botas de camponês, não de camurça como as que Aric devia estar acostumado, mas o ajuste foi melhor do que o esperado. E elas resistiriam à jornada.

Eu estava mais apreensiva acerca de como eu e Aric iríamos nos sair. Por enquanto, o meu estado de saúde não preocupava, e eu estava em boa forma devido às cavalgadas regulares e o treinamento com armas em casa. Porém, as montanhas de Gildenheim eram consideravelmente até mais frias do que a noite de inverno mais gelada de Damaria, e o frio estava se intensificando agora que o sol tinha se posto. Eu era suficientemente forte nos campos de treinamento, mas o ônus exigido pela viagem era de outra natureza, sobretudo se tivermos que caminhar até a fronteira. E me dei conta de quão pouco eu sabia sobre o homem com quem me casei. Será que ele sabia usar uma espada ou um arco e flecha? Sob pressão, ele lutaria, se renderia ou fugiria?

Voltei a olhar com o canto do olho para Aric. Ele já havia terminado de amarrar o cadarço da primeira bota e estava cuidando de amarrar o da segunda. O céu estava limpo; agora a luminosidade da lua crescente deixava o seu cabelo com um brilho prateado, enquanto se espalhava por sua cabeça e ombros, suavizando os contornos marcantes do seu queixo.

— Você está me encarando. — Aric estava me observando, com a testa um pouco franzida.

Tentando manter a compostura, entrelacei as mãos atrás das costas, mesmo não tendo realmente me aproximado dele. Como se eu fosse capaz de ser tão imprudente.

— Não estou não.

Aric ergueu uma sobrancelha. Foi uma tentativa pouco convincente de disfarçar a verdade da minha parte, e nós dois sabíamos disso.

Fiquei vermelha.

— Eu não estava encarando. Eu só estava... avaliando.

— Avaliando o quê? Qual seria a melhor forma de me atacar agora? Que homem impossível.

— Pela última vez, não fui eu quem mandou o assassino que atacou você.

— Na verdade, eu estava me referindo ao fiasco equestre. — Ele fez uma pausa e olhou para as suas botas recém-obtidas. — E sei que o assassino não foi você quem mandou. Na realidade, eu queria te agradecer.

Agora eu *estava* encarando.

— Quem é você e o que você fez com o homem grosseiro com quem me casei?

O rubor de Aric era visível até ao luar. Ele se levantou e o seu olhar se fixou no meu. Algo despertou nos seus olhos. Talvez fosse raiva. Esse desastre não foi culpa exclusivamente minha, mas eu não tinha contribuído para melhorar as coisas.

— Estou tentando ser melhor do que ele — Aric disse, bruscamente.

— Sei que não começamos muito bem... — Bufei, como se fosse eu quem tivesse periodicamente um comportamento equestre. — Mas também reconheço que você não teve culpa nos meus mal-entendidos pessoais. Então, obrigado.

Fiquei olhando para ele, sem palavras, atônita por sua sinceridade sem rodeios. Fui criada para acreditar que nenhuma concessão, nenhuma expressão de gratidão, vinha sem uma dívida a ser cobrada depois. Havia algo na maneira como Aric falava que abdicava de artifícios, mas será que ele estava me agradecendo de verdade sem esperar algo em troca?

— Pelo que exatamente você está me agradecendo? — eu disse com cautela, após um instante.

— Por ter tentado me salvar. Quando o assassino atacou, você se jogou na minha frente. Você poderia ter sido morta.

Era a coisa certa a fazer; eu nem tinha questionado isso. Não tive tempo para pensar. Minha mente voltou àquele brilho da lâmina. A lanterna se despedaçando em minhas mãos. Aric se colocando entre mim e o assassino quando ele voltou a atacar — o momento anterior ao da abertura do medalhão.

Aric estava apavorado. Ele sem dúvida era inútil em combate. E mesmo assim, também tinha tentado me salvar.

— Você fez o mesmo — eu disse, surpresa com a constatação.

Aric enrubesceu.

— Eu prometi te proteger.

Eu havia feito a mesma promessa.

— Então, os seus votos de casamento significam algo para você?

— Claro que sim. Se não significasse, eu não os teria selado com magia.

Mais uma vez, Aric me deixou sem uma resposta pronta. Eu não sabia o que pensar desse homem. Ele tinha achado que eu o estava forçando ao casamento, e por isso havia sido insuportavelmente grosseiro — isso eu podia entender. Contudo, mesmo pensando o pior de mim, ele também... jurou me proteger e cuidar de mim? E, para complicar ainda mais, isso significava algo de verdade?

Permaneci em silêncio por tempo demais. Aric estava me observando, com uma expressão indecifrável por causa da penumbra. Agora era ele quem estava encarando — ou avaliando. Desviei o olhar, sem estar pronta para considerar os julgamentos que ele estava fazendo por trás daqueles olhos tempestuosos.

— Precisamos seguir em frente — eu disse.

Aric me observou por mais um momento. Dava para sentir o olhar dele como um toque físico, ao mesmo tempo estimulante e desconcertante. Não conseguia me livrar da sensação de que, de alguma forma, eu havia dado a resposta errada. Se eu tivesse respondido de outra forma, será que ele teria se aproximado? Será que ele teria seguido o trajeto dos seus olhos pelo meu rosto com a mão, segurando o meu queixo para inclinar o meu rosto em direção a...

Eu me sacudi, com o rosto corado. Pelas Virtudes, o cansaço deve estar afetando o meu juízo. Aric já tinha deixado bem claro que não nutria tais pensamentos por mim.

Coloquei os alforjes nos ombros, grata que a escuridão ocultasse o meu rubor.

— A fronteira ainda não está tão perto assim.

Sem olhar para ele, passei por Aric, seguindo pela estrada iluminada pelo luar.

* * *

Apesar das minhas melhores intenções, não tínhamos avançado muito pela estrada quando o nosso ritmo caiu para um passo arrastado. Os alforjes estavam pesados demais, e o modo como golpeavam as minhas coxas a cada passo logo se tornou doloroso. Aric, enfrentando dificuldades com a sela, não estava se saindo muito melhor. Com suas pernas mais longas, eu esperava que ele me ultrapassasse, mas, pelo contrário, ficava parando para ajustar o peso da sela.

— Temos que parar, Bianca — ele disse finalmente.

Eu me virei para encará-lo. A lua já tinha descido rumo ao horizonte, levando consigo grande parte da luz. As estrelas se moviam lá em cima, num céu claro e cristalino.

— Nós dois estamos exaustos — Aric disse. — E se eu estiver certo sobre o feitiço, vamos avançar muito mais rápido pela manhã. Devemos poupar as nossas energias.

Olhei para trás ao longo da estrada, embora, é claro, Arnhelm estivesse longe demais e a noite muito escura para ver o castelo. Seria humilhante sermos pegos tão perto do início da nossa jornada, mas eu não tinha nem a vontade nem a força para argumentar. Todo o meu corpo estava doendo. Eu mesma não teria sugerido que parássemos, não querendo que Aric percebesse alguma fraqueza em mim, mas estava tão cansada que conseguiria dormir no meio da estrada.

— Tudo bem.

A floresta perene abarcava as margens da estrada, oferecendo uma proteção conveniente. Atravessamos a valeta com o seu filete de água lamacenta e logo ficamos fora de vista do caminho. Até agora, não tínhamos encontrado outros viajantes, mas era melhor tomar precauções.

A minha barriga estava roncando de fome, mas eu estava cansada demais para comer. Aric tirou os cobertores dos alforjes e entregou um para mim. Apesar do frio e do chão duro, adormeci no instante em que encostei a cabeça no chão.

Acordei com a luminosidade azulada do amanhecer e uma mão no meu ombro. A de Aric. Senti a sua respiração junto a meu ouvido.

— Não se mexa.

Despertei por completo num piscar de olhos. Levei a mão à adaga.

— Você vai assustá-los — Aric sussurrou.

Fiquei confusa. Assustar... quem? O quê?

Já havia claridade suficiente para enxergar o rosto de Aric, tingido de tons cinzentos. Mantendo a mão no meu ombro, ele levou um dedo aos lábios, como se pedisse silêncio, e apontou para um determinado ponto.

A princípio, eu não fazia ideia do que estava vendo. Perto dos alforjes, algo estava brilhando, num tom pálido e esverdeado, como as marés fosforescentes que às vezes alcançavam o litoral de Damaria. Pisquei e o brilho ficou nítido. Era algo em forma de serpentina, com mais ou menos o tamanho do meu antebraço. Assemelhava-se muito a uma salamandra, mas eu nunca havia visto uma delas brilhar como uma lanterna fabricada por um Adepto.

Ouvi um som de fungada, e outra criatura apareceu, saltando direto de um dos alforjes.

Contive um suspiro de espanto — mas não tão rápido. Ambas as criaturas ficaram paralisadas. Tive apenas um instante para vislumbrar garras minúsculas e rostos triangulares dotados de olhos curiosos.

Então, dois conjuntos de asas se abriram. E dois clarões de luz dispararam na direção das árvores, e então sumiram.

Aric deu um suspiro. Eu me dei conta de que a sua mão ainda estava no meu ombro no exato momento em que ele a retirou, deixando a marca do seu calor para trás.

— O que *eram* aquelas criaturas? — sussurrei.

— Vormes incandescentes. — Para minha surpresa, Aric estava sorrindo. Eu não sabia que ele era capaz dessa expressão. — É uma raridade hoje em dia. Eles foram dizimados pelo comércio de madeira.

O comércio que mantinha a marinha mercante de Damaria. O comércio que o tratado que assinamos expandiria exponencialmente. Não, Aric com certeza não era o autor desses documentos.

O que deixava em aberto a questão de quem tinha sido. A condessa Signa ou algum outro parente distante de Aric, esperando obter uma vantagem comercial junto com o trono? Alguém dentro do Conselho dos Nove? Mas isso não fazia sentido. Apesar de todos os meus defeitos, os meus pais não forjaram esse acordo de casamento apenas para me incriminar pelo assassinato do meu marido.

— Eu nunca ouvi falar de vormes incandescentes — eu disse, deixando essas perguntas de lado para levar em consideração outra hora.

— Acho que, em damariano, o nome é *dragão de fogo*.

Eu conhecia esse nome, mas fiz um gesto negativo com a cabeça.

— Não pode ser. Os dragões de fogo eram... — Em dúvida, fiz uma pausa. Eu estava prestes a dizer *monstros*. Mas a palavra não correspondia ao que eu tinha acabado de ver. — Eram grandes — optei por dizer. — Perigosos. Uma ameaça para a civilização.

Aric me dirigiu um olhar irônico. O seu sorriso havia quase desaparecido, como uma nuvem encobrindo o sol. De uma maneira tola, eu queria trazê-lo de volta.

— Perdão — ele disse, secamente. — Esqueci que você é uma especialista em magia gildeniana.

Durante a nossa conversa, o céu havia clareado; o nascer do sol parecia iminente, o que significava que estávamos prestes a verificar a teoria de Aric. Eu me levantei, contendo um gemido quando os meus músculos doloridos protestaram. Jamais tinha atinado para o quanto era desconfortável dormir no chão. Todos os heróis faziam isso nas histórias épicas que eu adorava ler na infância, então sempre tinha me parecido romântico deitar-se na terra. Na prática, porém, acordei com os hematomas multiplicados por pedras e raízes, com o pescoço tão duro que mal conseguia virar a cabeça. Se eu não estivesse tão exausta, duvidava que tivesse conseguido dormir.

Fui mancando até os alforjes. Os vormes incandescentes, ou dragões de fogo, ou o que quer que fossem, tinham feito uma bagunça neles. Talvez eles *fossem* uma ameaça à civilização. Comecei a vistoriar os alforjes para avaliar os danos.

— Bem, se não eram uma ameaça à civilização, por que foram caçados? — perguntei a Aric por sobre o ombro.

— Talvez classificá-los assim tenha sido uma desculpa. Antigamente, Damaria se orgulhava das suas extensas florestas, não é mesmo?

Entendi o que Aric queria dizer, e isso não era algo positivo para o meu país. Porém, Damaria precisava de madeira. O nosso solo era pobre. Só prosperamos depois que começamos a navegar.

— Você queria o quê? Que o povo passasse fome?

Por falar em passar fome, parecia que os vormes incandescentes foram direto para nossa já limitada reserva de alimentos. Tirei um pão duro como pedra e um pacote de maçãs murchas. Os monstrinhos tinham dado uma mordida em cada um. Graças aos mares, eles não tinham se aventurado a provar do meu tônico.

— Eu buscaria um equilíbrio, se possível — Aric afirmou. — Em favor da expansão da frota naval, você permitiria a extinção completa dos vormes incandescentes?

Hesitei. No dia anterior, eu talvez dissesse sim. Mas agora, depois de tê-los visto, não seria capaz. Mesmo que os monstrinhos *tivessem* comido parte da nossa comida.

— Acho que existe a possibilidade de um meio-termo — eu disse, com cautela.

— Finalmente, algo em que concordamos.

Arrisquei outro olhar para Aric. Ele tinha inclinado a cabeça para trás, apoiando-a no tronco da árvore, expondo a curvatura da sua garganta e o vão entre as suas clavículas. Os nossos olhares se encontraram, e senti um frio na barriga. A minha doença devia estar piorando de novo.

Aric pigarreou.

— Já está quase amanhecendo.

Fechei o punho ao redor do medalhão e olhei para o horizonte a leste. Algumas camadas de nuvens cobriam o céu, tingidas de rosa e dourado pela crescente luminosidade. Torci para que as nuvens não prenunciassem mais chuva.

— Então, está quase na hora de eu montar em você. — Droga, eu devia estar ficando da mesma cor do amanhecer. — Tipo... quer dizer, eu... O que você está *fazendo*?

Enquanto eu trocava os pés pelas mãos, Aric havia se levantado e tirado a camisa. Um tom vermelho tingiu seu rosto quando ele encontrou o meu olhar. Pelo menos não era só eu que estava ficando vermelha agora.

— Não sei ao certo o que acontece com as minhas roupas quando eu me transformo — ele disse. — Então, acho prudente não desperdiçar uma calça em perfeito estado.

Como eu podia sentir tanto calor no rosto numa manhã fria o suficiente para fazer fumaça da minha respiração sair pela boca?

— É. Claro. Continue sendo prudente.

Aric me dirigiu um olhar significativo. Demorei demais para entender o que ele queria indicar. Quando a ficha caiu, me virei às pressas e, determinada a não ouvir o farfalhar das roupas sendo retiradas, aproveitei a distração dele para recompor a minha expressão e recuperar o controle da minha respiração. Pus a mão na barriga para acalmar a inquietação.

Foco, Bianca. O cansaço e a irritação haviam desgastado a minha habitual fachada de autocontrole. Deixei a minha máscara cair, revelando demais de mim mesma para Aric. Havia algo nele que encontrava todas as brechas na minha armadura — pior, me fazia questionar como seria deixá-la de lado.

Mas isso seria o pior erro possível. Só porque tínhamos firmado uma trégua não significava que eu pudesse confiar nele. Nem com o meu ser, e com certeza não com as minhas fraquezas.

Levando tudo em consideração, provavelmente seria melhor se ele *voltasse* a se transformar num cavalo. Ele ainda seria capaz de falar comigo, maldito seja. Porém, se eu estivesse montada em seu dorso, não poderia ser distraída pelo seu olhar tempestuoso, ou pelos pensamentos de como seria ter as minhas pernas ao redor dele como homem...

Que as Virtudes me ajudem. Esse lugar, essa *situação* estavam me fazendo perder a cabeça. Quanto tempo faltava para o amanhecer chegar?

Fixei o olhar nas árvores, e com certeza *não* fiquei pensando em Aric se despindo atrás de mim, até o sol ter se erguido com segurança acima do horizonte.

17

Aric tinha razão em relação ao amanhecer. Eu estava de costas para ele, então não testemunhei o momento exato da sua transformação. Porém, após um clarão de luz e um som parecido com um forte vento passando pelas árvores, eu me virei e vi um alto garanhão branco no lugar de Aric.

Uma parte de mim se sentiu aliviada, embora Aric — agitando-se e bufando com os insetos, resmungando irritado por causa da lama e da sua falta de mãos novamente — com certeza não compartilhasse do sentimento. Pelo menos assim eu poderia cavalgar. Cada parte do meu corpo doía devido à queda anterior e pelo fato de ter dormido no chão. Estava tentada a beber um dos meus frascos de tônico, mas sabia que seria inútil, pois a mistura de Julieta aliviava os sintomas da minha doença, mas não os de um corpo dolorido.

Ou de um coração ferido. Com o avanço da manhã, o meu humor ia ficando sombrio à medida que as nuvens encobriam o céu. Ainda não tinha recebido nenhuma notícia de Evito — o que era previsível, já que eu tinha deixado o castelo menos de um dia atrás —, mas não conseguia afastar o medo que me invadia, vindo de tantas fontes. Restavam-me apenas três frascos de tônico para ir até a fronteira e voltar, e a minha condição poderia se agravar a qualquer momento. O que Aric disse sobre a coroação e a sua ligação com a magia de Gildenheim me abalaram bastante. A essa altura, o Conselho — e, pior, os meus pais — já poderiam ter tomado conhecimento da confusão que fiz no meu casamento e estar preparando contramedidas, o que, com certeza, não ajudaria a amenizar as tensões políticas. Se Evito tivesse os meios seguros de entrar em contato comigo, não havia nada que o impedisse de também informar a minha família. E isso supondo que o Conselho não tivesse nada a ver com a tentativa de assassinato, como Aric parecia acreditar.

E então havia a minha comitiva. Julieta, Catalina e os outros cinco guardas que arriscaram a vida para me proteger. Será que estavam seguros? Ou estavam sendo submetidos à tortura para dar informações que não teriam como saber?

— *O que passa pela sua cabeça?* — A voz de Aric soou na minha mente, me surpreendendo. — *Quase dá para ver fumaça saindo dos seus ouvidos.*

Fiquei paralisada. Eu não tinha levado em conta as possíveis implicações do nosso vínculo mental. Se ele fosse capaz de sentir os meus pensamentos, eu teria que tomar cuidado. Não podia deixar que ele ficasse sabendo do meu estado de saúde. Ou, o que era igualmente constrangedor, a maneira como eu não conseguia deixar de pensar na cor dos seus olhos, como imaginava mil formas mais agradáveis para a nossa noite de núpcias, ou como eu estava louca para me virar quando ele estava se despindo ao amanhecer.

— Só estava imaginando como você toma o seu café da manhã — disse às pressas. — Já que você foi tão gentil em perguntar sobre isso antes do nosso casamento.

Eu não precisava ver o rosto de Aric para perceber o seu ceticismo.

— *Como eu tomo o meu café da manhã? Não sabia que havia muito mistério a respeito da alimentação de um cavalo. Ou você estava imaginando algum aspecto do feitiço?*

Agora eu estava parecendo uma idiota, mas consegui redirecionar a conversa com sucesso.

— Quis dizer como homem, é claro. Como você faz as suas refeições? Sozinho? À mesa? Na cama? Acho que, agora que estamos casados, isso pode ser uma das coisas que fazemos juntos na cama. Se é isso o que você gosta. Comer, quero dizer. Quero dizer, tomar o café da manhã. Não... outras partes. — Meu rosto foi ficando vermelho. — Outras coisas, quero dizer. *Coisas,* não partes. Coisas como... cortinas?

Pela Virtude do Silêncio, o que havia de errado comigo? Eu era uma nobre capacitada. Não deveria estar falando bobagens como uma mocinha ingênua. O que havia em Aric que desfazia a minha compostura?

— Deixa pra lá — eu disse, aliviada por pelo menos não precisar olhá-lo nos olhos. — Só achei que a gente podia se conhecer melhor, já que acabamos de casar.

Por um breve momento, Aric ficou andando em silêncio. Dava para senti-lo pensar. O turbilhão de seus pensamentos ia acompanhando o som dos seus cascos ressoantes na estrada e o ocasional abano irritado da sua cauda.

— *Se é para nos conhecermos, perguntar como tomo o meu café da manhã é um jeito peculiar de começar.* — Seu tom estava cauteloso, mas não exatamente hostil.

Será que ele estava se sentido pouco à vontade? Eu não conseguia captar as suas emoções com a mesma facilidade com que entendia as suas palavras, mas elas estavam presentes, como correntes sob a superfície de águas profundas. Parecia que havia uma pergunta silenciosa por trás das palavras. Talvez até um convite. Eu aceitei. A preocupação com a minha comitiva não estava fazendo bem a mim, nem a meus acompanhantes.

— Então, por onde você gostaria de começar?

— *Podemos falar sobre as coisas que gostamos de fazer. O que é importante para cada um nós. Acho que esse costuma ser o lugar por onde os amantes começam a se cortejar.*

— Não somos amantes. E acho que já passamos da fase do cortejo.

— Pelos mares, já estávamos prestes a ir para a cama. Se o assassino não tivesse interrompido, eu já saberia se ele se sentia como a estátua de mármore que parecia ser, ou se era capaz de ser mais... expressivo.

— *Isso não significa que deva ser completamente omitido* — Aric disse. Ele estava *mesmo* se sentindo pouco à vontade. Eu não estava imaginando o constrangimento que permeava as suas palavras. — *Já vi que o nosso casamento se baseia num mal-entendido...*

— É mesmo? — Deixei a ironia transparecer na voz.

— *Mas isso não muda o fato de que estamos casados. A menos que esse seja o seu jeito de me dizer que você preferiria não estar.*

— Não, eu... Não foi isso o que eu quis dizer. — Sinceramente, não havia me ocorrido que o divórcio fosse uma opção, ainda que fosse bastante comum fora das Casas nobres. Eu não tive tempo de refletir sobre as implicações de saber que nenhum de nós realmente havia exigido o casamento. Talvez essa fosse a maneira de Aric sugerir que nos separássemos.

Mas mesmo que nos divorciássemos, continuaríamos sendo vizinhos. E, quem sabe, aliados. Independentemente do rumo que o nosso relacionamento tomasse a seguir, eu poderia usar o que aprendesse agora a favor de Damaria.

Lembrei-me das minhas aulas de esgrima com Nita. *Conheça as fraquezas do seu adversário antes de enfrentá-lo*, ela sempre dizia. Eu já estava muito além do início do embate com Aric. Mas ainda podia aplicar o princípio da minha instrutora.

— Muito bem — eu disse. — Vamos brincar de nos cortejar. Vamos alternar fazendo uma pergunta que nós dois devemos responder. Você começa, já que se incomodou com a minha pergunta sobre os seus hábitos no café da manhã.

— *Qual é o seu lugar favorito para passar o tempo?* — Aric perguntou.

Nem precisei pensar.

— O campo de treinamento com armas.

Um contentamento irônico passou por seus pensamentos.

— *Coerente com a sua escolha de acessórios para a dança. O que você gosta no campo de treinamento?*

Os cheiros familiares de óleo e couro. O peso de uma rapieira na minha mão. A maneira como os meus músculos doíam como resultado do meu trabalho árduo e o meu foco se restringia a um único objetivo durante a minha prática diária. A satisfação de desferir um golpe certeiro contra um adversário.

— É onde eu me sinto mais eu mesma — respondi. — Não preciso me preocupar com política, nem pensar nas expectativas dos meus pais ou no peso das minhas responsabilidades. Nada importa, exceto a espada na minha mão. Tudo é muito... claro.

Aric me dava toda a sua atenção — dava para sentir isso, concentrado em mim como um único raio de sol abrindo caminho pelas nuvens escuras. Meu rosto corou. Eu estava tentando descobrir as suas fraquezas, e já tinha revelado muitas das minhas próprias.

— Agora é a sua vez — disse, sem hesitar. — Qual é o seu lugar favorito?

— *A biblioteca do castelo* — Aric respondeu. A hesitação tinha voltado a se infiltrar em sua voz, como se ele esperasse que eu o julgasse com dureza.

Esperei, convidando-o tacitamente a continuar.

— *É um lugar tranquilo. Silencioso. Posso me perder nas páginas de um livro durante horas e não ter que me preocupar em afastar cortesãos irados que não gostam de uma nova política, ou dar uma resposta insatisfatória quando alguém faz uma pergunta. Todas as respostas de que preciso já estão nos livros, à espera de serem encontradas.* — Ele ficou sereno como o amanhecer raiando no céu. Falar sobre coisas que amamos faz isso com a gente. — *Os meus tutores costumavam se queixar de que eu me recusava a me afastar de um livro para aprender dança ou esgrima. Não que eu fosse ter me destacado nisso, não em comparação a... bem. A biblioteca sempre foi mais gratificante.*

— Parece maravilhoso.

— *E é mesmo. Passei grande parte do meu tempo lá, antes de...* — Suas palavras foram sumindo.

Eu sabia o que viria a seguir.

— Antes da morte da rainha.

— *É. Antes de cumprir os deveres que ela deixou para trás, que ocuparam os meus dias.* — Num piscar de olhos, ele tinha voltado a ficar distante, retirando-se para um lugar onde eu não era bem-vinda. Eu me recriminei por ter tocado no assunto.

— Meus sentimentos. — As palavras pareceram inadequadas. Aric já deve tê-las ouvido mil vezes no último mês.

— *Obrigado* — ele disse, impassível.

Todo vestígio de afeição que eu tinha sentido por curto tempo havia desaparecido. Ele era o mesmo homem frio que havia conhecido no salão de baile, duro e inacessível. Era difícil acreditar que ele tivesse sido diferente algum dia. Talvez eu estivesse errada sobre a versão mais amável do homem com quem tinha me casado. Talvez ela não existisse.

Em silêncio, cavalgamos por quase uma hora até eu me dar conta de que o nosso jogo tinha terminado. Eu nunca tive oportunidade de fazer minha própria pergunta.

* * *

A minha doença decidiu se manifestar no meio da tarde, uma ou duas horas depois de termos parado para comer. Uma dor de barriga foi chegando em ondas ardentes e intensas. Junto com ela, veio a náusea, que piorava a cada batida do meu coração.

Por mais estranho que fosse cavalgar sem rédeas, no momento me sentia grata pela falta; caso contrário, eu talvez as tivesse soltado sem querer. Pressionei os braços contra a barriga, me arrependendo de todos os pedaços de pão duro como pedra que comi no almoço para saciar a fome, que ameaçavam refluir e sair pela minha boca. Fechei os olhos e cerrei os dentes com força.

Que eu seja arrastada para as profundezas, não podia haver momento pior para isso acontecer. Eu nem podia tomar o meu tônico sem Aric perceber e ligar isso a meus sintomas.

— *Bianca?* — Aric havia notado o meu desconforto. Ele parou de trotar, e senti a sua atenção se voltando para mim. — *O que houve?*

— Nada. Estou bem — respondi, cerrando os dentes. Eu não podia permitir que Aric me visse sofrer. Que as Virtudes me guiem, eu tinha a esperança de conseguir esconder a minha condição pelo menos até voltarmos ao castelo, onde eu podia controlá-la melhor. A vergonha era quase tão debilitante quanto a dor.

Outra onda de náusea chegou, me atingindo com força. A escuridão surgiu nos cantos da minha visão, como uma maré invasora. Contive um gemido, me recusando a deixá-lo escapar.

— *Você não está nada bem. Parece que está prestes a cair do meu dorso.*

Eu havia me esquecido de que Aric podia me sentir — física e mentalmente. Movi as pernas ao longo do flancos dele, me contraindo de dor. Tentei endireitar a postura, mas outra onda nauseante fustigou o meu estômago.

— Não é nada — consegui dizer.

A mentira era tão frágil quanto uma teia de aranha. Aric nem se deu ao trabalho de reconhecê-la.

— *Você está machucada? Foi envenenada?*

Cada vez mais tonta, voltei a fechar os olhos. Que o oceano me leve, eu estava *fraca* demais. Mas não era nem de longe o pior surto que eu já havia enfrentado.

— Eu fico assim de vez em quando. Vai passar.

Um momento de reflexão.

— *É a sua menstruação?*

Corei. Menstruação era uma suposição razoável; muitas mulheres precisavam de um boticário para as suas dores. Mas, em Damaria, isso costumava ser ignorado. Não era vergonhoso, mas sim uma inconveniência da qual ninguém gostava de falar. A franqueza de Aric me surpreendeu.

Fiz um gesto negativo com a cabeça antes de lembrar que ele não podia me ver. Ou podia? Eu não tinha noção real de como era a visão de um cavalo.

— Não é isso. É… outra coisa. Já aconteceu antes. Sério, não é nada.

— *Você mal consegue montar. Está na cara que você não está bem. Posso ajudar com alguma coisa?* — A preocupação suavizava o seu tom de voz. Se eu não soubesse o que sei, teria acreditado que ele se importava. Mas é óbvio que ele não se importava. Eu só estava criando inconvenientes para nós dois.

Outra pontada de dor. Dessa vez, deixei de lado os meus protestos. Já havia revelado a minha fraqueza. Que diferença fazia tomar o tônico? Isso nos ajudaria a avançar com mais rapidez, e talvez me poupasse de um vexame ainda maior. Aric não teria uma opinião melhor de mim se eu caísse do seu dorso por pura teimosia. Abri os olhos.

— Tenho um tônico contra isso. Há alguns frascos nos alforjes.

Aric ficou absolutamente imóvel enquanto eu descia da sela. Quando os meus pés tocaram o chão, meus joelhos quase dobraram. Então, agarrei o arção para recuperar o equilíbrio. Pelo poder das Virtudes, eu era tão fraca e inútil quanto os meus pais sempre disseram.

Eu me concentrei na respiração e fiz de conta que estava dobrando a dor como um lenço. Dobrando-a em quadrados cada vez menores e os escondendo da vista.

Com as mãos trêmulas, retirei a rolha de um frasco de tônico e tomei até a última gota amarga. A minha dor implorava por mais, mas não podia me dar ao luxo de ficar sem agora. Pelos mares, como eu queria me deitar. Ficar deitada e encolhida na minha própria cama. Queria me transformar em gelo, fazendo tudo ficar dormente. Queria que Tatiana estivesse ali para me distrair da dor com uma piada irreverente. Queria Julieta, a única pessoa além da minha irmã que nunca me castigou pelas minhas falhas físicas. Mas eu já tinha falhado de outras maneiras, ou não estaria ali agora.

Aric estava esperando, sem dúvida julgando a minha fraqueza. Imaginando quando eu voltaria à sela para que pudéssemos retomar coisas mais importantes. Respirei o mais fundo possível.

— Acho que vou precisar da sua ajuda para montar.

Ele não se mexeu.

— *Não vamos a lugar nenhum até você estar em condições de cavalgar.*

Esse teimoso... Outro onda de náusea me atingiu, interrompendo o meu pensamento. Eu me segurei até que passasse. Então, abri os olhos. As articulações dos dedos estavam brancas onde eu agarrava o arção, como se os ossos estivessem visíveis.

— Aric — eu disse entredentes, com o queixo tenso. — Eu já dancei assim. Já pratiquei esgrima assim. Juro que consigo cavalgar assim. O tônico não vai demorar para fazer efeito e, enquanto isso, estamos desperdiçando um tempo que não podemos perder. Será que pode me permitir usar o meu próprio julgamento agora, ou devo rastejar a seus pés pela honra de montar em você?

Aric hesitou. Percebi a sua desaprovação, a sua preocupação. Mas então, ele se ajoelhou para que eu pudesse montar.

Em silêncio, continuamos avançado pela estrada. A mudez de Aric parecia tão pesada quanto as nuvens se acumulando lá em cima. Eu sabia que ele devia estar me julgando. Percebendo exatamente o tipo de mulher com quem havia se casado. Ponderando possíveis alternativas de ação. Não consegui reunir forças para tentar sondar os seus pensamentos. Já tinha ouvido o suficiente desse tipo de coisa dos meus pais. Em vez disso, mantive os olhos no caminho à frente e me concentrei na respiração enquanto surtos de dor ia diminuindo aos poucos, com o tônico começando a fazer efeito.

— *Eu estava pensando* — Aric disse finalmente, com a cautela dando um tom mais áspero a sua voz melodiosa. — *Essa... sua doença.*

— Chamo de condição. — Eu me contive para não dizer mais nada. Ele já tinha visto demais de uma fraqueza cuja existência ele nunca deveria ter suspeitado.

— *A sua condição.* — Aric fez uma pausa. — *Queria que você tivesse me contado.*

Senti um aperto no peito. Era o momento que ele falaria. Ele não sabia antes do casamento. Agora que ele sabia, o casamento estava acabado.

Olhei com determinação para o caminho à frente, além das orelhas pontudas de Aric. Fiquei grata por ele não conseguir ver a minha expressão — ele não testemunharia o quanto me doía ver as previsões dos meus pais se tornando realidade.

— Tem razão. Eu não deveria ter escondido isso de você. Agora que sabe, estou disposta a desmanchar o casamento. Mas quero assinar um novo tratado primeiro. Formalizar a paz antes de nos divorciarmos.

Aric deu uma vacilada no passo, me dando um solavanco.

— *Antes de nos divorciarmos?*

Ele com certeza tinha ouvido da primeira vez. Eu me forcei a continuar:

— Isso. Como já percebemos que nem você nem o Conselho estão realmente ameaçando guerra um ao outro, não há razão para continuarmos presos a esse arranjo quando voltarmos a Arnhelm. Ainda mais porque está na cara que você não quer... ah... cumprir as obrigações matrimoniais comigo. — Senti a vergonha ressurgir ao relembrar a repulsa dele no quarto e ergui o queixo para escondê-la. Poderia sofrer mais tarde, quando estivesse segura e sozinha. — E agora que você sabe sobre a minha condição...

Aric parou de andar. Ele virou a cabeça para me observar, com uma expressão tão impenetrável quanto um muro de pedra.

— *Não vejo como a sua condição tem qualquer impacto quanto a nosso divórcio.*

Meu coração deu um salto estranho.

— Você não vê?

— *Por que deveria?*

As vozes dos meus pais ecoaram na minha mente. As mesmas palavras que tinha ouvido quase todos os dias desde o início da minha condição. *Não mostre a ninguém as suas fragilidades. Não deixe que vejam as suas deficiências. Se descobrirem a sua fraqueza, vão usá-la contra você, e então vão te destruir.*

— Porque sou fraca. Fraca demais para governar a seu lado. — Fraca demais para ser a herdeira dos meus pais.

— *Você tem assim tão pouca consideração por mim?* — Seu tom ficou sombrio.

— Como assim?

— *Você deixou o seu país e a sua família para trás por um casamento que nunca pediu, só para manter a paz. Você arriscou a própria vida para salvar a minha, e agora está arriscando de novo para proteger uma terra que nem mesmo é o seu lar. E, além disso, está sentindo dor e deveria estar na cama, aos cuidados de uma feiticeira verde, não se prejudicando mais ao cavalgar no frio, mas está determinada a seguir em frente pelo bem do seu povo. A maioria das pessoas simplesmente desistiria, mas você nunca vacilou. Só um monstro acharia que uma mulher assim é fraca.*

Os meus pais achavam. E eu nunca os tinha visto como monstruosos — sempre acreditei que o resto do mundo veria a mim e a minha condição da mesma maneira, como uma fragilidade que poderia ser explorada. As Casas nobres de Damaria com certeza pensariam a mesma coisa se descobrissem. Por que todos os outros não pensariam? Essa era a única realidade que eu tinha conhecido.

— Mas eu *sou* fraca — protestei. — Estou retardando a nossa viagem.

— *Você diria que alguém com o braço quebrado é fraco por não usá-lo?*

— É diferente.

— *Como assim?*

Abri a boca, mas então a fechei. Uma parte de mim dizia que Aric estava enganado, mas eu não conseguia encontrar as palavras para me explicar. Não quando outra parte, menor, sussurrava, com uma voz que nunca havia ouvido antes, que talvez ele pudesse ter razão.

— *Força não é uma questão do que o seu corpo consegue fazer* — Aric continuou. — *É uma questão de como você responde à adversidade. E eu nunca conheci alguém tão determinada a fazer a coisa certa, não importa o custo pessoal.*

Eu estava corando. Nas palavras dele, com certeza isso não era admiração — ele nem gostava de mim.

— Mas você disse que eu deveria ter contado sobre a minha condição.

— *Não para que eu pudesse descartar você, Bianca. Mas sim para que eu pudesse saber das suas necessidades* — ele disse, com um tom ainda contrariado, mas que não parecia direcionado a mim. — *Para que eu pudesse ajudar.*

Fiquei tensa, cautelosa outra vez.

— Ajudar como?

— *As horas que passei na biblioteca não foram gastas com livros de histórias. Li bastante sobre diversos problemas de saúde, entre outras coisas.*

Ele apertou o passo, refletindo a minha ansiedade.

— Não preciso que você me conserte. — Minhas palavras saíram secas, como o som metálico das ferraduras de um cavalo batendo no paralelepípedo. Memórias de uma dúzia de boticários me cutucando e me fuçando sem cessar, como se eu fosse um relógio com defeito. Cada um deles tentando, em vão, determinar o que havia de errado comigo. Perdendo o interesse quando ficava claro que, embora a minha condição nunca piorasse, também não melhorava.

— *Não tive a intenção de sugerir o contrário* — Aric disse. — *Só achei que, se fosse possível, você iria preferir não sentir dor.*

Aric roçou a cauda nas minhas canelas. Ele tinha voltado a ficar rígido. Se estivesse na forma humana, estaria evitando o meu olhar e ficando vermelho.

Mas espere, eu é que deveria estar nervosa aqui. Por que ele...

Ah, pela primeira vez, me dei conta de que o comportamento dele talvez não fosse fruto da arrogância, como tinha suposto. O rubor, as palavras constrangidas... De repente, me ocorreu que Aric não era alguém frio, mas *nervoso*. Ele havia mencionado a sua aversão às manobras da corte. Talvez achasse que cada palavra que dissesse a mim seria mal interpretada. E até agora, eu tinha, em grande parte, provado que ele tinha razão.

Procurei aliviar a tensão dos ombros. Estava tratando esse casamento como uma luta de esgrima, mas era possível que eu fosse a única empunhando uma arma.

— Preferiria mesmo — admiti. — Eu preferiria muito mais.

Aric relaxou o suficiente para que eu sentisse, tanto mental quanto fisicamente. Outra trégua.

Eu não conseguia confiar o bastante nisso. Havia passado quase metade da minha vida acreditando que, ao deixar a minha condição se manifestar, estaria falhando. Porém, Aric havia enxergado além das minhas defesas, e ele não tinha me ceifado nem descartado. Em vez disso, havia me estendido a mão.

— Se você fosse me ajudar, o que precisaria saber? — perguntei finalmente, sentindo um nó na garganta.

O alívio de Aric foi como tomar o chá de gengibre de Julieta. Ao saboreá-lo, percebi que ambos esperávamos que eu fosse recusar.

— *Bem, podemos começar com os detalhes mais básicos. Quando começou? Você nasceu com isso?*

Neguei com um gesto de cabeça.

— Começou quando eu tinha quinze anos...

Seguimos cavalgando, com Aric perguntando e eu respondendo da melhor maneira possível. As informações que ele buscava eram bem abrangentes: horários em que as crises se manifestavam, coisas que melhoravam ou pioravam os meus sintomas. O que exatamente os tônicos faziam, por que eu só podia tomar uma certa quantidade de cada vez.

Se a minha doença tinha relação com as fases da lua, o clima, o meu ciclo menstrual, as minhas refeições. Eu não tinha me dado conta de que estava prestando atenção a essas coisas, e ainda assim, conforme ele perguntava, as respostas surgiam com facilidade.

E, de maneira mais notável, conforme Aric perguntava, ele relaxava. Era como observar um amanhecer do início da primavera, escuro e frio no começo, transformando-se aos poucos em calor. Ao falar sobre temas que lhe interessavam, Aric, em vez de exibir uma polidez forçada, parecia um homem bem diferente do oponente gélido que eu tinha conhecido no salão de baile. Uma versão mais verdadeira e gentil de si mesmo.

Mesmo que fôssemos claramente incompatíveis no sentido físico — e não só porque Aric era, no momento, um cavalo —, quem sabe esse casamento não tivesse sido um arranjo desastroso.

A ideia me pegou de surpresa, mas parecia uma verdade. Uma verdade, contudo, que durou só alguns momentos, como uma borboleta coletando um néctar antes de esvoaçar para fora do meu alcance. Não estávamos nessa jornada para brincar de namoro. Estávamos a caminho de Damaria porque eu havia transformado sem querer Aric num cavalo na noite de núpcias, e alguém tinha me incriminado por seu assassinato. Estávamos juntos apenas pelo tempo necessário para desfazer a maldição e desmascarar quem queria a nossa morte.

E apesar da franqueza de Aric, apesar do fato de ele não ter me derrubado, eu não conseguia eliminar toda a minha inquietação. Os ecos dos sussurros dos meus pais persistiam na minha mente, dizendo que eu estava apenas expondo o meu coração a uma lâmina à espreita. E embora quisesse ignorá-los, já tinha ouvido aquelas palavras vezes demais, a ponto de não ter certeza de que não eram verdade, de que a espada não estava prestes a apunhalar.

18

Quando o sol pairava pesado no céu ocidental, havíamos passado por alguns vilarejos e subido até as partes mais elevadas das montanhas. A floresta de espécies variadas deu lugar a pinheiros e abetos mais esparsos, curvados pelo frio, como mulheres idosas, e as encostas desnudadas dos picos estavam coroadas de neve cintilante.

Um último vilarejo, menor que os demais, aninhava-se nas encostas das montanhas num vale estreito, pouco antes de um grande desfiladeiro. Sem necessidade de palavras, eu e Aric paramos no centro da estrada, observando-o de longe. O vilarejo parecia tranquilo, sem guardas à vista. Algumas ovelhas robustas estavam espalhadas pelos pastos e a fumaça subia serenamente de diversas chaminés, misturando-se com a névoa das nuvens baixas. Reconheci o desfiladeiro dos meus estudos sobre a geografia de Gildenheim, ou ao menos achei que o reconhecia.

O desânimo tomou conta de mim. Se eu estivesse certa acerca da nossa localização, tínhamos percorrido menos de 50 quilômetros, e ainda restava a travessia de toda a extensão das montanhas. A viagem deveria ter levado dois dias, mas, a esse ritmo, teríamos sorte se chegássemos antes da coroação. Não tínhamos levado em conta que Aric era mais lento que um cavalo comum. Em retrospecto, um erro de cálculo grave.

A temperatura, já em queda, e as nuvens carregadas prometiam uma noite fria e chuvosa. Apertei o casaco contra o pescoço com a mão, sentindo uma gota de chuva cair no meu rosto.

— *O frio só vai aumentar depois do anoitecer* — Aric disse, refletindo os meus pensamentos.

Concordei de forma sombria. A perspectiva de dormir no chão em outra noite gelada, sobretudo se chovesse forte, era de chorar. Junto com o frio, senti um arrepio de medo percorrer a espinha. Os vormes incandescentes foram bastante inofensivos, mas se eles e as árvores ambulantes eram reais, o que dizer das lendas restantes de Gildenheim? Eu não estava disposta a correr o risco para descobrir se os lobisomens que caçavam almas das "histórias do folclore", que costumavam assustar a mim e Tatiana, se revelassem tão inofensivos quanto filhotes de cachorro.

— *Deveríamos ver se a estalagem do vilarejo tem camas disponíveis.*

Hesitei.

— Você não acha que nos reconheceriam? Ou você, no caso. A menos que você esteja planejando dormir na estrebaria.

— *Duvido que a notícia do meu assassinato tenha chegado tão longe* — Aric disse. — *E não, acho que não nos reconheceriam. Não estamos vestidos como nobres, e a maioria dos cidadãos gildeniano mal consegue escrever o próprio nome. Duvido que tenham passado o tempo estudando o meu retrato.*

Fiz uma careta. Para mim, não havia desculpa para a existência de analfabetismo num país rico.

— *É algo que pretendo corrigir* — Aric disse, com o tom ficando mais incisivo ao perceber a minha desaprovação.

— Fazer os seus cidadãos estudarem o seu retrato? Você planeja distribuir medalhões?

— *Pretendo ensiná-los a ler. O conhecimento adquirido de livros deve estar disponível para todos.*

Na voz dele, a irritação se transformou em seriedade. Interessante. Eu sabia que Gildenheim carecia de um sistema de escolas públicas como as administradas pelos Adeptos em Damaria. Era um investimento valioso, já que qualquer pessoa poderia manifestar potencialmente a sua aptidão mágica. Mas não tinha percebido que os governantes de Gildenheim se importavam com essas coisas. Talvez eles não se importassem, antes de Aric.

Voltei a atenção para o vilarejo, examinando as ruas. O lugar parecia inofensivo. Tranquilo. Mas não significava que fosse. Os sorrisos e as atitudes amáveis poderiam esconder uma arma tão bem quanto um uniforme militar.

Porém, eu estava exausta. Todo o meu corpo doía, tanto por uma noite dormindo no chão, quanto pelos resquícios da minha crise anterior. O frio já alfinetava a minha pele, ameaçando uma noite pior que a última.

— Os lobisomens são reais, Aric?

Ele pareceu confuso com a mudança de assunto.

— *Por que não seriam?*

Isso e outra gota de chuva respingando na minha mão tomaram a decisão por mim. Talvez fosse egoísta da minha parte, mas eu estava disposta a aceitar as garantias de Aric sobre a nossa segurança em troca da minha, se isso significasse uma boa noite de sono.

— Deixa pra lá. Vamos pedir um quarto na estalagem.

O sol já estava quase tocando o horizonte e, assim, ficamos à toa na estrada, até que Aric voltasse a se transformar em homem. Ele se sacudiu da cabeça aos pés enquanto acabava de vestir as roupas.

— Detalhes e mais detalhes — ele resmungou. — Você faz ideia de como é frustrante não ter *mãos*? Fui atormentado por coceiras o dia todo.

Consegui não rir. Fomos na direção do vilarejo, carregando a sela e os alforjes pesadíssimos e nos apressando para escapar da chuva que se aproximava.

As ruas do vilarejo estavam tão tranquilas quanto pareceram a distância. Algumas pessoas se viraram para nos observar passar, me deixando apreensiva. Porém, logo elas voltaram a se virar para o outro lado, desinteressadas. Procurei relaxar. Estávamos na estrada principal para Damaria e ao lado de um importante desfiladeiro. Os camponeses viam viajantes todos os dias. Éramos apenas mais dois — embora dois que carregavam uma sela sem nenhum cavalo à vista.

Não foi difícil encontrar a estalagem. Modesta, mas limpa, tinha um pequeno pátio bem ao lado da estrada principal. Em seu interior, a construção era fracamente iluminada por velas de sebo com base de estanho — não tinham condições de pagar lanternas fabricadas por Adeptos; nenhuma surpresa nisso — e possuía uma lareira que aquecia e iluminava todo o ambiente. Dirigi um olhar desconfiado para o fogo, lembrando das chamas verdes nos meus aposentos do castelo, mas esse parecia bastante comum.

O salão principal da estalagem estava quase vazio, exceto por um grupo de três viajantes cansados bebendo perto da lareira, e a dona atrás do balcão. Olhei com cautela para os viajantes, que nos observavam de forma nada sutil. Uma delas, uma mulher de pele pálida à maneira gildeniana e cabelo escuro, nem se deu ao trabalho de disfarçar que estava nos observando. Não gostei do jeito como os seus olhos permaneciam fixos, ávidos e concentrados. Devia ser apenas curiosidade da parte dela. Porém, os meus nervos estavam à flor da pele, e eu me sentia aliviada por ter a rapieira. Quanto antes saíssemos da vista deles, melhor.

Aric, ao deixar a sela pesada no chão, agarrou o meu cotovelo quando comecei a atravessar o salão. Ele abaixou a cabeça em direção a minha e, por um momento alucinante, achei que ele fosse me beijar.

Em vez disso, seus lábios roçaram a minha orelha, me fazendo sentir um arrepio.

— Deixe que eu fale — ele disse, com o tom tão baixo que estava quase inaudível.

Soltei o cotovelo da sua mão.

— Por quê? Sei pechinchar tão bem quanto você. Até melhor.

— Não se trata de pechinchar. O seu sotaque chama atenção.

— O meu sotaque é *impecável* — retruquei, fazendo questão de distorcer cada sílaba. Aric fez uma careta, como se a minha pronúncia o incomodasse fisicamente. Contive um sorriso enquanto o seguia até o balcão.

— Um quarto para pernoitar. E uma refeição. — Aric deixou o alforje no balcão. — Preferimos jantar em particular, se possível.

— Claro. — O sotaque da dona da estalagem, em comparação ao de Aric, era como água lodosa em gelo derretido. A pronúncia de Aric, claro, era precisa. Impecável. Real. Tarde demais, atinei que o sotaque dele poderia nos prejudicar mais do que o meu.

Olhei para os outros viajantes por sobre o ombro. Ainda estavam nos observando. Senti um calafrio de alerta na nuca. Será que eles reconheceram Aric? Ou a mim?

Eu me inclinei para ficar mais perto de Aric, mais preocupada em sair o quanto antes dali do que em esconder o meu sotaque.

— E um banho, por favor. O mais quente possível.

Aric me dirigiu um olhar severo. Retribuí com o meu sorriso mais encantador.

— Quero tomar um banho antes de dormir, *marido*. Pelo menos um de nós está com cheiro de cavalo.

Aric ficou com a ponta das orelhas rosadas. Ele olhou para o balcão e não para a dona da estalagem quando ela informou o preço.

Aric pagou sem discutir — adeus à pechincha — e subimos para nos lavar e trocar de roupa. Ele encaixou a chave na fechadura e a girou. Então, parou no vão da porta, bloqueando a minha visão do quarto.

— O que foi? Esse quarto também vem equipado com assassinos?

— Fiquei na ponta dos pés para olhar por sobre o ombro dele. Deparei-me com a visão de um quarto com um lavatório, uma banheira de latão vazia, uma lareira acesa e uma cama com os lençóis arrumados. Menor do que eu estava acostumada, mas limpo. Nenhum assassino à vista, a menos que estivesse escondido debaixo da cama.

Ah, a cama. Só havia uma.

Corei. Tínhamos dormido juntos no arboreto, mas a ideia de dormir ao lado de Aric como homem dava um nó na minha mente, transformando-a num emaranhado muito mais complicado de sentimentos conflitantes.

Os degraus da escada rangeram atrás de nós. Alguém estava subindo, e estávamos no corredor, à vista de todos. Dei uma leve cutucada em Aric.

— Vamos entrar. A gente pode conversar aí dentro.

Empurrei-o para dentro do quarto e fechei a porta, virando a chave na fechadura. Quando a tranca se encaixou no lugar, soltei um suspiro de alívio.

Aric deixou no chão a sela que carregava.

— Vou dormir no chão. — Sua voz estava pesada de resignação.

Coloquei os alforjes na cama. Tinha conseguido passar o dia todo sem pensar em como Aric tinha se esquivado de mim na nossa noite de núpcias, mas isso era algo que não poderia ser evitado para sempre.

— Achei que já tínhamos definido que não vou te esfaquear durante a noite. Sei que você me acha repulsiva, mas com certeza a gente pode dividir a mesma cama sem se tocar.

Aric ficou vermelho como um pimentão.

— Eu... ah... eu... Por que você pensa que eu acho você repulsiva?

Cruzei os braços.

— Lembro que da última vez que estávamos prestes a dividir uma cama, as suas palavras foram *vamos acabar logo com isso*.

Aric escondeu o rosto com as mãos.

— Achei que você estava planejando me matar e usurpar o trono, Bianca. Não tinha nada a ver com... bem, com você.

Ah. *Ah.*
— Então, a sua reação não foi porque você me acha repulsiva? — As palavras saíram antes que eu pudesse contê-las. Queria pegá-las no ar e enfiá-las de volta na minha boca, onde deveriam ter ficado.

O que eu conseguia ver no rosto de Aric era a cor do pôr do sol.

— Repulsiva não é a palavra que eu escolheria.

Estava tentada a perguntar qual palavra ele *escolheria*, mas não confiava na minha própria língua. Ela parecia determinada a se enrolar sempre que surgia o assunto sobre o nosso relacionamento.

— Bem — consegui dizer. — Então, não vejo problema em dividirmos a cama. Afinal, *estamos* casados.

Aric tirou as mãos do rosto, ainda que continuasse corado.

— Eu só... não estou acostumado a dividir a cama.

Ergui as sobrancelhas. Ele me pegou de surpresa, ainda mais tendo em conta que Aric tinha uma amante na corte. Embora houvesse, sem dúvida, outros lugares além dos aposentos para tais atividades. Talvez ele fosse mais audacioso do que eu imaginava.

Pigarreei na tentativa de afastar o meu pensamento do perigoso território de imaginar essas aventuras.

— Bem, se você insiste em dormir no chão, não vou impedir. Mas se puder suportar o sacrifício de se deitar a meu lado, prometo não te matar durante a noite. De acordo?

Estendi a mão para ele, como se estivéssemos fechando um acordo. Em vez da mão, Aric segurou o meu pulso. Ele semicerrou os olhos. Virou a palma da minha mão para cima, revelando as novas e estranhas cicatrizes que marcavam a minha pele: uma teia de linhas douradas finas resultantes do vidro quebrado da lanterna.

— Quando foi que você praticou a magia de sangue?

Olhei fixamente para ele.

— Só na nossa cerimônia de casamento. Isso aconteceu no ataque do assassino. Acabei me cortando na lanterna e essas marcas apareceram depois. Não sei o que significam.

Aric segurou a minha mão, acomodando-a como se as nossas mãos fossem feitas para isso. Ele passou o polegar cálido e delicado pelas cicatrizes esquisitas. Um arrepio que não tinha nada a ver com magia percorreu o meu braço.

— Com certeza são marcas de magia de sangue. — Ele percorreu a linha do coração com o polegar, seguindo um dos cortes. — Está vendo?

Aric virou a sua mão ao contrário, me mostrando a palma. Um punhado de marcas douradas se reunia na ponta dos seus dedos. Encontrei a do nosso casamento no seu quarto dedo, onde existiria uma aliança se tivéssemos casado em Damaria. As marcas eram idênticas as minhas, exceto pela localização e tamanho.

— Mas eu não faço a menor ideia do que é magia de sangue — eu disse. — E com certeza não sou uma Adepta.

Aric soltou a minha mão. A calidez das mãos dele permaneceu na minha pele como as últimas notas de uma música.

— Você sabe o que são os olhos de feiticeiro, não sabe?

Nós não os chamávamos assim em damariano, mas entendi o significado. Cada pessoa com potencial mágico desenvolvia pontos dourados nos olhos conforme o seu poder se manifestava, ou seja, a mesma cor das marcas nas nossas mãos. A cor dos meus olhos eram castanho terracota, sem nenhum vestígio de dourado, mas eu já tinha visto nos de Tatiana diversas vezes. Costumávamos fazer um concurso para ver quem piscava primeiro. Fiz que sim com a cabeça.

— A magia sempre deixa uma marca — Aric explicou. — Os seus Adeptos gostam de canalizá-la em formas físicas, deixando que esses recipientes suportem o impacto. Mas existem outras maneiras.

— Os feiticeiros verdes? Mas achei que eles eram só não treinados. Eles não conseguem criar armas ou outros dispositivos como os Adeptos. Conseguem? — perguntei, com o meu conceito de magia gildeniana de repente virando de cabeça para baixo.

— Não, embora possamos discordar se isso é algo bom. E os feiticeiros verdes têm os seus métodos próprios de treinamento, só que são diferentes dos métodos dos Adeptos. Grande parte deles aprende dentro das suas comunidades, para poderem servir melhor como curandeiros ou artesãos. — Aric se conteve para não começar uma explicação detalhada. — Mas não foi isso o que eu quis dizer. A magia de sangue é um método diferente, usado apenas pela realeza gildeniana. Trata-se de um tipo antigo de feitiçaria que une poder e dor.

— Que maravilha.

Aric concordou, fazendo uma careta.

— Prefiro evitá-la se for possível. Mas é necessária para certos rituais, como a coroação.

— E a cerimônia de casamento.

— Isso.

Franzi a testa, examinando as cicatrizes.

— Mas então... o que são essas marcas? A única magia que lembro é a do nosso casamento.

— Você me transformou num cavalo, Bianca.

— Eu já disse. O feitiço não foi meu. — Dei uma batidinha no medalhão. — Além disso, não sou da realeza. Como eu poderia ter praticado magia de sangue?

— Claro que você é da realeza — Aric afirmou. — Somos casados. Já se esqueceu do sangue compartilhado?

Abri a boca em protesto, mas logo a fechei.

— Teria sido útil saber disso antes.

— Já disse que os nossos votos foram selados com magia.

— Bem, você omitiu uma quantidade incrível de detalhes.

Aric deu um sorriso irônico.

Fechei as mãos, escondendo as marcas. Então elas eram o sinal da magia de sangue. Se ao menos eu soubesse o que, exatamente, isso significava. O que quer que eu tivesse feito sem querer... Quase tinha medo de adivinhar. Pelo menos agora eu sabia por que as palmas das minhas mãos estavam atravessadas com linhas douradas.

Aric estava me observando com uma expressão pensativa. Uma ruga tinha se formado em sua testa, e eu contive o impulso de suavizá-la com o polegar. Em vez disso, coloquei as mãos atrás das costas, onde não correriam o risco de agir por impulso.

— Vou descer e me informar a respeito da refeição que pedimos. Vamos torcer para que entendam o meu sotaque horrível. — Dirigi um sorriso inocente para Aric e me encaminhei até a porta.

Eu estava optando pela saída mais fácil, reprimindo o medo diante do desconhecido e o que isso poderia significar. Eu sempre soube que era uma covarde.

* * *

A refeição servida pela estalagem — sopa e pãezinhos amanhecidos — era melhor do que eu esperava. Devorei dois pãezinhos e um prato inteiro de sopa em poucos minutos. O caldo era enriquecido com alguma carne de caça e temperada com alecrim e sálvia secos. Deviam ser importados de Damaria. Duvidava que as ervas crescessem naquela altitude.

A garota da estalagem trouxe duas jarras de água fumegante quando veio buscar os pratos vazios. Soltei um suspiro de satisfação e comecei a caminhar para a banheira, mas então parei e me virei para Aric.

— Você gostaria de...?

Ele se virou, oferecendo uma visão dos seus ombros estreitos. Meus olhos percorreram as suas costas e, eu engoli em seco, tentando manter a compostura diante do calor inesperado — e indesejado — que se apoderava de mim.

— Eu ia perguntar se você gostaria de tomar banho primeiro. Você pareceu bastante incomodado com a lama.

— Ah. — Os ombros de Aric ficaram tensos. — Eu... está tudo bem. Você deve estar em pior situação do que eu.

Não era exatamente um elogio, mas essa não era uma discussão que eu tinha qualquer desejo de vencer. Eu me dirigi para a banheira e soltei o cabelo do nó.

— Não vou demorar.

Aric seguiu na direção da cama. Sentou-se e a palha dentro do colchão se moveu, ajustando-se ao peso dele. Ele revirou um dos alforjes, pegando alguns dos suprimentos restantes.

Despejei água quente na banheira, soltei a adaga do meu pulso e descalcei os sapatos. Então, fiz uma pausa, com as mãos na barra da minha camiseta. Olhei por sobre o ombro. Aric estava sentado de costas para mim, debruçado sobre algo no seu colo. A lareira iluminava o quarto com um brilho dourado. Luz de sobra para ver tudo, caso ele se virasse.

Bem, mesmo que ele decidisse olhar, eu não tinha nada do que me envergonhar. Além disso, estávamos casados. A essa altura, eu já teria visto tudo se a nossa noite de núpcias tivesse acontecido como o previsto.

Tirei a roupa e me acomodei na banheira, contendo um gemido quando a água quente entrou em contato com os cortes cicatrizados nas minha canelas. A água alcançou o meu queixo depois que mergulhei o mais fundo possível. Peguei um pouco dela com as mãos e molhei o meu rosto, sentindo o gosto de sal enquanto a sujeira saía da minha pele.

A água da banheira já estava turva de sujeira. Diversos cortes que eu nem tinha notado doíam e ardiam ao serem alcançados pela água. Eu deveria limpá-los antes que água esfriasse. Julieta tinha me ensinado, entre outras coisas, a nunca ignorar uma ferida — nem mesmo uma pequena.

Tomei impulso para erguer o corpo, tremendo quando o ar mais frio tocou a minha pele úmida, e alcancei o sabonete.

Algo bateu com força na janela. Dei um gritinho e me estiquei para pegar a minha adaga. A água transbordou da banheira. Eu já estava quase de pé quando percebi que ainda estava completamente nua, e o barulho também tinha chamado a atenção de Aric.

Meus olhos se fixaram nos dele. Ambos ficamos paralisados. Aric estava de pé, virado para mim, com um livro pendendo de uma das mãos. Como ele tinha conseguido *aquilo*? O seu olhar era frio como um céu de inverno. Por um breve instante, ele baixou os olhos, mas logo os levantou às pressas para me encarar. Ele sustentou meu olhar com o rosto vermelho de vergonha e com fogo nos olhos.

Senti um quentinho lá na boca do estômago. De propósito, ergui o queixo, desafiando-o a comentar alguma coisa.

Outra pancada na janela. Ambos nos sobressaltamos, sendo tirados do impasse em que estávamos. Eu me virei na direção da janela, com a adaga meio desembainhada. Do lado de fora, um grande pássaro molhado se agarrava ao parapeito, batendo um bico laranja enorme contra o vidro.

— Um... papagaio-do-mar? — Aric disse, com a voz mais rouca do que o normal.

Guardei a adaga. Não era um ataque. Era só uma ave marinha, confusa e completamente fora do habitat. Talvez desorientada pela chuva.

O papagaio-do-mar voltou a bater o bico contra a janela, com mais insistência. Como se estivesse decidido a entrar. Mas por que uma ave... *Ah*.

Peguei a minha toalha e, enrolando-a às pressas a meu redor, corri até a janela. Quando a abri, o tamborilar contínuo da chuva me recebeu.

O papagaio-do-mar estendeu o bico, me oferecendo um rolinho de pergaminho. Estendi a mão com cuidado, receosa de ser bicada. Será que os papagaios-do-mar eram dóceis? A ave depositou a sua mensagem na palma da minha mão, fez um som peculiar de chocalho com o bico, alçou voo e desapareceu na noite. Incrédula, fiquei observando-a partir. Quando Evito me assegurou que conseguia lidar com mensagens confidenciais, eu esperava um espião extremamente qualificado ou um feitiço engenhoso, mas não uma ave marinha.

— O que foi *isso*?

Eu me virei. Aric estava mais perto do que eu esperava — quase me choquei com ele. A toalha escorregou e não caiu por um triz. Aric seguiu o movimento com o olhar e engoliu em seco. Senti o rosto esquentar, mas não recuei.

Nem Aric. Seu olhar se moveu para a minha boca e se fixou ali, com o azul dos seus olhos quase sendo engolidos pelo negro das suas pupilas. Ficamos tão próximos que dava para sentir o calor do seu corpo, e isso despertou uma reação quentinha em mim. Por instinto, apoiei de leve a mão no seu peito. O coração de Aric bateu forte contra a palma da minha mão.

Poucos centímetros nos separavam. Bastaria um suspiro para que um de nós vencesse a distância.

Então, Aric pigarreou. Ele deu um passo para trás, o suficiente para que a minha mão escapasse do seu peito. Em seguida, virou-se de propósito, afastando-se de mim. Ele estava segurando o livro com tanta força que os nós dos dedos estavam brancos.

A decepção tomou conta de mim de maneira tola e irracional. Após imaginar coisas, os meus sentidos estavam solapados pelo cansaço. Aric pode ter se surpreendido ao me ver sem roupa, mas, claro, ele não estava interessado de verdade. E eu também não. Isso não era um conto de fadas, em que maldições eram desfeitas por um beijo de amor, e mesmo que fosse, tínhamos uma trégua, e não um romance. Graças aos mares, nada aconteceu de verdade. Eu não podia me dar ao luxo de outra vulnerabilidade, especialmente uma que não era correspondida.

— O que a ave te entregou? — Aric perguntou, ainda evitando olhar para mim.

Baixei os olhos para ler o pergaminho, grata pela distração que me poupou do meu iminente constrangimento.

— Uma mensagem do embaixador Dapaz. — Examinei as linhas de tinta, escritas em caligrafia pequena e caprichada, inclinada de forma acentuada. A caligrafia era familiar, embora eu não soubesse dizer por quê. — Ele não tem muito a relatar. Os guardas continuam a busca. Ele diz que o meu séquito ainda se encontra preso, mas não está machucado.

Aric franziu a testa.

— Nada sobre Marya? Ou sobre a busca pelo assassino?

Fiz um gesto negativo com a cabeça. Eu havia esperado por algum detalhe novo e útil, mas o silêncio de Evito sobre o assunto não valia de nada. Fazia apenas um dia completo que estávamos fora. Devia ser cedo demais para que a situação tivesse mudado drasticamente, e talvez Marya não tivesse revelado ao embaixador nada do que ficou sabendo por conta própria até então. Melhor nenhuma notícia do que notícias de acontecimentos piores — como uma mensagem dos meus pais. Eu só esperava que eles ainda não tivessem ouvido falar sobre a minha noite de núpcias.

E que eles não estivessem envolvidos de alguma forma.

— Pelo menos você ficou sabendo que o seu pessoal está seguro. — Aric relaxou um pouco os ombros. — Tenho certeza de que isso é um alívio para você.

— Sem dúvida. — Baixei o pergaminho. — Onde você conseguiu o livro?

— Marya incluiu alguns livros nas nossas provisões.

Ergui as sobrancelhas. Por isso os alforjes estavam parecendo um saco de munições de canhão. Eu havia carregado sem saber a biblioteca pessoal de Aric.

— *Alguns?* Quantos são alguns?

— Só seis — Aric respondeu. — Ela limitou aos essenciais.

— *Seis?* Como você pretendia ler os livros, Aric? Os seus olhos estavam nas laterais da sua cabeça!

Aric olhou para o livro em mãos.

— Estava torcendo para que estivessem na posição normal na viagem de volta.

Comecei a me vestir. Já tinha tido o suficiente de vulnerabilidade por uma noite.

— Então, me diga, que livros são tão essenciais que precisaram nos acompanhar até a fronteira?

Por um longo momento, Aric ficou em silêncio. Dei uma olhada nele por sobre o ombro, mas ele estava de costas, com o rosto escondido. A tensão estava contida em seu corpo como uma mola de um mecanismo de relógio fabricado por um Adepto.

— Aric? Já pode se virar.

Ele não fez isso. Ao contrário, manteve os olhos fixos no livro, que estava fechado. Ou seja, ele não podia estar lendo. Ocorreu-me que o silêncio talvez fosse uma defesa para Aric. Era o oposto de como eu costumava esconder o meu próprio desconforto com palavras ditas ao léu.

— Tenho plena ciência das minhas falhas — ele disse por fim, com a voz tão amarga quanto fel. — Assim como grande parte da corte gildeniana, aliás. Você não precisa expô-las na minha frente.

Senti um nó no estômago. Aric achava que eu estava zombando dele. Eu me aproximei para encará-lo. Aric não levantou os olhos.

— A minha pergunta foi sincera, Aric. Quero entender o que é importante para você. Eu... quero entender *você*.

Finalmente, Aric levantou os olhos. Era fácil mergulhar neles.

— E se, ao me entender, você não gostar do que descobrir?

As minhas próximas palavras poderiam rachar o frágil gelo sobre o qual caminhávamos, fazendo-nos afundar juntos. E embora eu pudesse dizer a mim mesma que precisava entender Aric para o bem do meu país, a verdade inquietante era que eu simplesmente queria isso. Porque ele me fascinava, como a ondulação sem fim das ondas na beira do mar. Uma correnteza que poderia facilmente me arrastar.

— Nos nossos votos, eu prometi cuidar de você — eu disse. — Você pode cuidar de verdade de alguém que não conhece?

Aric desviou o olhar.

— Diria que é pior ser conhecido de verdade e desprezado do que não ser cuidado desde o começo.

Pelas Virtudes, ele era tão inflexível quanto uma estátua. Eu queria despedaçá-lo.

— Esse é um risco que nós dois corremos. Mas *eu* diria que é difícil fazer pior do que o início do nosso casamento. — Peguei um dos outros livros aleatoriamente. — Agora, vou me sentar perto da lareira e ler sobre... — Dei uma olhada no título. — *Uma história da agricultura no Império Zhei*. Se quiser me acompanhar, estarei perto da lareira.

Fui até a lareira e me acomodei no chão, fazendo o possível para fingir que estava lendo e não observando Aric pelo canto do olho.

Um longo momento se passou. Então, hesitando, como se suspeitasse que eu estivesse preparando uma armadilha, Aric veio se sentar ao meu lado, com as pernas cruzadas.

— O livro é sobre práticas alternativas de exploração madeireira — ele disse baixinho. — Após ler os termos do tratado, quis saber se existia uma maneira de cumprir as exigências sem prejudicar os últimos territórios selvagens de Gildenheim.

Esse homem. Como consegui achar que ele era impiedoso? Minha boca se curvou.

— Que desprezível da sua parte.

Aric fixou os olhos em mim. Os nossos olhares se encontraram. Ele também deu um sorriso irônico.

— Pode ser que não — ele admitiu. — Mas sem dúvida há aqueles que consideram inútil o tempo que passo lendo, em comparação como as habilidades que me faltam. Em comparação com... algumas outras pessoas.

Aric segurou o livro com mais força. Eu tinha certeza de que ele estava pensando em Varin. Mais cedo, eu havia pensado que Aric jamais tivesse conhecido a dor de ser considerado alguém sem valor, mas eu estava muito enganada. *Se as posições deles fossem invertidas. Um verdadeiro governante no trono mais uma vez.* Se eu pudesse retroceder agora, faria os cochichadores se calarem com um olhar fulminante.

— Acho admirável — eu disse, sem tirar os olhos dele. — E muito digno. O conhecimento serve mais a um governante do que a esgrima, com certeza.

Aric me observou por mais algum tempo. O seu sorriso ficou mais suave, se alargou, tornando-se algo menos cuidadoso e mais verdadeiro. Por um instante, achei que ele poderia dizer algo mais ou, que as Virtudes me ajudem, se inclinar para mim como tinha feito antes.

Então, uma brasa estalou na lareira, e ambos demos um leve pulo, assustados, saindo daquele momento. Olhamos às pressas para os nossos respectivos livros e mergulhamos num silêncio quase confortável.

Aric recomeçou a leitura, enquanto eu deixei o meu livro aberto no colo, incapaz de me concentrar nas palavras impressas. Aric estava absorvido e eu, avoada, fiquei observando a luz do fogo fazer o contorno do seu rosto, traçando as suas feições em dourado e... verde?

Pisquei, com o olhar fixo na lareira. Sim, as chamas estavam queimando num tom esverdeado, como havia acontecido no castelo.

— Por que o fogo está verde, Aric? — murmurei.

Ele tirou os olhos do livro.

— Um feitiço de um feiticeiro verde. Faz as chamas durarem mais, para economizar lenha. Você vai ver isso em toda lareira de Gildenheim. Se olhar da maneira certa.

Eu me lembrei do que Aric tinha dito mais cedo sobre o aprendizado dos feiticeiros verdes dentro de suas comunidades e as servindo. Muito diferente de Damaria, onde os Adeptos não só treinavam isoladamente, mas quase nunca vendiam as suas magias a alguém, exceto a nobres ou mercadores ricos. Era uma diferença que constatei que não me incomodava.

Aric voltou para a sua leitura. Apoiei a cabeça na parede, com o calor e o avanço da noite me embalando em direção ao sono.

O fogo dançava e estalava. A chuva caía, fazendo um ruído constante no telhado. O banho havia aliviado o pior das minhas dores e desconfortos. Eu me sentia aquecida pela primeira vez após o que parecia ser uma eternidade. Qualquer vontade de me levantar foi desaparecendo aos poucos, apagada como pegadas na areia pela maré alta.

Um braço deslizou por baixo dos meus joelhos. Outro, em torno das minhas costas. Abri os olhos apenas o suficiente para ver o que estava acontecendo. Aric me tinha em seus braços. Ele me pegou no colo, levando-me até a cama. Deitou-me nela e ajeitou o cobertor sobre mim. Um momento depois, o colchão afundou a meu lado depois que ele se deitou, deixando um espaço razoável entre nós.

Eu deveria ter protestado por ser colocada na cama como uma criança. Em vez disso, o cansaço, interferindo na minha lógica, me fez me mover em direção a Aric e me aconchegar junto ao calor do seu corpo.

Aric ficou tenso, com os músculos paralisados, mas o seu calor era como uma lareira pessoal, acolhedor e fundente. Suspirei e me aproximei mais dele, repousando o rosto no seu peito.

Eu sentia o coração de Aric bater sob o meu ouvido. Era um batimento tão reconfortante quanto o murmúrio do mar. Ele ficou sem se mover, quase sem respirar, por tempo suficiente para que ele parecesse ter virado pedra. Então, pouco antes de eu cair no sono, o braço dele se esgueirou ao redor da minha cintura, com tanta delicadeza que deve ter sido um sonho.

19

Apesar da minha fadiga, o sono se mostrou fugaz. Acordei tarde da noite com os sinais de mais uma crise. A náusea embrulhou o meu estômago, fazendo eu me arrepender de cada porção do jantar.

A meu lado, Aric estava dormindo. Ele estava deitado de costas, com a cabeça virada para longe de mim — graças às Virtudes, devo ter imaginado estar aconchegada nele. Só o pensamento já foi suficiente para fazer o meu rosto ficar vermelho de vergonha. Com a respiração tranquila e lenta, ele não estava me tocando agora. O luar se infiltrava pela janela e iluminava o seu cabelo, fazendo-o brilhar como prata fundida no travesseiro. Finalmente, a chuva deve ter parado.

Saí da cama com cuidado, receosa de acordar Aric. Eu me movi pelo quarto tateando até os alforjes. O frasco de vidro do tônico estava frio ao toque enquanto eu o abria. Tomei metade da dose e guardei o resto. Só me restava uma dose completa depois disso. Não podia me dar ao luxo de usá-la agora e precisar dela mais tarde.

Voltei para a cama, prendendo a respiração para não perturbar Aric. Mas agora o sono me tinha escapado, e se mostrava relutante em voltar. Os meus cortes e hematomas estavam doendo novamente, e mais do que o desconforto físico, a minha mente estava inquieta. Não conseguia parar de pensar nos acontecimentos dos últimos dias. O casamento e a sua magia estranha. O ataque do assassino que tinha desencadeado uma espiral de desastres. O potencial de isso escalar para uma guerra total, apesar de tudo o que eu havia sacrificado, se não conseguíssemos desfazer a magia antes da coroação.

Fiquei olhando para as vigas do teto, procurando não me mover, mas a minha mente se contorcia impiedosamente, me atormentando com a culpa por todos os ângulos. Em vez de paz, eu tinha provocado o caos. Metade da corte gildeniana acreditava que eu era uma assassina, enquanto a outra metade, que eu era uma sequestradora. Havia transformado o homem com quem me casei num cavalo de meio período. E o pior de tudo, eu tinha abandonado o meu pessoal; o séquito cujo único crime era a lealdade à mulher que os havia traído: eu. Enquanto eu lia um livro junto a uma lareia crepitante, eles tremiam de frio nas masmorras do castelo, sujeitos a sabe-se lá quais maus-tratos.

Julieta. Catalina. Os outros soldados que formavam a minha guarda, homens e mulheres que se voluntariaram para proteger a minha vida com a deles. O que eles estariam pensando de mim agora?

Contra a minha vontade, o rosto de Catalina surgiu na minha mente. Não como ela estava agora, mas como há dez anos, antes de eu cavar um abismo entre nós e preenchê-lo com o sal amargo do arrependimento. Os seus olhos, tão amorosos ao olhar nos meus, enquanto ela roçava os dedos no meu rosto. A dor neles, pouco depois, quando eu tinha dito as palavras que precisava dizer. Catalina se ofereceu para vir a Gildenheim, então talvez tenha me perdoado. Mas eu não podia me perdoar, mesmo sabendo que, sob qualquer medida, eu tinha feito a coisa certa.

Deixei escapar um suspiro de frustração. Às vezes, gostaria de poder apagar lembranças indesejáveis da existência. Mantê-las só servia para cutucar feridas que já deveriam estar cicatrizadas há muito tempo.

— A sua condição está te incomodando?

Fiquei paralisada. Droga! Tinha vacilado de novo, esquecendo que Aric podia me ouvir.

— Desculpe — sussurrei. — Não queria acordar você.

— Não faz mal, — Aric se virou de lado para me encarar. — Também não estava dormindo bem. Raramente durmo.

Eu me virei de lado, imitando o movimento dele. Agora, os nossos rostos estavam perto um do outro.

— Está doendo um pouco, mas o tônico vai fazer efeito logo.

— Então não é isso o que está te incomodando? — Aric perguntou de modo hesitante, como se esperasse que eu reagisse mal.

Algo na escuridão convidava uma intimidade da qual eu poderia me arrepender pela manhã, mas, assim como a força da gravidade, não conseguia mais resistir.

— Estava pensando no séquito que trouxe comigo para Gildenheim.

Aric ficou esperando. Eu deveria estar atenta à paciência dele, mas me faltava forças para levantar as minhas defesas.

• 165 •

— Estou preocupada com eles — confessei. Para o meu espanto, a minha voz falhou. A confissão quebrou uma parte de mim que estava quase intacta. — São boas pessoas. Não fizeram nada para merecer serem jogadas numa masmorra, exceto serem leais a mim. O *trabalho* delas.

A expressão de Aric ecoava a minha própria culpa. Afinal, foram os seus homens que prenderam o meu séquito.

— Juro, Bianca, ninguém vai machucá-los em meu nome. Não toleramos tortura em Gildenheim.

Talvez. Mas nem os reis sabiam tudo o que acontecia dentro dos muros que governavam.

— Esses seus guardas... algum deles é mais importante para você? — Aric perguntou com cautela.

Fiquei rígida, então, deixei escapar outro suspiro. Já tinha revelado demais. Eu deveria deixar claro que não estava desonrando o meu compromisso matrimonial antes que Aric chegasse à conclusão errada do meu silêncio.

— Sim. Não. As duas coisas. A capitã da minha guarda: Catalina Espada. Já fomos muito próximas, mas nunca compartilhamos uma cama. Talvez tivéssemos feito isso. Mas eu não tive escolha.

A última frase saiu sem pensar. Franzi a testa. Não, não era isso. Eu *tive* escolha. Acabei escolhendo a coisa certa: descartei Catalina antes que o que crescesse entre nós fincasse raízes profundas o suficiente para que fosse doloroso arrancá-las. Eu tinha escolhido o meu dever.

— Se você preferir manter o que há entre vocês em segredo, eu respeito os seus limites — Aric disse. — Mas, se você estiver disposta a me contar, eu... adoraria saber mais.

Não tentei ocultar a minha surpresa.

— Por quê?

Um sorriso irônico cruzou seu rosto.

— Dá para cuidar de verdade de alguém que não conhece?

O meu sorriso em resposta foi sarcástico. Claro que ele usaria as minhas próprias palavras contra mim. Refletindo, olhei para baixo por um instante. A minha história com Catalina era uma vulnerabilidade. Mas Aric tinha compartilhado algo de si comigo mais cedo naquela noite. Talvez um casamento, assim como a magia, fosse uma troca.

Levantei os olhos e encontrei Aric ainda me observando. Talvez fosse o luar, deixando tudo surreal. Talvez fosse o meu cansaço. Mas nos olhos dele, não encontrei intenção de ferir — só curiosidade, sincera e convincente.

— Começou quando eu tinha quatorze anos — contei, me permitindo recordar.

A ligação entre mim e Catalina floresceu de maneira lenta e frágil, como um rosa no final do verão, desafiando o frio cortante. Trocávamos olhares em sessões de treinamento com armas. Ela pegava leve comigo quando duelávamos, mesmo quando eu ia com tudo contra ela. Com o passar dos meses, isso evoluiu para algo mais. Toques que duravam mais do que o necessário. As nossas mãos se roçando quando nos cruzávamos nos corredores.

E então, numa noite de primavera, perto do meu aniversário de dezesseis anos, nós nos beijamos pela primeira vez, em um pátio ao lado do campo de treinamento. Catalina era tímida, mas ávida, enquanto eu era imprudente, achando que era imune. Desajeitados, doces e prometendo algo mais, os nossos lábios se encontraram e se exploraram até onde fomos capazes. Eu achei que era corajosa. Achei que estávamos sozinhas.

Mas claro que o palácio tinha olhos em cada canto e recanto. Era a corte de Damaria, afinal; os futuros eram feitos e desfeitos com o poder do conhecimento, usado de forma estratégica.

Na manhã seguinte, os meus pais me chamaram diante deles, tão rígidos e implacáveis como as fachadas defensivas do palácio. Eles disseram que entendiam, que os jovens tinham desejos. Porém, eu representava a Casa Liliana. Um dia eu me casaria, não por amor, mas por interesse. E, quando isso acontecesse, eu não poderia permitir sussurros de que a minha lealdade estava comprometida por gostar de outra pessoa.

Eu era filha dos meus pais. Eu entendia. O meu país, a minha Casa, o meu povo vinham sempre em primeiro lugar. Não havia espaço para algo tão pequeno quanto o egoísmo. Eu poderia querer, eu poderia ansiar, mas jamais poderia *ter*. Eu precisava ser infalível, para não deixar ninguém ver as rachaduras na minha armadura. E o amor... isso era uma fraqueza mortal. Que não poderia ser alimentada.

Fiz o que era necessário. Disse a Catalina, sem hesitar, que nunca seríamos mais do que aquilo. Que o que havia acontecido entre nós foi um erro. Sofri muito, mas não mostrei a ela remorso algum. Havíamos praticamente crescido juntas. Para Catalina acreditar em mim, eu não podia demonstrar nada além da minha mais total determinação.

Eu a vi padecer o suficiente para fazê-la pensar que eu não me importava. E então lhe dei as costas e fui para o meu quarto, tão calma e serena quanto os meus pais poderiam desejar. Tranquei a porta, neguei a entrada a todos, exceto Julieta, e chorei até não ter mais forças. Depois, levantei-me e me obriguei a esquecer os sentimentos que havia alimentado por um curto período, deixando-os para trás como pele de serpente, até me tornar uma nova pessoa, e eles já não serem mais verdadeiros. No lugar deles, só restou a culpa; a culpa de machucar a minha melhor amiga, uma ferida que ainda não havia cicatrizado por completo.

Aric ouviu até eu terminar. O silêncio se prolongou entre nós, delicado como uma teia de aranha.

— Não estou apaixonada pela Catalina — eu disse, finalmente. — Nós duas seguimos em frente, e eu me sinto feliz por ela. Ela merece alguém que não a machuque. Alguém que nunca a abandonasse por causa da política. Mas... — Engoli em seco, confessando uma verdade que raramente admitia, nem mesmo para mim mesma. — Sei que é assim que o mundo funciona para pessoas como nós. Mas, às vezes, mesmo agora, ainda dói. Mesmo que eu devesse ser forte o suficiente para não me importar.

Aric se mexeu, com a testa franzida.

— O fato de se importar não torna você fraca.

Dei uma risada amarga.

— Claro que torna. É uma vulnerabilidade que qualquer um que souber explorar pode usar contra mim.

— Com todo respeito, eu discordo. O fato de se importar significa que você é forte. Significa que você tem bastante coragem para se permitir sentir, mesmo que isso coloque o seu coração em risco. — Hesitante, Aric estendeu a mão e afastou uma mecha de cabelo da minha testa. — E você *é* forte, Bianca. Mais forte do que imagina.

Fiquei sem ar, sem ousar me mover, enquanto os dedos de Aric deslizavam pelo meu rosto.

— Não é verdade.

O olhar de Aric foi perturbadoramente penetrante.

— Por que não?

Foi a minha vez de hesitar. Eu estava relutante em deixar cair os muros que me protegiam de quem pudesse me machucar. Porém, Aric já tinha me visto no meu pior e mais frágil momento. Não faria diferença contar o que ele com certeza já havia percebido por si mesmo.

— Eu não sou corajosa — eu disse com palavras cortantes como uma espada. — Eu não sou forte. Durante toda a minha vida, fiz exatamente o que esperavam de mim: segui o caminho que me foi apresentado e nunca me desviei dele. Se eu fosse corajosa, não teria deixado Catalina e a evitado por dez anos.

Dava para perceber Aric pensando na resposta, pesando as palavras como se fossem pedras em sua mão.

— É preciso força para fazer uma escolha difícil — ele disse.

— Não se for a única.

— Ir para uma terra estrangeira para se casar com um homem que você não conhecia era a única escolha?

— A única certa — respondi. — A única que conta. Era o meu dever. Essa é a única escolha que importa.

Aric sabia disso. Também foi a escolha que ele fez. Éramos nobres. Fazíamos o que tínhamos que fazer, e isso não exigia força nem coragem. Exigia apenas obediência para seguir os caminhos traçados para nós desde o nascimento.

Por um momento, Aric ficou calado, mas ele não tinha terminado. Pegou a minha mão pelo pulso e a virou, revelando a cicatriz dourada do nosso casamento.

— Dever ou não, você deveria poder escolher. — Ele tocou a fina marca dourada. Senti um arrepio me percorrendo, apesar da calidez da cama. — Você deveria decidir por si mesma com quem vai compartilhar a vida.

Fiz que não com a cabeça.

— Nós dois nascemos em famílias nobres. Você sabe que não é assim que as coisas funcionam.

— Mas por que deve ser assim? — ele retrucou. — Decidimos os destinos de países. O que nos impede de decidir o rumo de nossas próprias vidas?

Eu não tinha resposta. A ideia era insana, era absurda, contradizia tudo o que me ensinaram, e mesmo assim queria que fosse verdade a ponto de doer.

Aric fechou a minha mão, escondendo a cicatriz da vista.

— Você falou sobre divórcio mais cedo — ele disse, com determinação. — Quando voltarmos para Arnhelm, vou devolver o direito de escolha para você. Vou anular o casamento e vamos elaborar um novo tratado com os nossos próprios termos. Quero que você escolha a sua vida livremente.

O choque foi tão grande que agradeci por já estar deitada. Aos poucos, a nossa trégua havia se transformado de uma necessidade numa aliança de verdade. O fato de que o nosso arranjo matrimonial continuaria era algo que, agora percebia, eu nunca tinha questionado. Aric talvez não me quisesse como esposa, mas, apesar de tudo, estávamos juntos nisso. Ou assim eu tinha presumido.

Eu não esperava que ele me deixasse. Muito menos por querer que eu fosse livre.

A perspectiva deveria ter me dado uma sensação de liberdade: o oceano inteiro diante de mim, com qualquer ponto cardeal pronto para se tornar meu. Em vez disso, me deixou à deriva. Eu me senti perdida, sem terra firme à vista.

Sem o meu casamento com Aric — sem um caminho claro e único a seguir — eu mal sabia quem eu era. Se eu não era a filha que cumpriria os seus deveres sem hesitação... não sabia quem eu era.

Aric estava esperando a minha resposta. Engoli em seco e forcei um sorriso.

— Obrigada — consegui sussurrar.

Eu me permiti imaginar isso. Logo que desfizéssemos o feitiço e voltássemos a Arnhelm, eu estaria livre de um casamento com um homem que não amava. Poderia fazer o que quisesse. Casar-me com quem eu quisesse. Não com Catalina, pois essa possibilidade já tinha ficado para trás. Mas havia inúmeras outras opções. Uma mulher do Império Zhei, que traria consigo sedas e especiarias. Um homem de Damaria, que faria com que eu sempre me sentisse em casa. O caminho se ramificava em infinitas direções, mil trajetórias cujos fins eu não podia vislumbrar.

A escolha era minha.

A ideia deveria ter tirado um peso dos meus ombros. Então, por que parecia que o peso havia dobrado, me sufocando?

20

Voltei à consciência, aos sons da estalagem despertando: passos pesados nos corredores, o clangor distante das panelas. Fiquei de olhos fechados, relutante em me levantar. A cama era macia, e um dia inteiro de viagem era tão atraente quanto tomar banho em água gelada. Além disso, eu estava deliciosamente aquecida.

Mais aquecida do que deveria. Um corpo masculino estava colado as minhas costas, com um braço em torno da minha cintura. Além disso, um membro rígido pressionava as minhas nádegas. Que curioso.

Eu me aconcheguei mais perto, gostando da sensação. Aric deu um leve suspiro, e o seu braço se apertou em torno da minha cintura...

Espere. Aric.

Eu estava me friccionando junto à ereção de Aric.

De repente, acordei por completo. Abri os olhos às pressas. Fiquei paralisada, não me atrevendo a me mover. Que Netuno me leve, isso era ainda mais embaraçoso do que transformá-lo em cavalo.

Talvez se eu me desvencilhasse antes de ele acordar... Com cuidado, tentei remover o braço de Aric da minha cintura. Ele grunhiu e apertou ainda mais o abraço. Caramba, ele era mais forte do que parecia. Eu teria que me livrar à força, o que inevitavelmente o acordaria.

Ainda pior, eu não estava muito a fim de fazer isso. O grunhido que Aric tinha dado e a sua ereção eram incrivelmente excitantes. Eu me peguei me perguntando como seria me entregar a ele, em vez de me afastar. Se ele me olharia com a mesma intensidade com que encarava um livro interessante, ou se fecharia os olhos e jogaria a cabeça para trás, todo entregue...

Isso não estava ajudando em nada. Sobretudo porque Aric nunca teria tais pensamentos a meu respeito. Ele ficaria extremamente envergonhado de acordar assim. Da forma como o conheço, ele daria um jeito de me culpar.

Eu teria que despertá-lo e esperar que ele acordasse sem nenhuma recordação. Eu me afastei um pouco dele, tentando criar espaço, mas não foi o suficiente para separar inteiramente certas partes dos nossos corpos. Então, umedeci os lábios.

— Aric.

Ele murmurou um protesto incompreensível e, para meu desgosto, ajustou a sua pegada, pressionando as minhas nádegas firmemente contra si. A sua ereção latejou. O calor se espalhou entre as minhas pernas. Que as Virtudes me ajudem, se continuar assim...

Um cavalo relinchou do lado de fora da janela. Por instinto, olhei naquela direção, ainda que não conseguisse ver nada além do vidro, exceto a luz pálida do amanhecer. O pavor se apossou de mim, afogando o calor da excitação em água gelada.

Já estava amanhecendo. E ainda estávamos aqui dentro.

— *Aric!* — sussurrei. — Precisamos levantar. O sol está quase nascendo...

Num piscar de olhos, Aric despertou. Ele se levantou de um pulo, enroscado nos lençóis, com os olhos arregalados de pânico.

Tarde demais. No mesmo instante, a luz do sol irrompeu pela janela.

Um clarão ofuscante. Um som como o de cem velas se apagando ao mesmo tempo, seguido pelo estalo ameaçador de madeira quebrando. Gritei no momento em que, de repente, a cama despencou sob mim, me fazendo rolar para o lado do grande cavalo branco, que agora ocupava a maior parte do colchão.

Aric se levantou com dificuldade, com os olhos arregalados e as narinas dilatadas. Os lençóis estavam enroscados em suas pernas, quase o fazendo cair no chão. Sob os seus cascos, as tábuas rangiam em ameaça. Eu me afastei dele, sentindo que estava em perigo iminente de ser pisoteada.

— Droga! — praguejei. — Droga, droga, droga...

— *Por que você não me acordou?* — Aric perguntou, com as partes brancas dos seus olhos bastante visíveis. — *Isso poderia ter sido facilmente evitado...*

— Você poderia ter *me* acordado! — retruquei. — E eu tentei acordar você. Não é minha culpa que você estivesse...

— Milady? — alguém chamou e bateu na porta do quarto. — Eu ouvi um grito. Está tudo bem?

Aric e eu ficamos paralisados. Trocamos um olhar de desalento.

— *Responda* — Aric incitou. — *Antes que ela entre.*

Eu me levantei de um salto, quase caindo de cara no chão por causa dos lençóis enrolados nas minhas canelas.

— Está tudo bem! — Em pânico, mal consegui me lembrar de responder em gildeniano. — Só me deitei com o cavalo!

Houve uma pausa confusa.

— Como é?

Maldição. Naquele momento, cada palavra de gildeniano que eu conhecia tinha decidido fugir caprichosamente da minha cabeça.

— Só... bem... o cavalo! Eu tive uma grande noite com o cavalo. Já estou acordada! Está tudo certo!

— *Acho que a palavra que você quer dizer é "pesadelo"* — Aric comentou.

— Eu *sei* — sussurrei para ele e fiz uma pausa. — Espere... Isso não ajuda em nada. Não sei em que língua você está falando. Você está falando mesmo alguma língua?

— Perdão, milady?

— Não é nada! — respondi às pressas. — Só estou falando com o meu *marido*.

Com irritação, Aric abanou a sua cauda indiscutivelmente majestosa.

— Devo trazer o seu café da manhã, milady?

Finalmente consegui me desvencilhar dos lençóis.

— Não. Não, obrigada. Estamos bem aqui! Está tudo ótimo. Melhor, impossível!

Eu podia praticamente sentir a impaciência de Aric.

— *Convincente.*

Pus as mãos na cintura e o encarei.

— Tente você, então.

— *Você sabe muito bem por que eu não posso.* — Aric virou a orelha para a porta. — *Enfim, ela está indo embora.*

Eu me virei para olhar, embora, claro, não pudesse ver a dona da estalagem através da madeira maciça. Os passos estavam realmente se afastando, indo em direção à escada. Soltei um pesado suspiro de alívio e me virei para avaliar os danos.

O chão parecia intacto, apesar dos rangidos ameaçadores das tábuas toda vez que Aric mudava de posição. O mesmo não podia ser dito da cama. Todo o estrado do lado em que ele havia dormido estava torto e rachado. Não completamente quebrado, mas bastante inclinado para baixo, apontando na direção do chão. A cama não tinha sido fabricada para suportar o peso de um garanhão.

Agarrei o estrado e puxei, como se o meu esforço pudesse desfazer o dano. Sem nenhuma surpresa, ele não se mexeu nem um pouco.

— Pelos mares — gemi. — Acho que não temos dinheiro suficiente para pagar por isso. — Como eu ia explicar a destruição para a dona da estalagem? Aliás, como eu ia explicar a aparição de um cavalo no quarto?

— *Vamos enviar a conta para o castelo* — Aric disse.

— Como? E deixar toda a estalagem saber quem somos?

Ele raspou o casco no chão, me sobressaltando quando as tábuas voltaram a ranger.

— *Vão ficar honrados.*

— Claro que vão. — Revirei os olhos. — Não consigo imaginar honra maior na vida de uma dona de estalagem do que ver o seu rei se transformar em cavalo e quebrar a cama do estabelecimento.

Aric me encarou, sem piscar.

— Foi um sarcasmo. Existe isso em Gildenheim? Acho que a dona da estalagem não vai ficar nem um pouco feliz.

— *O castelo a recompensará generosamente.*

— Supondo que consigamos enviar uma mensagem para o castelo.

— *Pensei que o embaixador estivesse mantendo contato com você.*

— E está, mas não fui tola a ponto de contar para ele que você ia viajar comigo. Além disso, não sei como enviar uma mensagem de volta sem correr o risco de ser interceptada. Não tenho um pássaro escondido na manga.

— *Você tem espaço para adagas* — Aric resmungou, abanando a cauda.

Estava sem energia para retrucar. De repente, tudo pareceu excessivo. A maldição acidental. O atentado contra a vida de Aric — contra as *nossas* vidas. Agora, a cama quebrada. Eu me sentei na beirada do colchão, coloquei os cotovelos nos joelhos e apoiei a cabeça nas mãos. Pelos mares, como eu ia resolver isso? Mesmo sem a complicação adicional de um cavalo no quarto, ainda tínhamos pelo menos dois dias inteiros de viagem só para chegar à fronteira e encontrar Tatiana, sem falar de retornar a tempo da coroação. E quanto mais tempo passávamos na estrada, pior a bagunça que eu parecia fazer de tudo.

— Bianca? *Você está se sentindo mal de novo?*

A preocupação de Aric me tocou. Fechei os olhos e tirei um momento para me recompor. Exausta, quase havia me desprotegido, permitindo que ele percebesse a fragilidade do meu desespero. Eu não podia me dar ao luxo de demonstrar essa vulnerabilidade. Aric já sabia demais a respeito da minha fraqueza.

Eu me levantei, forçando uma expressão de confiança.

— Não. Só estou planejando o que vamos fazer a seguir. — Olhei entre ele e a porta. — Cavalos conseguem descer escadas, não é?

Alguns minutos depois, Aric estava selado, eu havia preso a minha rapieira no cinto, e a maior parte do conteúdo da nossa bolsa de moedas estava cintilando ao lado da lareira. É provável que lamentaríamos a falta delas mais adiante, mas nenhum de nós poderia sair com a consciência tranquila sem pagar pelos danos. Para o meu imenso alívio, Aric conseguiu passar pelo vão da porta, ainda que eu tivesse que tirar a sela dele primeiro e depois recolocar a sela no corredor. Eu mesma carreguei os alforjes, os livros e tudo o mais, na tentativa de aliviar o peso de um garanhão de grande porte.

A madeira rangia a cada passo dado por Aric ao avançar pelo corredor com os cascos ressoando. Cerrei os dente e rezei para que as tábuas não cedessem.

Aric empacou no alto da escada.

— *Não consigo descer. Os degraus não vão me aguentar.*

— Vão sim — sussurrei, com uma certeza que não sentia. — Só... não fica pensando muito nisso. Faça de conta que você é bem pequeno.

Aric me dirigiu um olhar fulminante.

— *E como, exatamente, o fato de fingir que sou pequeno vai anular a força do meu peso sobre as tábuas?*

Antes que eu conseguisse retrucar, um suspiro de espanto veio de baixo. Um dos empregados da estalagem estava ao pé da escada, com

uma pilha de roupas de cama prestes a cair de seus braços, boquiaberto, observando Aric.
Dirigi meu sorriso mais firme para ele.
— Dê passagem, por favor. Vamos sair do caminho logo.
Chocado, o homem piscou e deu um passo generoso para trás. Cutuquei o traseiro de Aric, fazendo-o bufar e bater a cauda em mim.
— Ande — murmurei. — Antes que ele chame todo o vilarejo para vir assistir.
Irritado, Aric me deu um último olhar e começou a descer a escada, testando cada degrau antes de apoiar todo o seu peso sobre ele. As tábuas rangeram, em uma cacofonia de guinchos que faziam lembrar uma manada de porcos moribundos. Cerrei os dentes com tanta força que os meus molares ameaçaram se fundir, mantendo um sorriso amarelo em consideração a nosso público crescente. Se as tábuas quebrassem, ou se Aric caísse, e eu ficasse presa com um cavalo encantado com a pata quebrada...
Os degraus resistiram. Aric chegou ao andar de baixo.
Levantei os olhos, deixando escapar um suspiro de alívio. O nosso público tinha se multiplicado. Agora, cerca de uma dúzia de empregados e hóspedes estavam agrupados nos vãos das portas, todos nos observando com olhares que variavam do incrédulo ao estarrecido.
Ergui o queixo e assumi a minha melhor expressão de altivez cortesã.
— Só o melhor para o meu garanhão de estimação — declarei com pompa. — Vamos, meu bichinho.
Com serenidade, deixei a estalagem de cabeça erguida. Bufando energicamente, Aric seguiu atrás de mim.

* * *

— *Meu bichinho?* — Aric perguntou. — *Meu bichinho?*
Depois de horas de viagem, ele ainda estava preso à palavra "bichinho", como uma ideia fixa. Apesar do nosso atraso, estávamos fazendo um bom progresso — até onde eu podia perceber. Se a chuva continuasse a dar uma trégua, talvez chegássemos à estalagem onde eu tinha combinado o encontro com Tatiana até o meio-dia seguinte.

— Não dava para eu te chamar de marido, não é mesmo? — Revirei os olhos.

— *Mas* bichinho? *De toda língua gildeniana, você tinha que escolher justamente essa palavra?*

Resisti à vontade de lhe dar um chute nas costelas.

— Então me diga, *marido*. Que termo carinhoso se usa em Gildenheim para se referir a um cônjuge que, no momento, é um cavalo? Meu fofinho? Meu garanhão? Meu...

— *Vou derrubar você da sela.*

Prendi melhor os pés nos estribos. Por via das dúvidas.

— Muito bem, então. Que termo carinhoso você prefere?

— *Não vejo a necessidade de nenhum* — Aric respondeu depois de uma pausa.

— Estamos brincando de namoro — eu disse. — Faça-me esse favor.

O tom de Aric se tornou sombrio e seco.

— *Nunca vi muito proveito, nem necessidade, para conversas íntimas.*

Ergui a sobrancelha — não que Aric pudesse perceber.

— As suas amantes estão de acordo com essa avaliação?

Eu poderia ter me dado um chute assim que soltei as palavras. Eu já sabia que Aric tinha uma amante, e era um assunto que eu não estava mais disposta a ouvir. Marya — o relacionamento dele com Marya — não significava nada para mim. *Aric* não significava nada para mim. Era um aliado, um marido, mas só no papel.

Ainda assim, isso não significava que eu quisesse ficar sabendo dos detalhes do caso dele com outra mulher. *Estávamos* casados, mesmo que nenhum de nós esperasse que fosse durar.

— *Acho que você está dando muita importância para as minhas experiências anteriores* — Aric disse antes que eu conseguisse retificar a minha pergunta. — *Eu já tenho prática suficiente para... bem... saber o que estou fazendo, mas eu não consideraria nenhum desses encontros como românticos.*

Agora eu estava enrubescendo. Graças aos mares ele não podia ver o meu rosto — essa era uma virada perigosa na conversa. Eu tinha sido tola em tocar nesse assunto.

— Então, não foram... experiências repetidas? Quero dizer, com as mesmas mulheres?

— *Não.* — Aric refletiu por um instante sobre sua resposta, como se antecipasse um julgamento severo de minha parte. — *Eu sou o herdeiro do trono gildeniano. Já tive amantes, mas é melhor que não durem muito. Se eu não der a uma mulher a oportunidade de fingir que se importa comigo o suficiente para me fazer acreditar nisso, não vai doer tanto quando eu perceber que ela estava apenas atuando para o seu próprio benefício. Mantê-las a distância é... menos doloroso.*

— Espere — falei sem pensar. — Eu achei... E Marya?

Maldita língua impulsiva a minha. Adeus à ideia de não querer saber os detalhes.

Surpreso, Aric soltou uma risada.

— *Marya? Como se ela alguma vez tivesse se interessado por um homem dessa maneira. E mesmo que tivesse... somos amigos, Bianca. Amigos de infância. Ela é como a irmã que eu nunca tive. Praticamente crescemos juntos. A rainha achou que eu me sairia melhor estudando o uso de armas se tivesse alguém para me humilhar. Então, ela escolheu a melhor aluna de esgrima para treinar comigo* — ele disse, com o tom se tornando irônico. — *Não teria dado certo, mesmo que Marya fosse o tipo de pessoa capaz de humilhar os outros. Mas eu me sinto muito grato por essa lição da rainha, porque foi o que nos uniu.*

— Ah. — Bem, por essa eu não esperava. Como cheguei a pensar que Gildenheim fosse um lugar frio? O calor da vergonha estava tomando conta de mim. — Eu achei... eu... Ah, deixa pra lá. — Eu me apressei em voltar ao assunto anterior antes que acabasse dizendo algo ainda pior. — E quanto aos termos carinhosos na família? Varin, talvez?

— *Nunca fomos próximos. Ele é sete anos mais velho e não fomos criados juntos, devido a nosso diferente... status.* — Aric hesitou. — *Fomos desaconselhados a passar o tempo juntos quando éramos crianças, e nenhum de nós fez muito esforço para reduzir a distância. Eu o conheço mais como um padrão que falhei constantemente em alcançar do que como um... um irmão.*

Senti uma compaixão surgindo em mim. Parecia uma infância solitária, e eu sabia muito bem como era ser considerada nada além de uma decepção. Não é à toa que ele e Marya eram tão próximos.

— E a sua mãe?

O tom de Aric endureceu, erguido como uma barreira de proteção.

— *Prefiro não falar sobre a rainha.*

Mordi o lábio. Eu tinha esquecido, com tudo o que aconteceu, que Aric ainda estava de luto. Claro que ele não queria falar sobre a sua mãe. Ela tinha partido há pouco mais de um mês.

Era uma dura lembrança do que estava em jogo. Eu estava perdendo tempo com perguntas sem sentido, quando deveria estar pensando em como desfazer a maldição e evitar uma guerra. Não era como se eu fosse continuar casada com Aric por muito mais tempo. Esse jogo de sedução não importava. Em breve, chegaríamos à fronteira, e a nossa trégua acabaria.

— *Está tudo bem?* — Aric perguntou.

Fiquei paralisada na sela. Talvez ele tivesse captado o gosto amargo que havia se infiltrado nos meus pensamentos.

— Só estava pensando em quanto tempo temos até o anoitecer.

Eu me virei na sela para observar os arredores, reforçando a minha mentira. Eu não tinha um relógio fabricado por um Adepto, e as nuvens espessas dificultavam ver a posição do sol.

Um movimento rápido chamou a minha atenção na estrada vazia. Atrás de nós, vinha cavalgando um trio, distante a ponto de não passar de silhuetas escuras no horizonte.

Levei a mão à rapieira.

— Aric — eu disse, com a boca ficando seca como areia. — Acho que estamos sendo seguidos.

21

Aric parou de repente e se virou para observar a estrada atrás de nós. A sua cauda se mexeu nervosamente junto as minhas canelas.

— Podem ser mensageiros — ele disse. — *Essa é a estrada principal através das montanhas.*

— E mensageiros costumam andar em trio?

Aric não respondeu.

— *Vamos seguir em frente* — ele decidiu após um breve momento. — *Se eles pretendem nos seguir, não há nada que possamos fazer aqui.*

Observei com atenção os arredores. Em torno, a terra tinha se tornado ainda mais selvagem, com florestas de abeto esparsas agarradas a encostas rochosas. A poucos passos da estrada, o terreno se tornava íngreme demais para cavalgar — quase íngreme demais até para caminhar. Se quiséssemos sair da estrada, a nossa única opção seria subir a pé. Eu não tinha certeza se Aric conseguiria enfrentar esse tipo de terreno, e mesmo que conseguisse, logo alcançaríamos a zona coberta de neve.

Aric tinha razão. Só nos restava continuar seguindo pela estrada.

Eu me virei para frente, ajustando a rapieira e a adaga presa a meu pulso para garantir que ambas as armas estivessem prontas para serem usadas.

Eu e Aric seguimos em silêncio. Por acordo tácito, ele acelerou o passo, até que os seus flancos começaram a liberar vapor no ar gelado e as minhas pernas doíam pelo esforço de me agarrar a seu lombo. O sol se curvava em direção ao horizonte, com a sua trajetória pouco visível através da névoa das nuvens. Passamos por um povoado, depois por outro, sem pararmos. As horas foram passando.

E toda vez que eu olhava para trás, os três cavaleiros ainda estavam lá. Nunca tão perto a ponto de permitir distinguir detalhes. Nunca tão distantes a ponto de deixá-los fora de vista.

— O que eles estão esperando? — perguntei finalmente, com os nervos à flor da pele.

Aric não olhou para trás.

— *Acho que esperam uma área mais isolada. A maioria dos vilarejos possui um guarda local de plantão. Ou talvez estejam esperando a escuridão.*

Então, já não estávamos mais fazendo de conta que o trio poderia ser amigável. Os meus dedos pareciam garras segurando o arção da sela.

— Que tal pararmos numa estalagem?

Eu sabia a resposta de Aric antes mesmo de ele falar.

— *Pode ser que não cheguemos à próxima antes do anoitecer. E... acho que não temos mais dinheiro para pagar por um quarto.*

Eu me sobressaltei. Quebrar a cama sem querer já tinha sido bastante ruim. A ideia de Aric se transformar em um cavalo num quarto coletivo de estalagem era cem vezes pior. E, dado o estado das nossas finanças, eu suspeitava que não teríamos o suficiente nem para pagar uma refeição. Tínhamos cometido um grande erro de cálculo.

Voltei a me virar na sela para olhar para trás. Os cavaleiros, claro, ainda estavam lá. Pairando como águias. E nós, os coelhos, só podíamos esperar pelo ataque.

* * *

Os nossos perseguidores tomaram a iniciativa pouco antes do crepúsculo, quando o sol estava roçando os picos das montanhas. De um momento para o outro, olhei para trás e, de repente, eles haviam reduzido a distância pela metade.

Gritei para Aric, mas ele mal precisou do alerta. Ele irrompeu num galope de imediato. Eu me curvei para frente sobre o seu pescoço, com o vento gélido tirando lágrimas dos meus olhos, e me agarrei ao arção com todas as forças. Não me sobrava atenção para desembainhar uma lâmina ou olhar para trás para ver se os nossos perseguidores estavam ganhando terreno.

Aric era forte, mas não estava acostumado a ser um cavalo, e também estava cansado da nossa jornada. O som retumbante do galope dos cavalos dos nossos perseguidores aumentou de um ruído distante como chuva de primavera para o estrondo de trovão. E então eles nos cercaram, com a lama espirrando dos cascos. Um tomou a nossa frente e manobrou o seu cavalo, bloqueando o caminho. Aric se assustou, empinando um pouco e quase me lançando para fora da sela. Os outros dois cavaleiros nos cercaram de ambos os lados, nos impedindo de dar meia-volta. Estávamos encurralados.

Um deles puxou para trás o seu capuz. Era uma mulher de cabelo escuro, com um olhar aguçado e voraz. Senti um arrepio ao reconhecê-la: eu a tinha visto na estalagem na noite passada, observando a nossa chegada. Agora sabia o motivo do seu interesse, e a resposta não me agradou.

— Para onde você e o seu garanhão de estimação estão indo nesta noite fria, milady? — ela perguntou em gildeniano, atropelando as palavras. Um sotaque de plebeia, diferente da clareza de tons da corte de Aric.

Desci a mão até a empunhadura da rapieira. Nunca a tinha usado em uma luta de verdade, apenas em treino. Orei pedindo à Virtude da Força que não fosse muito diferente dos campos de treinamento e não me fizesse vacilar. O medo fez um nó na minha garganta, como o gosto amargo de vinho azedado. Abaixo, Aric estava paralisado, com o seu pânico se misturando com o meu, tornando-o sufocante.

Voltei a olhar para a mulher, controlando o medo tanto pelo bem de Aric quanto pelo meu.

— Você deve ter me confundido com outra pessoa. Não sou uma nobre.

Uma das suas comparsas resmungou — outra mulher, mais jovem, com cabelo loiro cor de trigo, que tinha cavalgado até o meu outro lado.

— O melhor garanhão que já vi deste lado das montanhas e bastante dinheiro para gastar no melhor quarto da estalagem. Não, você não é da nobreza *mesmo não*.

Dirigi o olhar para a mulher loira, querendo fatiá-la em pedaços com os meus olhos.

— Você ouviu direito.

Aric se mexeu. Eu conseguia sentir a sua hesitação, a sua frustração por não poder falar. Pelos mares, e se ele saísse em disparada e me jogasse para fora da sela? Com esse novo corpo, ele mal sabia o que estava fazendo.

— Basta de gentilezas — o terceiro cavaleiro, o que estava bloqueando o caminho, interveio, com uma voz grave e gutural. — Vamos acabar logo com isso. Entregue as armas e desça do seu cavalo.

Fechei a mão na empunhadura da rapieira.

— Não vou fazer isso.

Ouvi o som de um clique seco, que me paralisou. Era o som de uma pistola sendo engatilhada. Com a mão firme, a mulher de cabelo escuro estava apontando a arma para mim, com o cano reluzindo ao sol poente.

— Não foi um pedido.

Agarrei a rapieira com mais força ainda. Estávamos muito próximas. Se fosse mais perto, a pistola estaria encostando no meu nariz. Mas eu sabia que as armas de fogo fabricadas pelos Adeptos, como a que ela empunhava, eram conhecidas por não acertarem os alvos. Se ela desperdiçasse o tiro, levaria pelo menos um minuto para recarregar a pistola. Se eu fosse rápida o suficiente...

— *Não faça isso, Bianca* — Aric me alertou, interrompendo os meus cálculos. — *Eles vão matar você.*

Hesitei. Abrir mão da rapieira — e desmontar de Aric — também significava desistir de qualquer chance de uma fuga rápida. Mas ele tinha razão. Ser morta não nos ajudaria em nada.

Com relutância, soltei a empunhadura da rapieira. A mulher de cabelo preto manteve a pistola apontada para mim enquanto eu descia da sela. Parada ao lado de Aric na estrada, cercada por inimigos montados, me senti extremamente pequena. Queria poder falar com Aric em silêncio. Pedir que pensasse em algo inteligente para nos livrar dessa situação. Todo o meu treinamento com armas e em negociações, e mesmo assim eu estava completamente indefesa diante da violência bruta.

A meu lado, os cascos de Aric se mexiam com nervosismo. Não me atrevi a estender a mão para ele.

— De joelhos, mãos ao alto — a mulher de cabelo escuro ordenou. Seus olhos foram para a rapieira no meu cinto. — Tire isso primeiro. Jogue longe, fora do seu alcance. Tente qualquer coisa e eu atiro.

Com o queixo tenso, desafivelei o cinto com a rapieira e o joguei no chão, o mais perto de mim que eu me atrevia. Ao me ajoelhar, o cascalho da estrada machucou os meus joelhos. Aric estava tremendo, calafrios corriam por seus flancos. Queria dizer baixinho para ele fugir, mas eu não podia falar sem ser ouvida.

A mulher loira e o homem desmontaram e começaram a vasculhar os nossos alforjes com uma eficiência implacável. Os nossos pertences foram espalhados no chão como as vísceras de um pássaro abatido: frascos, comida, cobertores. O homem encontrou a bolsa e a sacudiu, praguejando quando apenas algumas poucas moedas caíram.

A mulher loira encontrou o meu tônico. Ela cheirou a dose meio bebida, provou e cuspiu, jogando o frasco no chão. Cerrei os punhos enquanto o precioso líquido escorria pela estrada, manchando-a de escuro.

Com uma expressão tempestuosa, ela se afastou dos alforjes vazios.

— Cadê o resto?

— Isso é tudo — respondi. — Não tem mais nada.

— Não minta para mim, sua parasita. — A mulher se aproximou de mim e, antes que eu pudesse piscar, me desferiu um tapa no rosto. Caí para frente, apoiando as mãos no chão com um grito abafado e vendo estrelas. Nunca tinha sido esbofeteada antes, e não sabia o quanto a dor podia ser pungente.

— *Bianca!* — Aric relinchou e empinou, apoiando-se nas patas traseiras, e com os cascos dianteiros cortando o ar. O homem e a loira gritaram e recuaram.

— Segurem o cavalo, idiotas! — a líder gritou. — O verdadeiro prêmio é o garanhão!

O homem agarrou uma corda da sua sela e avançou na direção de Aric. Respirei fundo para reunir forças e reagir.

— Corra! — gritei para Aric, deixando a cautela de lado. — Salve-se!

Hesitante, Aric ficou trotando no lugar. Relutante, percebi com um sobressalto, que ele não queria me deixar.

— *Fuja!* — gritei de novo. — Vai, desaparece!

Aric me dirigiu um olhar dilacerado. Tarde demais. A corda enlaçou o seu pescoço. Ele se assustou e relinchou alto. O homem e a loira puxaram a corda com toda a força até que Aric parasse de resistir, tremendo e bufando, com os olhos revirando, enlouquecidos.

— Chega de palhaçada — a mulher com a pistola gritou. — Vamos revistar ela e acabar logo com isso.

A mulher loira cuspiu no chão, quase acertando os cascos de Aric, e soltou a corda. Ela se aproximou de mim e me puxou com força por um braço, o suficiente para que eu sentisse uma dor intensa no ombro.

Já de pé, contive um gemido, pouco disposta a lhe dar qualquer satisfação. A mulher me apalpou, à procura de riquezas escondidas. Eu me concentrei na adaga presa a meu pulso. Se eu conseguisse agir rápido, estava próxima o suficiente para sacar a arma e cravá-la no peito dela.

— *Não, Bianca.* — Aric me olhou nos olhos, com as pupilas dilatadas de medo. — *Por favor.*

Senti o pânico dele: cortante como o gosto metálico do sangue. De repente, tive certeza de que o medo dele não era por si próprio.

Deveria ser. Os bandoleiros poderiam achar que agora tinham um cavalo de raça, mas quando Aric se transformasse ao pôr do sol, eles também o matariam.

Espere aí. Pôr do sol. Será que era possível...

Dirigi o olhar para o horizonte. O sol tinha caído abaixo da camada de nuvens. Agora, ela se encontrava na cavidade entre dois picos de montanhas, com a sua extremidade inferior quase tocando a terra.

A mulher terminou a revista superficial e se virou para os outros dois bandoleiros.

— Nada. É só isso.

— Dia perdido — praguejou o homem. — Quem ela é, a nobre mais pobre de Gildenheim?

Quase caí na gargalhada. Estava tão distante da verdade, e, no entanto, dolorosamente próximo.

Porém, as palavras seguintes da líder cortaram pela raiz até a ideia de rir.

— Então, terminamos aqui — ela disse. — Cortem a garganta dela e a deixem para os lobisomens.

22

A mulher loira sacou a sua adaga, com o aço escurecido com sangue antigo.

— Espere! — O pedido irrompeu de mim, inesperado, desesperado. — Eu sou mais valiosa viva do que morta.

A mulher loira abaixou a adaga e dirigiu um olhar questionador a seus companheiros.

— E qual é o motivo disso? — a líder perguntou, inclinando um pouco a pistola em direção ao chão.

— *Bianca* — Aric chamou, em tom de desespero. — *Por favor, o que quer que você esteja planejando, não leve adiante. Implore por misericórdia. Se for preciso, rasteje. Por favor, só... não morra.*

Dirigi um olhar assustado para ele. Eu sabia que ele precisava de mim, mas... o jeito que ele falou. Parecia que ele se *importava* comigo. Como pessoa, e não só como aliada.

Impossível. Era apenas a nossa trégua se manifestando. E os bandoleiros tinham deixado claras as suas intenções. Eu precisava tentar. Caso contrário, nós dois acabaríamos mortos.

— Sou uma Adepta damariana — eu disse, ignorando o alerta de Aric. — A mais poderosa que existe. Vocês não fazem ideia do que o Conselho dos Nove pagaria para me ter de volta.

— Ela tem um sotaque damariano — o homem observou. — Mas não tem os olhos de uma feiticeira.

Abri um sorriso sádico para ele, mostrando os dentes arreganhados.

— Quer dar uma olhada mais de perto neles?

Eu tinha a luminosidade a meu favor. O sol já estava quase no horizonte. As sombras se estendiam, e a estrada ia mergulhando rapidamente na penumbra.

A qualquer momento agora.

Os fora-da-lei se entreolhavam, com a hesitação evidente — eu poderia explorar essa fraqueza. Continuei falando, as palavras saindo aos borbotões.

— Eu vou provar. Posso transformar a matéria em qualquer forma que eu quiser. Vou demonstrar o meu poder no meu cavalo agora. — Passei a falar em damariano, rezando para que os bandidos não soubessem mais do que alguns termos comuns da língua. — *Esganação, fedelho, pulcritude...*

— Pare com esse cântico — a líder gritou.

— *Indigestão* — continuei, colocando o máximo de energia possível na voz. — *Turvação, quinquilharias...*

Lívida, a mulher de cabelo escuro ergueu a pistola.

O sol sumiu atrás das montanhas.

— *Decote!* — terminei, desesperada.

Um clarão iluminou a estrada. O cavalo branco desapareceu. Os outros cavalos, os de verdade, entraram em pânico. O homem e a loira se dispersaram, tentando em vão evitar os cascos descontrolados e os corpos equinos em movimento brusco. A mulher de cabelo preto gritou quando o seu próprio cavalo deu uma empinada, jogando-a no chão.

Não esperei para ver o caos se desenrolar. Eu me joguei sobre o cavalo da líder, agarrando as rédeas e me ajeitando na sela. Estendi a mão para Aric.

— Rápido! Monte na garupa!

O desespero nos deu força. Ele se acomodou na sela e me enlaçou pela cintura. Golpeei os flancos do cavalo com os calcanhares.

— Vai — gritei. — Vai, vai, vai!

O cavalo saiu em disparada. Estávamos no ar, voando sobre a valeta. Senti o corpo se contrair com o impacto ao aterrissarmos do outro lado.

Uma explosão. Uma sensação abrasadora na altura das minhas costelas. Desviamos da estrada e nos embrenhamos nas árvores, com os braços de Aric tão apertados ao redor da minha cintura que eu mal conseguia respirar.

Ouvi gritos atrás de nós, mas logo desaparecem na distância. Eu segurava as rédeas com firmeza enquanto os galhos chicoteavam as minhas pernas. A floresta se fechou a nosso redor, escura e ameaçadora. Avançamos com ímpeto, saltando troncos caídos e contornando árvores. Se os bandoleiros estavam nos perseguindo, eu não podia ouvi-los por causa do barulho dos cascos do cavalo.

Senti a cabeça girar, com a vertigem me invadindo. Havia algo errado. Eu estava acostumada a ter crises, mas não assim, como se o mundo se desvanecesse em lentas camadas, tudo ficando pouco a pouco mais distante, com o vento rugindo cada vez mais alto em meus ouvidos, soando quase como um uivo lupino...

Só percebi que as minhas pernas se desprenderam dos flancos do cavalo quando escorreguei da sela, aterrissando de lado com um impacto que espalhou uma dor ardente por todo o meu corpo. Por um instante, o mundo escureceu.

— Bianca! — O rosto de Aric tomou conta da minha visão. Ele deu meia-volta com o cavalo, retornando para me procurar. Estendeu a mão para mim, mas recuou com um sibilo. Uma substância escura e úmida cobria a palma da sua mão. — Droga, você está sangrando!

— Ah — murmurei. — É por isso que está tudo doendo.

A dor ardente nas minhas costelas havia se espalhado, passando de uma ardência para uma chama abrasadora. Respirei com muito esforço e foi como receber uma punhalada. Restava luz suficiente apenas para ver que a minha camisa estava escura com uma mancha se alastrando. Ah. Era sangue. Lembrei-me da explosão quando o cavalo saiu em disparada. Agora consegui identificar o som: eu tinha levado um tiro.

— Droga — Aric murmurou. — Preciso de alguma coisa para estancar o sangramento. Uma camisa, ou... ou...

Dei uma risadinha maníaca. Aric estava completamente nu.

— Não tem a menor graça — Aric retrucou. — Levante-se. Precisamos encontrar ajuda. Você está perdendo muito sangue.

Pisquei para ele. O seu rosto girava em círculos nauseantes logo acima.

— Não consigo. — As palavras saíram pesadas e lentas, como mel frio. — Não tenho força suficiente.

— Você *é* forte o bastante. — Aric se agachou e ficou com os joelhos sujos de terra. — Me dê o seu braço. Preciso colocar você de volta no cavalo.

Com esforço, tentei ficar de pé, mas tudo começou a girar. Com um gemido, deixei a cabeça cair de volta ao chão.

Aric puxou o meu braço e o colocou em torno dos seus ombros. As suas mãos escorregaram, cobertas com o meu sangue.

— *Levante-se*, Bianca! Eu preciso que você me ajude!

Algumas agulhas de pinheiro se fincaram no meu rosto. O chão não parecia tão frio quanto eu esperava.

— Me deixe aqui — murmurei. — Vá... encontrar Tatiana.

Aric praguejou. Então, o chão se afastou de mim num movimento vertiginoso. A dor me fez ver mil estrelas. Ele tinha conseguido me pegar no colo.

Gemi e virei o rosto para o peito nu de Aric. Ele não estava me deixando escapar para uma quietude pacífica. Senti um movimento agoniante. Um ferro em brasa raspando nas minhas costelas. Então, de alguma forma — pela pura força de vontade de Aric —, nós dois estávamos de volta ao cavalo. Aric agarrou as rédeas com uma das mão, e com o outro braço me segurou junto a ele.

— Não se atreva a cair de novo — Aric ordenou, com a voz carregada de autoridade. E então começamos a nos mover, com a floresta virando um borrão de crepúsculo cinzento e as árvores escuras e esqueléticas. Apoiei o rosto no colo de Aric. Ele estava quente. Quente demais. Vagamente, percebi que eu estava perigosamente fria. O pensamento estava distante demais para parecer importante. O vento uivava. Não, na realidade, era um coro de lobos, com as suas vozes prestes a formar palavras. *Lobisomens*. O cavalo se assustou, e Aric voltou a praguejar.

— Fique acordada, Bianca — Aric gritou. — Eles não podem levar você. Você não pode morrer. Eu *ordeno* que você não morra, está me ouvindo?

Eu carecia de força para responder, nem mesmo para dar uma risada inesperada, que surgia dentro de mim como uma luz na escuridão. Como se a ordem de um rei pudesse me manter viva. Aric nem sequer era rei de verdade. Afinal, ainda não havia sido coroado.

O tempo se condensava em sensações. O ardor se espalhando na minha lateral. O vento brincando com o meu cabelo. O calor de Aric junto a mim. O solavanco do galope de um cavalo estranho. E então, na escuridão, o inesperado surgimento de luz do fogo vindo de uma janela aberta, quente como o abraço de um amante.

O cavalo relinchou, com o som rompendo o silêncio da noite. Uma porta se abriu com força.

Um rosto se aproximou do meu, vindo de baixo: olhos dourados, aguçados como os de um falcão; feições angulosas, como se esculpidas; cabelo que reluzia à luz do fogo.

— Bem, vejam só o que a Senhora trouxe para nós — disse uma voz feminina em gildeniano.

Desci do cavalo para braços acolhedores e mergulhei na escuridão.

*   *   *

Uma coruja cantou a distância. O cheiro forte da fumaça, misturado com o aroma de ervas em secagem. O peso considerável da lã sobre as minhas pernas. O clarão verde da luz do fogo dançando sobre as paredes caiadas. A dor latejando no meu lado direito.

Eu estava viva.

Pisquei para trazer o ambiente ao foco. Estava deitada de costas, protegida por cobertores, cercada por paredes de reboco áspero. A luz do sol entrava pela janela, fazendo partículas de poeira girarem e brilharem como estrelas. O fogo queimava baixo na lareira, com as brasas se agitando numa dança radiante. Maços de ervas em secagem estavam pendurados na vigas. Um tapete de retalhos entrelaçados, numa espiral suave de cores, cobria o chão de terra. O quarto tinha mais três camas, todas bem arrumadas, todas vazias.

— Você acordou — disse uma voz de menina de algum lugar perto dos meus pés.

Virei a cabeça na direção do som, mas o movimento me deixou tonta. A dona da voz era uma criança de cerca de dez anos, com os olhos cor de avelã brilhando de curiosidade. Ela estava tricotando com as mãos, fazendo barulho junto a seu colo. Quando a luz refletia em seus olhos, eles cintilavam com pontos dourados.

— Aric? — perguntei, sussurrando de modo quase inaudível.

— Não tenha medo — a garota disse. Em gildeniano. — Você está em segurança aqui.

— Como... — tentei dizer, na mesma língua. — Onde...

— Você está num refúgio verde — a garota informou. Franzi a testa, sem entender o que era aquele lugar. — Um lugar onde os feiticeiros verdes se reúnem. Esta é a enfermaria. A minha tia cuidou do seu ferimento.

Com cautela, levei a mão em direção a meu lado. Através da camisa limpa que só agora percebi estar usando, tracei o contorno dos curativos.

A memória invadiu a minha mente como uma torrente. O trio de criminosos. A fuga pela floresta. *Aric.*

Uma premência tomou conta de mim. Eu precisava encontrar Aric e ter certeza de que ele estava bem.

Tentei me sentar. De imediato, um ataque de dor me atingiu, me deixando sem fôlego. Caí de volta nos travesseiros com um gemido sufocado.

— A minha tia disse que você não deve se mexer — a menina acrescentou com atraso.

Respirei com dificuldade até a dor diminuir para a dor surda anterior.

— Mas, o meu marido... Eu preciso...

A porta da cabana rangeu ao abrir.

— A única coisa que você precisa é ficar deitada e se deixar *curar* — uma nova voz disse com firmeza.

Uma mulher que devia ser uma feiticeira verde estava no vão da porta, com as mãos na cintura, em uma postura de autoridade. Ela tinha um olhar penetrante, pontuado de dourado, e o cabelo claro com generosas mechas grisalhas. Reconheci o seu rosto. Era o mesmo que tinha visto quando desci do dorso do cavalo roubado.

Algumas tatuagens de vinhas verdes se entrelaçavam nos seus antebraços. Sem dúvida, era apenas o cintilar tremeluzente da luz do fogo que dava a impressão de que elas estavam se movendo.

— Tente se levantar de novo antes de o feitiço fazer efeito, e o único lugar para onde você vai parar nas próximas três semanas será no penico — a feiticeira verde disse com voz ágil e prática, como o movimento de uma vassoura. Ela dirigiu um olhar de reprovação para a menina. — Você deveria ter impedido ela de se mexer.

— Desculpe, titia. Ela acabou de acordar. — A menina que cuidava de mim se levantou, acanhada. A peça de tricô caiu do seu colo, e ela tentou pegar o novelo de lã amarela, que se desenrolava em direção ao canto do quarto. Pisquei. Será que os meus ferimentos estavam me fazendo ter alucinações, ou a peça de tricô da menina brilhava com a luz de um feitiço inacabado?

A feiticeira verde pegou o novelo desgarrado ao passar rolando por ela e o devolveu para a sobrinha.

— Da próxima vez, venha chamar uma de nós imediatamente. Basta um instante para os pontos se abrirem. Agora guarde o seu tricô e vá almoçar. Os seus pais estão esperando. — A sua expressão se suavizou. — Você fez um bom trabalho.

A menina juntou o seu trabalho e saiu pela porta com um sorrisinho. A feiticeira verde fechou a porta e atravessou o quarto em três passos. Moveu a banqueta até a cabeceira da cama e se sentou nela. De perto, ela exalava os aromas agridoces de sabão e sálvia desidratada.

— Vou responder às perguntas que tenho certeza de que você está morrendo de vontade de fazer — a feiticeira verde disse. — Sim, o seu marido está em segurança. Não, ele não está machucado. Sim, no momento, ele é um cavalo. Não, ele não corre nenhum perigo, e ninguém vai saber que você está aqui. Aqui é um refúgio verde. Todos os pacientes estão protegidos enquanto estão sob os nossos cuidados, não importa quem sejam ou o que tenham feito.

A minha mente estava tão enevoada quanto um dia de inverno, cinzento com a neve prestes a cair. Eu me esforçava para clarear os pensamentos. Então, Aric tinha voltado a se transformar. Claro, já era de dia.

— Onde... Quem...?

— Sou uma feiticeira verde. Caso você ainda não tenha percebido. — Com certeza, não era a luz do fogo: as tatuagens estavam mesmo se mexendo, como se fossem uma parte viva da pele da mulher. — O seu marido está a salvo. Está descansando. Prometi para ele que nós iríamos te curar. Agora, não perturbe a magia para acabar me desmentindo.

Voltei a tocar a camisa por cima dos curativos, sentindo as ondulações do linho extra. *Não perturbe a magia.* O pânico se manifestou. Ela usou magia em mim. A magia dos seres vivos, algo expressamente proibido pela Guilda dos Adeptos.

A feiticeira verde estava me observando, com um olhar incisivo como um bisturi.

— Chocante, não é? Descobrir que os seus Adeptos poderiam ter curado pessoas o tempo todo, em vez de inventar maneiras de explodi-las? Pode ficar tranquila, garota, não vão começar a brotar cascos ou chifres em você. Eu só acelerei o que o seu corpo já queria fazer.

A feiticeira verde me entregou uma caneca de água. Consegui tomar alguns goles. Tinha o sabor refrescante de hortelã, junto com a intensidade de outras ervas que não reconheci. O meu pânico diminuiu. Eu não me *sentia* diferente — além da dor, que, felizmente, estava muito menor do que antes.

— Qual é a gravidade? — perguntei, com a minha voz soando como uma lixa raspando a minha garganta, mas pelo menos era uma frase completa.

— Você vai sobreviver. A bala não penetrou muito fundo, e já foi retirada. Você está com uma costela fraturada, deve ser por causa da queda do cavalo, mas a maior parte do problema se deveu à hemorragia e ao choque. Você estará bem o suficiente para viajar em um ou dois dias. *Se* ficar quieta o tempo necessário para o cataplasma terminar o seu trabalho.

— E Aric...

— Está muito bem. Você vai poder vê-lo após o pôr do sol. Eu não permito a entrada de cavalos na enfermaria.

A feiticeira verde estendeu a mão para uma tigela ao lado da cama e estalou os dedos. Uma fumaça começou a subir, aromática e relaxante. A feiticeira verde se levantou e alisou a saia.

— Agora, durma.

A fumaça subia em ondas. Eu queria fazer outras perguntas à feiticeira verde, mas as espirais ondulantes me acalentaram. Foram me carregando para longe, e só me restou cair num sono repleto de sonhos verdejantes.

23

O dia se transformou em crepúsculo, e eu me deixei levar por isso, alternando entre o sono e a vigília. Não tinha como saber quanto tempo havia se passado. Mas, finalmente, acordei com o leve murmúrio da chuva e o calor de uma mão segurando a minha. Os dedos maiores do que os meus se entrelaçaram entre os meus, com um polegar traçando círculos na minha palma. Não era algo desagradável. Muito pelo contrário.

Abri os olhos. A mão se afastou da minha, tão rápido quanto se eu tivesse dado uma picada em seu dono.

Uma brisa fresca entrou pelas janelas entreabertas, trazendo consigo o odor frio da chuva. As gotas tamborilavam no telhado, soando como notas musicais. Já era noite, e eu estava na enfermaria da feiticeira verde.

A meu lado, sentado na beirada de uma banqueta baixa como se pronto para alçar voo, estava Aric. Completamente humano e usando mais um conjunto mal-ajambrado de roupas, dessa vez muito grandes e com as mangas arregaçadas. Uma barbicha dourada por fazer cobria o seu queixo, e as olheiras tinham se aprofundando como luas invertidas. Eu tinha dormido bem, mas, pelo aspecto dele, Aric dava a impressão de que não havia tido uma boa noite de sono desde a nossa noite de núpcias.

Mas ele estava vivo. E ali. A feiticeira verde não tinha mentido para mim. O alívio deixou o meu peito mais leve, e levou consigo parte da minha dor e do meu cansaço.

Tentei falar; engoli em seco. Tentei de novo.

— Você está machucado? — Minha voz parecia o barulho cascalho sendo esmagado.

Aric fez um gesto negativo com a cabeça. Com as mãos no colo, seus dedos corriam frenéticos pela lombada de um livro equilibrado sobre os joelhos. Como Aric o havia conseguido, já que tínhamos deixado os nossos alforjes na estrada, era um mistério para mim. A sensação de uma mão na minha... Com certeza eu havia imaginado aquilo. Ele nunca seguraria a minha mão.

— Estou bem — ele disse em voz baixa e melodiosa. — E você? Como está se sentindo?

Fiz uma pausa para refletir. Curativos limpos estavam aplicados no meu lado, onde a bala havia me atingido. Pressionei de leve a área, avaliando os ferimentos. As minhas costelas doíam, mas era a dor surda de uma contusão antiga, não o turbilhão da noite passada. Eu não conseguia dizer onde a bala tinha me acertado. Qualquer que fosse a magia usada pela feiticeira verde, era potente.

— Melhor — respondi. — Que horas são?

— Não tem relógios aqui, mas já deve fazer uma hora que o sol se pôs. Disseram que você dormiu o dia todo. Está com disposição para comer? A feiticeira verde disse que ajudaria.

Abri um sorriso irônico ao lembrar de como ela havia repreendido a garota por me deixar me mover.

— Se me permitirem.

— Ela disse que não havia problema. Só tome cuidado ao se sentar.

Eu me apoiei nos cotovelos para me impulsionar. Aric estendeu a mão como se fosse me ajudar, mas hesitou, e a recolheu. Em vez disso, apoiou a palma da mão sobre o livro. Dei uma olhada no título, mas não consegui ler. A combinação de gildeniano antigo e da caligrafia excessivamente ornamentada era algo que eu não estava disposta a decifrar.

Afastei o cobertor e joguei as pernas para a lateral da cama, me sentando ereta em um único movimento. Senti o quarto rodopiar sob mim, e Aric foi logo colocando o livro de lado e estendendo a mão para me segurar. Por instinto, coloquei as mãos em seu peito, me apoiando. Então, foi por isso que a feiticeira verde havia recomendando que eu tivesse cuidado.

Aric pegou os meus braços, me impedindo de cair, como havia feito na noite passada. O seu cheiro voltou a me atrair: tinta, pergaminho e algo mais intenso. O seu pulso latejava sob as palmas das minhas mãos. Em resposta, o meu coração bateu mais rápido.

Os nossos olhares se encontraram. Aric engoliu em seco.

— Tem certeza de que se sente bem para sentar? — ele perguntou.

— Tenho — respondi, apesar de não saber mais com o que eu estava concordando. Era difícil manter a respiração, sem dúvida por causa dos curativos ao redor das minhas costelas, e não pelo fato de Aric estar tão perto que eu poderia contar os seus cílios.

Com cuidado, Aric me soltou, fazendo uma pausa para garantir que eu não caísse para o lado. O quarto parecia ter passado de primavera para inverno outra vez.

— Apoie-se nos travesseiros, pelo menos — Aric disse. — Você pode ficar tonta de novo.

Deixei que ele os colocasse na cabeceira e me ajudasse a me reclinar sobre eles. Em geral, eu não gostava de ser mimada como se eu não pudesse cuidar de mim mesma. Era um sinal de fraqueza que eu não conseguia superar pela força de vontade. Mas, por algum motivo, com Aric me guiando, eu não me importei tanto quanto de costume.

— Aqui está, é uma espécie de ensopado. — Aric me entregou uma tigela de cerâmica, cujo conteúdo fumegava.

Olhei desconfiada para aquilo, mexendo nele com uma colher de pau. Era uma mistura de batatas, aipo, cenouras e uma generosa porção de ervas, cujo aroma fez o meu estômago roncar de maneira bastante imprópria. As feiticeiras verdes faziam magia com ervas, não é verdade?

— Eu já comi um pouco — Aric disse, percebendo a minha desconfiança. — Não está envenenado.

Voltei a cheirar o ensopado.

— A batata é uma planta tóxica.

Aric deu um sorriso irônico.

— Se uma bala não te matou, tenho certeza de que você consegue sobreviver a alguns pedaços de batata cozida.

Dei uma colherada hesitante. Estava bom, e eu não percebi nenhum efeito imediato, além do sabor tomando conta da minha boca. No entanto, os melhores venenos tinham um efeito retardado.

Não que eu achasse que a feiticeira verde tentaria me matar. No dia anterior, sim, eu havia me defrontado com pessoas que queriam mesmo me matar. Se não fosse por Aric, e uma boa dose de sorte, não teríamos sobrevivido. *Eu* não teria sobrevivido.

Olhei para Aric.

— Obrigada — eu disse. — Se você não tivesse me trazido até aqui, eu teria morrido.

Ele estava traçando as bordas do livro de novo. Se eu não soubesse que ele era naturalmente incapaz de danificar um livro, poderia ter me preocupado com a sua integridade.

— Eu é que deveria estar te agradecendo — ele disse em voz baixa.
— Você salvou a minha vida. As nossas vidas. Já é a segunda vez.

Cutuquei a batata com a ponta da colher, vendo-a se partir.
— Não seria bem assim que eu descreveria o que aconteceu.
— Então, como *você* descreveria?

Fiquei olhando para a tigela. Agora, nenhum dos dois queria encarar o outro. A tensão entre nós se esticava tão firme quanto uma corda de harpa, com cada palavra provocando vibrações ao longo das sílabas.

— Como uma falha — respondi. — Eu vi o perigo se aproximando e deveria ter zelado pela nossa segurança. Mas não fiz nada além de deixar que eles chegassem. Nem sequer lutei. Em vez disso, acabei me ferindo e perdemos um tempo que não podemos desperdiçar, sem falar nas poucas provisões que nos restam. Agora estamos numa situação ainda pior do que antes, graças a minha fraqueza.

— Não entendo por que você insiste em se chamar de fraca, quando você é tudo, menos isso.

O meu apetite havia desaparecido. Coloquei a tigela no colo para que as minhas mãos trêmulas não derramassem o resto do ensopado.

— Se você acha isso, sem dúvida não me conhece.

— Eu te conheço o suficiente para saber da sua força. Por mais que você pense o contrário.

Aric mantinha um olhar gentil, e eu não conseguia suportar isso. Estava acostumada a manter as minhas defesas firmes sob ataque. Porém, Aric não me deixava nada contra o que defender.

Havia passado grande parte da minha vida mantendo todos a uma distância segura, me protegendo com os meus escudos para que ninguém percebesse a minha fraqueza interior e a usasse para os seus próprios fins. Contudo, Aric tinha conseguido ver além das minhas defesas, e, mesmo assim, continuou persistindo. Ele não havia me rejeitado. Não tinha me usado.

E se ele estivesse falando a verdade? E se eu desejasse que ele estivesse?

Aric pegou a tigela no meu colo, deixando-a de lado. Pelos mares, por que ele precisava ser tão gentil? Eu não merecia gentileza. Mais uma vez, eu tinha decepcionado a minha família. O meu país.

O meu marido.

Aric continuava me observando: a testa um pouco franzida, tentando me decifrar, como um texto em língua estrangeira que ele estava prestes a ler. Virei as mãos com as palmas para cima, me lembrando do calor da sua mão na minha. A cicatriz dourada do nosso casamento brilhava à luz do fogo.

— Aric. — A minha voz saiu tão fina quanto um fio de seda. — O que nós dois somos?

Com hesitação, ele tocou a marca no meu quarto dedo. Pele com pele. Cicatriza com cicatriz.

— O que você quer que nós dois sejamos?

Engoli em seco.

— Estou com medo — eu disse, desabafando uma verdade. Revelando a minha maior fraqueza. — Estou com medo de querer o que sei que não posso ter.

Um músculo fez o queixo de Aric tensionar.

— O que faz você ter tanta certeza de que não pode ter isso?

Precisei de toda a minha força restante para não desviar o olhar.

— Tenho quase certeza de que ele não me quer de volta.

Um rubor surgiu no rosto de Aric, espalhando-se do pescoço até o V da gola da sua camisa.

— Talvez... *ele*... pense o mesmo sobre você.

Pelos mares, eu estava perdendo o controle por causa dele.

— Não sei por que "ele" teria chegado a essa conclusão.

Aric ficou ainda mais vermelho. Ele segurou o livro em seus joelhos com força. Então, tive o pensamento perigoso de me perguntar como seria ter as mãos dele no meu corpo.

— Você é a minha mulher — ele disse, abandonando a nossa frágil ilusão de que poderíamos estar falando sobre qualquer outra coisa. Senti um arrepio ao ouvir a frase dele. — Mas sei muito bem que você foi forçada a este casamento. Nunca esperei que você me quisesse, muito menos me amasse.

A minha apreensão se agarrou à emoção mais fácil: a raiva. Eu me inflamei, puxando a mão de volta para o peito.

— Que engraçado, vindo de você. Eu não entendo esse jogo que você está jogando. Você olha para mim como se quisesse me beijar e, em seguida, se afasta como se eu fosse um veneno. Você mal consegue dividir uma cama comigo, e ainda assim segura a minha mão enquanto diz que eu não quero você...

Aric fez um gesto negativo e enfático com a cabeça, com os olhos cravados nos meus.

— Não é um jogo. É uma fraqueza. Eu também estou com medo.

As palavras dele cortaram a minha objeção como vidro quebrado. Fiquei olhando para ele, com os pensamentos tão dispersos quanto as estrelas no verão.

— Ah... — Eu mal consegui sussurrar.

— Bianca — Aric disse. Ele lançou o meu nome como se fosse um anzol afiado, me puxando para si, quisesse eu ou não. Aric se inclinou para a frente, se apoiando na cabeceira da cama, para que ele pairasse sobre mim. — Nunca houve dúvida de que eu queria você. Eu queria você mesmo quando achei que você pretendia me matar, embora soubesse que deveria estar fugindo de você para o lugar mais distante possível. Eu queria você, mesmo que isso fosse uma humilhação para mim.

Fiquei olhando para ele, emudecida.

— Você me assusta, Bianca. — Ele estava tão perto que eu podia sentir a sua respiração. — Não consigo parar de querer você, mesmo que isso me destrua.

Senti um calor se apoderar do meu rosto, tomar o meu estômago e florescer entre as minhas pernas. O jeito que ele me olhava, ávido, hesitante e meigo ao mesmo tempo, não deixava dúvida de que ele estava falando a verdade.

— Aric — sussurrei, pronta para fazer uma confissão. — Eu quis você desde o primeiro momento que te vi.

Aric arregalou os olhos. Ele trouxe uma das mãos na direção do meu rosto, como tinha feito na estalagem, e hesitou antes de fazer contato.

Soltei um som impaciente. Antes que eu perdesse a coragem, agarrei-o pela gola com as duas mãos, puxei-o para perto e o beijei.

Surpreso, Aric ficou paralisado, com o corpo todo rígido. Então, de repente, ele relaxou junto a mim, com a boca se unindo perfeitamente a minha.

Eu achava que Aric era frio, como pedra ou aço. Agora me dava conta de que estava completamente enganada. Ele era ardente como magia selvagem, como o corte da pele por uma lâmina. O seu beijo repercutiu nas minhas veias, provocando uma espocar de faíscas em cada nervo do meu corpo.

Aric deixou escapar um som grave que fez um calor percorrer todo o meu corpo. Suas mãos enlaçaram a curva da minha cintura, com o polegar pressionando a saliência do meu quadril. Deslizou uma das mãos até a minha barriga, encontrando a barra da minha camisa e passando por baixo dela. O ar frio tocou a minha pele. Em contraste, as mãos de Aric aqueciam onde me tocavam nas costelas, contornando os curativos. Muito leve. Muito suave. Eu me curvei para ele, ignorando a dor nas costelas diante da necessidade de encurtar a distância.

Mas Aric parou. Recuou. Afastou as mãos, me deixando ardente e desejosa.

— Bianca. — Ele mordeu o lábio, enviando uma onda de frustração por todo o meu corpo. — Não precisamos fazer isso. Eu... eu não espero...

A dúvida se espalhou por mim, fazendo o meu desejo esfriar. Eu me lembrei da nossa noite de núpcias, pouco antes de tudo dar errado. *Vamos acabar logo com isso.* O volume visível no tecido da calça dele sugeria que Aric não sentia a mesma relutância agora, pelo menos não fisicamente, mas a sua hesitação era algo que eu não podia ignorar.

Engoli em seco. Querer e não ser correspondida parecia como expor o meu coração a uma lâmina afiada. Mas nós começamos isso, e era tarde demais para fingir que eu não havia me aberto à possibilidade de ser ferida. O dano que viesse a seguir era algo que eu teria que suportar.

— Aric — eu disse baixinho. — *Você* não quer fazer isso?

Aric fez apenas um gesto negativo enfático com a cabeça.

— Não foi isso o que eu quis dizer. Eu só... não sei quanto você valoriza o seu dever. E eu não quero que você sinta que consumar o nosso casamento é algo que você deve fazer, se não for o que você realmente quer para si mesma.

Então foi por isso que Aric havia recuado na estalagem. Ele *tinha* desejado me beijar, mas havia interpretado o meu desejo como algo decorrente da obrigação. No entanto, pela primeira vez, o dever era a última coisa na minha mente.

Eu o olhei nos olhos.

— Não sei como deixar mais claro que eu quero você, Aric. Você todinho. Em todos os sentidos da palavra. De uma maneira que não tem nada a ver com dever.

Aric engoliu em seco e se sentou a meu lado na cama. Ficamos cara a cara. Levantei a mão e passei a ponta dos dedos pelo seu queixo, áspero por causa da barbicha por fazer.

— Repita — ele disse com a voz rouca. — Que você me quer.

— Eu quero você, Aric. — Eu o encarei, mostrando-lhe a verdade.

— Eu quero você, mesmo que isso também me destrua.

Aric pegou a minha mão e a pressionou na boca. O seu olhar era afável, com as pupilas dilatadas pelo desejo. Fiquei satisfeita ao vê-lo vulnerável.

— Então, me diga como você me quer. — Os seus dedos foram deslizando pelo cós da minha calça, me fazendo curvar ao seu toque, e desejando que ele descesse mais. — Me diga como você quer se entregar.

Que os mares tenham piedade de mim. O espaço entre as minhas pernas estava molhado, e ele ainda não tinha me tocado ali.

A minha boca estava seca. Umedeci os lábios, quentes pela percepção de como Aric acompanhou o movimento, com o olhar caindo sobre a minha boca antes de voltar a meus olhos.

— Quero você de joelhos.

Lentamente, sem desviar do meu olhar, Aric se ajoelhou no chão.

— Eu... quero que você me toque.

Aric abriu estendeu os dedos sobre as minhas coxas. O seu polegar se moveu para cima, roçando de leve o meu centro. Mesmo que através das camadas de tecido, o seu toque produziu um ardor suave. Comecei a ofegar. Inclinei a cabeça para trás e apoiei o meu peso nas mãos, deixado escapar um gemido. Eu queria mais.

— Me diga, Bianca. — Aric voltou a roçar o polegar sobre mim. — Me diga o que você quer.

Como ele esperava que eu elaborasse palavras se ele estava me desestruturando assim? Com um som impaciente, tateei em busca do cós, tentando puxar a calça para baixo. Surpreso, Aric deu uma risada. Ele deslizou as mãos por baixo das minhas coxas, me levantando um pouco para me ajudar.

O movimento me deixou tonta. Eu me sobressaltei. Eu tinha me esquecido dos ferimentos.

Aric ficou paralisado.

— Eu...

Eu me inclinei para frente para encontrá-lo, entrelacei as mãos em seu cabelo e o beijei novamente, abafando a sua pergunta. Surpreso, ele deu uma risada preso a minha boca, e então as suas mãos estavam sobre mim. Aric puxou a minha calça para baixo até o final e a largou no chão. Os seus dedos foram deslizando pela parte interna das minhas coxas, com um calor prazeroso surgindo em todo lugar que ele tocava. A boca de Aric se moveu para o meu queixo.

— Eu não quero te machucar.

A náusea tinha passado, e eu já havia experimentado coisas piores em incontáveis dias da minha vida. Eu aguentaria dez vezes mais só para manter Aric colado a mim.

— E não vai.

Estremeci quando seus lábios foram deixando uma trilha de beijos no meu pescoço.

— Então continue me dizendo o que você quer. Me leve com você.

Voltei a estremecer. Como ele estava se controlando tão bem? Eu já estava quase no limite, e Aric mal havia me tocado.

— Eu quero você dentro de mim — sussurrei.

Aric deixou escapar um som grave. Talvez ele estivesse mais perto do que eu imaginava. Aric me deitou de costas — com delicadeza, com delicadeza até demais — e se acomodou na cama, ajoelhando-se entre as minhas coxas. Ele deslizou uma das mãos entre as minhas pernas e, com o polegar, passou a fazer movimentos circulares no meu ponto mais sensível. Eu me curvei na direção dele, soltando um gritinho desesperado.

— Por favor — ofeguei.

Aric deslizou dois dedos dentro de mim, com o polegar voltando ao centro da minha necessidade. Senti um arrepio percorrer todo o meu corpo. As minhas mãos se cerraram nos lençóis, ao mesmo tempo em que ele encontrava um ritmo. Pelos mares, eu estava perdendo o controle. Aric estava de joelhos e, ainda assim, eu era quem estava à mercê dele.

Não era o suficiente. Eu também precisava descontrolá-lo.

Abri os olhos. Aric estava me observando, corado e vulnerável com o próprio desejo, com o cabelo todo despenteado após eu ter passado as mãos nele. Os seus olhos estavam da cor do céu. Eu poderia me perder neles, contando estrelas para sempre.

— Não assim — consegui dizer. — Eu quero você mais perto.

Puxei a barra da sua camisa para fora da calça e o alcancei, deslizando as mãos pela superfície da sua barriga plana. Aric ficou paralisado e sem ar.

— Tem certeza? — ele sussurrou.

Ele *ia* mesmo me destruir.

— Pelas Virtudes, sim, tenho certeza. — Respirei fundo, para tentar recuperar a compostura. Talvez não fosse por mim que ele estava hesitante. — A menos que você não queira isso.

— Não, eu... quero. — Com cautela, Aric colocou a mão livre sobre a minha, me colando a ele e aceitando o seu toque. Ambos ficamos imóveis, à beira do precipício.

Aric respirou fundo, como se estivesse tomando uma decisão. E então ele virou a minha mão, com delicadeza, para que os meus dedos deslizassem por sua cintura, até onde a coxa se encontra com a virilha. Ele apertou o meu pulso, depois me soltou, me dando outra chance de recuar.

— Me mostre, por favor. — Suas palavras não passaram de um suspiro, mas eu sabia o que ele queria dizer. *Me mostre que você me quer. Que você quer* isso.

E eu queria. Nunca tive um desejo maior. Deslizei a mão mais fundo e fechei os dedos ao redor dele.

Aric fechou os olhos, um espasmo correu por todo o seu corpo.

— Bianca — ele gemeu, e então me beijou de novo, com a boca sedenta, desesperada, como se um dique tivesse se rompido e agora o seu desejo transbordasse em uma torrente. A mão dele vacilou no ritmo. Eu precisava dele mais perto. Mais perto ainda. Fiz uma carícia demorada nele, que o fez se contrair novamente. Então, eu o soltei, alcançado os seus quadris, e o puxando para mim para tomá-lo como meu.

Aric fez uma pausa para tirar a camisa pela cabeça. Apressada, ávida, eu o ajudei com a calça. Então, ele ficou sobre mim, apoiado pelas mãos e pelos joelhos, com o cabelo emaranhado como uma juba ao redor do rosto e os olhos como o centro de um fogo. Fiquei sem fôlego diante da beleza dele. Eu já o tinha visto nu, mas não assim. Nunca assim, duro e desejoso, sem nada de si escondido.

— Eu quero você, Aric — voltei a dizer para ele, e o trouxe para perto de mim, me abrindo para ele.

No início, ele foi delicado, deslizando em mim lentamente, com o caminho facilitado pelo meu próprio desejo. Era a minha vez de me contrair enquanto ele penetrava fundo em mim, com a boca se aproximando para tomar a mim. Aric moveu os quadris, com movimentos longos e lentos, tão intensos que eu quase não conseguia aguentar. Ai, mares, ele ia me despedaçar. Eu me fragmentaria em mil pedaços, completamente destruída. Não restava mais nada das minhas defesas para me esconder.

Inclinei os quadris para ele poder me levar mais longe. Aric respondeu a meus anseios como se já tivéssemos feito isso centenas de vezes, me movendo mais rápido e mais forte. Ele abdicou da minha boca para agarrar a minha cintura e me puxar para si. Eu me arqueei nos travesseiros com um grito. Ele levantou a minha perna sobre o seu ombro e beijou a parte interna da minha coxa, enquanto penetrava fundo em mim, com o polegar encontrando o meu centro...

Como uma onda, atingi o pico e quebrei. Tremores percorreram o meu corpo, e eu gritei o nome dele. Um pedido de misericórdia. Uma rendição. Pouco tempo depois, Aric também chegou ao ápice. Com um gemido sonoro, ele saiu de mim e gozou nos lençóis, enterrando em seguida o rosto na curvatura do meu pescoço.

Por um longo tempo, ficamos abraçados, ambos ofegantes enquanto os nossos corpos iam esfriando devagar. Passei os dedos pelo cabelo dele, desfrutando dessa sedosidade. Na alegria de ter permissão para tocá-lo livremente.

Aric afastou a cabeça do meu pescoço. Ele parecia atordoado, como se também não conseguisse acreditar.

— Nossa, Bianca! — ele sussurrou, dizendo o meu nome como uma prece. — Você é incrível.

Eu o beijei, com intensidade e sem pressa, mostrando-lhe mais uma vez, com o meu corpo e também com as minhas palavras, o quanto eu o queria.

Quando nos separamos para respirar, Aric já estava com o membro ereto novamente. Uma chama correspondente reacendeu em meu íntimo. Talvez fosse o momento de ver o que mais as suas amantes do passado lhe ensinaram. Se Aric era tão audacioso quanto eu esperava.

Estendi a mão para a ereção. Incrédulo, Aric ergueu uma sobrancelha e olhou para mim.

— Sério? — ele perguntou. — Você não ficou satisfeita?

— Ah, fiquei. — Abri um sorriso malicioso. — Mas eu ainda não acabei. Desta vez, quero que você me diga o que *você* quer.

Sem escapatória, Aric riu, como se eu finalmente o tivesse superado. E então ele obedeceu, sussurrando todas as coisas que queria fazer comigo, garantindo que eu tivesse uma demonstração completa.

A sua boca, explorando a silhueta do meu corpo. As suas mãos, intensas, mas gentis, deixando rastros de fogo em todos os lugares onde ele roçava a minha pele. Cada toque uma pergunta: *Você quer?* Cada toque uma resposta: *Sim, sim e sim.*

24

A feiticeira verde nos acordou pouco antes do amanhecer. Naquele momento, eu e Aric já estávamos vestidos, mas não tínhamos saído da cama. Depois de um tempo, o cansaço tomou conta de nós, e adormecemos lado a lado, com os nossos dedos entrelaçados. Esfreguei os olhos após acordar e cutuquei Aric para despertá-lo. Enquanto isso, a feiticeira verde tirou a sua capa curta, com o tecido cinza com manchas escuras de gotas de chuva, e a pendurou ao lado da porta. Acomodou-se perfeitamente no lugar, assumindo uma forma moldada pela passagem do tempo. Ela se debruçou sobre a bacia para lavar as mãos. Ao arregaçar as mangas, tentei espiar de novo as tatuagens que serpenteavam por seus braços. Agora, pareciam uma tatuagem comum. Nada de mágico. Mas eu não acreditava muito nessa aparência inofensiva.

— A chuva está parando — disse a nossa anfitriã por sobre o ombro. — Deve dar para viajar dentro de uma hora.

Ansiosa, eu me endireitei. Já tínhamos perdido muito tempo por minha causa. As nossas chances de chegar à fronteira e voltar antes da coroação diminuíam a cada atraso, e se não conseguíssemos... Eu não queria presenciar o caos que se instalaria.

— Estou curada? Posso montar?

A feiticeira verde secou as mãos e se aproximou da cama. Aric se transferiu para a banqueta para dar espaço. Sentia a minha mão vazia sem a dele, ainda que eu tivesse vivido assim toda a minha vida.

A nossa anfitriã me observou com um olhar crítico, como se eu fosse uma peça de tricô que estava com um ponto faltando.

— Vamos ver o ferimento.

Levantei a camisa para que ela pudesse soltar os curativos. Ao tocar a minha pele, senti os dedos da feiticeira verde frios e secos.

— Bem, as costelas já estão boas, mas vão continuar doendo por um tempo. A pele melhora rápido. Os ossos levam tempo. — Ela me deu um olhar significativo. — Mas não acho que isso vai impedir você de fazer exatamente o que você julga ser o melhor.

Enrubesci, no mesmo instante convencida de que ela sabia o que eu e Aric tínhamos feito.

Olhei para a lateral do meu corpo, onde os curativos tinham estado, e fiquei surpresa. Havia esperado ver uma ferida aberta, talvez mantida unida por pontos. Em vez disso, havia apenas uma cicatriz rosada, sensível e meio elevada, ao longo das minhas costelas.

Baixei a camisa e olhei para a feiticeira verde, sem acreditar totalmente no que via. A magia dos Adeptos com a qual eu estava familiarizada era capaz de construir maravilhas tecnológicas, mas tinha pouco efeito sobre o corpo. Depois de tantas coisas que tentaram em mim, eu precisava saber.

— Como você fez isso?

— A magia flui por tudo. Só precisa de um pouco de orientação. — Ela recolheu os curativos manchados de sangue, já não necessários, e os jogou num cesto de roupa suja. — Você melhoraria mais rápido se dormisse de novo. Está precisando muito disso.

Eu não tinha tempo para dormir.

— Posso montar, então? — perguntei, sem tentar disfarçar a minha impaciência.

— Outro dia de descanso seria melhor. Mas cavalgar não vai matar você. — Ela olhou para Aric. — Está quase amanhecendo. A estrebaria atrás da enfermaria está limpa. Suponho que você já saiba o caminho até lá.

Virei a cabeça na direção da janela. O pedaço de céu visível através das persianas tinha clareado: o nascer do sol era iminente.

Aric se levantou.

— Obrigado — ele disse à feiticeira verde. Virou-se para mim e me deu um sorriso tão tímido que quase não percebi. — Encontro você lá fora quando estiver pronta, Bianca.

Aric saiu pela porta. Quando ela se fechou, parecia que uma parte essencial de mim também tinha saído do quarto.

A feiticeira verde sabia da maldição de Aric. Uma ideia me ocorreu, e com ela, uma esperança hesitante.

— O meu marido — eu disse à feiticeira verde. — A maldição dele. Você pode ajudá-lo?

Ela fez que não com a cabeça.

— Eu lido com ferimentos e coisas quebradas. Não é assim que a minha magia funciona.

— Mas é magia de qualquer forma.

A feiticeira verde assumiu um ar pensativo.

— É mais do que apenas a forma do feitiço. O encantamento específico sobre o seu marido é anormalmente forte. Uma transformação temporária, por exemplo, ar em luz... — Ela estalou os dedos e um brilho pálido apareceu na palma da sua mão. Era uma estrela minúscula, que pulsou e depois se apagou. — Qualquer praticante competente consegue fazer isso. Mas uma transformação prolongada? Uma que persiste por dias, e vai e volta? Está parecendo mais magia de sangue.

Meu punho se fechou sobre o medalhão que estava sob a minha camisa. Ele pressionava a palma da minha mão, aquecido pelo calor do meu corpo. Eu não conseguia entender. A magia da Tatiana era selvagem, imprevisível... e forte. Certa vez, ela tinha encantado a porta da sala de reuniões do Conselho dos Nove para rir histericamente sempre que alguém passasse por ela, até que, após uma semana de tentativas infrutíferas de desfazer o feitiço, os Adeptos finalmente substituíram a porta inteira. Ainda ficou rindo alegremente para si mesma enquanto era levada embora. Porém, Tatiana não podia ter lançado magia de sangue, não se o que Aric me disse sobre a prática fosse verdade. Além disso, eu conhecia a minha irmã. Ela não colocaria sangue em seus feitiços.

Pensei nas cicatrizes da nossa noite de núpcias agora nas palmas das minhas mãos, um mapa dourado de um futuro não planejado. As mesmas marcas que Aric havia dito serem um sinal de magia de sangue. Senti um calafrio percorrer o meu corpo, e apertei o medalhão com ainda mais força. Sem dúvida eu não tinha lançado uma magia de sangue sem querer. Se tivesse, como eu não saberia?

A feiticeira verde devia estar errada. Tatiana saberia a resposta. Só tínhamos que chegar até ela primeiro.

— Isso chegou para você. — A feiticeira verde revirou o seu bolso.
— A galinha que entregou isso me deu uma bronca. Ela não gostou de voar o caminho todo de Arnhelm até aqui sob chuva.
— Galinhas não voam — contestei.
— Diga isso para a galinha. — A feiticeira verde pegou um pequeno pergaminho e me entregou. Era outra mensagem de Evito. Sem dúvida, os seus métodos de entrega eram pouco convencionais.

Li a mensagem duas vezes, esperando ter interpretado mal a caligrafia inclinada do embaixador. Sem sombra de dúvida, uma terceira leitura confirmou. Senti o meu coração disparar.

Afastei os cobertores e movi as pernas para o lado da cama.
— Vou falar com o meu marido.
A feiticeira verde deu de ombros.
— Fique à vontade. Fiz o que pude por você.

Ao me levantar, senti tontura, mas me apoiei na cabeceira da cama até passar. Calcei os sapatos e atravessei a cabana, com passos cautelosos como os de uma criança que começa a andar. Então, saí para o amanhecer.

A chuva tinha parado, deixando apenas um gotejamento lento dos beirais e dos galhos; os pássaros chilreavam em um coro que os melhores músicos da corte invejariam. As árvores eram vistas como silhuetas contra o céu, formas escuras como lanças com pontas de cerdas. As montanhas brilhavam pálidas na luminosidade crescente. Eu tinha apenas alguns minutos antes da transformação de Aric.

Diversas outras construções estavam situadas entre as árvores, com canteiros de jardim bem cuidados entre elas. Alguns brotos ousados se desprendiam da terra escura, enfrentando o risco de outra geada. Algumas lufadas de fumaça subiam das chaminés das casas e se misturavam à névoa. Uma trilha desgastada na terra lamacenta passava pelas moradias e contornava os fundos da enfermaria. Segui por ela, mais devagar do que gostaria, me apoiando em cada tronco de árvore e mourão de cerca pelos quais passava.

A trilha terminava em uma estrebaria pequena, mas funcional. Ao me aproximar, um cavalo malhado apoiou a cabeça sobre as portas de uma baia, relinchando ansiosamente.

Confusa, parei.

— Aric? Você era branco antes, não era?

— E eu achei que você seria capaz de distinguir o seu próprio marido de um cavalo comum.

Eu me virei. Aric, ainda humano, estava na baia seguinte, apoiando os cotovelos na meia porta. Ele tinha desvestido a camisa, e se a minha respiração já não estivesse ofegante pelo esforço da caminhada, eu teria perdido o fôlego agora. O desejo me invadiu com a força de uma grande onda. Ter ficado com ele mais cedo não foi suficiente. Tê-lo uma vez só fez com que eu o quisesse ainda mais. Um fogo que ficava mais intenso quanto mais era alimentado.

Levantei uma sobrancelha.

— Não sabia que você tinha o hábito de ficar pelado na estrebaria de estranhos.

O rubor que tomou conta de Aric era visível mesmo a alguns passos de distância. Vermelho como o pôr do sol em contraste com as suas bochechas pálidas, espalhando-se pelo pescoço nu até o peito.

— Não estou querendo desperdiçar mais roupas — ele disse. — Já usei várias mudas nos últimos dias.

Os cantos da minha boca se ergueram. Eu não sabia ao certo o que havia acontecido com as roupas — se rasgado em pedaços ou desaparecido por magia —, mas era fato que ele tinha deixado um rastro de calças desaparecidas ao longo do nosso caminho desde Arnhelm.

— De quem é esse cavalo? — perguntei.

— A égua é nossa, desde a noite passada. Nós a trouxemos até aqui. Embora eu a tenha oferecido à feiticeira verde em troca de suprimentos para a nossa viagem. Então agora acho que ela pertence ao refúgio verde.

A égua — a verdadeira — bufou. Acariciei o seu focinho aveludado, desejando ter mais a oferecer a ela em troca de salvar as nossas vidas. Eu tinha muito pouco a oferecer a qualquer um, equino ou não. Pelo menos ali ela estaria em melhores mãos do que com os bandoleiros.

— Você me seguiu — Aric disse. Era um convite, e não uma acusação.

Dei um passo na direção dele, entrelaçando as mãos atrás das costas para evitar passá-las por cada parte do seu corpo a meu alcance. No entanto, baixei o meu olhar, para ver a extensão do seu peito, até ser impedida pela meia porta fechada da baia.

Tudo bem. Eu tinha vindo ali para lhe dizer algo importante. Se ao menos eu pudesse fingir que a notícia não tinha chegado até mim... Será que nos permitir um momento de felicidade era pedir demais? Mas eu não tinha nem o tempo nem o privilégio de ser egoísta.

— Recebi uma atualização do embaixador Dapaz. Eles vão seguir com a coroação... sem você. — Hesitei. — Eles vão coroar o lorde Varin.

Aric ficou imóvel como um lago coberto de gelo.

Eu sabia que o meu marido não queria acreditar que o seu meio-irmão estava por trás da tentativa de assassinato. Aric tinha argumentado que Varin não queria vê-lo morto. Mas esperávamos que, ao deixar o castelo e fingir que Aric estava morto de verdade, atrairíamos as forças responsáveis pela violência desferida contra nós. E o nosso plano tinha funcionado, mais rápido do que qualquer um de nós poderia ter imaginado. Varin deve ter feito os seus preparativos ao longo de semanas, se não meses: cortejou facções para angariar o apoio necessário; organizou em segredo os termos do tratado para atrair um possível culpado para Gildenheim; e então sustentou, sob o manto de um falso luto, que, com o equinócio tão próximo, Gildenheim não poderia se dar ao luxo de correr o risco de não coroar um soberano da linhagem correta, mesmo que ilegítimo. Isso explicava por que eu havia sido incriminada: tirou Varin da lista de suspeitos e abriu caminho para ele herdar o trono. Nós tínhamos as nossas provas, em ações, embora não por escrito.

— Tem mais uma coisa — eu disse, relutante. — Marya foi presa como suspeita de assassinato. Encontraram uma faca ensanguentada nos aposentos dela.

— Não é possível. — As mãos de Aric agarraram a porta da baia com tanta força que ficaram brancas. — É uma armação. Como ela poderia ter me matado? Eu não estou morto. E mesmo que estivesse...

— Eu sei. — Entrelacei os dedos nos dele. — Eu sei que ela jamais trairia você.

— *Todo mundo* deveria saber disso. Toda a corte sabe o quanto somos próximos. Quem deu a ordem para prendê-la?

— Só pode ter sido Varin — respondi. — Marya sabe que você está vivo. Ela devia estar criando problemas para ele. Marya não deixaria Varin usurpar o trono de você sem lutar. — Lembrei-me de como Aric alertou Marya para ter cuidado antes de seguirmos viagem. De como ela fez pouco caso. Se ela e Aric eram tão próximos assim como ele dizia, claro que alguém com o temperamento dela não ficaria de braços cruzados, assistindo um inimigo tramar contra o rei dela.

Aric agarrou a minha mão e curvou os ombros como se estivessem sob um peso brutal.

— Isso não está certo — ele disse. — Tudo o que ela fez foi ser leal a mim.

Coloquei a minha mão em seu rosto, me inclinando para mais perto de Aric, até nos olharmos nos olhos novamente.

— Eu sei — eu disse baixinho. Com esforço, disfarcei a expressão de preocupação. Eu podia agir como um escudo para nós dois. — Mas podemos libertar Marya e resolver isso. Ainda temos tempo. Só precisamos desfazer o feitiço e voltar para Arnhelm antes da coroação.

Que aconteceria... se a minha contagem estivesse correta, daqui a três dias. Só dois dias inteiros para chegar à fronteira e voltar. Só dois dias inteiros para deter um usurpador e evitar um guerra. Pelos mares, era tão pouco tempo.

Nós nos entreolhamos.

— Vamos resolver isso juntos — prometi, torcendo para conseguir cumprir a promessa. — Tudo.

Aric levou as mãos até o meu queixo, segurando o meu rosto como se fosse algo precioso.

— Se alguém pode fazer isso, é você.

Nos últimos momentos antes do amanhecer, eu o puxei para mim e o beijei com paixão, tentando enterrar o medo e a dúvida. Mas eles permaneciam, amargos em relação à doçura dos lábios dele. Aric até podia acreditar que eu conseguiria cumprir as minhas promessas, mas eu não compartilhava da confiança dele em mim mesma.

25

Pouco depois, deixaríamos o refúgio verde. Os bandoleiros tinham ficado com os nossos pertences, mas coloquei a sela da égua malhada em Aric, e a feiticeira verde nos forneceu uma bolsa de provisões, incluindo um elixir para prevenir gravidez. Pela misericórdia das Virtudes, eu ainda tinha a adaga que usava presa no pulso. A minha rapieira ficou perdida em algum lugar da estrada. Não que tivesse sido de muita serventia para mim contra os fora-da-lei. Apesar de todo o meu treinamento, me mostrei tão útil quanto um garfo de sobremesa em uma batalha naval. Mesmo assim, me senti melhor em ter uma adaga, embora tivesse perdido a confiança na minha capacidade de usá-la.

Enquanto nos preparávamos para partir, a nossa anfitriã me segurou na soleira da porta. Ela me entregou uma bolsinha de pano encerado cheia de algo parecido com pepitas.

— Pegue. Isso é para quando o seu estômago te incomodar.

Com cautela, acatei. A bolsinha emanava um cheiro forte de hortelã-pimenta.

— Como assim?

Ela fez um gesto com a mão, abrangendo todo o meu corpo.

— As suas dores. O desconforto abdominal. Eu já vi esses sintomas antes.

Quase dei um passo para trás, mas me contive. Eu não tinha falado sobre a minha condição com ela. Além disso, nunca me havia ocorrido que isso não fosse algo só meu. Sempre havia achado que era a única a sofrer com isso. Será que era possível que houvesse outras pessoas como eu, cada uma escondendo os sintomas, sem perceber que existiam outros tão receosos de serem vistos e julgados?

— Você está se envenenando — a feiticeira verde disse. — Essa é a raiz do problema.

Fiz um gesto negativo com a cabeça, recuperando a compostura.

— Tenho uma boticária excelente. Ela nunca...

— Não quero dizer de propósito — a feiticeira verde me interrompeu e ficou me observando como se eu fosse uma erva interessante do seu jardim. — Tem algo afligindo o seu corpo. Descubra o que está te envenenando e os seus sintomas vão sumir com o tempo. Não vão curá-la, mas você não vai precisar viver com dor.

Foi como um reflexo tão perfeito da minha conversa anterior com Aric que o mundo pareceu dobrar, como se o tempo tivesse se repetido. Olhei para o meu marido equino, que estava esperando perto da estrebaria, já selado e se mexendo com impaciência. Bufando, ele sacudiu a cabeça, enquanto uma mosca zumbia ao redor do seu traseiro.

— Você sabe o que é? O que está me envenenando?

— Não. Podem existir causas diferentes para pessoas diferentes. — Ela acenou com a cabeça para Aric, acompanhando o meu olhar. — Mas o seu marido é inteligente, mesmo que tenha sido tolo o suficiente para se transformar num cavalo. Ele pode te ajudar a descobrir o que está acontecendo.

Eu me lembrei de todas as perguntas que Aric me fez quando ficou sabendo da minha condição. Não o que estava errado comigo. Não o que eu não podia fazer. Não. Ele queria entender a forma da minha dor, estudando-a como um problema abstrato, e não a falha pessoal que eu sempre tinha pensado que fosse. Ele já estava buscando a resposta, e nem sequer tinha a intuição mágica de um feiticeiro verde. De repente, fiquei com dificuldade para respirar, e não foi por causa das costelas em recuperação.

Eu me voltei para a feiticeira verde. Ela estava me observando com um olhar perspicaz e os braços cruzados. Mais uma vez, as tatuagens estavam escondidas sob as mangas da sua roupa.

— A hortelã-pimenta deve ajudar — ela disse. — Use com moderação. Coloquei um pouco de energia nelas.

Guardei a bolsinha no bolso do meu casaco.

— Não sei por que você está nos ajudando — eu disse. — Mas obrigada.

A feiticeira verde deu um sorriso mordaz.

— A Dama das Terras Selvagens tem os seus desígnios — ela disse. — Às vezes, ela envolve aqueles que a servem. Cuide do rei. Fique atenta ao seu sangue.

— O que você...

Não terminei de falar, pois ela fechou a porta na minha cara.

Senti um arrepio percorrer a minha espinha como uma gota fria de água. Nunca tínhamos dito a ela que Aric era da realeza. Talvez eu tenha pronunciado o nome dele na presença dela — não tinha certeza agora —, mas era um nome comum em Gildenheim. Não deveria ser o suficiente para nos denunciar. Ou... será que ela reconheceu as cicatrizes da magia de sangue nas minhas mãos e percebeu o que elas significavam?

Eu me forcei a me afastar da porta. A feiticeira verde havia se provado inofensiva para nós, e tínhamos muitos quilômetros a percorrer. Precisávamos recuperar o tempo perdido se quiséssemos ter alguma chance de voltar a Arnhelm antes da coroação.

Fui até Aric e subi no dorso dele com a ajuda de uma banqueta.

— Estamos longe da fronteira? — perguntei. Eu tinha perdido qualquer noção da geografia de Gildenheim, desorientada pelas reviravoltas do nosso trajeto.

Pensativo, ele ficou abanando a cauda.

— *Se formos a galope sem parar, acho que conseguimos chegar à estalagem antes do anoitecer.*

Agarrei o arção e me acomodei na sela, verificando se a nossa bolsa de provisões estava bem presa.

— Então vamos seguir a toda velocidade — Tatiana já deveria estar a nossa espera, ela não me decepcionaria, ela nunca tinha me decepcionado, por mais que brigássemos ou discordássemos bastante. Quanto antes a encontrássemos, mais rápido poderíamos reparar todo o dano que causei. Teríamos mais chances de criar algo melhor no lugar.

Eu só esperava que não fosse tarde demais.

* * *

Avançamos com tudo. Do refúgio verde, chegamos à estrada principal antes do que eu esperava e logo estávamos indo para o sul. Os cascos de Aric ressoavam pela estrada com um ritmo constante. Após o ataque dos bandoleiros, ficava tensa a cada vilarejo pelo qual passávamos.

Mas ninguém olhou duas vezes para nós. Com o meu traje comum, eu não passava de uma viajante qualquer a cavalo. Eu tinha me livrado dos adornos chamativos da minha vida, descartando-os como as penas de um pássaro na época da troca. Sem eles, eu era anônima. Era surpreendentemente libertador não ser reconhecida por quem eu era. Não uma duquesa. Não uma herdeira. Não alguém, exceto o que eu fazia de mim mesma.

Passamos pelos vilarejos sem incidentes e continuamos a seguir em frente. Ao voltarmos para a estrada principal, a névoa ondulava entre as árvores e encobria os picos das montanhas, reduzindo o mundo apenas a Aric, a mim e ao caminho à frente. Com o avanço do dia e a ascensão em altitude, o nevoeiro se dissipou, dando lugar ao dia com o céu mais azul que já tinha visto em Gildenheim.

Porém, eu não estava em condições de desfrutar da beleza do dia. Conforme Aric vencia os quilômetros, cada um dos meus medos se manifestava, tentando se fazer ouvir acima dos outros. A minha culpa por abandonar o meu séquito. A maldição de Aric. A coroação iminente. O temor de que, agora que eu tinha Aric para mim, estava prestes a perdê-lo para sempre.

Durante toda a minha vida, ocultei o meu coração, me protegendo com palavras vazias e sorrisos forçados, fingindo que esconder a minha dor era o mesmo que nunca senti-la. Sob a tutela dos meus pais, aprendi até a esconder a minha condição. Para eles, o pior dos meus defeitos: uma fraqueza que eu não conseguia eliminar por meio de treinamento, habilidade ou mera força de vontade. Os meus pais acabaram sendo forçados a reconhecer que as minhas crises eram inevitáveis, mas isso não significava que fossem aceitáveis. E eles deixaram claro: eu não poderia falhar em nenhum outro aspecto. Eu tinha que ser impecável. Eu deveria ser uma arma, utilizada para o avanço da minha Casa e do meu país.

Cavalgando rumo à fronteira, montada sobre o marido que eu tinha amaldiçoado sem querer, eu me sentia o mais distante possível de ser impecável. Eu não era uma arma. Eu era um grampo de cabelo, fácil de dobrar e pronto para ser descartado.

Apesar disso, Aric não me descartou quando tomou conhecimento dos meus defeitos. Em vez disso, ele percebeu um tipo diferente de força em mim, uma que eu nunca havia me dado conta de que possuía. E a sua aceitação me desarmou mais do que qualquer oposição seria capaz. Ele foi além das minhas defesas, e eu o *acolhi*, contra a lógica de tudo o que me ensinaram. Eu sabia que desejá-lo era uma faca de dois gumes. Amar alguém significava baixar a guarda, expor o coração e vê-lo se partir ao meio.

Amor. A palavra interrompeu os meus pensamentos.

Eu não tinha me permitido considerar se estava me apaixonando por Aric, mas a simples possibilidade já era vertiginosa. Eu tinha seguido alegremente por um caminho que pensava ser certo e acabei chegando de repente a um precipício. Agora a queda se estendia diante de mim. Mais um passo e eu cairia.

Porém... sem dúvida isso era diferente do que havia acontecido com Catalina. Aric era o meu marido. Eu tinha me casado com ele por dever. Eu não estava agindo por um impulso egoísta. Eu estava fortalecendo os laços entre os nossos países, e não colocando em risco o futuro de Damaria.

Sem dúvida, nesse caso, era aceitável me permitir desejá-lo. Deixar-me memorizar a sensação de sua mão tocando a minha palma, o meu pescoço, o meu quadril. Perder-me por um momento na calidez dos seus lábios e na profundidade do seu olhar. O dever havia nos unido, e o dever era seguro.

Não havia motivo para sentir esse pingo de dúvida. Não havia motivo para ter medo do que estava acontecendo entre nós. Eu não cairia. Eu não sucumbiria.

Mas, ainda que tentasse, não conseguia me livrar dessa sensação. Não por completo. Ela se enroscava no meu âmago, um fio escuro se apertando cada vez mais ao redor do meu coração aberto demais.

Enquanto isso, alheia à reviravolta sombria dos meus pensamentos, a estrada se desenrolava diante de nós como um carretel de fita desbotada. Eu achava que precisaríamos de pausas frequentes, mas Aric, mais forte e mais confiante agora que teve tempo para se ajustar à forma equina, estava determinado a aproveitar cada momento de luz do dia. No meio da tarde, o meu estômago começou a ficar embrulhado. Tirei uma das balas de hortelã-pimenta da feiticeira verde e a chupei sem dizer nada a

Aric. Não podíamos nos dar ao luxo de parar. O gosto picante e refrescante tinha o toque de algo mais potente e, para o meu alívio, a minha náusea diminuiu, mas não desapareceu por completo.

O cenário passava como um borrão: um vilarejo, uma floresta, um desfiladeiro. Ao nos aproximarmos do entardecer, percebi uma mudança sutil na paisagem: florestas de coníferas dando lugar a folhagens recém-brotadas, o terreno se inclinando de leve para baixo, o frescor da primavera no ar. Tínhamos atravessado a maior parte das montanhas e estávamos nos aproximando rapidamente da fronteira de Damaria.

Quando o sol tocou o horizonte, o terreno voltou a subir rumo a um último desfiladeiro. No vale antes do cume, havia uma estalagem de dois andares bem conservada à beira da estrada. Dos seus beirais, projetava-se um mastro com duas bandeiras impecáveis: a estrela azul de nove pontas de Damaria e o cavalo alado branco de Gildenheim.

Desmontei da sela, com as pernas trêmulas de cansaço e o estômago embrulhado.

Havíamos conseguido. Tínhamos chegado à fronteira — supondo que Tatiana estivesse ali — e também à resposta para a maldição do meu marido.

26

Como o sol já estava quase se pondo, tomamos a precaução de adentrarmos um pouco na floresta, evitando que Aric se transformasse diante de olhares curiosos. Poucos minutos depois, enquanto as cores do crepúsculo tingiam o horizonte de tons arroxeados, atravessamos a estrada e seguimos em direção à estalagem.

O pátio do edifício estava silencioso, sem nenhum outro viajante à vista. Uma garota apareceu para levar nossos pertences. Era uma tratadora, apesar de não parecer ter mais de quatorze anos. Ela aparentou estar confusa ao ver Aric carregando uma sela sem nenhum cavalo por perto, mas a pegou sem questionar e prometeu guardá-la junto aos arreios dos demais hóspedes.

Quando ela fez menção de se afastar, eu a detive com um toque no ombro.

— Tem algum hóspede aqui de Damaria? Uma jovem, mais ou menos da minha idade e porte?

A expressão da garota se animou em reconhecimento.

— Ah, sim. A senhorita disse que estava esperando uma visitante. Ela tinha razão. Você se parece mesmo com ela. Embora eu esperasse alguém mais...

A voz dela foi sumindo, enquanto o rosto foi enrubescendo. De repente, me dei conta do estado das minhas roupas. A viagem não tinha sido nada favorável para mim. O meu cabelo estava emaranhado como um ninho de pássaro. Além disso, eu estava coberta com uma camada de sujeira que parecia tão indelével quanto verniz. A tratadora não precisou terminar a frase. Eu poderia ter o rosto de Tatiana, mas não parecia uma nobre.

Não importava. A minha irmã estava ali. Isso era o mais importante. Ela encontraria uma saída para essa confusão, assim como sempre tinha conseguido depois de se meter em encrenca dezenas de vezes quando éramos mais jovens. E, apesar do cansaço e da náusea, eu me sentia mais leve só de pensar em vê-la.

— Onde posso encontrá-la? — perguntei.

— Ela está hospedada no segundo andar.

Deixei a garota cuidar dos seus afazeres e comecei a caminhar em direção à porta da estalagem. No meio do pátio, percebi que Aric não tinha me acompanhado.

Eu me virei para encará-lo.

— Você não vem?

Ele dirigiu um olhar desconfiado para o céu, onde as primeiras estrelas começavam a brilhar no firmamento.

— Levando em conta o que aconteceu da última vez que entrei numa estalagem, não sei se é uma boa ideia.

— Tatiana está aqui — eu disse. — Ela pode resolver isso antes do amanhecer. Venha comigo.

Peguei a mão dele. A princípio, Aric resistiu, mas logo entrelaçou os dedos nos meus e me deixou guiá-lo. A calidez da palma da sua mão foi tão bem-vinda quanto uma lareira numa noite fria.

A estalagem era limpa, clara, iluminada tanto pela lareira quanto por uma série de velas com suporte de estanho espalhadas pelas paredes. Era cedo para acender tantas velas, mas, como as janelas envidraçadas indicavam, o estabelecimento estava indo muito bem. Sendo a única estalagem em um dos poucos postos fronteiriços entre Damaria e Gildenheim, devia atrair uma grande clientela de viajantes ricos. Como Tatiana.

O salão principal não estava tão movimentado quanto eu temia. Mas, mais uma vez, era pouco depois do pôr do sol. Outros viajantes deviam aparecer com a chegada da escuridão propriamente dita. Mesmo assim, segurei a mão de Aric com mais força e me dirigi para a escada, ansiosa para sair de vista. Não conseguia me esquecer de como fomos alvos da última vez que nos hospedamos em uma estalagem. Embora, pequeno consolo, agora parecíamos bem menos nobres: Aric usava o tecido feito à mão pela feiticeira verde e eu com roupas tão encardidas que poderiam até ter a cor marrom de origem.

No alto da escada, hesitei, observando um corredor repleto de portas iguais. Eu deveria ter perguntado na recepção qual era o quarto de Tatiana.

Mas não me detive nisso por muito tempo. No instante seguinte, a porta no final do corredor abriu de supetão, e a minha irmã saiu correndo pelo corredor em nossa direção, com um turbilhão de saias diáfanas.

— Abelhinha!

Ela me abraçou com tanta força que senti falta de ar.

— Tatiana — ofeguei. — Você está me apertando.

Então, ela se afastou com um leve impulso, me segurando a distância, com os braços estendidos.

— É por causa da sua condição? Você *está* meio pálida... — Tatiana olhou por cima do meu ombro, encontrando Aric. Ela arregalou os olhos e, em seguida, se estreitaram de repente, como eu sabia ser o olhar mais ameaçador dela. — Vossa Majestade — O seu tom esfriou pelo menos dez graus. — Eu não esperava ter esse prazer.

— Pois é, eu falei que explicaria na minha carta — eu disse às pressas. Dirigi um olhar nervoso por cima do meu ombro. Até que ponto o som se espalhava por esses corredores? — Podemos ir lá para o seu quarto, aí eu posso explicar tudo, e vamos resolver as coisas antes que o meu marido se transforme num cavalo no meio do corredor?

Para ser justa com a minha irmã, Tatiana não questionou. Ela simplesmente se virou e nos levou a seu quarto, onde fechou a porta com um *clique* definitivo. Então, ela se virou para me encarar, com a sua expressão controlada se desfazendo em uma de preocupação íntima.

— Graças aos mares, você está bem. Você faz ideia do quanto eu fiquei preocupada? Passei dois dias seguidos andando de um lado para o outro neste quarto, quase arrancando os cabelos. Quando você me mandou aquela mensagem *extremamente* enigmática por meio do ganso-marisco...

Eu não tinha forças para querer saber por que, entre todos os pássaros existentes, Evito tinha escolhido um ganso-marisco como o seu primeiro mensageiro. Eu me afundei no sofá, com a cabeça girando.

— Espera. Dois dias? Como você veio tão rápido? E, aliás, cadê os seus guardas?

Eu tinha enviado a mensagem — ao que tudo indicava, confiada às habilidades de entrega de aves de quintal — no dia anterior à chegada de Tatiana ali, se a minha contagem estava correta. Eu não sabia qual era a velocidade de viagem de um ganso, mas deveria ter levado pelo menos um dia para a carta chegar até Tatiana, e mais três ou quatro dias para ela viajar até a fronteira.

A minha irmã ficou toda animada. Eu me preparei.

— Você lembra da lenda das botas de sete léguas?

— Sim? — respondi, com cautela. Tatiana sempre tinha sido particularmente apaixonada por essa história: percorrer sete léguas de uma vez, com um único passo, tinha um apelo inegável, sobretudo quando éramos mais novas.

— Bem, eu estava mexendo numa coisa e decidi dar o meu toque pessoal. — Tatiana revirou um das suas bolsas e tirou triunfantemente o que pareceu ser um penico. Se, quer dizer, um penico fosse feito de latão, incrustado com esmalte, e claramente feito para exibição pública.

— Isso é uma escarradeira, Tatiana.

— Pois é! — ela disse, empolgada. — Tem um bom som, não tem? Escarradeira de sete léguas? Pode ficar tranquila, foi bem limpa. — Ela franziu a testa, pensativa, observando a escarradeira encantada. — Embora ela tenha bastante força, me livrou de todo o meu séquito no pátio do palácio. Eles não chegaram a dar um passo sequer, coitados. Talvez tenha sido melhor assim. Eu odiaria que ficassem espalhados pela estrada para Gildenheim como uma fileira de linguiças. Ou quem sabe como migalhas de pão? Essa é uma ideia bem mais agradável... embora eu suponha que isso implique que seriam quebrados em pedacinhos?

Pela Virtude da Paciência, em circunstâncias normais, eu ficaria feliz em ouvir as teorias sem sentido da minha irmã sobre os seus diversos contratempos mágicos, mas agora não era o momento.

— Esqueça a escarradeira — eu disse. — Não temos muito tempo. Ao amanhecer, o meu marido vai se transformar de novo num cavalo. Um cavalo enorme, com uma tendência de quebrar estrados de cama.

Tatiana arqueou a sobrancelha.

— Quebrar estrados de cama? Sério, Bianca?

Fiquei vermelha de vergonha.

— Não é o que você está pensando.

— Concordo — Aric interveio às pressas, com manchas vermelhas aparecendo em seu próprio rosto. — Seria ideal desfazer a maldição antes que eu corra o risco de perder outra muda de roupa.

— Outra... — Tatiana começou a falar.

— *Enfim* — eu segui em frente, vermelha como um pimentão. — A questão relevante é que precisamos que você desfaça o seu feitiço antes que Aric volte a se transformar em cavalo.

Tatiana ficou me olhando, pela primeira vez sem uma resposta pronta. Então, ela deixou a escarradeira com cuidado sobre a cama e cruzou os braços.

— Explique. Do começo.

E eu expliquei, o mais rápido que consegui — com Aric oferecendo uma contribuição silenciosa de vez em quando. Tatiana ficava andando de um lado para o outro como se estivesse determinada a cavar um buraco no chão. Deixei de fora a parte sobre ter dormido com Aric, hesitando diante dessa lacuna na minha história. O olhar de Tatiana ficou se movendo entre nós de uma maneira que me dizia que ela não perdeu nada. Corando, prossegui e relatei o restante o mais claramente que pude.

Quando terminei, o céu estava adornado com estrelas e a minha língua estava seca como areia de praia.

— ... E isso é tudo — finalizei. — Agora você só precisa desfazer o feitiço para que possamos voltar a Arnhelm antes que Varin usurpe a coroa.

Segurei o medalhão vazio que pendia abaixo do meu decote, passei a corrente pela cabeça e o estendi para a minha irmã.

Bem distante do seu comportamento habitual, Tatiana ficou em silêncio. Ela olhou para mim, com o lábio inferior preso entre os dentes.

Eu me preparei. Eu conhecia essa expressão: era a mesma que havia no rosto dela quando ela transformou sem querer o diadema favorito da nossa mãe numa poça de ouro líquido.

— Lamento — Tatiana disse. — Eu não consigo.

27

A escuridão surgiu nos cantos da minha visão, como acontecia nos dias em que a minha condição se agravava.

— O quê? — As palavras dispararam de mim como uma flecha.

Tatiana levantou as mãos.

— Foi mal, abelhinha. Eu ajudaria se pudesse. Mas eu não fiz esse feitiço que você descreveu.

Comecei a ouvir um leve zumbido nos ouvidos.

— Acho que você deveria explicar exatamente o que o seu feitiço deveria fazer.

— Como eu falei, era um amuleto de proteção. Deveria transformar um agressor em cavalo para que você tivesse a chance de escapar. Mas só por algumas horas. Nada mais. — A minha irmã fez um gesto negativo com a cabeça. — Não era para durar tanto tempo assim. Essa é uma magia muito mais poderosa do que eu já fiz alguma vez.

Sentindo-me tonta, não consegui reunir forças para perguntar por que Tatiana tinha achado que transformar um agressor num *cavalo* enorme era uma boa ideia.

— Então por que Aric ainda está sob o efeito da maldição?

Impotente, Tatiana abriu bem as mãos.

— Eu não sei. Você sabe que não sou uma Adepta de verdade. Eu só experimento.

Porém, enquanto ela respondia, uma percepção doentia se apossou de mim, tão nauseante quanto uma das minhas crises. As palavras da feiticeira verde voltaram a minha mente. O seu alerta quando perguntei sobre a maldição de Aric. *Uma transformação prolongada... uma que persiste por dias... está parecendo mais magia de sangue.*

Abri as palmas das mãos, agora marcadas por cicatrizes douradas e brilhantes. Era um alívio já estar sentada, pois parecia que um abismo se abria sob meus pés.

— Bianca? — Aric perguntou. — O que foi?

— Acho que sei o que aconteceu. — Cada palavra foi pronunciada como fel na minha língua. — Quando o assassino atacou, eu me cortei...

— Magia de sangue — Aric afirmou, com brilho nos olhos, em compreensão. — Deve ter se combinado com o encantamento original da sua irmã.

Tatiana se animou na mesma hora, como se tivesse avistado um doce muito tentador.

— Magia de sangue? Então não é só um boato?

— Não é um boato — o meu marido confirmou. — Ainda que eu quase desejasse que fosse. — Ele examinou as cicatrizes douradas na ponta dos próprios dedos com uma expressão irônica.

Com entusiasmo, Tatiana se inclinou para a frente.

— Espera aí, essas marcas são de magia de sangue? Em vocês dois? Como funciona? O que são exatamente...

— Tatiana — interrompi. — Agora não. Você consegue pensar em alguma maneira possível de desfazer o feitiço?

A minha irmã deu uma murchada.

— Posso tentar algumas coisas agora que Aric está aqui. Mas... não posso garantir nada, abelhinha. Transformações são traiçoeiras, e isso sem contar a complicação do que quer que a magia de sangue tenha feito.

Aric pigarreou.

— Em teoria, um feitiço de poder equivalente poderia ser revertido. Um encantamento de força semelhante proporcionaria uma oportunidade de redefinir os parâmetros do encantamento.

Com uma expressão de empolgação, Tatiana se virou para encará-lo.

— Você estudou teoria da magia?

— Um pouco — Aric admitiu. — Li todos os livros sobre isso na biblioteca do castelo.

— Eu faria *qualquer coisa* para ter esses livros — Tatiana disse, com uma mistura preocupante de fome e desejo. — Você sabia que esse gênero de livro está completamente fora de circulação em Damaria? Antigamente eram mais difundidos, mas a Guilda dos Adeptos se recusa a admitir qualquer teoria que possa entrar em conflito com...

Aric se inclinou para frente. Pelo jeito, o meu marido e a minha irmã estavam prontos para iniciar uma discussão que poderia durar horas sobre as minúcias da prática de magia de Gildenheim e Damaria.

— Sem querer interromper essa fascinante conversa taumatúrgica, mas estou exausta — eu me intrometi. — Quebrei pelo menos uma costela recentemente, estou tendo uma crise, e a coroação é depois de amanhã. Vocês poderiam esperar até descobrirmos como impedir a coroação de Varin para retomar essa conversa?

Aric e Tatiana compartilharam um olhar de constrangimento mútuo.

— Voltar para Arnhelm é bastante simples — Aric disse após um momento. — Posso usar a minha autoridade para requisitar uma carruagem de correio. Se partirmos ao amanhecer e trocarmos de cavalos nos postos de correio, podemos chegar ao castelo antes do amanhecer de amanhã.

Tatiana se levantou depressa.

— Bem, então está resolvido. Eu vou ver se a estalagem tem outro quarto disponível.

Fechei os olhos quando Tatiana saiu apressada pela porta. A avaliação de Tatiana era bastante otimista — assim como a de Aric. Não tínhamos acabado de dizer que ele voltaria a ser um cavalo ao amanhecer? Até onde eu sabia, cavalos não andavam em carruagens.

Porém, eu estava cansada demais para discutir a logística. Deixaria que o meu marido e a minha irmã descobrissem como embarcar um garanhão em uma carruagem de correio. Eles pareciam loucos para discutir isso.

Aric se virou para mim, com a testa franzida de preocupação.

— Desculpe. Eu deveria ter pensando nos seus ferimentos. Sei que nos esforçamos muito hoje.

Coloquei a mão nas costelas. Uma dor persistia ali, mas só era forte quando eu me movia em certos ângulos. Não era pior do que uma distensão muscular.

— Estou exausta, mas acho que a cura foi eficaz.

— E a sua condição?

Hesitei, lembrando das balas de hortelã-pimenta da feiticeira verde. A que eu tinha chupado mais cedo havia ajudado mais do que eu esperava. A minha náusea tinha quase desaparecido, embora tivesse sido substituída por uma fome avassaladora.

Você está se envenenando. Essa é a raiz do problema.

Caso houvesse uma chance de ela ter razão... que poderia haver uma maneira de, se não evitar as minhas crises por completo, pelo menos controlá-las... No momento, era a menor das nossas preocupações, mas eu não conseguia deixar de ter esperança.

— Não está me incomodando muito agora — eu disse. — Mas, Aric, a feiticeira verde me disse que tem algo causando os meus sintomas. Algo que está me envenenando. Ela disse que já viu pessoas com a minha condição antes. Você já ouviu falar disso?

Pensativo, Aric fez um gesto negativo com a cabeça.

— Não. Mas isso condiz com o que você me contou sobre as suas crises. Eu confiaria na intuição de uma feiticeira verde. A magia delas está intimamente ligada aos seres vivos. Ela disse qual era o veneno?

— Não, mas disse que eu e você poderíamos descobrir.

Aric pegou a minha mão.

— Então vamos descobrir. Pode levar algum tempo, mas prometo que vamos encontrar a resposta.

Aric me encarou, com um olhar tão cálido que me acalmou. Ele levou a mão livre a meu rosto, com o polegar afastando uma mecha de cabelo solta. Fechei os olhos e me inclinei para ele.

Foi um beijo mais suave do que o nosso primeiro. Delicado, deliberado, como se fosse algo frágil, um broto em crescimento que precisava ser protegido. Com a emoção a flor da pele, senti o coração disparar.

— Aham.

Eu e Aric nos separamos. Com uma discrição incomum, Tatiana reapareceu no vão da porta. Mais uma vez, o olhar dela passeou entre nós, ela ergueu uma sobrancelha.

Com o rosto vermelho, eu me endireitei.

— Você conseguiu um quarto?

Um brilho diabólico iluminou os olhos da minha irmã.

— Infelizmente, não. Não há mais quartos disponíveis. Mas reservei uma bela estrebaria para vocês dividirem. Dispõe até de arreios de couro, caso vocês sintam vontade de se aventurar.

Impassível, olhei para ela.

Tatiana não conseguiu se segurar. Ela deu uma palmada na coxa, caindo na gargalhada.

— Ah, olha só a sua cara — ela ofegou. — Claro que consegui um quarto para vocês. E logo vão trazer uma refeição quente.

Fiquei de pé, ainda aborrecida. Que as Virtudes me guiem, eu amava muito a minha irmã e estava grata por ela ter vindo, mas, naquele momento, se eu tivesse outro medalhão à mão, eu o teria usado com prazer nela.

— Guarde os arreios para as suas próprias parceiras de cama. Eu vou me deitar até o jantar. — Eu estava realmente sem forças. As minhas pernas estavam pesadas como chumbo.

— Eu vou levá-los até o quarto de vocês — Tatiana afirmou, toda alegre, ignorando o meu aborrecimento.

Lancei um olhar interrogativo para Aric. Ele tinha ficado absorto na visão dos livros saindo de uma das bolsas de Tatiana, observando-os com um anseio evidente.

— Eu vejo você daqui a pouco, Bianca — ele disse. — Quero continuar a conversa sobre o feitiço com a sua irmã. Quem sabe não achamos algo para testar ao amanhecer? — Aric dirigiu essas palavras para Tatiana, que mostrou grande entusiasmo.

— Ah, sim. Quero testar *diversos* experimentos.

Pela Virtude da Misericórdia, suspeitei que Aric não estivesse preparado para o que havia acabado de aceitar.

— Vamos, abelhinha — Tatiana disse, me empurrando porta afora. Ouvi o farfalhar de páginas sendo viradas quando a porta se fechou.

Assim que foi fechada, a minha irmã se virou para me encarar com um sorriso travesso.

— Então, o que é melhor: montá-lo como cavalo ou como homem?

Dei um passo para trás, ficando vermelha.

— Tatiana! Isso é um assunto sério.

— Pelo jeito, mais sério para você do que eu esperava. — Tatiana inclinou a cabeça, me avaliando com argúcia. — Que atitude escandalosa da sua parte, abelhinha. Nunca imaginei que você fosse mesmo se apaixonar pelo seu marido. Os nossos pais ficariam horrorizados.

Toda defesa, toda resistência que eu tinha passado anos construindo para não expor vulnerabilidades irrompeu com força total. A zombaria de Tatiana era um lembrete do que eu tinha ouvido toda a minha vida: o amor era uma fraqueza que qualquer um poderia explorar, algo que eu tinha que esconder a todo custo. Até mesmo da minha irmã.

— Eu não... — comecei a falar sem pensar. Tatiana ergueu as sobrancelhas, como se estivesse me desafiando a negar.

Engoli em seco. Será que eu amava *mesmo* o Aric? Eu mal tinha permitido que a ideia chegasse perto de mim, mantendo-a afastada com todo o arsenal mental a minha disposição. Havia aprendido com os meus erros com Catalina que deixar o coração tomar as rédeas me levava a um caminho doloroso. Mas com Aric... parecia diferente. Os meus sentimentos por ele eram uma vulnerabilidade, sim, mas também me deixavam mais forte de uma maneira que eu nunca tinha imaginado. Será que era isso o que o amor significava: saber que havia uma fissura na minha armadura, mas acreditar, mesmo que de forma imprudente, que nenhuma lâmina conseguiria encontrá-la?

Desviei o olhar de Tatiana, para que ela não percebesse a confusão no meu rosto.

— Não sei do que você está falando — finalizei, desanimada.

Com a boca torcida, a minha irmã me observou, irradiando ceticismo por todos os poros. Mantive o olhar fixo na parede, me recusando a encará-la. Foram necessários anos para eu revelar tudo o que aconteceu com Catalina para a minha irmã, embora, é claro, ela já tivesse ouvido os rumores. Eu não estava a fim de discutir assuntos do coração com ela agora, quando estava exausta de tanto viajar, me recuperando de um ferimento e mal entendia o que estava sentindo.

Além disso, não era importante. O que importava naquele momento era desfazer a maldição de Aric antes que o nosso tempo se esgotasse. E também cumprir o meu dever para com a minha família e o meu povo. Era a única coisa que eu podia fazer direito.

— Todo esse distanciamento, e você ainda está fazendo exatamente o que os nossos pais queriam — Tatiana disse pouco depois, com a voz irônica. Ela começou a andar pelo corredor, e eu a segui, como sempre.

— Eu costumava sentir inveja de você por isso.

Fiquei olhando para ela, completamente atônita.

— O quê? — Por que ela sentiria inveja de mim, quando ela era a que tinha tudo? Apesar de todo o meu esforço, eu *nunca* fui o que os meus pais queriam, e não passava um dia sem que eu fosse lembrada disso.

Tatiana deu de ombros. O movimento foi casual, mas eu a conhecia o suficiente para perceber a fragilidade que o gesto escondia.

— Você sempre foi dedicada demais ao dever. À Casa Liliana. Os nossos pais esperam coisa de você que nunca esperariam de mim.

Porque eu não tinha nada a oferecer a eles, além do dever. Porque eu nunca poderia chegar aos pés da minha irmã mais velha. Não porque eles se *orgulhassem*.

— Mas você nunca quis fazer o que eles esperam. E você tem a magia. Isso é o que os nossos pais valorizam. Não... — Não uma filha doente. Eu não precisava dizer: Tatiana sabia.

— Magia? — Tatiana zombou. — Eu nem sei fazer isso direito. Nunca seria aprovada para ser uma Adepta, e quando tentei proteger você, acabei amaldiçoando o seu marido.

Sempre pensei que Tatiana gostava da sua liberdade, que desprezava a dogmática Guilda dos Adeptos, mas não que ela se sentisse tão inadequada como eu sempre me senti. Nunca me ocorreu que ambas as coisas poderiam ser verdadeiras.

Peguei a mão dela, detendo-a.

— Você não teve culpa. E vai quebrar a maldição. Sei que você é capaz. Você é brilhante, Tatiana. Se alguém pode consertar isso, é você.

Em resposta, Tatiana apertou a minha mão.

— Eu vou me esforçar ao máximo — ela disse. — Prometo. — Ela deu uma risada sem graça. — É complicado, né? O jeito que os nossos pais nos colocam uma contra a outra, como espelhos distorcidos? Fico feliz que você esteja tão longe deles, abelhinha. Ainda que eu tenha sentido muita saudade.

— Eu também senti saudade.

Deixei que ela me abraçasse e apoiei o rosto no seu ombro. Ela tinha o cheiro de lavanda e bergamota, os cheiros de casa. A suavidade do seu abraço era um conforto familiar. Minha irmã, tentando cuidar de mim como sempre, da maneira caótica que ela conseguia.

— Desculpa mesmo pela maldição — ela disse, alisando o meu cabelo. — Eu só queria proteger você. — Ela recuou para me olhar com mais atenção. — Embora talvez você não precise da minha proteção tanto quanto eu pensava. Olhe só para você. Você já não é mais uma abelhinha. Você é uma rainha.

Senti um nó na garganta. Nem Tatiana nem eu estávamos acostumadas a compartilhar o que sentíamos de verdade, sobretudo quando as nossas emoções eram delicadas. A raiva era um sentimento muito mais fácil do que o amor.

— Claro que sou uma rainha — eu disse, com sarcasmo. — Eu casei com um rei.

Tatiana riu e me soltou.

— Ele ainda não é rei.

Eu não precisava ser lembrada do que estava em jogo para nós. Engoli o nó na garganta. Aric ainda não havia sido coroado, mas tínhamos mais um dia inteiro antes da coroação. Era tempo suficiente para Tatiana resolver isso. Para nós impedirmos um golpe e salvarmos os nossos amigos.

Era o que tinha que ser feito.

* * *

Eu meio que esperava que Aric ficasse a noite toda conversando sobre teoria da magia com Tatiana. Porém, poucas horas depois, acordei e o senti se deitando a meu lado na cama.

Em vez de se aproximar de mim ou relaxar para dormir, Aric ficou deitado no escuro, olhando para o teto. A sua tensão era evidente, mesmo sem ele se mover.

Virei de lado para encará-lo.

— O que foi?

— Nada que valha a pena te acordar — ele respondeu, sem me olhar.

Agora eu *estava* completamente acordada. Eu me apoiei em um cotovelo para me erguer um pouco e observá-lo melhor. A lareira só tinha brasas que cintilavam verde na minha visão periférica, deixando apenas luz suficiente para ver o seu rosto. Tinha uma expressão tão tensa e fechada quanto estava em Arnhelm.

— É a maldição? — perguntei. — Você e a Tatiana não...

— Não. Não é isso. — Aric hesitou, as suas dúvidas eram tão claras quanto o nascer do sol.

Em resposta, uma onda de preocupação se apoderou do meu peito. Talvez ele tivesse se arrependido de *mim*.

— Não consigo evitar de me perguntar se vale a pena — Aric disse finalmente, com um tom sombrio como o inverno. — Se há outra maneira de salvar Marya e o seu séquito. Se eu deveria simplesmente deixar Varin assumir o trono.

Surpresa, fiquei olhando para ele.

— *Por quê?*

Aric virou a cabeça, desviando o olhar de mim, e ficou encarando a lareira.

— Varin sempre se saiu muito melhor como cortesão do que eu. E eu não sou um rei — Aric disse, em um tom ácido. — Não sou bom o suficiente para governar. Não sou bom o suficiente para me casar. Sou fraco demais. Tenho interesse demais em livros. Não tenho interesse suficiente nas manobras e manipulações que tornam um governante poderoso. Em suma: um herdeiro inútil.

Cerrei o punho nos lençóis. Eu já tinha ouvido tais sentimentos o suficiente para ter certeza de que aquelas palavras não eram dele. Aric estava repetindo o que alguém lhe havia dito.

— Quem disse essas coisas para você? — perguntei. Se a pessoa estivesse no quarto, eu a teria desafiado para um duelo.

O queixo de Aric ficou rígido.

— Uma mulher que sabia o que significava governar.

Eu me lembrei de como Aric havia evitado falar da falecida rainha. Como um ar sombrio se apoderou dele lá no castelo. Eu tinha pensado que era o luto, mas era mais do que isso, e pior.

— A sua mãe.

Aric concordou, com o olhar distante.

— Ela foi uma boa governante e uma mulher difícil. Queria um herdeiro como ela: ousado, destemido, um líder nato. Alguém que conseguisse prender a atenção de toda uma plateia e manipular os cortesãos com a mesma facilidade que uma aranha controla a sua teia. Alguém que sempre tivesse as palavras certas e não tivesse medo de usá-las.

Ele não precisava dizer mais nada: alguém que não fosse Aric. Que não fosse gentil, reflexivo, reservado. Alguém que gostasse muito de ser o centro das atenções. Deve ter sido difícil ser filho de uma mulher assim, uma mulher a quem ele sequer se referia como mãe.

A raiva tinha me dominado, amarga como fel. E com a indignação pela situação de Aric, eu também senti raiva por mim mesma. Eu sabia muito bem como era crescer sob o olhar de pais que consideravam os filhos inadequados, indignos, *errados*. Eu tinha experimentado todas as formas sutis pelas quais o amor distorcido podia machucar.

— Ela tinha razão — Aric disse, categórico. — Gildenheim merece um governante diferente. Eu nunca quis ser rei. — A sua boca se curvou, uma contorção tão afiada quanto uma lança. — A minha ambição era me esconder entre os meus livros, ver a rainha viver até uma idade avançada e passar o trono para a próxima pessoa na linha de sucessão sem nunca ter que me sentar nele. Nunca quis ser responsável por um país inteiro.

— Eu também nunca quis.

A minha própria admissão me surpreendeu. As palavras saíram sem pensar, escapando como um pássaro assustado. Queria ter engolido as palavras de volta, mas eram verdadeiras. Eu nunca as havia reconhecido antes, mas, pelos mares, eram mesmo verdadeiras.

Por um momento, me permiti imaginar: o que aconteceria se quebrássemos a maldição, mas abandonássemos o trono? Não seríamos mais responsáveis pela magia de Gildenheim. Poderíamos partir, nós dois. Ir para qualquer lugar. Ser quem quiséssemos. Construir uma vida própria para nós, sem os deveres de um nobre.

E, enquanto isso, Varin empregaria o seu poder recém-adquirido para trazer destruição à própria terra. Expandindo a mineração de ferro. Derrubando as florestas, dizimando quaisquer criaturas mágicas que restavam nessas terras selvagens. Usando esses recursos para formar um exército. Tudo havia sido explicitado no tratado. Com os termos violados, e aparentemente por uma mão damariana, Varin teria uma desculpa para exigir compensação. Até mesmo declarar guerra.

A ideia de fugir com Aric era um sonho tão imaterial quanto as nuvens. Não havia para onde ir quando o mundo era um campo de batalha. E mais do que isso, eu sabia o peso das minhas responsabilidades tão intimamente quanto um manto sobre os meus ombros. Assim como tinha sido meu dever me casar com Aric, era meu dever quebrar a maldição, libertar o meu séquito e colocar tudo em ordem. A monarquia poderia ser um sistema falho, mas se alguém conseguisse mudá-la para melhor, esse alguém não seria Varin. Seria Aric.

Segurei o rosto do meu marido e o virei para ele me encarar.

— A rainha estava enganada, Aric.

Ele me permitiu movê-lo, ainda que eu sentisse a tensão em seus músculos, o seu desejo de se esconder novamente. Mantive os olhos fixos nele. Eu não tinha tanta certeza a respeito do julgamento dos meus pais, mas, no caso de Aric, a rainha sem dúvida havia cometido um erro.

— No castelo, você me deixou um livro — eu disse. — Uma história das guerras damarianas.

— Deixei — ele afirmou, com um sorriso irônico. — Não consegui encontrar muitos textos em sua língua que pudessem te interessar.

Então, não havia sido um insulto, mas outra demonstração de gentileza. Aric era muito mais do que ele se permitia acreditar.

— O que quero dizer é que nós dois conhecemos a história dos nossos países. Anos de conflito, motivados pelo desejo de controle. A sede de poder, ou seja, *matar* por poder não torna ninguém um bom governante. Produz, na verdade, um tirano. — Passei o polegar ao longo de seu queixo. — Você não é assim. Por isso, é um homem melhor.

Os olhos de Aric escureceram. Hesitante, ele segurou a minha mão, entrelaçando os nossos dedos. Dava para perceber que ele não acreditava em mim. Totalmente, não. Ainda não.

— Nem sempre é fácil escolher o nosso dever — eu disse em voz baixa. — Mas é uma escolha que precisamos fazer. Pelas pessoas que nós...

Amamos. Titubeei na palavra. Tatiana talvez tivesse visto essa verdade delicada, mas eu ainda não conseguia admitir. Não conseguia baixar o último e frágil escudo que me protegia contra o mundo.

— Pelas pessoas que dependem de nós — completei. — E, seja lá o que tenham dito, você *tem* valor. Mesmo que não acredite nisso.

Por fim, ainda que de forma quase imperceptível, Aric relaxou. Ele se deitou de lado para me encarar. Qualquer que fosse o duelo sutil que estávamos travando, eu tinha vencido.

— Você é quem tem valor — ele murmurou, com os dedos traçando a curvatura da minha coluna. — Você merece muito mais do que eu. Muito mais do que posso dar.

Fechei os olhos quando ele pegou a barra da minha camisa, dispersando os meus pensamentos.

— Não sei se concordo com isso. Você me deu bastante na outra noite.

Aric ficou com a respiração mais acelerada quando eu o toquei. Ele já estava tendo uma ereção quando deslizei a mão pela sua barriga. Achei o laço da sua calça.

— Talvez você esteja disposto a me mostrar o quanto pode me dar — sussurrei.

Aric encostou a testa na minha, com os dedos se enredando no meu cabelo.

— Bianca, eu te daria tudo — ele disse, com a voz rouca de desejo.

Foi a minha vez de ficar sem ar. A maneira que ele disse o meu nome soou como amor. Pareceu algo definitivo.

Mas eu podia guardar tais medos, tais revelações, para o dia seguinte. Naquela noite, eu estava ansiosa para me perder, mesmo que apenas por um momento, na sensação do abraço do meu marido e na certeza de nosso desejo mútuo.

— Por favor — sussurrei.

Dessa vez, ao me beijar, Aric tirou o meu fôlego, intenso a ponto de quase doer. Mas ele foi delicado ao puxar a minha camisa pela cabeça. Em seguida, deslizou as mãos para baixo, até os seus dedos encontrarem o meu centro, me fazendo estremecer e me curvar para ele.

Eu me afastei o suficiente para que pudéssemos tirar o resto das nossas roupas. Dessa vez, nós nos despimos às pressas, ambos impacientes. Então, Aric segurou os meus quadris e me puxou para montá-lo, me apoiando em seu peito nu. Ele perguntava o que eu queria de uma maneira diferente, me deixando pegar o que fosse o necessário.

Eu me pus de joelhos e estendi a mão entre nós para posicioná-lo. Aric fechou os olhos e deixou escapar um som gutural quando a minha mão enlaçou a sua ereção e a fiz roçar a minha abertura. Por um momento, eu nos mantive assim, saboreando a maneira como os seus cílios tremiam e os seus lábios se entreabriam de desejo. Então, me afundei sobre ele, centímetro por centímetro, de modo suavemente dolorido.

Aric colocou as mãos na minha cintura, prendendo os meus quadris aos dele. Então, ele me penetrou tão fundo quanto eu consegui suportar. Acompanhei os seus movimentos, com o cabelo caindo solto ao redor dos meus ombros. Era disso que eu precisava. Disso, e nada mais. Nenhum pensamento, nenhum medo, apenas a sensação dele dentro de mim. Balancei os quadris, soltando um grito quando encontramos o nosso ritmo.

Dessa vez, não houve nada lento ou hesitante em nossa relação íntima. Nós nos unimos de forma intensa e rápida, usando os nossos corpos para afastar as nossas dúvidas. Eu me perdi no movimento dos quadris de Aric contra os meus, na maneira que ele encontrou um lugar bem fundo dentro de mim, que afugentou a ideia de algo além daquele momento. Só me permiti pensar nisso, e nele, até conseguir esquecer que estávamos ficando sem tempo.

Acordamos antes do amanhecer e encontramos Tatiana no alto da escada. Em seguida, começamos a nos encaminhar para fora, na penumbra da madrugada. Nenhum outro hóspede estava acordado, embora eu tenha ouvido os sons do café da manhã sendo preparado quando passamos pela cozinha e seguimos em direção à estrebaria. Uma dúzia de cabeças equinas se esticaram por cima das portas das baias. Tatiana acordou a tratadora, que estava dormindo sobre uma pilha de feno, e a mandou sair. Vi o brilho de moedas trocando de mãos, o que aliviou a minha culpa por interferir no trabalho da garota.

Aric entrou em uma baia vazia para se despir, usando a meia porta em busca de privacidade. Enquanto isso, Tatiana se sentou no chão e mexeu num monte de fios e miudezas, murmurando de forma enigmática para si mesma enquanto os torcia juntos.

Desconfiada, me aproximei para ver o que ela estava fazendo.

— O que você pretende fazer com tudo isso?

— Um feitiço, é claro — Tatiana respondeu, despreocupada. — Nunca se sabe quando vamos precisar de um bom botão.

Uma resposta inútil, sem dúvida — não que eu realmente esperasse uma explicação adequada dela. Tatiana vinha construindo engenhocas excêntricas desde que a sua capacidade de canalizar a magia se manifestou, para desespero dos nossos pais.

— Tatiana — eu disse, com severidade. — Me diga o que você pretende fazer com o meu marido.

A minha irmã interrompeu o que estava fazendo e olhou para mim.

— Já ouviu falar de um cavalo em *miniatura*? — ela perguntou, em tom conspiratório.

— Eu... O quê? Você está querendo *encolher o meu marido?* — A minha irmã caiu na gargalhada. — Tatiana!

Atrás de nós, Aric pigarreou.

— Estou pronto.

Olhei para ele e fiquei sem fôlego. Embora a meia porta da baia escondesse tudo abaixo da cintura, Aric estava inquestionavelmente nu. As sombras destacavam o sulco da sua garganta, fazendo com que as minhas mãos desejassem traçar as suas clavículas, puxando-o para mim. Se não tivéssemos companhia...

— Não deixe a minha irmã encolher você — implorei. — Eu gosto do tamanho que você tem.

Tatiana deu uma risada macabra. Aric ficou vermelho. Eu corei.

— Eu... Deixa pra lá. O tamanho não importa. Você tem certeza de que concorda com isso, Aric?

Ele deu um sorriso discreto, mas a expressão escondia um pensamento que não consegui entender.

— Vai dar tudo certo, Bianca.

Ele não respondeu a minha pergunta. Meu coração deu um pulo no peito.

— Quanto tempo falta para o sol nascer? — Tatiana perguntou.

Perto da porta da estrebaria, olhei para fora, procurando afastar a visão de um Aric do tamanho de um palmo, que afetavam a minha tentativa de manter a calma. O pátio impedia a minha visão do horizonte, mas pela luz azul-violeta do céu sem nuvens, o amanhecer estava próximo.

— A qualquer momento — respondi.

Ouvi um barulho no pátio. Semicerrei os olhos, me esforçando para enxergar. Com certeza não era nada — um hóspede indo embora ou um dos empregados da estalagem cumprindo as suas obrigações —, mas, por algum motivo, senti uma tensão na nuca.

— ... Se é o momento que o sol toca o horizonte, ou o momento em que ele o ultrapassa — Tatiana estava dizendo. — Afinal, o que define o amanhecer? Nunca parei para pensar sobre isso...

— Tatiana — eu disse em voz baixa.

A minha irmã conhecia cada padrão da minha fala. Ela levantou os olhos, com as suas palavras se interrompendo no meio da sílaba.

Naquele momento, o sol nasceu.

Um clarão de luz. Um som como uma explosão, ouvido de forma abafada. Um estrondo sonoro vindo da baia atrás de mim. Então, um cavalo branco se levantou sobre as quatro patas, espanando vigorosamente a crina.

Por um momento, pensei que a sombra projetada na porta da estrebaria fosse algum efeito novo do feitiço. Então, a sombra se dividiu em duas, depois em três, depois em mais, e conforme a imagem residual do clarão do encantamento se desvanecia da minha visão, a verdade se tornou evidente: cinco desconhecidos usando sobretudos pretos até os joelhos, ao estilo gildeniano, cada um portando um sabre preso à cintura.

Como um punho de ferro, meu coração ficou apertado de medo.

A forasteira no meio do grupo, uma mulher mais ou menos da idade da minha mãe, se inclinou para espiar dentro da estrebaria. Enquanto eu e Tatiana a encarávamos, ela nos dirigiu um olhar afiado.

— É ela — a mulher disse. — A mulher do rei. Capturem ela.

28

Tatiana e eu nos movemos ao mesmo tempo. Dei um passo à frente — ou melhor, tentei dar. Antecipando o meu movimento, Tatiana se levantou às pressas, espalhando botões e fios, e me empurrou com força para trás dela.

— Corra — ela ordenou.

— Eu não...

Os forasteiros não esperaram a nossa discussão terminar. O grupo invadiu a estrebaria, vindo direto para mim e minha irmã.

Tatiana atirou uma engenhoca de fios na direção deles. Com um estrondo, uma fumaça roxa começou a se espalhar. Ao mesmo tempo, Aric se ergueu, soltou um grito de guerra de garanhão que fez os meus ouvidos doerem. Com o barulho de madeira rachando, ele arrombou a porta da baia. Os outros cavalos da estrebaria relincharam e se assustaram, contribuindo para o caos. Confrontados por cascos que distribuíam coices descontrolados e por uma magia inesperada, os agressores recuaram, tossindo e se engasgando.

Tatiana me arrastou para longe da batalha, em direção aos fundos da estrebaria.

— Você tem que cair fora daqui. Corra. Eles não vão se atrever a seguir você além da fronteira.

Soltei o meu braço com força do punho de Tatiana.

— Não vou te abandonar! Nenhum de vocês!

— *Ouça o que a sua irmã está dizendo* — Aric interveio. — *É você que eles querem.*

— Mas eu...

— *Droga, Bianca, salve-se e CORRA!*

Tatiana chutou uma porta que eu não tinha notado — uma saída dos fundos —, e me empurrou para fora. Tropecei no umbral e caí de mãos e joelhos no pátio. Senti as palmas das mãos doerem por causa da terra compactada. Eu me esforcei para ficar de pé e me virei, mas

Tatiana estava bloqueando a porta com uma determinação que eu conhecia muito bem.

— O seu dever é se salvar — ela gritou. — Tome a decisão certa. *Fuja*.

Ela bateu a porta da estrebaria na minha cara.

Decisão. Dever. Responsabilidade.

Maldita seja Tatiana — Malditos, os dois — eles tinham razão. Estávamos desarmados e em desvantagem numérica. Eu ainda estava me recuperando dos ferimentos anteriores. Não conseguiria nada me deixando prender. Nada, a não ser entregar o trono de bandeja nas mãos de Varin.

Com raiva, eu me virei e fugi em direção à fronteira damariana. Cumprindo o meu dever, como sempre.

* * *

Não cheguei muito longe. A minha determinação e a minha força me levaram somente até os arredores da cidade. Mesmo que eu quisesse continuar correndo, não conseguiria. Cada ofegada era como se fosse uma pontada no meu lado, me atingindo onde a minha costela ainda estava em recuperação.

Entrei num beco, me abraçando, como se apenas o meu abraço impedisse que eu sucumbisse. Eu me agachei no chão e me apoiei na parede, com o casaco roçando no reboco. A terra estava fria, com a umidade se infiltrando no tecido da calça. Cada respiração era um sufoco. Meu coração batia como se fosse saltar do peito.

Respire. Respire fundo. Se eu considerasse isso como uma das minhas crises — uma dor a ser suportada, nada mais —, ela passaria. Tinha que passar.

Aos poucos, a minha respiração e o meu coração foram voltando ao normal. Gradualmente, fui me dando conta dos sons a meu redor. O barulho das rodas de carroça na estrada. O cacarejo insatisfeito de um bando de galinhas nas redondezas. As vozes em gildeniano e damariano, repreendendo, negociando, rindo e gritando.

Os sons habituais de uma cidade de fronteira logo após o amanhecer. Nenhum grito de alerta. Nenhum tilintar de armas. Não fazia sentido, mas estava evidente: ninguém estava me perseguindo. Os desconhecidos não me seguiram.

Avancei aos poucos até conseguir ver para fora do beco. As pessoas passavam pela rua, indo trabalhar ou ao mercado, nenhuma delas dirigindo um olhar para mim. A cidade estava se preparando para um novo dia ensolarado. E ali estava eu, a flor de Damaria, encolhida num beco úmido, enquanto a minha irmã e o meu marido eram atacados e eu não fazia nada para defendê-los. A culpa me assolava, tão nauseante quanto uma das minhas crises.

Não podia ficar ali. Eu me levantei, me apoiando na parede, com as pernas bambas. Fui mancando em direção à fronteira, tentando abafar a voz na minha cabeça que me dizia para parar, que eu estava indo na direção errada.

Não sei por quanto tempo continuei avançando, com cada passo soando como uma reprovação. A minha noção de tempo estava distorcida pelo medo e pelo cansaço. A cidade não tinha se dado ao trabalho de ter um relógio público. Eu me lembrei de que diziam que os dispositivos dos Adeptos eram afetados perto da fronteira.

Aric provavelmente teria me dito o motivo. Ou, pelo menos, discutido teorias a respeito disso durante horas. O pensamento me angustiou, como se fosse um soco no estômago que me fizesse dobrar de dor.

Não durou muito. Eu estava acostumada a lutar contra a dor. Eu me endireitei, rangendo os dentes, e continuei.

Finalmente, só os mares saberiam quanto tempo depois, avistei o desfiladeiro que definia a fronteira. Eu estava a apenas alguns metros do solo damariano. Um posto de guarda se situava a cada lado: o mais próximo de mim, com a bandeira de Gildenheim, e o mais distante, com a bandeira do meu país.

Eu estava quase em casa. Quase em segurança. Mais cem passos, e eu estaria de volta a Damaria, pronta para ser levada ao palácio.

Parei, olhando para o ponto crucial da passagem.

Foi fácil demais. Alguma coisa não parecia certa.

Ninguém tinha me perseguido desde a estalagem. Ninguém tinha tentando me deter, e eu não entendia o motivo. Além disso... o ataque não havia sido aleatório. Estavam atrás de mim.

Mas como os agressores sabiam que eu estaria lá? Será que Aric havia sido reconhecido na estalagem onde nos hospedamos na primeira noite? Mas como alguém saberia para onde estávamos indo? De alguma maneira, Varin deve ter interceptado a minha mensagem para Tatiana e preparado uma armadilha.

Ou então Evito tinha nos traído. Varin não poderia ter feito isso sozinho: quanta gente da corte ele havia atraído para o seu lado?

Apertei o casaco com mais força contra uma rajada de vento, encarando as duas bandeiras que tremulavam na brisa gelada.

Se Tatiana e Aric tivessem sido capturados ou — afastei de mim a ideia — mortos, não havia mais nada que eu pudesse fazer por eles. Eu não era tão tola assim de achar que poderia enfrentar cinco guardas treinados apenas com uma adaga. Mas com certeza nem os meus pais poderiam me recriminar por coletar mais informações antes de voltar para casa, sobretudo porque eu ainda não havia cruzado a fronteira. Sem dúvida, fazer isso poderia ser considerado parte do meu dever.

Firmei o queixo. Decidi que voltaria para a estalagem, só por um breve momento, em busca de notícias. Talvez isso não aliviasse nada, exceto a minha consciência, mas pelo menos eu ficaria sabendo o que havia acontecido com o meu marido e a minha irmã.

Levantei o capuz, mais grata do que nunca pelo estilo generoso dos casacos militares gildenianos, e voltei pelo caminho que havia feito, dizendo a mim mesma que essa decisão era a mais inteligente. Aquela imposta pelo dever, e não por um desejo egoísta.

Levei mais tempo do que eu esperava para chegar à estalagem — o desespero talvez tenha acelerado a minha fuga mais do que eu imaginava. Quando avistei a estalagem, o sol já estava bem alto no céu. Os guardas — e Tatiana e Aric, com eles — já estariam bem longe. Ainda assim, me dirigi até o edifício com todos os meus sentidos em alerta, pronta para me esconder nas sombras a qualquer momento.

A estalagem parecia surpreendentemente tranquila. A luz do sol refletia na tinta fresca da sua placa, que balançava na brisa ligeira. De dentro, vinha o burburinho das vozes e o tilintar dos talheres. Os hóspedes ainda presentes estavam desfrutando de um almoço rotineiro, alheios ao incidente ocorrido apenas algumas horas antes.

Puxei o capuz mais para cima da cabeça e fui sorrateira para os fundos da estalagem, em direção à estrebaria. Se houvesse algum sinal do que tinha acontecido com Aric e Tatiana, seria lá que eu encontraria.

O pátio estava estranhamente silencioso. Ninguém apareceu enquanto eu meu aproximava de fininho da entrada da estrebaria. Fiz uma pausa e prestei atenção aos sons. Da escuridão dentro da estrutura vinham os ruídos de uma mastigação satisfeita. Um cavalo relinchou baixinho. Outro golpeou o chão com o casco.

— Aric? — sussurrei.

— Posso ajudá-la?

Meu coração foi para a garganta. Levei a mão à rapieira, mas me lembrei de que não a tinha mais. Eu me virei e me vi cara a cara com a tratadora que nos recebeu na chegada à estalagem. Ela tinha uma trança que caía sobre o ombro, com alguns fiapos de feno presos nas mechas escuras. Sua expressão era desconfiada, e ela não me reconheceu. Devia achar que eu estava ali para roubar os seus animais.

Dei uma olhada no pátio atrás dela e pensei em sair correndo. Mas isso só confirmaria as suspeitas dela, e se ela chamasse reforços, eu não estava em condições de fugir deles.

Hesitante, levantei as mãos ao capuz e o empurrei para trás para que ela pudesse ver o meu rosto.

— Estou procurando um garanhão branco.

A tratadora arregalou os olhos.

— É você! Achei que você tivesse sido levada com a lady — ela disse em voz baixa.

Balancei a cabeça.

— O que aconteceu com ela? E o cavalo? Cadê eles? Quem eram aquelas pessoas?

A tratadora lançou um olhar discreto em direção à porta dos fundos da estalagem e, em seguida, deu um passo à frente.

— Aquele grupo chegou ontem. Ouvi um deles dizer que vinham de Arnhelm. Eles tinham uma autorização do castelo. Não me disseram nada. Não que fosse da minha conta perguntar, mas eu vi quando colocaram a lady numa carruagem e seguiram pela estrada para o norte.

Eles estavam levando Tatiana para Arnhelm. A raiva me fez morder o interior da bochecha, com tanta força que senti o gosto amargo do meu próprio sangue. Eu tinha razão: o ataque não foi aleatório. Aquele grupo era formado por guardas reais que estavam à espreita.

— Mas por quê? — perguntei, pensando em voz alta. Não fazia sentido. Eles queriam a mim, e não a Tatiana.

— Ouvi eles dizendo que a lady era a nova rainha. A duquesa damariana que se casou com o rei Aric alguns dias atrás — ela respondeu em voz baixa novamente.

A ficha caiu com a mesma velocidade de uma rapieira sendo embainhada. Eles confundiram Tatiana comigo. Tínhamos semelhanças suficientes para que pudéssemos ser confundidas, para quem não nos conhecia bem. Durante o confronto, os guardas não prestaram a devida atenção e, entre nós duas, Tatiana era a que estava vestida como uma nobre. O erro seria claro o suficiente assim que chegassem ao castelo, mas por enquanto, eles achavam que *me* tinham em suas mãos.

Graças aos mares, eu não havia mencionado Aric na minha carta para Tatiana. Pelo menos, os guardas não estariam à procura de um cavalo branco. A não ser que tivessem interrogado Marya. E mesmo assim, eu tinha certeza de que ela não tinha dito.

— E o cavalo? — perguntei, tentando conter o desespero. Nunca tinha sido tão difícil manter no lugar a minha máscara de compostura. — Eles também levaram o cavalo branco?

— Eles venderam o garanhão para um negociante chamado Pranto. —Ela fez um gesto que devia ser uma superstição gildeniana, como se quisesse afastar o pensamento. — Um homem desprezível. Ele não tem o direito de se chamar de negociante de cavalos.

Precisei de toda a minha força para impedir que as minhas pernas ficassem bambas. Eu me apoiei na parede, tomada pelo desespero.

— Está tudo bem? — A tratadora estava me olhando, preocupada. — Você se machucou?

Fiz um gesto negativo com a cabeça. Eu estava machucada, mas não do jeito que ela pensava.

— É só... um golpe muito forte — consegui dizer. — Eu não sei o que fazer.

Eu não queria ter dito a última frase, mas saiu sem querer, uma verdade que me apunhalou como uma adaga.

— Quem é você, afinal? — a garota perguntou, com a expressão se suavizando pela curiosidade. — Você se parece muito com a outra lady e tem o mesmo sotaque, mas... — Ela fez um gesto vago, apontando para o estado das minhas roupas.

Só então me dei conta de que estávamos falando em damariano. Lá se foi o subterfúgio.

— Você tem razão, ela *é* a nova rainha. Eu sou a irmã bastarda dela — respondi, improvisando. — Eu estava encontrando ela aqui em segredo. Ela me mandou embora quando os guardas chegaram. Para que não me levassem junto com ela.

A minha história não resistiria a um exame mais minucioso, ainda mais para alguém que conhecesse os meus pais e como o dever era o lema da Casa Liliana. Mas ela era apenas uma tratadora de cavalos e também muito jovem. Ela concordou com compreensão, com os olhos brilhando, cheios de interesse.

— É verdade que o rei... — ela começou a perguntar.

Eu não sabia o que ela achava que o rei era, mas tinha certeza de que a minha resposta não seria um *cavalo encantado*. Não dei a ela a chance de terminar. Eu sabia reconhecer uma abertura quando a via. Inclinei-me mais perto dela, e ela reagiu como uma flor ao sol, curvando a cabeça para ouvir as minhas palavras sussurradas.

— O rei Aric está vivo — eu disse. — Mas há uma conspiração para matá-lo, e ele corre grande perigo. Só a rainha pode salvá-lo.

— Mas a rainha está... — a garota disse, arregalando os olhos.

— Exatamente — voltei a interrompê-la, redirecionando as conclusões dela. — Eu estava procurando algo para ajudá-la. Um pertence dela. Achei que talvez ela tivesse deixado cair na estrebaria.

A tratadora fez que não com a cabeça, e eu senti um aperto no coração. Dirigi um olhar desesperançado para a estrebaria, mesmo sabendo que não estava realmente procurando por nenhum pertence de Tatiana. Só estava em busca de uma explicação do que havia acontecido. Uma chance, por mais remota que fosse, de que isso ainda pudesse ser remediado.

Eu já tinha a minha resposta. Não havia mais nada ali para mim. Já havia esperado demais. Precisava ir até o Conselho e admitir o meu fracasso para os meus pais.

— Não na estrebaria — a tratadora disse. — Eu teria notado se tivessem deixado algo aqui. Mas... pode ser que tenha algo esquecido no aposento da lady.

— Não foram revistados? — perguntei, voltando os meus olhos para ela.

— Foram sim — a garota admitiu. — Mas o rapaz da limpeza é o meu irmão mais velho. Pelo que ele me disse, os soldados só reviraram as coisas. Quase não levaram nada. Ele ainda não mexeu nos pertences da sua irmã, por via das dúvidas...

Depois disso, quase não precisei insistir para que a tratadora me deixasse entrar pela porta dos fundos da estalagem. Logo em seguida, subimos de fininho a escada dos criados. A tratadora estava com os olhos tão arregalados de empolgação que temi que ela desmaiasse, enquanto fiquei com a mão pairando perto da adaga em meu punho. A porta do aposento de Tatiana estava trancada, mas a tratadora pegou uma chave de um molho preso à cintura, girou-a e se colocou de lado, para que eu pudesse olhar.

Era como ela tinha dito. O quarto estava revirado, com os pertences espalhados por toda parte. Se Tatiana havia trazido joias ou moedas, tinham desaparecido. Porém, o resto ainda estava ali. Caminhei devagar pela desordem, levantando as camadas de saias de um vestido abandonado para espiar por baixo, pisando em cacos cintilantes de um espelho quebrado. As bolsas da minha irmã estavam no sofá, viradas do avesso.

Uma empunhadura metálica se projetava debaixo da cama, quase oculta por uma pilha de lençóis amarrotados. Uma rapieira? Ansiosa, me agachei para pegá-la, empurrando a roupa de cama para o lado.

Não, não era uma rapieira. Era só o atiçador de lareira. O desespero fez meu estômago revirar, mais debilitante do que qualquer uma das minhas crises.

A tratadora se inclinou para olhar e falou com a voz cheia de curiosidade:

— O que é? Encontrou algo útil?

— Não — respondi, mal conseguindo pronunciar a palavra. — Não há nada útil aqui.

29

Eu não sabia o que esperava encontrar — uma mensagem, talvez. Algo que eu pudesse usar. Alguma confirmação de que havia feito a coisa certa.

— Sinto muito. — A tratadora puxou as mangas do seu casaco. — Não sei o que você está procurando, mas... parece que você perdeu algo importante.

Em meu desespero, quase havia esquecido de que ela estava no quarto comigo. Eu me forcei a olhar para ela, para afastar a total decepção da minha voz.

— Como você se chama?

Surpresa, ela ergueu as sobrancelhas. Em seguida, endireitou-se.

— Alicia. Não que alguém costume perguntar. Sou só uma criada.

— Alicia — repeti. — Obrigada, Alicia. Vou lembrar.

Ela riu, como se o fato de eu lembrar fosse algo divertido. Em seguida, abafou a risada com a mão — às pressas, como se esperasse ser estapeada pela impertinência.

— Tem alguma coisa mais que você precisa aqui? — ela perguntou.

— Um pouco de tempo, se isso não colocar você em apuros. Não vou mexer em nada. Só preciso pensar um pouco.

Devo ter falado mais como uma nobre do que queria, pois a postura de Alicia mudou abruptamente. Ela abaixou a cabeça e deu um passo para trás.

— É claro, milady — ela disse, com um tom subitamente reverente. — E... — Fiquei esperando ela falar. — Eu espero que você consiga salvá-los — ela disse de supetão. — A sua irmã e o rei.

De repente, as lágrimas se acumularam nos meus olhos. Era tudo o que eu podia fazer para impedir que caíssem.

— Obrigada — consegui dizer.

Em seguida, a porta se fechou e eu fiquei sozinha.

Por um momento interminável, não me mexi. Logo depois, desabei sobre o sofá, observando inutilmente o atiçador da lareira. Apesar de todo o meu esforço, as lágrimas voltaram a se acumular. Dessa vez, não me esforcei para contê-las. Deixei que rolassem.

Que descendente da Casa Liliana eu era. Tomada pelas lágrimas em uma estalagem à beira da estrada, usando uma roupa esfarrapada e encardida pela viagem, sem um tostão no bolso. E pior do que a minha ignóbil aparência, eu havia abaixado a guarda. O meu desespero, a minha fraqueza, a minha vulnerabilidade, tudo estava ali para qualquer um ver e explorar. Tudo o que os meus pais temiam havia se revelado verdadeiro: eu não era forte o bastante, e tinha falhado. A única bênção era que ninguém estava ali para testemunhar o desastre em que me tornei. Pela primeira vez na vida, eu estava totalmente por conta própria.

Enxuguei as lágrimas com a manga do casaco. A minha irmã era uma prisioneira. O meu marido foi vendido como carne de cavalo. Um usurpador estava prestes a tomar o trono de Gildenheim. A guerra pairava no horizonte. Eu tinha fracassado em tudo o que vim fazer ali. A única coisa que restava era voltar para Damaria derrotada. Independentemente do que meus pais pensassem sobre os meus fracassos, eles teriam concordado que era melhor perder uma filha do que duas, mesmo que a segunda fosse uma decepção. Até Aric concordaria que eu deveria fugir. Ele próprio tinha me dito isso.

O caminho se estendia claro a minha frente. Eu deixaria a estalagem, me arrastaria pelos últimos quilômetros até a fronteira, usaria minha posição social para requisitar ajuda e voltaria ao palácio, onde os meus pais usariam todo o poder político do Conselho dos Nove para negociar uma trégua com Varin e libertar Tatiana. Não havia nenhuma esperança de impedir que Varin fosse coroado ou de restaurar o tratado original. Porém, ao menos, eu poderia lutar pela minha irmã.

Era a escolha certa. Era a escolha óbvia. Uma escolha definida pelo dever. Eu nasci e fui criada para tomar decisões como essa, sacrificando os meus próprios desejos para salvar a vida de muita gente.

Sacrificando o meu séquito. Sacrificando Aric.

Cravei as unhas nas cicatrizes da magia de sangue, nas palmas das minhas mãos. Respirei fundo.

Por mais que eu desejasse ignorar isso, também fazia parte do meu dever reconhecer as consequências e seguir com elas até o fim, por mais doloroso que fosse. Eu conseguia imaginar perfeitamente o que aconteceria a seguir. Os meus guardas seriam executados, junto com Julieta. Quanto a Aric, ele talvez sobrevivesse aos maus-tratos que o negociante para quem tinha sido vendido infligiria agora, mas quando o crepúsculo chegasse e Aric voltasse a ser um homem... Pelo nome, o negociante era damariano, e o meu povo não lidava bem com magia selvagem. Não era difícil prever como uma homem supersticioso reagiria quando o seu novo cavalo se transformasse de repente num humano diante dos seus olhos.

Aric havia ficado paralisado quando fomos atacados na estrada; ele não se sairia melhor contra um agressor diferente, ainda mais logo após se transformar. E mesmo que escapasse, não teria para onde ir. Não poderia voltar para Arnhelm. Eu conhecia o destino dos herdeiros legítimos quando um usurpador tomava o trono. E que outras opções ele tinha? Estaria nu, sozinho, desamparado. Aric nem sequer havia conseguido roubar um par de sapatos por conta própria. Se o negociante ou outros fora-da-lei não o matassem, o frio faria o trabalho.

A conclusão era inevitável. Salvar-me, seguir o meu dever, significaria perder Aric para sempre.

O desespero, implacável como uma noite de inverno rigoroso, se apossou de mim. Era quase um alívio. Finalmente, anestesiou a dor.

Nunca imaginei que você fosse mesmo se apaixonar pelo seu marido.

Ditas apenas algumas horas atrás, as palavras de Tatiana ecoavam de forma recriminatória na minha mente. Agora, tarde demais, eu conseguia perceber o motivo pelo qual me atingiram com tanta força: elas eram verdadeiras. Eu *tinha* me apaixonado por Aric. Não foi só o desejo físico que me atraiu, não foi só a trégua que nos manteve juntos, e, em algum lugar, bem no fundo, eu sabia. Nunca desejei uma pessoa apenas porque a achava bela. A beleza era vazia. Era a vida interior de Aric que eu amava. O jeito como ele era gentil e paciente, sem me culpar quando o meu corpo precisava de descanso. O jeito como ele irradiava paixão ao falar sobre as coisas que amava. O jeito como ele abriu o seu coração para mim, mostrou as suas cicatrizes, as palavras que o fizeram sangrar, mesmo sabendo que poderia ter usado sua confiança para feri-lo ainda mais.

Eu me lembrei da calidez da mão de Aric na minha, do sorriso cauteloso que iluminava o seu rosto com a esperança de um novo amanhecer, dos seus olhos cheios de confiança. Confiança em *mim*. Aric acreditava em mim, mesmo quando eu não acreditava.

O fato de se importar significa que você é forte. Significa que você tem bastante coragem para se permitir sentir, mesmo que isso coloque o seu coração em risco. E você é forte, Bianca. Mais forte do que imagina.

Eu não era corajosa. Eu não era forte. Mas Aric era. E se isso fosse verdade — que a vulnerabilidade dele o tornava forte —, então abrir o meu coração não era uma fraqueza, mas um passo de coragem que eu nunca tinha ousado dar.

Talvez eu não estivesse cumprindo o meu dever porque era o certo a fazer. Talvez eu estivesse cumprindo o meu dever porque eu era uma covarde, com medo da minha própria vulnerabilidade.

Talvez a escolha que eu considerasse certa não fosse tão certa assim.

O pensamento foi tão súbito e certeiro quanto uma rapieira acertando o alvo em cheio. A lógica e o dever definiam o que eu deveria fazer: abandonar a própria sorte a minha irmã, o meu séquito e o meu marido para me salvar e preservar o tratado. Mas o meu coração dizia o contrário e, pela primeira vez, eu estava ouvindo.

A vida toda fiz exatamente o que esperavam de mim. Segui a razão e ignorei o batimento hesitante do meu coração. Eu me esforcei ao máximo para ser a filha que os meus pais queriam, ansiando por sua aprovação. E veja só aonde vim parar.

Talvez fosse hora de parar de pensar com a cabeça e começar a pensar com o coração.

Eu me lembrei do arboreto para onde fugi com Aric. Dos brotos verdes das flores despontando na neve. Outra geada forte os mataria. Mas, se não se arriscassem, perderiam toda chance de existir.

E não seria melhor arriscar viver do que se esconder debaixo da terra para sempre, esperando por uma certeza que o mundo nunca poderia prometer?

Aos poucos, ergui a cabeça. Percorri com o olhar os arredores: o quarto saqueado e as brasas se apagando na lareira. Se era para isso que o dever me trazia, se era isso que a aprovação dos meus pais significava, eu já não queria mais.

Fiquei de pé, cansada desse quarto e das suas lembranças evocativas dos meus erros.

Algo reluziu, atraindo a minha atenção: latão esmaltado. A escarradeira de sete léguas, meio escondida sob o vestido abandonado de Tatiana. Eu me agachei, a peguei e a analisei nas minhas mãos.

Tatiana sempre trilhou seu próprio caminho, independentemente da aprovação dos nossos pais. Era hora de eu fazer o mesmo. Escolher o que eu queria. Não para os outros, mas para mim mesma. Mostrar que a fé de Aric em mim estava, afinal, fundamentada. Lutar pelas pessoas que me amavam pelo o que eu era, em vez daquelas que me diziam que eu nunca estava à altura. Transformar o medo em força.

Eu tinha abandonado a pessoa que eu amei uma vez. Não faria isso de novo.

Cerrei os punhos: não de desespero dessa vez, mas de raiva. Para que eu a usasse como quisesse.

— Estou indo atrás de você, Aric — sussurrei. — E que os mares tenham misericórdia de quem ousar ficar no meu caminho.

30

As Virtudes sorriram para mim: o negociante de cavalos ainda estava na cidade. Apanhei tudo dos nossos quartos que pudesse ser útil — incluindo, para o meu grande alívio, as balas de hortelã-pimenta da feiticeira verde —, deixei algumas perguntas em lugares estratégicos e, uma hora depois, estava percorrendo a cidade com toda a força da minha raiva me impulsionando.

A taberna parecia como qualquer outra em uma tarde comum: bem iluminada, com o barulho dos clientes transbordando para a rua em geral silenciosa, junto com o fedor dos corpos amontoados e dos líquidos derramados. Segurei firme o atiçador de lareira e abri a porta com força. Restavam-me poucas horas até o pôr do sol, e não pretendia desperdiçar nenhuma delas com hesitação.

Algumas pessoas levantaram os olhos quando entrei, com os olhares turvos de bebida, ainda que fosse o início da tarde. Viraram-se depressa ao ver a expressão no meu rosto. Passei por eles a passos largos e segui direto para uma mesa nos fundos.

Foi fácil reconhecer Pranto, o negociante. A descrição que eu tinha obtido da tratadora era precisa: o cabelo grisalho e a boca curvada com a mesma crueldade de um gancho de açougue. Ele estava debruçado sobre uma caneca de cerâmica, envolvido numa discussão acalorada com dois companheiros.

Eu me detive a um passo da mesa. E esperei.

Os companheiros de Pranto deram uma olhada em mim, mas logo se viraram. O negociante em si não deu atenção a minha presença, ainda que devesse saber que eu estava ali. Eu sabia o que significava ser ignorada: já tinha visto isso centenas de vezes na corte.

Muito bem. Eu era fluente em cinco línguas e dominava a linguagem de sinais. Eu podia me comunicar em uma língua que ele entendia.

Levantei o atiçador e o bati com força na mesa, pertinho do rosto de Pranto.

A caneca de cerâmica rachou. A cerveja se espalhou, encharcando a barba e o gibão do negociante. Os seus companheiros caíram fora às pressas, dando a impressão de que não queriam se envolver. Por sua vez, Pranto rugiu, furioso, e se levantou de um salto, com o rosto arroxeado.

Levantei o tição e o apontei para a garganta dele.

— Eu não faria isso — eu disse em damariano, com a voz cortante.

A taberna emudeceu. Todos os olhares estavam voltados para nós agora. Senti mais curiosidade do que hostilidade, mas um arrepio na espinha me dava um alerta.

Pranto desviou o olhar do tição para o meu rosto.

— Isso é ferro de lareira — ele zombou.

— Isso mesmo — confirmei. — Se sou irracional o suficiente para enfrentá-lo com um atiçador, imagine o quanto de estrago estou disposta a causar com ele. — Joguei um caco da caneca na direção do seu rosto. Ele se esquivou.

Pranto engoliu em seco e se ajeitou de volta na cadeira.

— O que você quer? Seja rápida, antes que eu chame o guarda local. — Apesar do tom de bravata em sua voz, o suor brilhava em sua testa. Ou talvez fossem algumas gotas perdidas de álcool, graças ao meu entusiasmo com o atiçador.

— Você comprou um cavalo meu hoje de manhã — eu disse. — Um garanhão branco, foi vendido na estalagem. Você vai me levar até ele. *Agora.*

Segui Pranto ao sairmos da taberna. Por um instante, o sol vespertino me cegou após o escuro de dentro do estabelecimento, mas mantive o atiçador apontado entre as suas omoplatas. Uma torrente de sussurros nos acompanhou. Mas ninguém fez menção de nos perseguir ou levantou a voz para chamar o guarda local. Ou estavam todos bêbados, ou o negociante era ainda menos popular do que eu imaginava.

Pranto me levou do centro da cidade até uma grande construção de madeira que tinha um cheiro forte de cavalos. Ao nos aproximarmos, um som contínuo de batidas, como o de um aríete, chegou a meus ouvidos. Junto com ele, veio um relincho abafado de cavalo.

Aric. O meu coração bateu mais rápido.

— Abra a porta — disse a Pranto.

Mantive o atiçador pronto para qualquer eventualidade, enquanto ele pegou as chaves e destrancou a porta da estrebaria. A porta se abriu para o lado de fora, deixando escapar o forte cheiro de esterco, a doçura seca do feno e o golpe contínuo dos cascos nas tábuas de madeira. Pranto se pôs de lado, esperando que eu entrasse. Com a boca torta de desdém, seus olhos ecoavam esse sentimento.

Hesitei. Não podia dar as costas para ele ou arriscar que ele me trancasse lá dentro. Além disso, passar por ele me colocaria desconfortavelmente perto das suas mãos carnudas...

Pranto avançou.

Só tive tempo de dar um passo para trás e levantar o atiçador. Ele desviou de lado e continuou avançando. Eu era habilidosa com a espada, mas isso não era uma rapieira, capaz de perfurá-lo ou cortá-lo. Não havia nada que o impedisse de simplesmente arrancar o atiçador das minhas mãos. Mais um instante, e ele teria as mãos no meu pescoço. Em pânico, girei o atiçador como se fosse um porrete.

Justo quando Pranto tentou me agarrar, o atiçador atingiu o seu pulso encorpado com um estalo repulsivo de ferro contra carne.

O negociante berrou, segurando o braço. A mão pendia do pulso em um ângulo nauseante. Senti o estômago embrulhar, mas não tinha tempo para pensar no que havia feito. Pranto me fulminou com o olhar, os dentes expostos, o rosto pálido.

— Você vai pagar por isso — ele rugiu. — Você e esse garanhão...

Ele voltou a avançar em minha direção.

Dessa vez, eu não hesitei. Golpeei sua cabeça com o atiçador.

O negociante desabou com um gemido e os olhos revirando para cima. Ofegante, eu o cutuquei uma vez para ter certeza de que ele estava mesmo inconsciente. Depois, peguei as chaves da sua mão, passei por seu corpo deitado de costas e entrei na estrebaria, segurando o atiçador diante de mim como uma espada.

Lá dentro, fiz uma pausa para que a minha visão se adaptasse. Percorri com o olhar as fileiras de baias, com cabeças curiosas aparecendo nelas. As orelhas dos cavalos se viraram para mim, algumas nervosas, outras ansiosas. Cavalos pretos, alazões e malhados. Nenhum deles branco.

O medo alimentou a minha raiva, tornando-a avassaladora. Se Pranto tivesse mentido para mim sobre onde estava mantendo Aric, pelas profundezas sem fim do mar, ele acharia que o meu primeiro golpe com a atiçador tinha sido apenas uma cócega.

— Aric? — chamei.

O som de batidas cessou abruptamente, deixando um silêncio interrompido pelo nervoso ruído dos cascos.

— *Bianca? O que você está fazendo aqui?*

O alívio fez a minha raiva desaparecer, me deixando com as pernas bambas. Enfiei o atiçador no cinto e adentrei mais fundo na estrebaria, com a cabeça dos cavalos se virando para me seguir. Alguns encostaram o focinho esperançoso nos meus cotovelos.

Ao finalmente avistar Aric, quase desejei a escuridão. O garanhão branco estava em uma baia no fundo da estrebaria, um espaço tão pequeno que ele mal conseguia se mexer. Aric estava com os olhos inquietos e os flancos cobertos de suor e cheios de vergões. Ainda pior, um pedaço de corda estava amarrado em torno do focinho, amordaçando a boca e cortando a mandíbula.

Fiquei enfurecida. Eu quase nunca quis matar alguém, mas agora estava possuída pelo desejo não só de matar o homem que havia feito isso, mas depois ressuscitá-lo para poder fazer isso novamente.

Corri até Aric. Com as mãos trêmulas de raiva, eu tratei de soltar a corda do seu focinho.

— *Você deveria estar em segurança em Damaria* — Aric disse. Ele se encolheu de dor quando os meus dedos tocaram um ponto sensível, fazendo a minha raiva ressurgir.

— O mar pode varrer Damaria. Eu estou aqui por você. — Abri a porta da baia e passei os braços em torno do seu pescoço.

Aric estremeceu. Pressionei a testa no seu pescoço, sentindo os cheiros de suor e serragem. As emoções dele me invadiram: confusão, medo, mas, acima de tudo, uma alívio profundo que me deu vontade de chorar. Pensar que eu quase o tinha abandonado. Eu era mesmo uma covarde.

Do lado de fora da estrebaria, ouvi o som distante de vozes exaltadas. Droga. Afinal, alguém tinha chamado o guarda, e eu estava do lado errado da fronteira para que a minha posição social servisse para alguma coisa.

Soltei os braços do pescoço de Aric.

— Precisamos sair daqui. Você está bem? Posso montar em você?

— *Você está aqui* — Aric respondeu. — *Estou bem para qualquer coisa. Pelo menos, depois que você tirar esses arreios.*

Olhei para baixo. Os seus tornozelos estavam envoltos em arreios de couro, limitando os seus movimentos. Agora entendi a origem do som de batidas que tinha ouvido pouco tempo antes: apesar do focinho amordaçado, apesar de estar amarrado, Aric havia tentado escapar do confinamento.

Senti um aperto no coração. O meu pobre e gentil marido.

A minha raiva era avassaladora, mas não podia me permitir agir de acordo com ela agora. O som das vozes ficou mais próximo, e um gemido me alertou de que Pranto estava recobrando a consciência. Eu me ajoelhei e desamarrei os arreios, jogando-os de lado. Então, procurei uma banqueta para me ajudar a subir no dorso de Aric.

Uma dúzia de pares de olhos se encontraram com o meu olhar curioso. Os cavalos normais me observavam com atenção. Vi a expressão de carência nos seus rostos e os vergões em seus flancos resultantes da aplicação implacável do chicote. Um homem como Pranto não merecia lucrar com a dor deles.

— Um momento — eu disse a Aric, e me aproximei da baia mais próxima.

Um por um, fui soltando todos os cavalos. O primeiro ficou paralisado em sua baia, com os olhos arregalados de medo, mas o segundo disparou em direção à porta aberta da estrebaria, soltando um relincho de alívio. Os demais cavalos o seguiram. Outra pessoa os resgataria em breve. Quem sabe alguém mais digno do que o negociante. De qualquer forma, prometi a mim mesma que voltaria depois que tudo estivesse resolvido, e garantiria pessoalmente que Pranto nunca mais tocasse em um cavalo.

Voltei para Aric e montei em seu dorso. Momentos depois, estávamos cavalgando às pressas em direção a Arnhelm.

* * *

Só depois de estarmos a quilômetros da cidade, ousamos desacelerar. A fuga dos outros cavalos devia ter encoberto as pegadas de Aric. Além disso, duvidava que o guarda local tivesse nos perseguido por muito tempo. Porém, eu não estava disposta a correr mais riscos. Já havia perdido o suficiente em um único dia.

Finalmente, Aric parou, tremendo de cansaço. Desmontei do seu dorso, sentindo as pernas bambas ao tocar no chão. Segurei a crina de Aric para me equilibrar. Em seguida, nos afastamos do caminho e seguimos para as árvores. Então, quando a estrada ficou fora de vista, me virei para encarar Aric e avaliar a nossa situação.

Aric estava com os olhos inquietos e vidrados. Ele tremia, com os flancos cobertos de suor e salpicados de lama. Uma nuvem de vapor o envolvia, subindo em espirais entre as coníferas, onde o sol do final da tarde não alcançava.

A preocupação estava deixando um gosto amargo na minha boca. Eu não sabia o tanto que deveria sobre cavalos — havia montado muitos, mas os detalhes dos seus cuidados sempre foram deixados aos tratadores do palácio. Mas qualquer um poderia perceber que a condição de Aric não era boa. E eu sabia que, apesar do seu tamanho, os cavalos eram criaturas frágeis: estátuas imponentes feitas de vidro, quebrando ao toque errado.

Mais uma vez, amaldiçoei Pranto. Levar um golpe na cabeça com um atiçador era mais do que merecido. Mesmo que Aric não fosse humano — se ele fosse um cavalo de verdade —, que espécie de homem se intitulava negociante de cavalos e tratava um animal dessa maneira?

— *Eu estou bem* — Aric disse, captando a essência dos meus pensamentos, ou talvez percebendo a raiva em minha expressão. Mas até as suas palavras soaram atordoadas.

— Você não está nada bem. — Apontei para o chão. — Deita. Não sou só eu que preciso de descanso.

Despejei o conteúdo da bolsa que tinha trazido dos aposentos de Tatiana, sem esperar que Aric obedecesse. Uma latinha caiu e eu a peguei depressa. Havia uma caixa de fósforos, eu tinha decidido que a estalagem não sentiria falta dela. Se desse certo, eu enviaria uma reposição para Arnhelm, junto com uma quantia em dinheiro suficiente para Alicia e o irmão comprarem a estalagem, caso quisessem.

Comecei a fazer uma fogueira e, em questão de minutos, tinha uma pequena chama acesa.

— *Está muito visível* — Aric protestou, baixinho. — *Vai escurecer em menos de uma hora. Alguém pode ver.*

— Pare de falar e deita. Já quase perdi você hoje. Não vou deixar que o frio termine o serviço. — Cutuquei o fogo, que já estava crepitando, com a ponta do atiçador.

Senti a hesitação de Aric dar lugar à rendição. Ele se acomodou no chão a meu lado, com as pernas dobradas por baixo, sem se preocupar com a lama pela primeira vez. Continuei atiçando o fogo, deixando-o mais quente e mais alto. Após se firmar, tirei o casaco e o usei para friccionar Aric da melhor maneira possível. Ele se sobressaltou com o meu toque quando passei por cima dos vergões, ainda que eu tentasse ao máximo evitá-los.

Quando terminei, o silêncio nos envolveu à medida que as sombras se alongavam. O fogo crepitava, devorando os galhos. O vento espalhava murmúrios entre os pinheiros, e ao longe, o rio sussurrava uma resposta. Aric baixou a cabeça, sucumbindo ao cansaço.

Alimentei o fogo voraz com mais madeira. Por sorte, os galhos dos pinheiros estavam secos, mas não duravam muito. Pelo menos eu sabia como fazer uma fogueira e mantê-la acesa, graças às lições de infância de Catalina. Era uma das coisas que teriam sido úteis se eu tivesse ingressado na guarda real ao lado dela, como havia sonhado ingenuamente.

Senti uma pontada de culpa. Julieta, Catalina e o resto do meu séquito ainda estavam presos nas masmorras de Aric. Em breve seriam as de Varin, caso não conseguíssemos resolver isso até... Que os mares tenham misericórdia de mim, a coroação seria ao amanhecer. E agora eu também tinha Tatiana para me preocupar. Nesse momento, ela já estaria quase em Arnhelm. Não tínhamos a menor chance de alcançá-la antes de ela chegar à cidade. Eu precisava acreditar que Varin não se atreveria a machucá-la — ela era uma refém valiosa demais —, mas ele não ficaria contente ao saber que os seus soldados haviam capturado a irmã errada. E eu mal conseguia imaginar como ele expressaria a sua raiva.

O pio de uma coruja me tirou da minha introspecção. Levantei os olhos e percebi que o céu estava começando a escurecer; a oeste, o horizonte já estava tingido de um dourado espesso como mel. O pôr do sol era iminente.

— Aric — eu disse.

Aric levantou a cabeça. Ao ver a cor do céu, ele se ergueu, titubeante...

E o sol se pôs. Com um clarão de luz branca e uma sensação de trovão silencioso, o cavalo desapareceu e o meu marido retornou.

Pálido e exausto, Aric cambaleou, mas eu estava lá para ampará-lo. Envolvi os seus ombros com o meu casaco e o puxei para perto de mim. Um grande alívio tomou conta de mim, como um casaco quente. Eu tinha o meu marido de volta.

Aric colocou o braço para fora do casaco e enlaçou a minha cintura. Surpresa, deixei escapar um suspiro quando ele me puxou para perto de si, com força, mas ainda vulnerável e trêmulo. Então, passei os braços em torno dele e o abracei. Apoiei o queixo no seu ombro, com a sua respiração mexendo o meu cabelo.

— Bianca — Aric disse com a voz rouca. — Você voltou.

Abri a boca — para protestar, para negar, para me justificar —, mas qual seria o propósito? Eu estava ali, confirmando as palavras dele com a minha presença. Fiz que sim com a cabeça junto a sua nuca.

Aric se afastou um pouco, o suficiente para me olhar nos olhos, ainda me segurando perto de si.

— Por quê? Você estava em segurança. Você deveria ter fugido e não voltado para o perigo. — Havia um nó em sua garganta. — Achei que nunca mais fosse ver você.

Eu me deixei perder no seu olhar. Os seus olhos eram como uma tarde de verão após uma forte tempestade.

Porque eu te amo.

Abri a boca para dizer isso. Então apertei os lábios, hesitante, enquanto as advertências que eu havia ouvido mil vezes ecoavam na minha mente. Jamais tinha dito a outra pessoa que a amava — não dessa forma. Eu sabia que Aric me queria, que se importava comigo, mas será que era cedo demais para lhe oferecer o meu coração por inteiro?

Fiquei em silêncio por um bom tempo. Aric se afastou, com a sua expressão se apagando. A resignação o dominou, levando-o de volta ao homem frio e distante que eu tinha conhecido.

— Você voltou por causa da sua irmã.

Balancei a cabeça.

— Não, Aric. Eu voltei por *sua* causa.

— Mas por quê? — Seus olhos se nublaram pela confusão. — Eu... não mereço. Nunca mereci. E só provei isso para você hoje de manhã.

Minhas mãos apertaram em volta de seu pescoço, como se pudesse impedi-lo de se distanciar.

— Não sei o que você quer dizer.

— Eu sou fraco, Bianca — Aric disse, com amargura. — Eu mal consigo segurar uma espada do jeito certo. Não sou capaz de governar. A sua vida estava em perigo, e não havia nada que eu pudesse fazer para salvá-la. Você pode fazer qualquer coisa, *ser* qualquer coisa que quiser. Por que iria abrir mão do mundo por mim?

— Me escuta, Aric. — Encostei a testa na dele e o olhei nos olhos. — Você foi amaldiçoado e ameaçado. Quase foi morto três vezes. Arriscou a própria vida por uma coroa que nem quer, tudo para garantir a segurança do seu país. A maioria das pessoas simplesmente desistiria, mas você nunca vacilou. — Acariciei o seu queixo com o polegar. — Há mais de uma maneira de ser forte. Você me mostrou isso. E o que significaria abrir mão do mundo se estou escolhendo a única coisa que mais quero nele?

Em vez de responder, Aric passou o braço em torno da minha cintura e me apertou contra ele. Enredei os dedos no seu cabelo e o puxei para mim, correspondendo ao gesto dele. Ele me beijou com força e desespero, e senti o seu calor em todo o meu corpo, me deixando com as pernas bambas. Eu o beijei com fúria, devorando tudo o que podia, até ser forçada a tomar fôlego, só para me jogar sobre ele novamente.

Quando finalmente nos separamos, ambos estávamos corados e ofegantes. Aric estava com o cabelo todo desgrenhado graças ao meu entusiasmo. Incapaz de manter as mãos longe dele, estendi uma delas para afastar uma mecha dos seus olhos.

Aric segurou a minha mão e beijou a minha palma, transmitindo uma onda de calor pelo meu braço. Isso desafiou seriamente a minha determinação de não arrancar o casaco de seus ombros e levá-lo para o chão.

— Então, e agora? — Aric perguntou.

— Colocamos tudo em ordem — respondi. — Resgatamos a minha irmã, impedimos a coroação e desfazemos a maldição.

— Sobre esta última parte — Aric disse. — Acho que tenho uma ideia.

Apertei a mão dele.

— Me conte.

Pensativo, Aric passou a traçar círculos ao redor dos nós dos meus dedos.

— Eu e Tatiana conversamos bastante sobre isso, e... não quero criar falsas expectativas, mas achamos que ela poderia usar a coroação para desfazer a maldição.

Apesar da ressalva de Aric, senti a esperança crescer em mim.

— Como assim?

— A própria coroa é um artefato mágico poderoso. Durante o ritual de coroação, ela é ativada por meio da magia de sangue. Algo semelhante ao que aconteceu quando você combinou sem querer o seu sangue com o encantamento de Tatiana. Não vou entrar em detalhes teóricos, mas se Tatiana me coroar, ela deve ser capaz de usar o meu sangue e o poder da coroa para desfazer a maldição. — Aric percebeu o meu entusiasmo e ergueu um dedo em advertência. — Mas é só uma possibilidade. E remota. E teria que acontecer exatamente ao nascer do sol.

— Então vamos fazer isso ao amanhecer — eu disse, sem me importar com quão pequena era a chance. Ela existia. Para tal, teríamos que voltar ao castelo em questão de horas, mas como conseguir isso se a viagem durava dias? — Espere! — Eu me lembrei da bolsa que havia encontrado nos aposentos de Tatiana. Dentro dela, eu tinha empacotado às pressas tudo o que achava que poderia ser útil: o elixir da feiticeira verde, a bolsinha com as balas de hortelã-pimenta, alguns trajes de viagem que encontrei na bagagem da minha irmã, o atiçador e uma escarradeira esmaltada e encantada.

Tirei a escarradeira de sete léguas.

— Quantas léguas faltam até Arnhelm, Aric?

31

Aric estimou 50 léguas até Arnhelm. Aproximadamente sete passos mágicos. Devia ser uma péssima ideia, do tipo que Tatiana mais gostava.

Ergui a escarradeira e a girei nas mãos, examinando os enfeites esmaltados. Ela tinha trazido Tatiana até ali em segurança, e os seus dispositivo mágicos, embora erráticos, eram poderosos. Não havia razão para acreditar que não pudesse nos levar até Arnhelm agora. Quem dera eu conseguisse tirar da cabeça as imagens de linguiças e migalhas de pão escarradas.

— Vai funcionar — eu disse, tanto para o meu benefício quanto para o de Aric. — Só precisamos chegar ao castelo antes do amanhecer. Daí, resolvemos o resto.

Aric ainda parecia cético, mas não deixei que isso me afetasse. Eu precisava ter certeza por nós dois.

Ajustei a alça da bolsa que estava pendurada no meu ombro, endireitei o atiçador que estava preso no meu cinto e peguei a escarradeira. A sua superfície polida retornou uma imagem distorcida do meu rosto, alongando as minhas feições, de modo que meu reflexo me encarava de maneira zombeteira.

— Pronto?

— Acho que não — Aric admitiu, arregaçando as mangas da camisa. Ele tinha vestido um traje de viagem de Tatiana, que ficou pequeno demais e muito apertado nele. Embora fosse melhor do que usar só uma jaqueta. — A minha experiência anterior com a magia da sua irmã não me motiva a tentar de novo.

Abaixei a escarradeira e olhei para Aric com mais seriedade.

— Se você não está disposto a fazer isso, não precisa. Seria mais seguro se não fizesse, pensando bem. Você pode ficar aqui enquanto eu busco a coroa e…

— Eu posso não ser muito útil fora de uma biblioteca, Bianca, mas nunca abandonaria você para lutar as minhas batalhas por mim.

— Você não é inútil, mas eu tenho treinamento com armas. Você não tem.

— Não tenho mesmo. É verdade. — Ele se aproximou e acariciou o meu rosto de uma maneira que seriamente colocava à prova o meu autocontrole. — Mas, não importa se sei ou não usar um atiçador direito, nós somos casados. Isso significa que vamos fazer isso juntos.

Eu me inclinei para a calidez da palma da sua mão em meu rosto, me permitindo esse breve momento de prazer.

— Além disso, eu já achei que tinha perdido você uma vez — Aric disse em voz baixa. — Perder você de novo acabaria comigo.

Olhei nos olhos dele, querendo que tivéssemos mais tempo. Levá-lo para as garras do perigo provavelmente era uma péssima ideia. Mas eu era egoísta. Deixá-lo para trás duas vezes também acabaria comigo.

Respirei fundo.

— Tudo bem. Vamos juntos.

Ambos olhamos para a escarradeira. Cada um de nós segurou a borda com uma das mãos, e Aric passou a mão livre em torno da minha cintura. Fiz o mesmo, me abraçando a ele.

— Sete passos — Aric disse. — Vamos contar juntos. Não paramos até terminarmos.

Agarrei a borda do latão polido com toda a força.

— Tudo bem. Sete — concordei.

Olhamos para o noroeste — com a esperança de que, como Aric havia calculado, fosse na direção de Arnhelm. Aric me enlaçou pela cintura de maneira mais resoluta.

— Pronta? — ele perguntou.

Não, mas fiz que sim.

Um, dois...

O primeiro passo foi como ser arremessada de uma sacada: um solavanco surpreendente, que fez as minhas entranhas revolverem. A paisagem passou zunindo, árvores, rochas e, *que os mares tenham misericórdia de mim*, picos de montanhas vindo a toda velocidade em direção ao meu rosto. Tatiana havia dito que a escarradeira tinha uma certa potência, mas eu não esperava encontrar o meu fim no pico de uma montanha...

Aterrissei em terra firme, na crista de uma rocha, no meio de uma floresta de pinheiros cujas árvores, de alguma forma, tínhamos conseguido evitar. Escorreguei no granito coberto de musgo e, antes de ter tempo de pensar, tropecei, levando Aric comigo...

— Direção errada! — ele exclamou, arfando, mas era tarde demais. Agora estávamos indo a toda velocidade para trás, com a estrada zumbindo sob os nossos pés, onde alguns cervos se alimentavam, parecendo borrões assustados diante da nossa passagem. Meu estômago ameaçou vômito.

— Prepare-se! — Aric gritou.

Aterrissamos com um solavanco, dessa vez sobre agulhas de pinheiro macias. Antes que pudesse voltar a tropeçar, Aric me enlaçou com força pela cintura e me empurrou para frente.

— Um!

Dessa vez, pousamos na encosta de pedras soltas de uma montanha.

— Dois... Aric disse, e demos outro passo, com os nós dos meus dedos brancos na borda da escarradeira.

Pela Virtude da Misericórdia, ainda faltavam cinco passos.

O mundo se dissolveu em um borrão nauseante, pontuado pelo solavanco de cada passo. Uma praça de vilarejo. Uma estrada. Uma floresta novamente. A encosta gélida de uma geleira, que teria nos lançado para trás, sabe-se lá para onde, se Aric não tivesse nos empurrado às pressas para a frente rumo ao próximo passo. Eu me concentrei em me manter agarrada tanto na cintura de Aric quanto na borda da escarradeira, com o máximo de atenção possível. Era muito fácil me imaginar espalhada por meia dúzia de pontos de passagem — bem como migalhas de pão ou linguiças —, como Tatiana havia dito...

— Sete — Aric disse, ofegante, e soltou a escarradeira.

Forcei os dedos a se soltarem. O objeto encantado caiu aos meus pés com um barulho retumbante.

Estávamos rodeados por diversas casas geminadas, com telhados de ardósia e construídas com o mesmo granito cinzento do castelo. A maresia preenchia o ar, misturada com odores mais fortes do coração de uma cidade e do tamborilar frio da chuva. Acima das casas, não muito distante, as ameias do castelo se destacavam.

— Arnhelm — eu disse, atordoada. — Conseguimos.

Então, eu me virei e vomitei na sarjeta.

32

Atrás de mim, ouvi Aric fazendo o mesmo. Quando terminei de vomitar até as tripas numa rua da capital e me virei, ele estava limpando a boca com o dorso do pulso e parecia enjoado.

— Detalhes e mais detalhes. — Até a sua voz parecia enjoada. — Que isso nunca mais se repita.

Estremeci.

— De pleno acordo. — *Um solavanco leve*, Tatiana havia dito. Ser esmagada por um aríete teria sido uma descrição mais precisa.

Olhei ao redor. Estava chovendo. Gotas finas e geladas escureciam os ombros do meu casaco e manchavam como lágrimas caídas as mangas. O mau tempo explicava as ruas vazias, e ninguém ter chamado a guarda local para denunciar que dois nobres desgrenhados tinham despencado do céu noturno com uma escarradeira encantada em mãos. De repente, fiquei grata pelo clima sombrio de Gildenheim.

As construções que ladeavam a rua estreita, amontoadas e mal alinhadas como uma boca de dentes tortos, precisavam de uma nova camada de tinta. Algumas ostentavam floreiras cheias de ervas mortas. O cheiro de podridão do esgoto corrente era marcante, mas não insuportável. O mais significativo, porém, era que a rua estava pavimentada. Não estávamos no bairro mais bonito da cidade, mas também não tínhamos caído no pior.

A escarradeira, sem nenhum dano, tinha parado na sarjeta. Gotas de chuva molhavam as suas laterais reluzentes com um som surpreendentemente alegre. Eu a peguei, com cuidado para não acabar sendo lançada novamente por Gildenheim, e a guardei na bolsa.

Sequei as mãos no casaco e as enfiei nos bolsos. A chuva podia estar ajudando a esconder a nossa chegada, mas as vantagens terminavam aí. Descalço nas pedras frias, Aric já estava tremendo.

— Tem certeza de que não quer que eu roube outro par de sapatos para você? — ofereci.

— Embora eu reconheça a sua dedicação de roubar dos meus súditos em meu nome, devo recusar. — Aric olhou por sobre o ombro, como se esperasse que um assassino pulasse da janela mais próxima. O que, para ser justa, era possível. — É mais importante chegar ao castelo enquanto ainda temos tempo.

Antes do amanhecer. Ele não precisava dar mais explicações.

Dei uma olhada no céu. Camadas de nuvens cinzentas obscureciam as estrelas. Não restava nenhum vestígio das cores do pôr do sol. Com certeza não devia ter passado de uma hora depois do anoitecer, mas não podíamos correr o risco de ficarmos sem tempo. Não quando tanta coisa precisava ser feita antes do amanhecer. Reposicionei a bolsa no ombro.

— Vá na frente.

Começamos a caminhar pela rua, ladeira acima em direção aos bairros mais ricos, e ao castelo, empoleirado sobre a cidade como uma ave de rapina.

Demoramos mais de uma hora para atravessar os bairros populares. Eu esperava que Aric nos levasse direto até os portões do castelo, mas, em vez disso, ao nos aproximarmos do bairro nobre, onde as casas eram imensas, nos desviamos. Eu estava sem fôlego para perguntar a Aric para onde estávamos indo. A exaustão estava tomando conta de mim, e a inclinação da subida era um desafio, ainda mais com a minha costela em recuperação.

Finalmente, Aric parou junto a uma construção que tinha um cheiro forte de feno e esterco. Um relincho equino veio de dentro.

— Uma estrebaria — eu disse. — Claro.

Aric me dirigiu um olhar irônico. Passamos de fininho pela porta da estrebaria. O interior estava iluminado pelo brilho constante e claro de uma lanterna de Adepto. Ao contrário dos animais de Pranto, os cavalos ali pareciam bem tratados. Uma dúzia de focinhos rosados se projetaram ansiosamente sobre as portas das baias quando eu e Aric entramos, esperando petiscos. Enquanto seguia Aric pelo corredor, acariciei o focinho de um alazão, que soltou uma baforada de ar quente com cheiro de feno e tentou provar a manga do meu casaco.

Aric foi até uma baia desocupada no fim do corredor e afastou o feno com o pé descalço, revelando um alçapão. O cavalo alado de Gildenheim estava gravado na madeira.

— Ah! — exclamei. — Um alçapão com o emblema real. Claro, isso não sugere de forma alguma uma passagem secreta para o castelo.

— Não funciona para quem não é da realeza — Aric disse, mas o tom deu a entender que ele estava se divertindo. — Pode me emprestar a adaga que insiste em esconder na manga?

Tirei a arma da bainha do pulso. Será que ele sabia que estava ali o tempo todo?

— Você pretende abrir caminho a base de facadas? Isso parece mais com o estilo de Marya.

— Não exatamente. — Ele pegou a adaga da minha mão e apoiou a outra mão sobre o alçapão, fazendo uma careta de expectativa.

— Não... — comecei a falar.

Antes que eu conseguisse pegar a adaga de volta, Aric espetou a lâmina na ponta do seu dedo mínimo até uma gotinha de sangue se formar. Em seguida, ele me devolveu a adaga.

— Aí está. Desagradável, mas sem a necessidade de grande perda de sangue. — Ele se agachou e espalhou o sangue sobre a madeira do alçapão. — Os meus ancestrais sempre foram práticos. É difícil empunhar um sabre com um corte na palma da mão.

Limpei a lâmina na altura da minha coxa e recoloquei a adaga na bainha. Olhei para baixo justo quando o sangue desapareceu na madeira, e um leve clarão de luz iluminou as bordas do alçapão.

— Mais magia de sangue?

— Vinculada ao sangue da família real. — Aric abriu o alçapão com esforço, revelando um abismo de escuridão. — Vá na frente, Vossa Graça. Você é quem está com o atiçador.

Empunhando o atiçador, passei por ele e espiei o túnel abaixo. Fui recebida por uma corrente de ar frio que cheirava a terra e umidade.

Eu me sentei e coloquei as pernas para fora da borda. A escuridão era opressiva, um negrume úmido e esmagador, que me fez pensar em estar sendo sufocada. Hesitei. De repente, lutar para entrar pelas portas principais do castelo pareceu uma opção mais atraente.

Tatiana não teria hesitado. Ela teria se lançado para dentro do túnel como a heroína de uma lenda popular, fazendo o que fosse necessário para me resgatar. Eu nunca tive a mesma coragem que ela, mas não podia vacilar agora. Se esse fosse o caminho, eu teria que segui-lo. Pelo meu marido. Pelo meu séquito. Pela minha irmã.

Prendi a respiração e me lancei na escuridão.

* * *

— Não sei por que Marya não me trouxe por aqui antes — murmurei algum tempo depois.

— Porque ela não confiava em você — Aric respondeu. — O que, vale lembrar, era recíproco. Mas é melhor ficarmos em silêncio. As paredes são finas aqui.

Permaneci calada e respirei com cuidado para não aspirar muito do ar empoeirado do túnel e nos denunciar com um espirro.

O alçapão da estrebaria, como se revelou, levava a uma rede de passagens secretas — incluindo uma que nos levou direto ao coração do castelo. Essa passagem era mais estreita, empoeirada e abandonada do que o caminho pelo qual Marya tinha me levado na ala dos embaixadores. O abandono só serviu para aprofundar um medo que eu não sabia que tinha.

A escuridão pesava sobre nós; e nos orientávamos pelo tato, avançando lenta e dolorosamente. Fiquei bem atrás de Aric, que tomou a dianteira quando chegamos ao primeiro desvio nos corredores, segurando o atiçador e tentando não deixá-lo raspar nas paredes ou no chão. Senti um aperto no peito e a minha respiração ficou entrecortada. O peso das pedras do castelo parecia palpável logo acima.

Reforcei a pegada no atiçador e tentei controlar os nervos. Em algum lugar por perto, lá embaixo, no escuro e na umidade, estavam Julieta, Catalina e o resto do meu séquito. Pelo bem delas e de Tatiana, eu podia ao menos fingir coragem.

Enfim, quando achei que não suportaria mais a escuridão, eu vi: um retângulo de luz pálida, com um brilho tão fraco e mortiço como o das estrelas numa noite de lua cheia. A saída.

Em alerta, alcancei o braço de Aric, ao mesmo tempo em que ele alcançou o meu, então as nossas mãos se encontraram e entrelaçamos os dedos. Agora, eu podia ver o seu perfil, sutilmente delineado. Demos os últimos passos juntos, com o atiçador encostado nas minhas costelas. Eu expelia o ar com força, que soava alto demais a meus próprios ouvidos.

O silêncio nos recebeu junto à saída. Esperamos um minuto, e depois mais um. Então, com cautela, Aric virou uma trava oculta, com as mãos suavemente tingidas de dourado, iluminadas pelo filete de luz, e abriu a porta.

Por sobre o seu ombro, vi um corredor de pedra iluminado por lanternas dos Adeptos. O lugar estava muito mais claro do que eu esperava, considerando o quanto estávamos abaixo da terra.

— Vamos — Aric sussurrou. — Antes que alguém apareça. — Não sabíamos com que frequência os guardas patrulhavam o lugar ou quando a guarda era trocada. Não era o tipo de detalhe com que os reis costumavam se preocupar.

Eu me posicionei à frente de Aric, com o atiçador em punho, e comecei a seguir pelo corredor. A luz das lanternas nos envolveu como se fosse água fluindo suavemente. Atrás de mim, os pés descalços de Aric não faziam barulho no chão. Pensei nas substâncias que poderiam estar escurecendo as pedras em que pisávamos e reprimi um calafrio.

Chegamos à primeira cela — um recinto de pedra com três paredes, à frente do qual estavam grades de ferro, cada uma tão grossa quanto o meu punho. Vazia. A porta estava entreaberta, escancarada como a boca de um homem morto. Fiz uma careta, pensando em Tatiana — graças aos mares, ela e seus sequestradores ainda não tinham chegado a Arnhelm. Pensar em minha irmã presa numa dessas celas fez meu sangue correr mais rápido.

Seguimos em frente. Outras três celas vazias. Pelo visto, Gildenheim não mantinha muitos prisioneiros. Ou isso, ou as pessoas que procurávamos haviam sido transferidas para outro lugar. Ou...

Não. Eu não podia cogitar essa possibilidade. O meu séquito estava bem. Tinha que estar.

Ao chegar à próxima cela, a luz iluminou um grupo de pessoas junto à parede dos fundos. Vi um ombro musculoso, um joelho dobrado, uma cabeça com cabelo escuro. Tecido feito sob encomenda, em cores vivas, agora opacas pela sujeira.

Arranquei a lanterna mais próximo do seu suporte e a segurei perto das grades.

— Catalina? Julieta?

Algumas cabeças e ergueram, virando-se na minha direção. Uma das figuras se ergueu às pressas.

— Vossa Graça!

Senti o coração disparar ao reconhecer a voz de Catalina. Em um instante, ela se aproximou das grades e estendeu as mãos para segurar as minhas. Seu rosto estava abatido, o cabelo emaranhado com o que eu rezava para não ser sangue. A raiva fez minha garganta arder. Se tivessem machucado o meu séquito, eu faria Varin sofrer três vezes mais.

— Graças aos mares, a senhora está bem, Vossa Graça. Mas o que está fazendo aqui? Eu achei que...

Eu poderia explicar tudo depois, quando tivéssemos mais tempo.

— Está tudo bem com você? Machucaram alguém? E Julieta...

— Vossa Graça. — Algo no tom de Catalina me fez parar imediatamente. — Estamos bem. Nós seis. Mas Julieta...

Uma sensação de pavor se apoderou de mim.

— Fale logo.

— Não sabemos onde ela está. Nenhum de nós a viu desde a noite do seu casamento.

Eu me forcei a continuar respirando. A ausência de Julieta não significava que ela estava morta. Ela era capaz, inteligente e sabia se cuidar. Ela devia estar escondida no castelo, ou até mesmo na cidade. Não havia motivo para achar que ela não tinha sobrevivido.

Eu a encontraria. Mas, naquele momento, eu precisava me concentrar na tarefa imediata.

— Precisamos tirar vocês daqui.

Eu me virei para Aric, que deu um passo à frente para se juntar a mim.

— Disseram que a Sua Majestade tinha morrido — Catalina disse, com os olhos arregalados.

— Felizmente para nós, ele está bem vivo — eu disse.

— Graças à Bianca. — Aric olhou para mim. — Vou precisar dessa sua adaga de novo.

Eu a tirei da bainha no pulso.

— Não me diga que é para mais magia de sangue.

Aric pegou a adaga.

— É, para mais magia de sangue.

— Afaste-se, Catalina. — Observei com resignação Aric voltar a espetar o próprio dedo, reabrindo o primeiro corte. — Estou começando a achar que todo este castelo está encharcado de sangue real.

— Deve estar mesmo — Aric respondeu, seco como um osso velho, e deixou cair uma gota de sangue no buraco da fechadura. Eu não sabia dizer se ele estava brincando ou não. A monarquia de Gildenheim parecia assustadoramente à vontade em derramar o próprio sangue.

Uma luz refulgiu dentro da fechadura. Depois de um clique, a porta da cela se abriu para dentro.

Aric já se estava se movimentando pelo corredor.

— Tire o seu séquito daqui. Eu preciso encontrar Marya.

Hesitei, sem saber se olhava para ele ou para Catalina. Os demais guardas se ajudaram a se pôr de pé e, em seguida, se aproximaram da porta aberta da cela o mais silenciosamente possível.

Catalina me cutucou.

— Vá com ele. Ele precisa da senhora.

— Mas você...

— Ele não está nem usando sapatos, Vossa Graça. Ele pode ser rei, mas pela aparência, ele precisa mais da senhora do que nós. — Catalina me deu um sorriso que, apesar de tenso, era genuíno. — Já estamos nesta cela há uma semana. Mais alguns minutos não vão nos matar.

Engoli em seco, sentindo o gosto familiar da culpa.

— Cata, me desculpe, de verdade — sussurrei.

— Só cumpri o meu dever, Vossa Graça. Sabia dos riscos quando me ofereci como voluntária.

— Não é por isso. É por ter abandonado você — eu disse, fazendo um gesto negativo com a cabeça.

Olhei Catalina nos olhos, sufocada pelo meu próprio arrependimento. Torcendo para que ela soubesse o que eu queria dizer. Que o meu pedido de desculpas inadequado não era apenas pela desventura desta jornada, mas por todas as maneiras que eu a tinha decepcionado. Todas as vezes que havia escolhido a covardia e a chamado de dever.

Catalina não desviou o olhar. Apesar de toda a dor que eu lhe tinha causado, não havia sinais de raiva nos seus olhos. Ela pegou a minha mão e a segurou com firmeza.

— Vá atrás dele, Bianca — ela disse baixinho. — Vamos ter tempo depois.

Em resposta, apertei a sua mão antes de soltá-la. Meu peito pareceu mais leve e passei a respirar melhor. Não havia como desfazer a dor que eu havia infligido a Catalina na nossa juventude, e eu tinha muito a justificar pelos anos entre então e agora. Mas talvez, daqui para frente, pudéssemos tentar de novo — não como amantes, mas, mais importante, como amigas.

Após recuperar a compostura, me afastei de Catalina e parti para encontrar Aric. Ele tinha parado diante de outra cela, não muito longe no corredor. Atrás das grades, como o cabelo negro se soltando no nó, estava Marya. Ela desviou o olhar de Aric para mim e ergueu uma sobrancelha.

— Bem, esta *é* uma noite cheia de surpresas. Com toda franqueza, posso dizer que nunca imaginei ser resgatada por um rei descalço e sua mulher com um atiçador na mão.

— Herdeiro aparente — Aric murmurou. — Ainda não sou rei. — Ele apertou o dedo, fazendo sair outra gota de sangue.

— A coração é ao amanhecer — Marya ironizou. — Você pode até chegar um pouco atrasado, mas com estilo.

Eu estava começando a gostar dela agora que não tinha uma espada apontada para o meu pescoço.

— Na verdade, esperamos chegar na hora certa.

A fechadura fez um clique. A porta se abriu e Marya saiu para o corredor. Ela agarrou Aric com um abraço inesperado, quase se perfurando com a adaga que ele segurava. Ele soltou um suspiro de susto.

— Seu imbecil — Marya sussurrou junto ao peito dele. — Você poderia ter sido morto.

— Quase fui — Aric disse, engasgando-se. — Por isso estou aqui.

Ouvi um passo no corredor atrás de mim. Eu me virei, segurando o atiçador com mais força, mas relaxei. Os meus guardas tinham nos alcançado, parecendo um pouco abatidos, mas todos de pé e, pelo visto, ilesos.

Marya soltou Aric, que estava ofegante, mas sorrindo de um jeito que eu nunca tinha visto. Ela estalou os dedos e passou a falar em damariano.

— Bem, parece que todo mundo está aqui. Que tal enfrentarmos algumas pessoas agora?

33

— Agora só precisamos resgatar a minha irmã, impedir Varin de assumir o trono e garantir que Tatiana coroe Aric exatamente ao amanhecer. Alguma pergunta? — concluí.

Os meus guardas e Marya trocaram um olhar cético.

Estávamos sentados em torno de uma mesa de madeira empoeirada, nos servindo das provisões da meia-noite: uma enorme quantidade de doces que Marya de algum modo conseguiu surrupiar das cozinhas. Os meus guardas comiam com avidez, enquanto eu os atualizava, compensando as lacunas da última semana. Eu me forcei a comer alguma coisa, sabendo que já fazia um bom tempo que eu não comia uma refeição decente, mas a comida caía mal num estômago embrulhado pela ansiedade.

Não fomos até a edificação no arboreto, como achei que iríamos. Em vez disso, depois de nos deslocarmos pelos túneis, com dificuldade de manter o silêncio devido ao grande número de pessoas — nove, no total — saímos em um depósito abandonado. Pelo jeito, o castelo de Gildenheim estava cheio de segredos.

— Vamos precisar de reforços — Catalina disse, finalmente. — Lutaríamos até a morte pela senhora, Vossa Graça, mas somos apenas seis...

— Sete — Marya interveio. — Dez, na verdade, se você me incluir na contagem como deve ser.

— ... Só sete. E não estamos nas melhores condições.

— Lutar até a morte parece contraproducente — Aric disse secamente. — Eu prefiro que não tentem.

Catalina dirigiu um olhar sombrio para o meu marido. Tive a impressão de que ela estava fazendo isso apenas para provocar Aric. Após uma semana de prisão nas mãos dos guardas dele, o meu séquito ainda não teve tempo para reavaliar o caráter dele.

— Ninguém vai lutar até a morte — interrompi às pressas. — Vamos conseguir mais apoio. De algum jeito.

— E o embaixador Dapaz? — Catalina perguntou. — Talvez ele possa conseguir reforços se conseguirmos enviar uma mensagem para ele.

Fiz um gesto negativo com a cabeça. Evito desempenhou um papel fundamental para organizar o encontro com Tatiana e nos manteve informados ao longo do caminho. Não parecia a atitude de um homem sob a influência de Varin. Era o que eu pensava, mas alguém nos traiu. Os guardas à espera na estalagem da fronteira eram a prova disso. Mesmo que Evito não estivesse diretamente envolvido na captura de Tatiana, ele não era mais confiável.

— As mensagens do embaixador não são seguras — eu disse. Eu aguardaria para compartilhar as minhas suspeitas até ter mais provas, mas não daria mais munição ao embaixador para se voltar potencialmente contra nós agora.

— E a minha guarda pessoal? — Aric perguntou para Marya. — Acha que são leais?

Marya brincou com um doce entre os dedos. Pelo seu olhar, parecia avaliar suas possíveis utilidades como arma.

— A sua guarda pessoal, sim. Quanto aos guardas do castelo em geral... consigo pensar em alguns em que confio, mas seria difícil separá-los dos demais sem chamar atenção. — Ela fez uma careta. — Pelo que soube antes de Varin decidir me jogar na prisão, alguém tem distribuído um fluxo regular de propinas nos últimos meses, que começou antes da morte da rainha. E, para ser franca, você tem sido... pouco presente na corte. Eles não têm muitos motivos para se aliar a você. Não quando estão sendo muito bem pagos para olhar para o outro lado.

Aric cerrou os dentes. Apertei a sua mão sob a mesa.

— Entendo — ele disse. — Pretendo melhorar.

Aric não completou a sua fala, mas todos sabíamos qual era: *se eu tiver a chance*. Passei o polegar sobre os nós dos seus dedos e, agora, ele retribuiu a pressão.

— Quantos soldados têm a guarda pessoal do rei? — Catalina perguntou.

— Uma dúzia — Marya respondeu com a boca cheia de migalhas.

Catalina tamborilou os dedos na mesa.

— Isso quase triplica as nossas forças. Se conseguirmos entrar em contato com eles, podemos pedir para que reúnam a maior quantidade possível de armas de fogo. Isso deve nos dar alguma vantagem, já que o meu pessoal treina regularmente com explosivos. Se nos dividirmos, um grupo pode interceptar os guardas que estão com a duquesa Tatiana antes que cheguem ao castelo, enquanto o outro ataca a sala do trono...

— Se posso dar uma sugestão — Aric disse com a voz baixa, mas incisiva. — Há um ponto fundamental que todos estão esquecendo. Na verdade, não precisamos matar ninguém. Precisamos só conseguir a coroa e resgatar a duquesa Tatiana, e dar a ela a oportunidade de me coroar, antes que Varin consiga levar adiante a coroação.

Troquei um olhar encabulado com Catalina. Lá estávamos nós, concentrados em como derramar mais sangue, ignorando completamente a ideia principal.

— Por favor — eu disse. — Continue.

— A cerimônia de coroação tem duas partes — Aric explicou. — Termina com o monarca entrando na sala do trono para ser formalmente reconhecido pela corte. Mas antes disso, há um ritual privado na sala do conselho, onde o novo monarca faz um juramento de proteger o reino e as suas áreas selvagens. Então, um dignitário traz a coroa e promove o ritual da magia de sangue. Mas só depois que o monarca fizer os seus votos.

Ansiosos, prestando atenção, todos nós estávamos inclinados para frente, acompanhando as implicações.

— Então, a coroa não vai estar na sala com Varin. Não de início — Catalina disse.

Aric fez que sim.

— E Varin não vai estar na sala do trono, onde há mais guardas. Então, vamos ter um breve período antes do amanhecer em que a coroa vai estar sem vigilância.

Houve um breve silêncio, enquanto todos refletíamos a respeito do que isso significava.

— Podemos pegar a coroa antes de Varin — eu disse. — E Aric pode encontrar Tatiana e quebrar a maldição sem precisar lutar contra Varin. — Aparecer já coroado diante de toda a corte, em vez de confrontar Varin em um ambiente mais privado, seria uma tática muito mais forte — e segura.

Era uma jogada arriscada, e o tempo era curto. Mas se executássemos o plano com precisão...

— Vamos precisar parar a carruagem antes que a duquesa Tatiana chegue ao castelo — Marya disse. — E vamos precisar de uma distração para manter Varin ocupado até depois do amanhecer. Se ele perceber que a coroa sumiu, vai convocar todos os guardas que conseguir.

— Eu tenho uma ideia — Aric olhou para mim. — Mas acho que nenhum de nós vai gostar.

* * *

Algumas horas depois, eu estava na escuridão de outra passagem secreta, encarando uma porta que eu não queria abrir. Do outro lado da porta, ficava a sala do conselho onde Varin seria coroado ao amanhecer. A menos que eu fosse forte o suficiente para impedi-lo. A menos que Aric, Catalina e Marya conseguissem cumprir as suas partes do plano.

Encostei o olho no buraco de observação da porta, sentindo a madeira fria na bochecha. A visão revelou uma sala oval com seis cadeiras ornamentadas e janelas altas entre elas, com uma vista para a cidade ainda adormecida. Um sétimo assento, semelhante a um trono, estava situado no ápice, bem em frente ao conjunto de portas duplas.

Para além das janelas, as nuvens estavam se dissipando. O céu escuro havia clareado para um tom de ameixa, quase madura para a colheita.

O nascer do sol estava próximo. A qualquer momento, Varin chegaria para iniciar o ritual privado de coroação, sem suspeitar que Aric e Catalina estivessem saindo do castelo com a coroa para se encontrar com Marya, os meus guardas e a minha irmã. Todos contando comigo para manter Varin ocupado até Tatiana quebrar a maldição de Aric.

Comecei a ficar nauseada e sentir uma queimação no estômago. Eu me afastei do buraco de observação e fechei os olhos para suportar a dor. Então, tudo começou a girar. Para sufocar o mal-estar, me concentrei na ardência provocada pelas unhas cravadas nas palmas das minhas mãos. Que os mares tenham misericórdia de mim. Esse era o pior momento para a minha condição se agravar.

Do outro lado da porta, ouvi o som de passos pesados. Os cortesãos estavam chegando.

Outra pontada de dor atingiu as minhas costelas. Pressionei o punho contra o estômago, me esforçando para manter a respiração sob controle. Encostei as costas na parede. Algo fez barulho na minha roupa.

As balas de hortelã-pimenta.

Com os dedos trêmulos, abri o saquinho, peguei uma bala e a mordi, sentindo o gosto refrescante da hortelã. Então, hesitei. A feiticeira verde havia dito para usá-las com moderação, mas...

Peguei uma segunda bala. As consequências de usá-las em excesso não poderiam ser piores do que o que aconteceria se eu não conseguisse manter Varin e os seus aliados distraídos. Os cuidados comigo precisariam ficar para depois.

Engoli as duas balas o mais rápido possível, sentindo a ardência refrescante e o formigamento da magia. A queimação no meu estômago diminuiu um pouco. Se o nosso plano desse certo, eu teria uma conversa séria com os meus pais sobre para onde estava sendo direcionada a parte da minha família no financiamento dos Adeptos. O alívio da dor parecia um uso muito mais digno da magia do que inventar novas formas de matar pessoas.

Respirei fundo. A dor diminuiu um pouco mais. Por precaução, respirei fundo mais uma vez, e então voltei a encostar o olho no buraco de observação.

Bem na hora. As portas da sala do conselho se abriram. Lorde Varin entrou no recinto, seguido por seis cortesãos trajados com os tecidos mais finos.

Varin avançou pelo centro do tapete verde-escuro em direção aos fundos da sala. Era onde eu estava escondida. Os cortesãos se espalharam atrás dele, cada um ocupando o seu lugar em uma das cadeiras. Os dois mais próximos de mim — um homem corpulento de pele morena e uma mulher de cabelo branco e a pele clara típica de Gildenheim — sentaram-se à direita e à esquerda de Varin. As suas expressões eram planas como espelhos, prontas para refletir qualquer imagem que considerassem mais vantajosa. Era impossível saber o que achavam a respeito do estratagema de Varin em relação ao trono.

Percorri a sala com os olhos, em busca de aliados. Só vi Evito, impassível em um gibão azul-escuro. A sua expressão era tão insondável quanto a de qualquer outro cortesão.

O último nobre do cortejo entrou na sala do conselho. Atrás dele — o meu coração disparou ao ver — uma fila dupla de guardas adentrou o recinto. Uma dúzia de soldados, superando os nobres na proporção de dois para um. Os guardas estavam usando uniformes verde-floresta, como de costume, mas eram os seus trajes de gala, com fios de prata bordados brilhando na gola e no pescoço. Sabres pendiam dos seus cintos, com as empunhaduras reluzindo. Eles se posicionaram entre as cadeiras, com as alabardas agarradas com firmeza. Os dois últimos se posicionaram junto à porta, impedindo uma fuga fácil.

Aric não havia mencionado nenhum guarda. Isso era uma complicação inesperada.

Varin agora estava perto o suficiente para que eu conseguisse distinguir o brilho de cada joia costurada em sua camisa e a cintilação de cada anel em seus dedos. Ele estava quase onde eu precisava que estivesse.

Uma dor intensa se espalhou pelo meu corpo. Contive um gemido e me apoiei contra a parede. No momento mais crítico, a minha fraqueza ameaçava me derrotar. Afinal de contas, os meus pais tinham razão. Eu não era boa o suficiente, eu não era forte o suficiente, eu simplesmente não era *suficiente* em nada do que deveria ser...

Você é forte, Bianca. Mais forte do que imagina.

Foi o que Aric tinha dito para mim. Aric, que me havia visto no meu momento de maior fraqueza e disse que eu era forte. Não porque eu fingia ser, mas porque eu já era.

Era hora de provar que ele tinha razão.

Respirei fundo para me recompor. Então, levantei a cabeça, endireitei os ombros e sufoquei a expressão de dor do meu rosto como fiz mil vezes antes. Sem esconder a minha fraqueza, mas revelando a força que pulsava dentro de mim.

Avancei até a porta e a abri com força.

— Parem. — As minhas palavras, ditas em gildeniano, ecoaram pela sala do conselho atônita. — Eu sou a duquesa Bianca Liliana, flor de Damaria, e esta coroação não pode prosseguir.

34

Todas as cabeças se viraram para mim. Sussurros se espalharam pela sala como ondulações provocadas por uma pedra lançada em um lago. Eu sabia qual era a minha aparência: emergindo da parede com roupas manchadas de lama, o cabelo emaranhado, poeira e teias de aranha cobrindo o meu rosto e traje das minhas andanças anteriores pelos túneis. O suficiente para causar alvoroço, mesmo que eu não fosse procurada por assassinato. Eu ouvia a fofoca que tinha sempre tentado evitar se manifestando a meu redor a cada passo que eu dava.

Mas, pela primeira vez, dei as boas-vindas aos sussurros. Dessa vez, o meu objetivo não era mantê-los afastados, mas atraí-los, fazendo com que a atenção de Varin e dos cortesãos se voltasse para mim, para que não percebessem que a coroa estava desaparecida até que fosse tarde demais.

Continuei avançando, indo em direção a Varin como uma lança.

— Esse homem é um usurpador. — Ergui a voz alta para que ecoasse por toda a sala. — Isto não é uma coroação. Isto é um roubo.

Varin fez um gesto. Dois guardas se adiantaram, com as suas alabardas cruzadas bloqueando o meu caminho. Parei, ergui o queixo.

— Sou a representante do Conselho dos Nove de Damaria e esposa de Aric de Gildenheim. Afastem-se e me deixem passar.

Era uma jogada arriscada, que eu não acreditava que teria sucesso, mas que mantinha todos os olhares voltados para mim. E o meu objetivo ali não era vencer. Era distrair.

Os guardas trocaram olhares nervosos com Varin, mas não se mexeram. O olhar de Varin se fixou em mim, frio e pesado como uma rocha.

— Lamento sua perda, Vossa Graça, mas Aric está morto.

— Não — repliquei. — Não está, apesar da sua tentativa de assassiná-lo na nossa noite de núpcias.

Os cortesãos deixaram escapar um murmúrio coletivo. Eu me mantive impassível, mas um sorriso de satisfação se ocultou no canto da minha boca. A corte de Gildenheim não falaria de outra coisa por dias.

Varin ergueu as sobrancelhas, afiado como um trovão. Eu me preparei para ser capturada. Então, para minha surpresa, ele fez um gesto rápido com a mão, mandando os guardas se afastarem.

Varin se levantou do seu assento e veio em minha direção com passos calculados. Fiquei firme no lugar e pensei na adaga na minha manga enquanto ele se curvava para sussurrar em meu ouvido.

— Aconselho que pense bem nas suas palavras, Vossa Graça. Uma hóspede damariana foi admitida no castelo há pouco tempo. Você vai querer garantir que ela seja bem cuidada, não vai?

Tatiana. Eu me forcei a não reagir visivelmente, mas cravei as unhas nas palmas das minhas mãos. O nosso plano não deveria se desenrolar dessa forma. Marya e os seus guardas deveriam ter resgatado a minha irmã antes que ela chegasse ao castelo.

Eles devem ter chegado tarde demais. A minha mente disparou, buscando uma saída para essa armadilha. Se Marya não tinha conseguido resgatar Tatiana, onde estavam a capitã e os seus guardas agora? E se Tatiana estivesse em poder de Varin, o que Aric faria com a coroa?

Varin me encarou com um olhar ardente. Como todo político capaz, ele reconhecia a vitória quando estava prestes a alcançá-la.

— Então? — ele perguntou, interrompendo o frenesi dos meus pensamentos. — Estou disposto a aceitar uma declaração pública reconhecendo o meu direito ao trono. Depois disso, podemos negociar um novo tratado entre os nossos países. Mas se insistir em complicar as coisas, farei com que seja presa por assassinar o seu marido.

O meu estômago embrulhou. Lutei contra isso. Na verdade, não precisava concordar com Varin. Tatiana podia estar em poder dele, mas ele não tinha a coroa. E Marya não teria desistido tão facilmente de resgatar a minha irmã, ainda mais quando quebrar a maldição de Aric dependia disso. Eu só precisava dar tempo suficiente para Marya resgatar Tatiana e se encontrar com Aric.

Uma declaração pública. Eu poderia prolongar isso até entediar os seus cortesãos, segurando Varin enquanto o fazia pensar que havia vencido. Dei um sorriso forçado para Varin, querendo, na verdade, poder estrangulá-lo.

— Seria uma honra fazer essa declaração, Vossa *Majestade* — eu disse, doce como mel envenenado.

Varin voltou para o seu assento e fez um gesto para que eu avançasse. Eu me virei para encarar o público, e os sussurros silenciaram.

Eu não tinha planejado fazer um discurso, mas sim apresentar um espetáculo de mim mesma. O meu papel incluía fazer uma entrada dramática, lançar acusações contra a corte e manter todos os olhares voltados para mim, enquanto Tatiana coroava Aric em segredo, adiando a coroação oficial até que Aric, com a maldição quebrada, pudesse fazer a sua própria entrada.

Mas agora Varin tinha me convidado, ou melhor, ordenado, a me dirigir aos cortesãos. Se eu tivesse cuidado, poderia ajustar isso a meu propósito original. As palavras eram como espadas: podiam ser afiadas dos dois lados.

— Nobres de Gildenheim — comecei.

Mas antes que eu pudesse continuar, passos pesados e metal tilintando chamaram a atenção de todos para as portas da sala do conselho.

— Saiam da frente! — disse uma mulher vestida com o uniforme da guarda real, empurrando os soldados junto à porta. Atrás dela, dois guardas apareceram na entrada, ladeando duas pessoas com as mãos amarradas às costas: uma mulher de cabelo escuro, com os olhos faiscantes, se engalfinhando contra os seus algozes, e um homem pálido como uma manhã de inverno, sem oferecer resistência aos soldados que o arrastavam para frente.

Aric e Catalina.

Fiquei sem chão, despedaçada. *Não*. Eles não deveriam estar aqui. Não assim, aprisionados e sem a coroa. Eu me esforcei para esconder o pavor que tomava conta de mim. Os guardas arrastaram Aric e Catalina pela sala e os jogaram de joelhos diante de Varin. Os sussurros explodiram ao nosso redor como tiros. *É isso... Não possível... O herdeiro aparente é...*

Varin se levantou abruptamente.

— Por que vocês os trouxeram aqui? — ele perguntou, com a voz ressoando como um trovão.

— Nós os encontramos em vossos aposentos pessoais, milorde — a mulher que tinha entrado primeiro respondeu. — Bem como o senhor supôs. Eles estavam tentando roubar a coroa.

A expressão de Varin passou da fúria para o cálculo frio. Hesitante, o guarda deu um passo para trás, percebendo o seu erro. Varin não pretendia que a corte soubesse da captura de Aric.

A minha cabeça girava e a bile foi subindo pela garganta enquanto me dava conta do erro em nosso plano. Varin tinha previsto que Aric tentaria impedir a coroação e havia traçado os seus próprios planos. A nossa única vantagem agora era que ele não esperava que os seus guardas trouxessem Aric àquela sala, onde todos os nobres mais importantes da corte poderiam ver que ele estava vivo.

Catalina fixou os olhos em mim, com um pedido de desculpas no olhar. Ela tinha levado uma surra e parecia ainda pior do que antes. Um dos olhos estava inchado e um fio de sangue escorria de seu nariz. A culpa ameaçava me sufocar.

Aric não olhou para mim. Ele manteve o olhar fixo à frente, como se tivesse sido transformado em pedra. Uma gota de sangue escorria de um corte em sua têmpora e descia em direção à barbicha. Mordi a língua com tanta força que senti o gosto ferroso do sangue.

Por um bom tempo, Varin ficou encarando o meio-irmão, com uma veia pulsando na têmpora. Então, sem levantar a cabeça, ele apontou para a porta.

— Saiam. — As palavras encheram a sala. — Todos, menos os guardas. Saíam agora.

Os sussurros se intensificaram, virando um clamor frenético, mas os cortesãos começaram a sair em fila, lançando tantos olhares por cima dos ombros que me surpreendi por ninguém ter tropeçado. A dupla de conselheiros mais próxima hesitou, olhando para Varin.

— Vocês dois também — ele retrucou. — É um assunto pessoal.

Em desaprovação, a mulher de cabelo branco crispou a boca, mas segurou o braço do homem e se dirigiu para a porta.

— Milorde Varin — um homem falou, com um tom aveludado, acentuado pelas sílabas arrastadas da língua damariana. Eu conhecia aquela voz. Tanto Varin quanto eu levantamos os olhos quando Evito Dapaz se aproximou. Ele estava com as mãos relaxadas ao lado do corpo, e os olhos brilhantes e calculistas. — Talvez eu possa ser útil nessa discussão.

Ele e Varin se entreolharam, um olhar que não consegui decifrar. A apreensão me deu engulhos ao me lembrar das minhas dúvidas mais cedo sobre o embaixador.

— Pode ficar — Varin disse, concordando secamente.

O restante dos cortesãos saiu em fila. Em poucos instantes, as únicas pessoas que restavam na sala de conselho, além de Varin e Evito, éramos eu, o meu marido e Catalina. E ainda mais uma dúzia de soldados, todos sob o comando de Varin. As portas foram fechadas com força, nos enclausurando ali dentro. Eu ainda conseguia ouvir vozes do outro lado. Com certeza os nobres não estavam se dispersando, mas agora estávamos fora da vista deles.

O que significava que, além dos guardas, não havia testemunhas. Nenhuma imparcial. Um calafrio percorreu a minha espinha. O nosso plano tinha ido por água abaixo, nos lançando em um abismo do qual não havia escapatória. Tatiana ainda estava em cativeiro; agora o meu marido e Catalina também tinham sido aprisionados; não conseguimos roubar a coroa. E, a julgar pelo brilho do horizonte a leste, tínhamos apenas alguns minutos até o amanhecer.

Com uma olhar gélido, Varin se virou para mim.

— Sente-se, Vossa Graça.

Hesitei, percorrendo a sala com os olhos. Os guardas estavam ameaçadoramente próximos de Catalina e Aric, e eu não tinha nenhuma chance de lutar contra eles. Se eu corresse, eles também me pegariam. Tensa, me sentei na cadeira que a nobre de cabelo branco havia desocupado. Ainda estava quente.

Varin retomou o seu lugar na posição de honra da sala. Ele se acomodou, agarrando possessivamente os braços da cadeira.

— Isso é o que vai acontecer. — A sua voz era cortante, como o estalo de aço na pedra. — Daqui a pouco, vou chamar meus conselheiros de volta para esta sala. Quando chegarem, você, Aric, confessará o assassinato da nossa querida mãe. Renunciará formal e totalmente o seu direito ao trono e dará a sua bênção a minha coroação. Amanhã, você será executado por regicídio e traição.

Fiquei sem ar. Varin olhou para mim, impassível.

— E você, Bianca Liliana. Flor da Damaria. — O desdém torceu seus lábios. — Você assinará uma versão revisada do tratado em nome do Conselho dos Nove, unindo as nossas nações e expandindo o comércio para uma aliança mutuamente bem-sucedida, conforme os termos originais. Um tratado selado pelo seu casamento com o novo rei de Gildenheim.

Foi uma sorte que eu já estivesse sentada, pois fiquei sem chão, e com um zumbido nos ouvidos.

— Ela não vai não.

A voz de Aric foi como um raio, atraindo todos os olhos para si. Seu olhar estava fixo em Varin. Cortante, claro e mais certeiro que eu já tinha visto alguma vez. Varin ergueu a sobrancelha.

— E por que não?

— Porque se esses são os seus termos, não aceitarei nenhuma das suas condições — Aric respondeu, com uma postura resoluta. — Vou morrer denunciando você com toda a força que puder. As pessoas acreditarão em mim. Talvez não todas, mas em número suficiente para minar a sua reivindicação ao trono. Você pode ter apoiadores agora, mas será que continuarão apoiando um bastardo que assassinou a própria família para abrir caminho para o poder?

Um músculo saltou na mandíbula de Varin.

— Você fala como se tivesse escolha. Eu poderia simplesmente fazer com que você fosse morto agora, na privacidade desta sala.

Cerrei os punhos no colo, com tanta firmeza que chegou a doer. Eu queria gritar e afogar as boas maneiras da corte nas profundezas do mar. Porém, interpretar o papel que me ensinaram era a única saída. O olhar de Aric não vacilou

— Os seus conselheiros mais próximos testemunharam a minha captura. Os rumores já devem ter alcançado metade da corte. Sem a minha confissão pública, a sua palavra não vale nada.

Varin tamborilou os dedos nos braços da cadeira.

— Por que é tão importante para você o que vai acontecer com Bianca? De qualquer forma, você será executado. Se cooperar, isso poupará você de uma boa dose de dor desnecessária.

— Porque eu amo Bianca — Aric disse baixinho. Ele se virou para mim, em busca do meu olhar. — E farei qualquer coisa para protegê-la de você, mesmo que isso signifique enfrentar qualquer tortura que você invente.

Fiquei olhando para Aric, tão chocada que não consegui esconder a minha surpresa. Entreabri os lábios, mas nada além do silêncio veio.

Aric me olhava nos olhos, numa súplica silenciosa. Eu não precisava de um vínculo mágico para saber o que se passava em sua cabeça. O seu medo — não por si, mas por mim — atingia fundo a minha alma.

— Deixe Bianca ir embora — Aric disse. — Deixe-a voltar em segurança para Damaria, e eu farei qualquer coisa que você pedir.

Meu coração disparou e ficou apertado ao mesmo tempo. Aric me amava. Mesmo me conhecendo nos meus momentos de maior fragilidade e escuridão, ele me amava. No fim das contas, ele me deu tudo, assim como tinha jurado — até o seu coração, exposto e sangrando. E o seu amor valia mais do que tudo para mim.

O meu único arrependimento agora era não ter sido corajosa o suficiente para ter lhe dito o que sentia no meu coração quando tive a chance.

Eu me levantei devagar para controlar a náusea. Dois guardas se aproximaram de mim ao mesmo tempo, com as alabardas erguidas. Nem olhei para eles. Eu era a personificação da compostura. Uma filha da Casa Liliana, tão perfeita e intocável quanto os meus pais sempre haviam desejado.

Aric não ia morrer. Não por minha causa. Não se dependesse de mim. Eu era uma duquesa de Damaria e rainha de Gildenheim, e já estava farta de que outros decidissem os meus deveres e o meu destino.

— Vossa Majestade — eu disse, olhando para Varin. — Solicito uma conversa privada com o embaixador Dapaz.

Varin e Evito voltaram a se entreolhar. Então, Varin concordou, secamente.

— Você tem cinco minutos.

Os guardas se afastaram quando comecei a me encaminhar até Evito. Eu lhe dei um olhar significativo, e ele me seguiu até a extremidade oposta da sala.

— Você é o embaixador do Conselho em Gildenheim — disse baixinho, em damariano. — E falhou em sua função de maneira deplorável. Diga-me exatamente o que você e o lorde Varin estão tramando, antes que eu lhe dê uma nova boca, uma que saiba negociar melhor do que o seu atual orifício.

— Vossa Graça. — Os olhos de Evito encontraram os meus, sérios e sombrios. — Entendo a sua raiva. Lamento profundamente que tenha sido responsabilizada pelo ataque ao herdeiro aparente, e as dificuldades que enfrentou desde então. Se eu soubesse que o lorde Varin a culparia publicamente, teria feito com que o nosso agente aguardasse um momento melhor. Asseguro-lhe a minha mais profunda lealdade e compromisso com o Conselho e a Casa Liliana.

Recuei, com a minha raiva se transformando em choque glacial.

— *Você* enviou o assassino?

— Claro, Vossa Graça. Seguindo as ordens da Casa Liliana. — Os olhos de Evito se enrugaram, confusos, mas a sua voz permaneceu serena. Um cortesão de nascença e formação.

A frieza se intensificou, enviando uma corrente gélida por minhas veias. Eu achava que Varin tinha planejado o assassinato para incriminar Damaria e assumir o trono. Porém, eu deveria ter me dado conta de que, pelos termos do tratado, ele foi elaborado em parte por uma mão damariana. O mesmo comércio que havia elevado o meu país à condição de potência sempre foi ávido por madeira e ferro — para navios e combustível das armas mais recentes dos Adeptos. Varin fazia parte da trama, e estava mais do que feliz em assumir a coroa, mas ele não tinha trabalhado sozinho. A ironia: Damaria e Gildenheim realmente havia sido parceiros nisso, extremamente dispostos a sacrificar tanto a mim quanto Aric em favor do plano deles.

Os meus pais sempre tiveram apreço pela eficiência. Eliminar uma rainha que havia se recusado a ceder por tanto tempo; melhorar os acordos comerciais em favor de Damaria; colocar uma filha no trono de Gildenheim; livrar-me do escrutínio dos seus rivais; depor um herdeiro que teria escrúpulos acerca dos novos termos comerciais, enquanto fazia do lorde Varin um novo aliado: tudo isso realizado na mesma jogada. Seria admirável, se não fosse tão repulsivo. Tudo isso — o tratado, o casamento, a tentativa de assassinato — foi um plano desde o início, uma teia de fios se apertando lentamente a meu redor para moldar a minha vida de acordo com o projeto de outra pessoa.

— Você não sabia que eu seria incriminada por atentar contra a vida de Aric? — perguntei, encarando Evito com um desprezo mal disfarçado.

— Claro que não, Vossa Graça — Evito me garantiu. A sua fachada polida estava se desfazendo, revelando a preocupação egoísta por baixo, enquanto a minha raiva aumentava. — A culpa seria atribuída à condessa Signa. O Conselho obteve provas de que ela estava cogitando promover um golpe após a morte da rainha. Mas o lorde Varin é mais... impulsivo do que tínhamos imaginado, e a situação saiu do controle. Mas tenho certeza de que Vossa Graça é mais do que capaz de mantê-lo sob controle no futuro, sobretudo com a minha experiência a sua disposição. Garanto que não haverá mais erros desse tipo.

A minha raiva se converteu em determinação, fixando-se em mim como uma armadura.

— Tem razão — eu disse. — Não vai haver. Considere-se oficialmente dispensado de suas funções, embaixador Dapaz. E desapareça da minha vista.

Dei as costas a Evito, sem esperar ver o choque tomar conta da sua expressão, e caminhei na direção de Varin com passos firmes. Enquanto avançava, endireitei os ombros, ergui a cabeça e moldei a minha expressão na máscara dourada que usei a vida inteira.

Os meus pais tinham razão. Havia perigo em forjar o meu próprio caminho. Em escolher o que eu queria, em vez de uma vida definida pelo dever. Eu tinha seguido o meu coração, e agora ele estava sendo dilacerado no meu peito. Ainda pior, era a minha própria mão que portava a lâmina.

Os meus pais tinham razão, mas também estavam completamente enganados. Tinha valido a pena, cada momento, cada vulnerabilidade. Ouvir Aric dizer que me amava. Saber que eu também o amava. Eu estava pronta para voltar a vestir a minha máscara, usá-la pelo resto da vida para salvar o homem que eu amava. E isso me machucaria. Mas, se eu fosse enterrar o meu coração, ao menos cheguei a conhecer o sol. Ao menos, eu tinha a sua memória para me aquecer.

Não haveria guerra, e Aric iria viver. Isso era tudo o que importava agora.

— Milorde Varin, eu proponho uma solução alternativa. — Minhas palavras saíram polidas como aço. — Liberte os meus guardas, começando pela capitã Catalina Espada. Eles não podem ser responsabilizados por cumprir as minhas ordens. Eles serão enviados de volta a Damaria, assim como a minha irmã, e tratados com dignidade. Aric fará a sua confissão, como você deseja. Mas, em vez de ser executado, partirá para o exílio e passará o resto da vida em silêncio. — Ergui o queixo. — Em troca, ficarei em Gildenheim para renegociar o tratado entre os nossos países e garantir o cumprimento de suas cláusulas.

Catalina começou a protestar. Consegui não reagir quando ela resmungou e um dos guardas a chutou para fazê-la se calar. Mantive os olhos em Varin, sem ousar olhar para a minha capitã ou o meu marido, com receio de que a minha expressão denunciasse os meus sentimentos.

Em resposta, Varin me estudou, com um olhar calculista.

— E o que eu ganho com essa solução alternativa? Não tenho nenhuma garantia de que o Conselho verá as coisas da mesma forma que você.

— Você será reconhecido como um rei justo e misericordioso. O tipo de monarca que o Conselho dos Nove teria o prazer em chamar de aliado. — Minha voz endureceu um pouquinho. Uma ameaça sutil. — Convém lembrar que a aprovação do Conselho é necessária para que o tratado seja ratificado. E, como mencionado, eu represento o Conselho.

Varin se levantou e se aproximou de mim. Os seus olhos, da mesma cor dos de Aric, mas muito mais frios, semicerraram-se ao encontrar os meus.

— Receio que precisarei de mais garantias do que isso. O tratado original foi selado com um casamento.

Catalina deixou escapar um suspiro. Cada músculo no corpo de Aric se contraiu.

Controlei a respiração. Inspirei. Expirei. Eu tinha esperança de que não chegássemos a isso, mas a expressão de Varin era implacável, sem espaço para discussão.

Muito bem. Eu havia vindo para Gildenheim para um casamento político. O meu futuro, em troca da paz — e agora pela vida do homem que eu amava.

A minha voz não denunciou o meu desassossego interior.

— Aceite os meus termos, e eu me divorciarei de Aric e me casarei com você.

Finalmente, Aric tentou se soltar dos guardas.

— Bianca, *não*. Você não pode...

As suas palavras foram interrompidas por um gemido quando um dos guardas o silenciou. Mordi com força o interior da bochecha para não reagir. Se Varin acreditasse que eu me importava com o meu marido, o meu acordo iria por água abaixo. Ele precisava acreditar que eu era como os meus pais, ou seja, que as minhas ações estavam alinhadas com as deles.

Varin semicerrou os olhos.

— Aric diz que te ama. Você não retribui o sentimento?

— É comovente, mas sempre soube que o amor é uma fraqueza. — Recuperei toda a amargura que permiti que se acumulasse ao longo da minha vida, ao deixá-la escorrer nas minhas palavras. — Como o Conselho, reconheço a aliança certa quando a vejo. Eu estudei a minha história, lorde Varin. Sei que tipo de homem é capaz de ser um bom rei. E sei exatamente que tipo de homem é o meu marido.

Aric não podia ler os meus pensamentos. Mas eu os transmiti para ele mesmo assim, na esperança de que ele compreendesse. *Por favor, entenda o que eu realmente quero dizer.* Eu não podia olhar para ele, pois as minhas defesas ruiriam, mas sentia os olhos do meu marido sobre mim. *Por favor, saiba o que está no meu coração, mesmo que não tenha dito quando tive a chance. Eu preciso que você viva. Por nós dois.*

Ergui o queixo e olhei Varin nos olhos.

— Assinarei os papéis assim que a coroação terminar. Temos um acordo?

Houve um momento de tensão entre nós, enquanto ele me analisava, com as suas desconfianças se refletindo em seu olhar. Os meus punhos estavam cerrados ao lado corpo. Era a única coisa que me traía.

— Sim, temos.

Varin estendeu a mão. Apertei a dele, do jeito mais leve possível. Ele roçou os lábios nos nós dos meus dedos, ainda me olhando nos olhos.

— Espero que seja uma união frutífera.

Sorri para ele, com a expressão torturando o meu rosto. *Espero tornar a sua vida um pesadelo constante.*

— Compartilho dos seus sentimentos.

Atrás de mim, Aric deixou escapar um som suave e entrecortado. Eu não conseguia suportar olhar para ele. Fiz o que precisava ser feito. As pessoas que eu amava estariam em segurança. Isso era tudo o que importava.

— Como minha futura rainha, você ficará aqui para testemunhar a coroação e reconhecer oficialmente a legitimidade do meu governo.

— Varin soltou a minha mão como se fosse um pedaço de carniça e se virou para os guardas. — Levem os prisioneiros. Vou cuidar deles mais tarde. E tragam os cortesãos de volta. Já tivemos atrasos demais nesta coroação.

— Uma coroação — uma voz interrompeu atrás de nós. — Será que você não precisa de uma coroa para isso?

Os guardas se apressaram em alcançar as suas armas. Toda a sala de virou para olhar ao mesmo tempo.

Ao lado da entrada da passagem secreta, estavam uma dúzia de soldados bem armados. Era a guarda pessoal de Aric. No meio dos soldados, estava Marya, com o sabre em punho e uma expressão que prometia uma morte dolorosa a quem se opusesse a ela.

E ao lado dela, estava a minha irmã, com um sorriso tão largo como se tivesse acabado de chegar a sua própria festa de aniversário, girando uma coroa dourada ornamentada na ponta do dedo.

A coroa de Gildenheim.

35

Tatiana acenou para Varin, toda alegre, pendurando a coroa na ponta do dedo.

— Procurando por isto aqui?

E então ela vacilou. Soltou um soluço. E deixou cair a coroa, que quicou no tapete e rolou pelo chão na direção de Varin.

Eu fiquei encarando, dividida entre alívio e espanto. Será que a minha irmã estava *bêbada*?

— Prendam todos eles — Varin ordenou. — E peguem a coroa!

Só tive tempo de ver Marya agarrar a minha irmã pela cintura e empurrá-la para trás dela, protegendo-a. Então, os guardas de Varin estavam se fechando a meu redor, tentando alcançar os meus braços. Fui mais rápida e escapei do cerco deles. Corri na direção de Aric e Catalina, puxando a adaga da minha manga enquanto corria.

— Ataquem! — Marya urrou, com um fervor que sugeria que ela estava se divertindo. Os guardas pessoais de Aric avançaram depressa. Num piscar de olhos, eu estava no meio de uma batalha. Sabres brilhavam, alabardas eram empurradas. Não pude deixar de perceber que os soldados de Varin não estavam muito entusiasmados em cumprir os seus deveres.

Dois guardas ficaram vigiando o meu marido e Catalina, segurando as suas alabardas com hesitação. Eu brandi a minha adaga para eles.

— Cuidado com a ira da Casa Liliana! — gritei em damariano, dando estocadas no ar com a adaga para reforçar a ação.

Os guardas se entreolharam e, em seguida, afastaram-se e saíram do meu caminho.

A guarda de Varin não estava totalmente derrotada, mas a situação parecia aceitável. Eu me coloquei atrás de Catalina e cortei as suas cordas. Ela se levantou de imediato, pegou uma alabarda caída e se virou para proteger as minhas costas. Eu me voltei para Aric e o desamarrei, com as cordas caindo no chão. Um filete de sangue apareceu no seu polegar, onde não tomei o devido cuidado. A culpa me dominou, oprimindo o meu peito. Eu me desculparia depois. Por isso, e por muito mais.

Agora, não tínhamos tempo. Uma luz avermelhada penetrava pelas janelas altas da sala do conselho, em um ângulo que tingia os arcos do teto com um tom de sangue. O sol pressionava o horizonte como uma bolha prestes a estourar.

Levantei o meu marido pelo cotovelo.

— Rápido! Temos que pegar a coroa.

Aric tropeçou e se apoiou no meu ombro. Com o rosto pálido, ele deu uma olhada pela janela.

— Não há mais tempo para quebrar a maldição agora. O sol está quase nascendo.

— Você ainda é humano. Isso quer dizer que há tempo. *Rápido.*

Agarrei o seu pulso e o puxei atrás de mim, desviando de grupos de guardas que duelavam, e brandindo a minha adaga contra qualquer um que parecesse disposto a nos parar. Catalina nos seguiu, cobrindo a nossa retaguarda. Vi Marya de relance enquanto corríamos. Ela estava no meio da confusão, alegremente apunhalando e cortando. Ela não parecia ter cravado a lâmina em ninguém ainda, mas os guardas de Varin estavam caídos no chão a seu redor como roupas descartadas, gemendo e agarrando partes variadas do corpo.

Puxei Aric para longe deles, vasculhando o chão. Cadê a coroa?

— Abelhinha! Aqui!

Um vislumbre de saias cor-de-rosa chamou a minha atenção. Tatiana. Ela havia contornado a batalha e estava correndo em minha direção, segurando a coroa. Era uma corrida vacilante, mais tropeço do que corrida, mas ela estava se aproximando. Guardei a minha adaga, estendendo a mão para alcançá-la.

Vi um vislumbre de movimento a minha direita. Varin tinha se esquivado dos guardas que duelavam e estava correndo na direção de Tatiana, com os braços estendidos para pegar a coroa. Ela se desviou dele, com as saias esvoaçando. Varin a agarrou por trás, e os dois caíram no chão, lutando pela coroa.

— Tatiana! — Parei bruscamente, voltando a puxar a adaga.

— Saía de cima de mim, seu sapo usurpador! — Tatiana gritou. Ela apalpou a manga e tirou algo pequeno, brilhante e suspeitosamente com formato de botão, jogando em Varin.

Um clarão de luz irrompeu do objeto. Varin foi lançado para trás, caindo de costas. Ele segurou a garganta com as mãos e pareceu ter levado um soco no estômago. Um grupo de seis guardas o cercou. Tatiana se sentou, com o cabelo bagunçado e o vestido caindo de um ombro.

— Bianca! *Pegue*!

Ela arremessou a coroa em minha direção. Rodopiou no ar, um borrão como uma flecha dourada...

Soltei o pulso de Aric, me lancei para frente e peguei a coroa com as duas mãos. Era pesada, um conjunto de faixas douradas entrelaçadas semelhante a vinhas. Um arrepio de poder percorreu o meu braço — o feitiço estava ansioso para ganhar vida. Segurei a coroa com uma das mãos e agarrei Aric com a outra. Corremos até Tatiana, com Catalina protegendo a nossa retaguarda. E então, nos detemos de novo ao ver os guardas de Varin arrastando a minha irmã para longe de nós, com os saltos batendo no tapete verde-escuro, enquanto ela cuspia e se contorcia nas mãos deles.

Hesitei, com a coroa pesando na palma da minha mão.

O sol tocou o céu.

Uma explosão de luz branca sacudiu a sala do conselho como o estrondo de um trovão. De repente, a mão de Aric não estava mais na minha.

Eu me virei, ainda que eu já soubesse o que veria.

Um garanhão branco estava a meu lado, com os olhos escuros arregalados e inquietos. O sol tinha nascido, e falhamos em quebrar a maldição

* * *

Ao redor, a luta tinha cessado. Atônitos, todos estavam olhando para Aric, com as armas frouxas nas mãos.

— O herdeiro aparente acabou de se transformar num cavalo? — alguém sussurrou. Uma segunda pessoa se apressou em calar quem perguntou.

Varin se sentou, parecendo atordoado. Ele observou os guardas surpresos, o garanhão parado no meio de tudo isso, eu ao lado de Aric com a coroa agora inútil na mão. Com uma compostura, inegavelmente admirável, Varin se levantou, estendendo a mão de forma imperiosa.

— Me dê a... — Ele parou de falar, parecendo confuso, e levou a mão à garganta. Tossiu e tentou novamente. — Me dê a co... *crrrrkkk*.

Atrás dele, detida entre dois guardas, Tatiana deu uma risadinha.

Varin fez uma careta, abriu a boca, e soltou um *coaxar* sonoro e característico. Ele se virou para a minha irmã, com os olhos arregalados de pavor.

— O que você... *crroooak*... fez com... *Crrriiick*...

— Eu *disse* que você era um sapo horrível. — Tatiana sorriu e agitou os dedos de maneira sugestiva.

Varin ficou roxo de raiva. Ele investiu contra Tatiana, mas Marya bloqueou o seu caminho. Ela ergueu o sabre, encostando a ponta no nariz de Varin.

— Toque nela e eu terei o prazer de cravar o sabre em você — ela ameaçou e fez um aceno com a cabeça para os guardas que seguravam a minha irmã. — E vocês dois, soldados patéticos, soltem ela ou vou transformar os polegares de vocês em brincos.

Tatiana sorriu para Marya.

— Ah, por favor, faça isso. Eu os usaria todos os dias. — Ela torceu o nariz. — Pelo menos, até começarem a feder.

— *Bianca*.

Eu me virei para Aric. Uma sensação de tristeza me invadiu. Ele estava me observando, com o olhar carregado de remorso.

— *Já é tarde demais. Varin deveria ficar com a coroa.*

Todo o meu ser se rebelou contra a ideia.

— Mas você é o rei. Você é o meu *marido*.

A sua tristeza me arrastava como uma maré vazante.

— *Eu sou só o herdeiro aparente. Não fui coroado. E logo não serei mais o seu marido.*

— Aric, *não*. — As palavras saíram trêmulas com um soluço. Eu estava farta de me esconder. Farta de fingir que não me importava. — Eu não quero me divorciar de você. E, com certeza, não quero me casar com Varin. Nunca quis. Concordei com os novos termos para *salvar* você, não porque queria que você fosse embora.

Eu me aproximei dele. Passei os braços em torno do seu pescoço e encostei o meu rosto na sua escápula, sem me importar que todos pudessem ver a minha vulnerabilidade.

— Eu te amo, Aric — eu disse. — Não voltei por dever. Voltei por você. Porque escolhi você. Exatamente como você é. — Senti o pulso de Aric junto a meu ouvido.

— *Mas agora talvez nunca consigamos quebrar a maldição.*

— Você acha que eu me importo? — gritei, segurando a coroa com força. — Claro que quero você como homem. Claro que quero a maldição quebrada. Mas eu sei como é ter uma parte de si que você não pode controlar. Se isso não impede você de me amar, por que deveria diminuir o meu amor por você?

Senti o amor de Aric me envolver, tomando conta do meu coração. Brilhante e claro como o sol rompendo a noite e surgindo ao amanhecer. Como se fosse uma resposta, a coroa aqueceu a minha mão. Um pulso de magia circulou pelo meu corpo, arrepiando os pelos da minha nuca.

Atrás de mim, Marya pigarreou.

— Vossa Majestade, o sol já está quase acima do horizonte.

Espere. Afastei a cabeça do pescoço de Aric. A esperança ressurgiu com toda força em mim.

Marya tinha razão. A sala do conselho oferecia uma vista sem obstruções do horizonte. Além das muralhas de Arnhelm, abaixo da linha das nuvens, uma fina fatia dourada de sol ainda brilhava contra as montanhas, prestes a se elevar acima dos seus picos.

O que significava que, embora Aric já tivesse se transformado, o amanhecer ainda não tinha terminado. Não completamente.

Alguns pensamentos começaram a tropeçar em minha mente, uma avalanche em movimento.

Um feitiço de poder equivalente...

Vinculada ao sangue da família real...

Eu consagro esses votos com o meu sangue...

A coroa pulsava em minha mão, brilhando com um poder latente. Uma gota de sangue em um cálice. Uma gota de sangue na ponta de um dedo.

Como o nosso casamento, eu compartilhei o sangue de Aric. Sangue que já havia usado uma vez para alterar um feitiço. E eu podia não ser uma Adepta, mas o meu casamento me ligou a um tipo diferente de magia. E a maldição não tinha sido só de Tatiana. Também tinha sido minha.

Puxei a adaga da bainha no meu pulso. Com um movimento rápido, fiz um corte na palma da mão, separando as linhas douradas da nossa noite de núpcias. Imediatamente, o sangue surgiu, respingando no chão. Passei a mão pela coroa, tingindo-a de vermelho, e a ergui bem alto.

— Pelo sangue real que compartilho graças a nossos votos de casamento, eu te proclamo rei de Gildenheim!

Coloquei a coroa na cabeça de Aric.

Toda a sala de audiência ficou paralisada, como se o castelo estivesse prendendo a respiração.

Então, o mundo explodiu em uma luz branca ofuscante.

Uma rajada de vento quase me derrubou. Alguém gritou. Semicerrei os olhos contra o brilho, protegendo o rosto com a mão. A luz pulsou uma vez e, em seguida, desapareceu.

A forma de um cavalo ficou gravada na minha visão. Pisquei para eliminar a imagem residual, e no seu lugar, havia um homem. Um homem de cabelo dourado como o sol, uma coroa ensanguentada torta sobre a cabeça, e um sorriso sutil se formando nos lábios.

— *Aric* — sussurrei. Eu me lancei na direção dele e nossas bocas se juntaram.

Aric me abraçou com tanta força que quase fiquei sem ar. Ele passou as mãos nas minhas costas, nos meus quadris, no meu cabelo. Sua boca cobriu a minha num beijo que misturava alívio e desespero, até nos separarmos, arfando. Respirei fundo e o beijei novamente, com as mãos em seu cabelos, segurando-o junto a mim, como se eu pudesse incorporá-lo a mim. Como se eu pudesse gravar a sensação dele na minha pele e nunca mais perdê-lo.

Atrás de mim, alguém pigarreou. Aric e eu nos separamos, ofegantes e zonzos.

— Lamento interromper — Marya disse com um tom firme. — Mas os conselheiros não param de bater na porta e Sua Majestade não está usando roupas.

Tatiana sussurrou algo que não entendi. Uma risada contida se espalhou entre os guardas, tanto os de Aric quanto os de Varin. Todos estavam com os olhos fixos, embora a maioria estivesse fazendo um esforço heroico para manter uma expressão séria.

O rosto de Aric ficou vermelho como o amanhecer. Ele me trouxe para mais perto de si, com um braço em torno da minha cintura, me usando tanto como escudo quanto como apoio.

— Como minha primeira ordem real — Aric disse para a sala em geral. — Ordeno que alguém me traga uma muda de roupa. Algo apropriado para a coroação, por favor.

— E sapatos — acrescentei.

— E sapatos. E enquanto eu espero...

Aric se virou para mim e segurou o meu rosto com as mãos. Traçou a minha boca com os dedos, seguindo o contorno dos meus lábios como se fossem mais preciosos do que qualquer coroa.

— Enquanto eu espero — Aric sussurrou, só para os meus ouvidos. — Eu vou beijar a minha esposa.

E, certo como um voto, ele fez isso.

36

O trono de Gildenheim era mais confortável do que eu esperava. Encostei a cabeça no espaldar alto, grata pelo apoio, enquanto observava os últimos cortesãos deixarem a sala do trono.

Eu e Aric estávamos sentados na plataforma do salão com piso de mármore, onde nos encontramos pela primeira vez. Nenhum de nós estava dançando naquele dia — estávamos ambos exaustos, e a minha barriga ainda pulsava com ondas tênues de dor. Eu já tinha enfrentado crises piores, mas mesmo a náusea leve reprimia o meu desejo de me mover. Não tentei ignorá-la. Cuidar das necessidades do meu corpo também era uma forma de força.

Após a coroação pouco ortodoxa de Aric, permitimos a volta dos conselheiros para a sala do conselho, exceto Evito, que havia sido pego tentando fugir do castelo e foi levado para as masmorras junto com Varin e os guardas que tinham lutado por ele. Os cortesãos ficaram surpresos com as circunstâncias que os aguardavam, para dizer o mínimo, e as suas perguntas quase tomaram toda a manhã. No entanto, no final das contas, eles não puderam ignorar os fatos: Aric estava vivo, usava a coroa e eu estava ali a seu lado. Um novo reinado tinha começado.

Para o resto da corte, não dissemos nada e deixamos que tirassem as suas próprias conclusões. Uma onda de fofocas havia se espalhado pela sala do trono como uma torrente quando eu e Aric aparecemos no vão da porta, mas os cortesãos foram logo apaziguados pela música para dançar e pelo vinho servido à vontade.

E Aric podia odiar os rumores que circulavam pela corte como o vento entre os pinheiros — histórias do rei se transformando em cavalo e voltando ao normal, de uma lenda ganhando vida e sendo reinventada —, mas eu suspeitava que o elemento de mistério só iria fortalecer o seu reinado.

E agora, finalmente, o dia estava terminando, e com ele as celebrações. Aric, sentado a minha esquerda no segundo trono, retirou a coroa e esfregou as têmporas.

— Graças à Senhora, acabou — ele murmurou.

— Ainda não acabou — Marya disse, mexendo com a empunhadura do seu sabre, como se achasse que ele não tivesse sido suficientemente usado naquele dia. — Você ainda tem que cuidar de Varin.

— Eu sei. — Aric suspirou. — Mas vou pensar nisso amanhã. No momento, os meus deveres mais urgentes estão em outro lugar. — Ele olhou para mim e sorriu.

Tatiana se aproximou de mim com um andar um pouquinho alegre demais. Ela se apoiou no braço do trono para poder sussurrar no meu ouvido.

— A capitã da guarda. Marya. — Ela conteve uma risadinha. — Você acha que ela gosta de mulheres?

Desconfiada, olhei para minha irmã.

— Você *está* bêbada. Achei isso mais cedo.

— Não estou não! — Ela fez um gesto negativo com a cabeça com tanta força que quase perdeu o equilíbrio. — Os guardas me drogaram. Acharam que isso me faria cooperar.

Com certeza eles não conheciam a minha irmã.

— E você cooperou?

— O que você acha? — Tatiana me deu um sorriso conspiratório. De repente, fiquei imaginando o que exatamente *havia* acontecido com os sequestradores da minha irmã. Já sabia que Marya tinha interceptado Tatiana conforme o planejado, e os guardas de Aric tinham tomado o lugar dos guardas de Varin para entrar com ela no castelo à vista de todos, fazendo de conta que a estavam conduzindo para as masmorras. Mas me ocorreu que Marya talvez tivesse recebido um pouco mais de ajuda do que esperava. A minha irmã era indiscutivelmente talentosa em encantamentos e, sem dúvida, ela tinha pelo menos um dispositivo mágico escondido na manga. Tatiana cutucou o meu cotovelo. — E aí?

Olhei para Marya, me lembrando de como ela havia defendido a minha irmã durante a batalha. Mesmo agora, enquanto discutia com Aric se ela podia matar Varin, a capitã da guarda ficou olhando para Tatiana com um interesse impossível de ignorar.

— Gosta — eu disse secamente. — Garanto que ela com certeza gosta.

Essa conversa estava me dando outra ideia. O cargo de monarca já tinha sido preenchido, mas estávamos inesperadamente precisando de alguém para negociar um novo tratado e normalizar as relações com Damaria. Alguém que não considerasse tentativas de assassinato como uma forma aceitável de diplomacia.

— Tatiana — eu disse, desviando a sua atenção de Marya. — O que você acha de se tornar a nova embaixadora de Damaria em Gildenheim?

Tatiana sorriu e deu um soluço.

— Eu adoraria a função, ainda mais se tiver os bíceps de Marya.

Dei um tapinha no braço da minha irmã.

— Podemos discutir os detalhes quando você não estiver mais bêbada. Ou drogada. Seja lá o que for.

A nomeação precisaria ser oficialmente aprovada pelo Conselho, mas não havia motivo para Tatiana não assumir o cargo, desde que estivesse sóbria. Ela falava gildeniano com mais fluência do que eu. Adorava eventos sociais. Não tinha amarras em casa. E, pelo visto, já estava se dando muito bem com os moradores locais.

Também me deixaria feliz ter a minha irmão por perto — e longe da influência dos nossos pais. Nós duas sairíamos ganhando com isso. Se os nossos pais se opusessem, poderiam encontrar outro herdeiro, como ameaçaram fazer durante anos, e finalmente ficaríamos livres de ter que nos contorcer para satisfazer as suas maquinações. Eu tinha certeza de que Tatiana não teria problema com isso.

Outra breve onda de náusea me embrulhou, e eu pressionei o braço na barriga. Preocupada, Tatiana semicerrou os olhos, e abaixou a voz.

— É a sua condição?

Fiz que sim. As balas de hortelã-pimenta da feiticeira verde me ajudaram a passar pela pior parte, mas não conseguiam eliminar a necessidade básica de descanso.

Eu me levantei, alisando as saias.

— Se a decisão sobre Varin puder esperar, gostaria de me retirar para a cama. Acho que não dormi nas últimas 24 horas.

Logo em seguida, Aric também se levantou.

— Claro.

Ele estendeu a mão para mim. Eu lhe dei a minha, a esquerda, com a sua nova cicatriz dourada. A ferida da coroação havia se fechado depressa, mas não sem deixar a sua marca. Feridas — como palavras, como magia — sempre deixavam uma marca.

* * *

Ao chegarmos a nossos aposentos adjacentes, Aric hesitou. Eu não precisava de um vínculo mágico para adivinhar o motivo. Com certeza, àquela altura, o vidro já tinha sido reparado, os vestígios de sangue, removidos, mas eu, assim como ele, não tinha mais vontade de dormir no lugar onde ele quase tinha morrido.

Eu o puxei pela mão.

— A minha cama tem lugar de sobra para nós dois.

Eu me sentei à beira da cama, observando Aric se despir. A luz suave e dourada do candeeiro iluminava os contornos do seu corpo. Percorri cada pedacinho dele com os olhos. Nunca tive a chance de apreciá-lo assim. As ocasiões anteriores sempre foram marcadas pela pressa.

Agora o quarto estava aquecido, a noite tinha uma suavidade acolhedora, e o meu marido estava ali, a meu lado. Humano. Para sempre. Ainda não tinha certeza se acreditava plenamente nisso, mas o nascer do sol fortaleceria a minha convicção.

Aric deixou a camisa cair no chão e se virou para me encarar. Preocupado, ele franziu a testa.

— Você ainda está vestida. Está se sentindo bem? É a sua condição...

Comecei a fazer que não com a cabeça, mas parei. Eu não tinha nada a esconder dele.

— Está me incomodando um pouco — admiti. — Mas é suportável.

Aric ainda parecia preocupado.

— Ainda não sei o que está causando isso — ele disse baixinho. — Mas vou descobrir. Prometo.

— Sei que vai. — Eu confiava em Aric. Poderia levar um tempo, mas fosse qual fosse a causa da minha doença, íamos descobrir juntos.

Mas podíamos deixar para outro dia. Agora, eu tinha o meu marido só para mim, em uma cama com espaço de sobra para exploração, e eu não pretendia perder mais tempo com mal-entendidos.

— A minha condição não é o motivo de eu não ter me despido — eu disse, num tom mais relaxado.

Aric levantou a sobrancelha. O desejo se apoderou de mim, neutralizando a náusea.

— É?

Passei os olhos por ele, por todo ele, deixando que percebesse o meu desejo explícito.

— Achei que talvez você pudesse me ajudar a soltar os laços.

Aric se aproximou de mim. Devagar. Determinado. Eu me virei para facilitar o acesso, e os seus dedos roçaram a minha nuca, fazendo um arrepio percorrer a minha espinha.

O ar frio acariciava a minha pele. Enquanto isso, Aric ia desfazendo os laços, dando um beijo em cada lugar que deixava exposto. Fechei os olhos, com o desejo despertando entre as minhas pernas. Cada parte de mim ansiava se entregar ao toque dele, me perder na sensação das suas mãos no meu corpo e da sua boca na minha.

Porém, havia algo que eu precisava lhe dizer primeiro. Eu tinha aberto uma ferida, e não podia permitir que ela se agravasse.

— Aric. — Com as costas viradas para ele, me senti mais corajosa, mais capaz de dizer o que precisava. — Na sala do conselho, quando eu... Quando eu disse aquelas coisas sobre você...

Vacilei. Aric ficou com as mãos imóveis nas minhas costas, com a palmas quentes sobre as minhas omoplatas nuas.

— Eu me lembro. — A sua voz foi como música. — As palavras exatas que você usou. *Sei que tipo de homem é capaz de ser um bom rei.*

Contra minha vontade, estremeci ao ouvir as minhas próprias palavras serem usadas contra mim. Eu as tinha usado como armas contra Varin, mas elas também me feriram.

— Desculpe — sussurrei. — Eu não consegui pensar em outra maneira de salvar você. Eu quis dizer...

— Eu sei. Eu me lembro das suas palavras porque sabia exatamente o que elas significavam.

Com as mãos em meus ombros, Aric me virou com delicadeza para que eu o encarasse. A expressão em seu rosto me tirou o fôlego.

— Você não precisa se desculpar por fazer o que for necessário para sobreviver — ele me disse baixinho. — Eu te entendo, Bianca. E eu te amo, incluindo as partes que você mesma não ama. Eu vou amá-las por você, se você me deixar.

O meu coração quase não cabia no peito. Aric roçou o polegar no meu rosto. Ele me olhava como se eu fosse uma das maravilhas do mundo.

— Eu te amo Bianca Liliana, flor de Damaria. — Uma risada espreitou cada palavra, deixando-as tão luminosas quanto o amanhecer. — Eu te escolhi como minha esposa, rainha e amor. Pelo tempo que você me quiser.

— Sempre — sussurrei, erguendo o rosto para ele.

Os nossos lábios se encontraram — uma escolha, uma promessa — e ele me deitou na cama.

Naquela noite, renovamos os votos de casamento com cada centímetro dos nossos corpos. Sussurramos os votos um para o outro sobre as nossas peles nuas. Eles saíram em gemidos ao chegarmos ao clímax juntos. E quando a exaustão tomou conta de nós, deitados, abraçados, com os nossos dedos marcados e entrelaçados, não restou ferida entre nós. Éramos marido e mulher, um dever criado por nós mesmos, e escolheríamos um ao outro até o fim dos nossos dias.

37

Noite adentro, acordei após ouvir um barulho estranho na minha suíte. Num instante, fiquei alerta, com os sentidos aguçados. Uma sombra apareceu e sumiu na janela, uma forma momentaneamente delineada contra o vidro.

O meu coração bateu forte, como os cascos de um cavalo. Alguém estava na suíte — alguém além de Aric, que dormia profundamente a meu lado, com a respiração leve e constante.

Estendi a mão em direção à adaga na mesa de cabeceira.

Um papel farfalhou, seguido pelo arranhão de uma pena de metal. O vidro tilintava de leve enquanto quem escrevia mergulhava a pena na tinta. Quem quer que fosse estava tomando cuidado para não fazer barulho, mas o ato de escrever cartas não eram uma atividade silenciosa.

Pelo que eu saiba, também não era o passatempo típico de possíveis assassinos. Eles costumavam finalizar a missão e sair sem assinar o trabalho. O que significava que quem quer que tivesse entrado nos meus aposentos não estava ali para derramar sangue.

Segurei a adaga e me sentei em silêncio, sem querer acordar o meu marido.

— Quem está aí?

O som de metal da pena arranhando parou abruptamente. Conforme os meus olhos se adaptavam à penumbra, consegui distinguir o contorno de uma figura curvada sobre a minha escrivaninha, com uma pena na mão. Após um suspiro, a pessoa se endireitou, formando uma silhueta conhecida.

— Perdão, Vossa Graça — a voz disse, tão leve quanto o toque de uma pena. Era uma voz familiar, que eu tinha ouvido quase todos os dias nos últimos dez anos da minha vida. — Não pretendia acordá-la.

— Julieta. — O nome sibilou como um suspiro. Aliviada, afrouxei a mão ao redor da adaga, mas não a soltei por completo. — O que você está fazendo?

— Estou escrevendo a minha carta de demissão, milady.

Eu me sentei, franzindo a testa. Durante dias, fiquei preocupada com a segurança da minha boticária. A última coisa que eu esperava era que ela aparecesse na calada da noite, segura, mas com a intenção de pedir demissão.

Aric se mexeu na cama. Dei uma olhada para me certificar de que ele não tinha acordado. Então, deslizei as pernas para fora das cobertas e me levantei, deixando a adaga na mesa de cabeceira. Cruzei o quarto até Julieta e a segurei pelo cotovelo.

— Venha comigo, por favor. Quero uma explicação adequada, e não uma carta.

A minha criada me deixou conduzi-la para fora do quarto, e entramos no meu lavabo pessoal. Fechei a porta atrás e sussurrei o comando para acender as lanternas criadas pelos Adeptos.

As lanternas se acenderam, revelando a minha boticária. Julieta estava vestida toda de preto, com o capuz puxado para trás da cabeça. As sombras destacavam a sua expressão de culpa.

— Explique — eu disse em voz baixa. — Você sempre me disse que a sua casa é onde eu estou. O que fez você mudar de opinião?

— O meu sentimento é o mesmo, milady. — Julieta pressionou firme os lábios. — Mas uma assassina em potencial não tem lugar em seu séquito, por mais dedicada que seja à Vossa Graça.

Por um momento, o choque me deixou paralisada. *Julieta* era a assassina? Eu jamais teria acreditado nisso, mas... A minha mente disparou, amarrando as pontas soltas. O jeito que o agressor tinha entrado nos meus aposentos sem chamar a atenção dos meus guardas. A faca de fabricação damariana encontrada no quarto de Aric. A razão do assassino não ter me atacado, apenas a Aric. Eu só fui ferida porque me coloquei no caminho. O mistério de por que Julieta não tinha sido presa com o resto do meu séquito, e por que ninguém sabia nada sobre ela desde a minha noite de casamento.

— Entendo — disse devagar. — Mas por quê?

Julieta olhou para o piso ladrilhado.

— Eu tinha a intenção de confessar tudo na carta.

— Bem, aqui estamos. Agora é a sua oportunidade. — Cruzei os braços. — Eu te tratei como se você fosse da família durante anos. Acho que mereço uma explicação.

Julieta suspirou e passou a mão pelo cabelo, desarrumando o penteado impecável.

— Por favor, acredite em mim, Vossa Graça, eu nunca tive a intenção de colocá-la em perigo. Alguns meses atrás, os seus pais me pediram para criar um veneno muito específico. Relutei em fazer isso, ainda mais sem saber qual seria o seu uso. Porém, eles deixaram claro que o meu emprego dependia da minha concordância. Eu esperava que fosse apenas uma das precauções deles, que nada aconteceria. Mas quando a rainha de Gildenheim adoeceu de repente... Bem, eu conhecia os sintomas do meu veneno, mesmo que nunca tivesse imaginado que seria usado dessa maneira. Ao tomar conhecimento do resto do plano, era tarde demais para voltar atrás. Os seus pais tinham as provas para me responsabilizar pela morte da rainha.

A raiva me dominou, trazendo um ressentimento antigo à tona.

— Chantagem.

Julieta fez que sim, envergonhada.

— Eu não queria matar mais ninguém, mas disse a mim mesma que ao menos estava servindo à Vossa Graça. Tudo o que eu sabia sobre Aric sugeria que ele seria um marido cruel para a senhora.

Para ser justa, Aric não tinha dado uma boa impressão inicial a nenhum de nós, ainda que isso dificilmente justificasse um assassinato.

— Mandaram você matá-lo — reforcei. — E você concordou.

Julieta fez que sim, com a culpa torcendo sua boca.

— Mas juro, Vossa Graça, se eu soubesse que isso a colocaria em perigo, nunca teria concordado com o plano. Eu não fazia a menor ideia das maquinações de Varin. Jamais imaginei que a senhora seria incriminada, ou que seria forçada a se casar com ele. Nunca tive a intenção de fazer mal a senhora.

Acreditei em Julieta. Eu podia vislumbrar como a situação havia se desenrolado: Julieta contou a Evito o que aconteceu no quarto; Evito repassou a informação para Varin; e Varin aproveitou a oportunidade e enviou guardas para me deter na fronteira, sem saber que a maldição do seu meio-irmão era cíclica. Julieta não poderia ter previsto esse rumo dos acontecimentos. Nem Evito antecipou que Varin usaria a tentativa de assassinato fracassada a seu favor.

— E desde então? — perguntei. — Onde você ficou? Evito machucou você?

Julieta ergueu as sobrancelhas, mostrando surpresa, em seguida, cautela.

— Não, milady. Fiquei escondida. Primeiro na ala diplomática, e depois, quando fiquei sabendo dos planos de Varin e discuti sobre eles com Dapaz, na cidade. — Ela desviou o olhar de mim, com os ombros caídos. — E agora que a senhora sabe de tudo, não preciso terminar de escrever a minha carta de demissão.

— Não — concordei. — Não precisa.

Julieta fez que sim, com uma expressão de prisioneira que tinha acabado de receber a confirmação de sua própria execução.

— Que bom que a senhora acabou encontrando um casamento feliz. E... perdão. Sei que Vossa Graça talvez nunca me perdoe, mas... sempre me lembrarei da senhora com carinho.

Ela tentou passar por mim para alcançar a porta do lavabo e sair da minha vida. Coloquei a mão sobre o trinco, impedindo-a.

Julieta levantou os olhos, com um misto de arrependimento e determinação.

— Perdão, Vossa Graça, mas valorizo a minha vida. Não quero lutar contra a senhora, mas não ficarei aqui para ser executada.

— Julieta, eu não aceitei a sua demissão — eu disse com firmeza.

— Vossa Graça? — Seus olhos se arregalaram de surpresa.

— Você é a melhor criada que eu poderia ter, uma excelente boticária e uma amiga querida. — Peguei as mãos dela. — Eu te perdoo, Julieta. E quero que você fique.

Julieta arregalou ainda mais os olhos.

— Mesmo que...

— Sim. Mesmo assim. Eu preciso de pessoas em quem possa confiar a meu lado. — Dei um sorriso irônico. — E, além disso... saber que tenho uma assassina habilidosa a minha disposição não é a pior coisa do mundo.

Julieta deu uma risada forçada.

— Não tão habilidosa assim, considerando o fracasso da minha única tentativa de assassinato até hoje. E não tenho muita certeza de que o seu marido concordaria.

— Talvez ainda não. Mas tenho certeza de que não vai demorar para que Aric confie em você como eu confio, quando souber de toda a história.

Os cantos dos olhos de Julieta brilhavam à luz das lanternas.

— Obrigada, milady. Não a decepcionarei.

Apertei a sua mão.

— Se está tudo resolvido, eu gostaria muito de voltar para a cama. Espero ter um suprimento completo dos seus tônicos amanhã até o final do dia.

— Claro, milady. — Um sorriso cruzou o seu rosto, e ficava muito melhor nela do que o remorso.

Ao retornarmos para o quarto, Julieta esfregou os olhos com as mãos, rápido o suficiente para que nós duas pudéssemos fingir que eu não percebi.

* * *

Três dias depois, eu estava ao lado de Aric no arboreto, escoltada por uma dúzia de guardas. Marya estava à direita do meu marido, com Tatiana a seu lado, um pouco mais próxima do que o necessário, considerando o espaço disponível. A minha irmã ainda não tinha sido oficialmente confirmada como embaixadora — mesmo ao tratar de questões simples, o Conselho gostava de ficar discutindo, em vez de tomar decisões rápidas —, mas eu tinha a impressão de que ela ficaria em Gildenheim, independentemente da resposta dos conselheiros. Tatiana não costumava mudar de ideia depois de ter tomado uma decisão. Eu esperava que Marya estivesse preparada.

A nossa frente, estava Varin, com as mãos livres, mas flaqueado pelos soldados, e o arboreto, embora grande, era murado. Além disso, Tatiana não tinha escondido o seu interesse por experimentos adicionais, e Marya estava com a mão bem junto à empunhadura do seu sabre.

Tínhamos chegado a um acordo sobre o destino de Varin. Não estava claro se ele havia concordado, já que tudo o que saía da sua boca quando tentava falar era uma série de coaxos indignos. O que quer que Tatiana tivesse feito parecia estar surtindo efeito. Porém, como ele não havia apresentado alternativas viáveis, tínhamos decidido seguir em frente.

Aric deu um passo à frente para encarar o meio-irmão.

— Varin de Gildenheim — ele disse. — Eu o sentencio oficialmente ao exílio. Você deve partir de Gildenheim em paz e nunca mais retornar, sob pena de prisão imediata e execução. Se você algum dia conspirar contra este reino ou o meu reinado — era improvável, pensei, dada a atual limitação vocabular de Varin —, farei saber que você é procurado, vivo ou morto, com o pagamento de uma recompensa generosa. Temos um acordo?

Varin não coaxou nada, mas fulminou Aric com o olhar, de uma maneira que sugeria a rejeição do acordo.

— Se não aceitar os termos, eu ficaria mais do que feliz em trespassá-lo agora com o meu sabre — Marya interveio.

Com um coaxo conciliador, Varin se afastou rápido dela, levantando as mãos.

— Excelente — Aric disse. — Considero o acordo aceito. — Ele acenou com a cabeça para um dos guardas, que deu um passo à frente. Uma escarradeira de latão esmaltado brilhava em suas mãos. Aric não queria se arriscar caso seu meio-irmão tivesse uma adaga oculta na manga: um dos seus guardas mais confiáveis o acompanharia pessoalmente até Damaria, onde o seu exílio começaria de fato. Os meus pais contribuíram para a criação desse problema; era justo que lidassem com as consequências.

— É uma escarradeira de sete léguas — Tatiana explicou, animada, enquanto Varin dava um olhar desconfiado para o objeto. — Funciona exatamente como as lendárias botas. Tudo o que você precisa fazer é segurar a borda e dar um passo em qualquer direção.

O guarda se posicionou ao lado de Varin e entregou a escarradeira para ele, pronto para segurá-la junto. Varin a observou com evidente relutância.

— Se preferir... — Marya ofereceu, começando a desembainhar o sabre.

Ela não teve a chance de terminar. Varin emitiu um coaxar bilioso, arrancou a escarradeira de sete léguas das mãos do guarda surpreso e se foi com um único passo antes que qualquer um pudesse reagir.

Por um instante, um silêncio atônito tomou conta da plateia. Então, um coro inteiro irrompeu de uma só vez: o guarda designado para escoltar Varin se desculpando profusamente, Tatiana furiosa pela perda da sua escarradeira, e metade dos soldados se oferecendo para perseguir Varin.

Aric levantou a mão, e todos se calaram.

— Deixe estar — ele disse com a voz baixa, mas firme. — A sentença de exílio de Varin permanece. Se ele aparecer coaxando perto das fronteiras com a escarradeira... — Ele suspirou, coçando a testa, resignado. — Bem, lidaremos com isso na hora certa.

Marya recolocou o sabre na bainha com um suspiro frustrado.

— Eu sabia que deveria ter enfiado a espada nele quando tive a chance.

Tatiana estava pensativa, tamborilando o dedo no queixo.

— Você acha que ele se deu conta que estava mirando para o mar?

Aric abriu a boca, parecendo angustiado, mas voltou a fechá-la. Por um tempo considerável, ficou olhando para o horizonte, com os seus pensamentos indecifráveis.

Toquei a mão dele. Aric se recompôs e se virou para mim, oferecendo o braço.

— Vamos dar uma caminhada juntos?

— Com prazer. — Entrelacei o braço no dele. Alguns guardas nos seguiram a uma distância respeitável, o suficiente para garantir a privacidade da nossa conversa.

Aric me levou para o interior do arboreto. As flores estavam começando a desabrochar nos lugares onde a luz do sol caía entre as coníferas: crocos floresciam em roxo e dourado, manchas de cor tão vistosas quanto joias sobre o solo escuro e fértil.

Por um tempo, Aric ficou em silêncio, e eu o deixei refletir. Estar a seu lado tinha me ensinado a esperar pelas suas respostas. Elas viriam se eu tivesse paciência, surgindo como estrelas no céu noturno.

— Sei que não é assim que você pensa — eu disse, finalmente. — Mas Varin ia matar você, de um jeito ou de outro. Você está oferecendo a ele mais do qualquer outra pessoa acha que ele merece.

Aric suspirou.

— Eu sei, mas não era isso o que eu queria. Nunca enxerguei Varin como um inimigo. Nunca desejei mal a ele.

— Eu sei — eu disse e apertei o braço dele.

— Eu fico me perguntando... — O rosto de Aric estava preocupado. — Talvez se eu tivesse sido um irmão melhor, se eu tivesse tentado me aproximar dele em vez de me esconder...

Parei e esperei que ele me olhasse.

— Varin fez as escolhas que achou certas, Aric. Você fez o que era necessário para se proteger e proteger o seu povo. Não pode ficar se culpando pelas escolhas de Varin.

— Pode ser — Aric disse.

Mas eu podia perceber que ele não estava plenamente de acordo, mesmo que quisesse. Saber que algo era verdade não significava acreditar nisso. Esse era um nó que só poderia ser desfeito com o tempo.

Aric fez um aceno negativo com a cabeça.

— Deixe Varin pra lá. Podemos falar dele em outro dia. Não era por isso que eu queria que você viesse comigo.

— É? — Inclinei a cabeça para olhar para ele.

Manchas vermelhas surgiram no rosto de Aric.

— Na verdade, eu queria te perguntar uma coisa.

Ele se afastou de mim, o suficiente para remexer o bolso do casaco.

— Em Gildenheim, temos uma tradição. Quando duas pessoas vão se casar, uma presenteia a outra com uma prova para demonstrar as suas intenções.

Não tentei esconder o sorriso.

— Já somos casados, Aric, em todos os sentido da palavra. Para mim, as suas intenções estão mais do que claras.

— Eu sei. — Ele estava, ficando ainda mais ruborizado, o que me deu vontade de interrompê-lo com os meus lábios. — Mas as circunstâncias do nosso noivado foram... longe do ideal. Eu gostaria de compensar isso, fazendo a proposta formal de ser a minha esposa.

Aric abriu a mão. Na sua palma, reluzindo à luz da manhã, estava um medalhão de prata familiar.

— Bianca Liliana, flor de Damaria. Você me escolheria como seu marido, assim como eu te escolhi para ser minha esposa?

Agora, o meu sorriso era tão largo que quase chegava a doer.

— Aric de Gildenheim, você acabou de me pedir em casamento com o mesmo medalhão que te transformou em cavalo?

— Você ainda não me deu uma resposta — Aric disse, dando um sorriso torto.

Peguei o medalhão de sua mão e reduzi a distância entre nós com um único passo. Passei os braços em torno do seu pescoço e encostei a testa na dele, olhando em seus olhos.

— Sim — eu disse simplesmente. — Eu te escolho com todo o meu coração.

Escolher o que eu queria era um risco. Abandonar a minha armadura e revelar o meu coração era um perigo. Porém, quando Aric me beijou no sol da primavera, eu finalmente estava pronta para ser corajosa. Não seguiria mais o caminho seguro que me convinha, mas sim aquele que me levasse ao homem que eu amava.

O risco valeu pena, agora e para sempre.

NOTA DA AUTORA

Na minha infância, eu parei de crescer.
Durante dois anos — entre os dois e os quatro anos de idade —, não ganhei peso nem fiquei mais alta. Sentia dores de barriga contínuas e vivia de mau humor. Ao ficar mais velha, passava os dias encolhida no sofá, segurando a barriga, sem forças para me mover.
Felizmente, os médicos descobriram a causa dos meus sintomas quando eu ainda era bem jovem. Eu sofro de doença celíaca, ou seja, uma doença autoimune que afeta aproximadamente 1 em cada 100 pessoas no mundo, embora muitas vezes não seja diagnosticada. Se os celíacos consumirem até mesmo pequenas quantidades de glúten — uma proteína presente no trigo e em outros grãos —, o sistema imunológico o interpretará como uma ameaça que causa danos ao organismo. A doença celíaca costuma afetar o intestino delgado, mas pode comprometer qualquer órgão, incluindo o cérebro. Não existe cura, e o único tratamento disponível consiste numa dieta completamente livre de glúten pelo resto da vida.
A "condição" de Bianca envolve alguns dos sintomas da doença celíaca. Eu devorava romances de fantasia quando criança. Porém, na minha mente, sempre existia a consciência de que alguém como eu não tinha lugar nesses livros, pois não conseguiria sobreviver com a comida típica desse gênero literário, como pão e queijo. Além disso, ninguém teria como expressar o que estava me deixando doente. Grande parte da fantasia tradicional nos diz, implicitamente, que as pessoas com deficiências, visíveis ou não, não são bem-vindas.
Como adulta, pensei: e se elas fossem bem-vindas?
Em *Predestinada*, eu queria mostrar uma heroína do gênero fantasia com sintomas semelhantes aos meus, mas que ainda consegue viver aventuras épicas e ter um final feliz. As pessoas com deficiência pertencem ao mundo da fantasia, assim como pertencemos ao mundo real.
Se você identifica algo de si em Bianca, espero que este livro proporcione alguma alegria para você.

AGRADECIMENTOS

A jornada para publicar um livro é longa, mas não solitária. Gostaria de agradecer a algumas pessoas por terem me ajudado a cruzar a linha de chegada.

A minha incrível agente, Maddy Belton, uma verdadeira força tal qual uma guerreira da literatura. Agradeço pelo entusiasmo por Bianca e Aric, e por tornar realidade os meus sonhos de escritora! Também expresso a minha gratidão a todo pessoal da MM, sobretudo Valentina Paulmichl e Hannah Kettles, por promoverem *Predestinada* no exterior.

As minhas inigualáveis editoras, Lindsey Hall e Calah Singleton, por acolherem este livro de todo o coração e levá-lo a se tornar a melhor versão possível. E a Aislyn Fredsall e Hannah Smoot, por assumirem as rédeas na ausência de Lindsey, e por tudo o que fazem nos bastidores.

O restante do pessoal da Tor, pelo entusiasmo irrestrito por *Predestinada*: Isa Caban, Laura Etzkorn, Christine Foltzer, Devan Norman (aqueles detalhes internos tocam o meu coração), Rafal Gibek, Megan Kiddoo, Jacqueline Huber-Rodriguez, Sheryl Rapee-Adams, Susan Redington Bobby, Eileen Lawrence, Sarah Reidy, Michelle Foytek, Alex Cameron, Lizzy Hosty, Erin Robinson, Alexa Best, Monique Patterson, Lucille Rettino e Devi Pillai. Um agradecimento especial a Sheryl por me salvar de erros constrangedores de matemática na única ocorrência de aritmética deste livro, e à capista Christine Foltzer e à ilustradora Kelly Chong por criarem uma capa de tirar o fôlego. É uma honra ter tantas pessoas talentosas trabalhando nos bastidores para trazer este livro ao mundo.

O restante do pessoal da Hodderscape, o maravilhoso lar de *Predestinada* do outro lado do Atlântico: Molly Powell, Sophie Judge, Marina Dominguez-Salgado, Laura Bartholomew, Kate Keehan, George Biggs, Daisy Woods, Natalie Chen, Bethany Lee, Katy Aries e Claudette Morris. *Predestinada* não poderia estar em melhores mãos do que as suas!

É uma sensação incrível ler palavras de elogio de escritores que admirei ao longo de anos, e sou muito grata aos que escreveram os aparatos deste livro pelo tempo e pelas palavras gentis.

Aos colegas escritores que leram as diversas versões de *Predestinada* em sua totalidade: Amanda Adgate, Finn DeLuca, Michaela Cunningham, O.K. Inneh, Hannah Loraine, Sabina Nordqvist e C. J. Subko. Um agradecimento especial para Amanda por ler tantos dos meus manuscritos e ainda pedir mais, além de ser uma amiga leal e solidária ao longo de muitos anos. Mal posso esperar para ver os nossos livros na prateleira juntos!

Pelo apoio, amizade e socorro a qualquer hora: os Sub Slog Comrades, os Inklings, os Wildborn Writers, o grupo de bate-papo Unicorn Vibes Only, Jess V. Aragon, Jules Arbeaux, Po Bhattacharyya, Lindsey Byrd, Erica Rose Eberhart, Amalie Frederikson, Leilani Lin Lamb, Erin Luken, Steffi Nellen, Kate Shay e Isabel Sterling. Sou profundamente grata pelos *insights*, palavras amáveis e também por lidarem com os meus gritos de pterodáctilo.

A minha família que leu este livro apesar dos meus alertas sobre certas cenas. O meu pai, por digitar alguns dos meus primeiros manuscritos, e a minha mãe, por incentivar os meus sonhos literários desde antes de eu conseguir escrevê-los por mim mesma.

Para o meu marido, por tantas coisas que não cabem aqui, incluindo a conversa que gerou a ideia deste livro e por me lembrar de fazer uma pausa para celebrar.

Você, leitor, por escolher este livro. O seu apoio significa o mundo para esta autora iniciante. Espero que *Predestinada* tenha trazido o que você precisava.

Por fim, se você, como eu era não faz muito tempo, é um autor ainda não publicado, lendo os agradecimentos em busca de um sinal: este é o sinal. Siga em frente. O mundo precisa de suas histórias.

LEIA TAMBÉM

Marcada

Das cinzas de um amor obssessivo, ela terá de se erguer para reconstruir o mundo.

Harper L. Woods

DA AUTORA DE *COVEN*

CLAIRE LEGRAND

UMA COROA DE HERA E VIDRO

Faro Editorial

LEIA STONE

O ÚLTIMO REI DRAGÃO

FARO EDITORIAL

ASSINE NOSSA NEWSLETTER E RECEBA INFORMAÇÕES DE TODOS OS LANÇAMENTOS

www.faroeditorial.com.br

CAMPANHA

Há um grande número de pessoas vivendo com HIV e hepatites virais que não se trata. Gratuito e sigiloso, fazer o teste de HIV e hepatite é mais rápido do que ler um livro.

FAÇA O TESTE. NÃO FIQUE NA DÚVIDA!

ESTA OBRA FOI IMPRESSA EM MAIO DE 2025